dtv

Im Innern eines halb verfallenen Landguts nahe dem norddeutschen Dörfchen Tachin macht die junge Journalistin Katja Jakobs eine grausige Entdeckung: die Leiche eines jungen Mannes, dem offenbar der Schädel eingeschlagen wurde. Es ist nicht der erste Tote in dem Wald rings um das alte Gut. Den Legenden zufolge, die man sich in Tachin erzählt, verschwinden bereits seit Jahrhunderten immer wieder Menschen spurlos im Wald. Der Fall ruft Kommissar Möhrs auf den Plan, der gemeinsam mit Katja immer tiefer in die finstere Vergangenheit des Dorfes eintaucht. Dabei erfahren sie von alten Geschichten über unaussprechliche Dämonen aus dem Untergrund. Sie treffen auf einen früheren Ermittler, den seine Erkenntnisse schier in den Wahnsinn getrieben haben, verzweifelte Eltern, die entgegen aller Wahrscheinlichkeit auf eine Rückkehr ihrer vor vielen Jahren verschwundenen Kinder hoffen, und verbitterte Dörfler, die zu allem bereit scheinen, nur um nicht an die Vergangenheit zu rühren. Ausgerechnet als Fracking-Probebohrungen im Wald stattfinden sollen, scheinen die alten Dämonen wieder zu erwachen …

Ole Kristiansen wurde Mitte der 70er-Jahre in Hamburg geboren. Nach Aufenthalten in London und Süddeutschland lebt er heute wieder in der Elbmetropole. Er arbeitet als Autor, Übersetzer und Schreibcoach.

Ole Kristiansen

Der Wald bringt den Tod

Kriminalroman

dtv

Ausführliche Informationen über unsere Autoren und Bücher
www.dtv.de

Von Ole Kristiansen
sind bei dtv außerdem erschienen:
Der Wind bringt den Tod (21376)
Das Feuer bringt den Tod (21492)

MIX
Papier aus verantwortungsvollen Quellen
FSC® C019821
FSC www.fsc.org

Originalausgabe 2016

Umschlaggestaltung: Annemarie Otten unter Verwendung eines Fotos von gettyimages/LOOK-foto/Heinz Wohner
Satz: pagina GmbH, Tübingen
Gesetzt aus der Adobe Garamond 10/12·
Druck und Bindung: Druckerei C.H.Beck, Nördlingen
Gedruckt auf säurefreiem, chlorfrei gebleichtem Papier
Printed in Germany · ISBN 978-3-423-21601-2

Prolog

Der Wald wollte sie umbringen.

Äste peitschten ihr gegen Gesicht und Brust. Sie stolperte über regennasse Wurzeln und von glitschigem Moos überzogene Steine. Mit jedem ihrer Schritte versanken ihre Füße im Schlamm. Alles um sie herum schien fest entschlossen, sie nie wieder gehen zu lassen.

Trotzdem kämpfte sie sich weiter voran, durch das trügerische Licht unter dem dichten Blätterdach. Überrascht stellte sie fest, wie laut ihr Keuchen war, und sie schöpfte ein winziges bisschen Hoffnung daraus. Flaute der Sturm ab? Oder sammelte er nur Kraft, um gleich wieder umso heftiger zu wüten?

Verzweifelt sah sie sich um. Doch wohin sie den Blick auch wandte, gab es nichts, woran sie sich hätte orientieren können. Nur Bäume, zwischen denen üppiges Unterholz wucherte. Dorniges Strauchwerk. Farn, dem das Wasser tropfte. Träge segelten hier und da vom Wind losgerissene Blätter dem Boden entgegen, begleitet vom Knarzen und Ächzen der Baumstämme. Es war das erste Mal, dass sie diese unheimlichen Laute bewusst wahrnahm, und sie ließen sie frösteln.

Sie war ein Stadtkind, verdammt!

Sie glaubte, sich dunkel daran zu erinnern, dass man anhand der Bäume irgendwie die Himmelsrichtung ermitteln konnte. Und daran, dass man sich bei einem Gewitter auf keinen Fall unter Bäumen aufhalten sollte. Beides half ihr nicht weiter. Selbst wenn sie herausgefunden hätte, wo Norden war, verriet ihr das noch lange nicht den Weg zum nächsten trockenen Unterschlupf. Außerdem war sie schon mitten im Wald gewesen, als das Unwetter seine gewaltigen Kräfte entfesselt hatte. Nur hatte sie sich da noch nicht eingestanden, dass sie sich hoffnungslos verlaufen hatte …

Ein paar Schritte entfernt entdeckte sie einen Baumstumpf. Sie hätte geschworen, dass er vor einem Wimpernschlag noch nicht da gewesen war. Sie setzte sich, um wieder zu Atem zu kommen. Nur für einen Moment. Um ihre Gedanken zu sammeln. Sie holte ihr Smartphone aus der Tasche ihrer klatschnassen Kapuzenjacke. Einen Augenblick hielt sie es in der Hand wie einen Talisman. Wie eine fassbare Erinnerung daran, dass eine Welt jenseits dieses Waldes existierte. Dann überprüfte sie, ob sie Empfang hatte. Vergeblich.

Ein Knacken und Rascheln zu ihrer Rechten ließ sie zusammenfahren. Sie spähte nach der Ursache des Geräuschs. An einem nahen Baum wippte ein tief hängender Ast sachte auf und ab.

Das beklemmende Gefühl, beobachtet zu werden, breitete sich in ihr aus. Sie schüttelte kurz den Kopf, als könnte sie den beunruhigenden Eindruck dadurch vertreiben. Da war nichts. Und wenn, dann nur ein Tier. Ein Vogel, der von dem Ast aufgeflogen war. Ihre Nerven lagen blank, doch das wunderte sie nicht sonderlich. Alles an diesem verfluchten Ort war in der Lage, ihr eine Bewegung vorzugaukeln. Nein, das war falsch. Anders als in der Stadt war hier tatsächlich ständig alles in Bewegung, denn der Wald lebte.

Donner grollte, lang und bösartig. Sie zog instinktiv den Kopf ein, als ein Blitz vom Himmel fuhr. Eins. Zwei. Drei. Da! Der Donnerschlag.

Sie verfluchte ihre Entscheidung, allein in diesen Wald zu gehen. Keiner hatte sie dazu gezwungen. Sie hatte den Entschluss aus freien Stücken gefasst. Getrieben von einer Neugier, die ihr in ihrem Leben schon mehr als einmal um ein Haar zum Verhängnis geworden wäre. Sie steckte das Smartphone weg, zog sich die Kapuze tiefer ins Gesicht und ballte die Fäuste.

Der Sturm antwortete auf ihre trotzige Geste mit einem neuerlichen Regenguss. Sie stapfte weiter, in der Hoffnung, den Wald schon irgendwann hinter sich zu lassen, wenn sie einfach nur eine Richtung beibehielt. Oder zumindest auf einen Wanderweg zu stoßen oder eine alte Straße oder eine Hütte oder sonst irgendein Zeichen menschlicher Zivilisation.

Die meiste Zeit über hielt sie den Blick auf ihrer trostlosen Wanderung gesenkt. So hätte nicht viel gefehlt, und sie wäre an dem, worauf sie hoffte, einfach vorbeigelaufen. Als sie es bemerkte, blieb sie stocksteif stehen und blinzelte gegen den Regen an. Da war das Zeichen, doch es war ein völlig anderes, als sie jemals erwartet hätte. Sie vermochte nicht einmal genau einzuordnen, was sie da vor sich hatte.

Verwitterte Säulen trugen ein flaches Kuppeldach über einer kreisrunden Fläche, die mit drei oder vier Schritten zu durchmessen war. Wo kein altes Laub vor sich hin rottete, schimmerte eine knochenfahle Steinplatte durch.

Was war das? Eine Art antiker Tempel? Mitten im Wald?

Ihr Puls ging schneller. Trotzdem eilte sie auf das sonderbare Bauwerk zu. Unter der Kuppel war es wenigstens trocken.

Sie blickte zu der Wölbung hinauf und machte in ihrem Zentrum ein als Relief in den Stein eingearbeitetes Symbol aus. Zwischen den spitzen Schenkeln eines weit gespreizten Zirkels ruhte ein Widderkopf mit geschwungenem Gehörn.

Sie schlang die Arme fest um ihren Oberkörper, um ein neuerliches Frösteln zu unterdrücken. Sie hatte dieses Symbol schon einmal gesehen. Ihr wollte nur nicht einfallen wo. Die leeren Augenhöhlen des Widders starrten ungerührt auf sie herab. Sie wich ihrem Blick aus, drehte sich einmal um die eigene Achse.

Sie stutzte.

An einer Stelle einen halben Meter von ihrem Unterstand entfernt entdeckte sie eine weitere Steinplatte. Viel kleiner als die erste, auf der sie stand, und auch nicht rund, sondern zu einem groben Rechteck gehauen. Sie machte einen Schritt darauf zu, stellte sich auf die Zehenspitzen und bemerkte ein Stück dahinter eine nächste Lücke im kniehohen Gras.

Das war ein Weg! Ein alter zugewachsener Weg aus Steinplatten, wie man ihn in einem Garten anlegte.

Sie trat in den Regen hinaus und folgte der Spur aus Platten. Sie musste schließlich irgendwohin führen. Das, was sie für einen Tempel gehalten hatte, war offenbar eher eine Laube. Und wenn sie tatsächlich in einen Garten hineingestolpert war, konnte ein Haus oder eine Hütte eigentlich nicht fern sein. Sie beschleunigte ihre Schritte.

Platte für Platte wand sich der Weg dahin. Wenn sie nicht alles täuschte, wurde der Wald um sie herum lichter. Nein, sie täuschte sich nicht. Die Bäume hier hatten schlankere Stämme, und ihre Kronen beugten sich unter jedem Windstoß viel stärker, als es die der dicken Riesen getan hatten, zwischen denen sie bislang umhergeirrt war. Auch das Unterholz kam ihr weniger dicht vor.

Eine plötzliche Enttäuschung erfasste sie, als sich vor ihr die nächste Spur menschlichen Lebens aus dem von Regenschleiern verwaschenen Grün schälte. Wie verdorrte Finger ragten die rostigen Streben eines Gewächshauses aus dem Boden. Seine Scheiben waren schon vor langer Zeit einem anderen Sturm zum Opfer gefallen. Für seine Lage mitten im Wald war es erstaunlich groß und hoch: Man hätte Reihe um Reihe von Palmenstauden darin ziehen können. Doch nun sprossen hier nur wilde Blumen, die im prasselnden Regen traurig die gelben und violetten Köpfe hängen ließen. An mehreren Stellen sammelte sich das Wasser in tiefen Furchen, als wäre der Boden von gewaltigen Klauen gierig aufgewühlt worden.

Noch als sie sich fragte, was hier so über die schlammige Erde hergefallen war, hallte erneut ein lautes Knacken durch den Wald, gefolgt von knurrendem Donner. Sie wankte einen Schritt zurück. Ihre Erschütterung lag halb in den beunruhigenden Geräuschen begründet und halb in der Ahnung, wer sich offenbar noch vor Kurzem in diesem Gewächshaus herumgetrieben haben musste.

Hastig suchte sie abseits des Wegs nach einer Waffe, um die

Tiere zu verscheuchen, falls sie denn zurückkehren sollten. Das hätte ihr gerade noch gefehlt. Sie fand einen morschen Ast, hob ihn an und ließ ihn sofort wieder fallen, als etwas über ihre Finger kroch.

Der Ast brach auseinander und gab den Blick auf die Käferlarven frei, die sich in sein totes Holz hineingefressen hatten. Die plötzliche Helligkeit nach dem gewohnten Dunkel versetzte sie in Panik. Scheinbar ziellos wuselten sie umher.

Angewidert stöhnte sie auf und schüttelte ihre Hand aus. Sie beschloss, ihre Suche aufzugeben. Nicht nur vor Ekel, sondern auch, weil ihr die Idee, eine Rotte Wildschweine nur mit einem Ast bewaffnet in Schach zu halten, plötzlich geradezu grotesk vorkam. Eine hilflose Geste in nahezu vollkommener Ohnmacht. Sie beeilte sich, dem Weg aus Steinplatten weiter zu folgen.

Ihre Beharrlichkeit zahlte sich aus: Der Wald wurde noch lichter. Gerade als sie sich darüber zu freuen begann, erkannte sie den Grund dafür. Die Bäume schienen regelrecht vor einem Gebäude zurückzuweichen, das sich drohend vor ihnen erhob. Es war größer als die stattlichsten Bauernhäuser, die sie in dieser Gegend gesehen hatte. Sie erkannte jedoch auf den ersten Blick, dass dieses Anwesen unbewohnt war: Der Eingang klaffte als dunkle Höhle in der zweigeschossigen Fassade, die eine Hälfte der Flügeltür hing schief in den Angeln, die andere war verschwunden. Aus dem freiliegenden Fachwerk zwischen dem blassroten Backstein wuchsen Pilze. Vom Dach war kaum mehr übrig als der Frontgiebel. Die letzten Splitter der Scheiben, die noch vereinzelt in den Fensterrahmen steckten, glänzten feucht wie die Reißzähne im Maul eines Raubtiers.

Sie hätte das Gemäuer nie betreten, doch die schwarzen Wolken ballten sich noch dichter zusammen. Eine tosende Bö wirbelte nasses Laub auf, und ein gleißender Blitz schlug irgendwo im Wald ein – fast, als wollte sie der Sturm auf das Gebäude zutreiben.

Sie rannte auf das Haus zu, die Arme schützend über dem

Kopf, nahm die drei Stufen zum Eingang mit einem Satz und warf sich in die Schwärze dahinter. Sie strauchelte, fiel auf die Knie und verharrte in der Finsternis.

Mit geschlossenen Augen lauschte sie dem wilden Wummern ihres Herzens. Ein modriger Geruch stieg ihr in die Nase. Als sie die Lider wieder öffnete und sich an die Dunkelheit gewöhnt hatte, war die Ursache dafür nicht zu übersehen: Der Wind hatte im Lauf der Zeit so viel Laub durch die Tür geweht, dass es sich als dicke, nach und nach zerfallende Schicht auf dem Boden der Eingangshalle angesammelt hatte.

Und »Eingangshalle« war ohne jeden Zweifel der richtige Begriff für den Raum, in dem sie sich nun aufhielt. Die Deckenhöhe betrug gut und gerne an die fünf Meter. Auch wenn die Balken an einigen Stellen bedenklich große Löcher aufwiesen, trotzte dort oben noch immer ein Leuchter von den Ausmaßen eines Wagenrads der Schwerkraft. Er war in wesentlich besserem Zustand als die herrschaftliche Treppe zum Obergeschoss, die weite Teile ihres Geländers eingebüßt hatte.

Sie hätte sich nicht gewundert, wenn eine durchscheinende Gestalt in Weiß dort oben aufgetaucht wäre, um einen anklagenden Finger auf sie zu richten, weil sie in ihr Reich vorgedrungen war. Ein Frevel, für den es nur eine Strafe geben konnte. Kaum hatte sie den Gedanken zu Ende gedacht, schalt sie sich dafür. Es war doch Unsinn, sich angesichts ihrer Lage auch noch selbst Angst einzujagen. Dennoch fiel es ihr nicht leicht, auf ihre Vernunft zu hören. Sie hatte das sichere Gefühl, nicht allein in diesem Haus zu sein. Zum Glück glaubte sie nicht an Geister. Es kostete sie allerdings einige Anstrengung, gegen die schaurigen Visionen anzukämpfen, die ihr überreiztes Hirn heraufbeschwor. Von Händen, die aus dem Laub hervorschossen, um sie an den Knöcheln zu packen. Von einem heiseren Flüstern hinter ihrem Rücken. Von den brennenden Kerzen, die von einem Wimpernschlag zum nächsten oben am Kerzenleuchter aufflackerten. Das leise Schaben und Klopfen.

Sie brauchte einen Augenblick, um zu begreifen, dass diese

letzten Geräusche nicht ihrer Einbildung entsprangen. Sie waren echt, nur ob des wütenden Sturms draußen am äußersten Rand der Wahrnehmbarkeit. Es klang, als würde jemand einen komplizierten Rhythmus trommeln. Ganz sachte, auf einer Tischplatte, mit den Fingernägeln. Oder mit langen Klauen.

»Hallo?« Sie schämte sich für ihr zaghaftes Rufen. »Hallo?«

Das klickende Scharren verstummte.

Sie wollte aufatmen, da setzte es wieder ein. Immerhin war sie sich sicher, woher es kam. Von oben. Aus dem Stockwerk über ihr. Sie rutschte auf den Knien ein kleines Stück nach vorn, unter eines der Löcher in der Decke und legte den Kopf in den Nacken. »Hallo?«

Wieder erstarb der unheimliche Laut.

»Ist da wer?«, rief sie etwas lauter.

Ein kühler Tropfen landete auf ihrer Stirn. Sie zuckte zurück und wischte sich mit dem Handrücken übers Gesicht. Sie sah den dunklen lang gezogenen Fleck auf ihrer Haut. Das grelle Licht eines Blitzes enthüllte ihr, dass er von einem blassen Rot war.

Dann drang wieder das Schaben und Scharren aus dem Obergeschoss.

Sie wusste, dass sie nur zwei Möglichkeiten hatte. Die erste war, die Flucht anzutreten. Aufzuspringen und hinauszulaufen in den Wind und den Regen, einfach nur weg von diesem Haus. Womöglich war das die vernünftigere Wahl. Doch dann hätte sie nie erfahren, was dort oben wirklich vor sich ging. Gesetzt den Fall, sie schaffte es aus dem Wald heraus, würde sie sich für den Rest ihres Lebens fragen, was es mit den Geräuschen auf sich hatte und warum der Tropfen rot gewesen war. Es würde sie bis in ihre Träume hinein verfolgen. Unerbittlich. Sie musste dem nachgehen. Sie musste daran glauben, dass da nur ein loses Brett über den Boden schabte. Daran, dass die Farbe des Tropfens nur von Rost herrührte. Daran, dass dort oben nichts war, was ihr gefährlicher werden konnte als der Sturm und die Blitze.

Sie atmete zweimal tief durch, stand auf und schlich zur Treppe. Stufe um Stufe ging sie hinauf, seitwärts, den Rücken fest an die Wand gepresst. Warnend knarrte das Holz unter ihren Sohlen.

Auf dem ersten Absatz blieb sie stehen, zögerte. Das war doch Wahnsinn. Sie hatte von unten selbst gesehen, wie löchrig die Decke war. Einen Moment lang sah sie sich mit zerschmetterten Gliedmaßen auf dem Boden der Eingangshalle liegen. Sie straffte die Schultern und nahm den nächsten Absatz in Angriff.

Das Dunkel wich mehr und mehr einem grauen Zwielicht, weil Teile des Dachstuhls bis ins Obergeschoss herabgesackt waren und dieser Einsturz Risse und Spalten geschaffen hatte.

Die Treppe führte auf einen breiten Flur, von dem rechts und links Zimmer abgingen. Sämtliche Türen fehlten. Das Schaben und Scharren gab ihr die Richtung vor. Sie machte einen großen Bogen um eine der Stellen, wo der Boden durchgebrochen war, und trat durch einen der Türrahmen.

Neben einem Loch im Boden in der Mitte des Zimmers lag ein Mann, die Arme auf der Brust gekreuzt, das Gesicht von ihr abgewandt. Er trug schwere, mit getrocknetem Schlamm verkrustete Stiefel, ausgefranste Jeansshorts und ein rotes T-Shirt. Und er war eindeutig tot. Wäre er noch am Leben gewesen, hätte er sich gegen die Krähe gewehrt, die eifrig an seinem Hinterkopf herumpickte.

Der Vogel bemerkte sie und hüpfte verunsichert eine Handbreit zur Seite, scharrte mit den schwarzen Krallen. In seinem Schnabel hielt er einen großen Klumpen grauroten Gewebes aus dem Schädel des Toten.

Sie schrie erst, als die Krähe aufflog und mit ihrer Beute so nahe an ihr vorbeiflatterte, dass eine ihrer Schwingen ihr grausam sanft über die Wange strich.

I

Johann Graumann machte seinem Namen alle Ehre. Sein teurer Anzug, sein perfekt gezogener Seitenscheitel, die Bügel seiner randlosen Brille: Alles an ihm hatte die Farbe, die er in seinem Namen trug. Sogar seine Haut hatte einen ungesunden Stich ins Aschfahle. »Ich bin mir sicher, Herr Jung wird jeden Moment hier sein«, sagte er mit passend neutraler Stimme.

»Sicher.« Dörte Dierssen nickte freundlich. Die vom Amtsgericht Altona bestellte Rechtspflegerin hatte sich dem Anlass entsprechend ebenfalls in gedeckten Farben gekleidet. Neben dem Notar wirkte sie allerdings allein schon wegen ihres kastanienroten Haars wie ein schillernder Paradiesvogel. »Keine Eile. Wir sind ja nicht auf der Flucht.«

Katja Jakobs lächelte verbindlich und sah auf ihrem Smartphone nach, wie spät es war. Zehn Uhr vierunddreißig. Vier Minuten Verspätung waren keine Ewigkeit. In dem stickigen Raum, in dem sie mit Graumann und Dierssen zusammensaß, hatte es sich aber beinahe so angefühlt. Das mochte daran liegen, dass sie kaum ein Wort mit den beiden gewechselt hatte. Oder womöglich auch an der nüchternen Einrichtung: ein großer Tisch mit ein paar einfachen Stühlen. Die einzige Besonderheit war eine langhalsige Vase mit einer Lilie als dezenter Hinweis auf den Grund dieser ganzen Veranstaltung.

Katja beschloss, sich nichts vorzumachen. Sie wollte nur, dass es endlich losging, damit sie dieses traurige Kapitel ihres Lebens hinter sich lassen konnte. Endgültig abschließen und am besten nie mehr daran denken. Es war nun bereits einige Wochen her, seit sie erfahren hatte, was für ein Mensch ihr

Onkel in Wahrheit gewesen war. Eine bittere Enttäuschung, die sich noch nicht verflüchtigt hatte. Da half es auch nichts, dass er für sein schlimmes Verbrechen aufs Grauenhafteste hatte büßen müssen. Im Grunde machte das alles nur noch schlimmer. Niemand hatte es verdient, so zu sterben: festgeschnallt auf seinem eigenen Bett bei lebendigem Leib zu verbrennen. Ihr Onkel hatte eine schreckliche Schuld auf sich geladen, und Katja würde nie die Gelegenheit erhalten, ihn zu fragen, wie er jahrzehntelang einfach so hatte tun können, als wäre das alles nicht passiert. Die leise Hoffnung, dass sie in seinem Testament eine Antwort finden würde, war einer der beiden Gründe, aus denen sie auf die Verlesung des letzten Willens ihres Onkels gespannt war.

»Wäre das keine Geschichte für Sie?«

Katja realisierte erst mit einiger Verzögerung, dass Dierssen sie angesprochen hatte. »Bitte?«

»Das, woran Herr Jung arbeitet«, erklärte Dierssen. »Wäre das denn keine Geschichte für Sie? Alternative Methoden der Energiegewinnung sind doch sicher für viele Leute ein äußerst interessantes Thema.«

»Das stimmt.« Dierssens Tonfall hatte Katja entnommen, dass sie einer überzeugten Grünenwählerin gegenübersaß. »Das wird aber leider auch sehr schnell ziemlich technisch, und da steigen die meisten Leute dann wieder zügig aus.«

»Hm. Verstehe. Aber so ein Gezeitenkraftwerk ist –« Ein Klopfen an der Tür unterbrach Dierssen. »Herein!«

Der Mann, der nun eintrat, war der zweite Grund für Katjas Anspannung. Dietmar Jung bot allerdings nicht gerade einen spektakulären Anblick. Sie schätzte ihn auf Anfang sechzig. Weißes Haar stand ihm in wirren Strähnen vom Kopf ab, und er trug eine jener Brillen, die Optiker nur an solche Kunden loswurden, die keine Angst vor gewagten Gestellen hatten. Seines lag farblich irgendwo zwischen violett und weinrot und biss sich mit dem Dunkelblau seiner breiten Krawatte. Sein hellbraunes Jackett hatte aufgenähte Wildlederflicken an den

Ellbogen, und seine dürren Beine steckten in dunklen Jeans, die mindestens eine Nummer zu groß für ihn waren. Es war insgesamt eine Kombination, die gut zu einem weltfremden Geschichtsprofessor gepasst hätte.

Jung war in Begleitung einer ungefähr gleichaltrigen Frau, die er Dierssen unaufgefordert als seine Schwester Dagmar vorstellte. Ihre Vorstellung von Trauerkleidung war anscheinend eher ungewöhnlich: eine grüne Bluse mit großem Blumenmuster über einem weiten Batikrock in Gelb. Sie war von ähnlich zierlichem Wuchs wie ihr Bruder und hatte ihr graues Haar zu einem strengen Dutt hockgesteckt. Überdies roch sie aufdringlich nach einem schweren süßlichen Parfum.

»Schön, dass wir vollzählig sind«, sagte Dierssen, nachdem die beiden Neuankömmlinge auf Katjas Seite des Tischs Platz genommen hatten. Sie schlug die Akte vor sich auf. »Dann können wir jetzt anfangen. Ich würde Ihnen gern rasch den weiteren Ablauf erläutern, und –«

»Moment.« Katja hob die Hände. »Moment.« Sie warf einen kurzen Seitenblick auf Dietmar Jung. »Mich würde erst einmal interessieren, wer dieser Mann überhaupt ist.«

Graumann seufzte schwer. »Frau Jakobs, bitte.«

»Nein, ganz im Ernst.« Katja sah dem Notar fest in die Augen. »Sie haben mir Herrn Jungs Erscheinen zwar angekündigt, aber Sie wollten mir nicht verraten, um wen es sich bei ihm handelt. Seinetwegen haben wir diesen Termin immer wieder verschoben. Dagegen habe ich nie auch nur den geringsten Einwand erhoben. Finden Sie denn nicht, ich sollte wissen, mit wem ich hier an einem Tisch sitze?«

Während Graumann noch sichtlich überrascht von der Beschwerde nach einer adäquaten Erwiderung suchte, streckte Jung Katja die Hand entgegen. »Dietmar Jung. Und Sie müssen Katja sein.«

»Stimmt.«

»Frieder hat oft von Ihnen gesprochen.« Jung lächelte, doch in seiner Stimme lag viel Wehmut. »Meistens hat er Sie in den höchsten Tönen gelobt, auch wenn er hinsichtlich Ihrer Berufswahl etwas besorgt war. Er sagte immer –«

»Ich solle lieber etwas Anständiges lernen«, brachte Katja den Satz zu Ende, den sie so oft aus dem Mund ihres Onkels gehört hatte. »Woher kannten Sie meinen Onkel?«

»Er war mein Partner.«

»Partner?«

»Dass du immer noch so ein Geheimnis daraus machen musst«, mischte sich Jungs Schwester ein. »Er war die Liebe deines Lebens.«

Jung räusperte sich. »Das ist mir jetzt ein bisschen zu melodramatisch.«

Katja war froh, dass sie schon saß. Das war doch ein Scherz. Ein schlechter noch dazu. Ihr Onkel war ein eingefleischter Junggeselle gewesen, ja, doch das hatte sie bislang seinem allgemein eher eigenbrötlerischen Wesen zugeschrieben. Außerdem passte Jungs Behauptung nicht zu dem schrecklichen Verbrechen, das Frieder vor über zwanzig Jahren begangen hatte. All diese Gedanken schwirrten Katja durch den Kopf, doch was ihr schließlich über die Lippen kam, war ein verwirrtes »Sie waren nicht auf seiner Beerdigung«.

»Das ist völlig richtig«, räumte Jung ein. »Und er wäre auch nicht zu meiner erschienen, wenn ich vor ihm gestorben wäre. Das war eine Abmachung. Eine von vielen.«

»Wenn wir das so weit geklärt hätten …«, meldete sich Graumann vorsichtig zu Wort. »Alles Weitere können Sie sicher auch im Nachgang besprechen.«

Dierssen nickte beipflichtend.

Katja war zu überrumpelt, um weiteren Widerstand zu leisten. Ihre Befürchtung, irgendeinem üblen Scherz aufzusitzen, wuchs, als Dierssen begann, den letzten Willen ihres Onkels zu verlesen. Frieder vermachte sein Haus und sein gesamtes angespartes Vermögen Dietmar Jung, den er in dieser Nachricht aus dem Jenseits schlicht als »meinen Freund« bezeichnete. Offenbar hatte es in Frieders Leben einen Menschen gegeben, dessen Existenz und Bedeutung er über Jahre hinweg verschwiegen hatte. Gerade als sie sich fragte, wie viele Geheimnisse ihr Onkel wohl noch mit ins Grab genommen haben mochte, nahm sie wahr, dass soeben ihr Name gefallen war. »Entschuldigung«, sagte sie schnell. »Könnten Sie das bitte noch einmal wiederholen?«

»Selbstverständlich.« Dierssen fuhr mit dem Finger die Zeile nach. »Mein Grundstück in Tachin soll an meine Nichte Katja Jakobs gehen.«

»Welches Grundstück?«, fragte Katja.

»Es ist nur Wald«, antwortete ihr Jung. »Frieder hat es vor Jahren gekauft. Als es gerüchteweise hieß, man würde eine Autobahn an Tachin vorbei planen. Daraus ist dann nie etwas geworden. Es war ein Spekulationsgeschäft, wenn Sie so wollen.«

»Er hätte es niemals kaufen sollen«, fügte seine Schwester hinzu. »Und das habe ich ihm auch gesagt.«

Katja hatte keine Ahnung, wo Tachin auf der Landkarte zu finden war. Es klang vage nach einem Ort irgendwo im Osten. »Mir gehört jetzt also ein Stück Wald in Tachin«, murmelte sie. »Und wo liegt das?«

»Nordöstlich von Hamburg, ziemlich genau an der ehemaligen Grenze.« Jung zuckte mit den Schultern. »Zonenrandgebiet. Aber eine hübsche Gegend, glauben Sie mir. Ich muss es wissen. Ich wohne da.«

»Was fange ich mit einem Stück Wald an?«, dachte Katja laut.

Dagmar Jung hatte eine Antwort parat. »Verkaufen Sie es. Verkaufen Sie es, so schnell es irgendwie geht.«

Katja stutzte. »Warum?«

Dagmar Jung blickte sich kurz um, als stünde jemand Unsichtbares hinter ihr, und senkte die Stimme zu einem Flüstern. »Weil dieser Wald Unglück bringt.«

2

»Und deshalb bin ich hier gelandet«, schloss Katja Jakobs ihre Ausführungen. »Weil ich mir dieses Waldstück gerne einmal näher anschauen wollte.«

Hauptkommissar Lukas Möhrs verschränkte die Arme vor der Brust. Es war keine Abwehrgeste, eher war sie aus Hilflosigkeit geboren. Die junge Frau vor ihm bot einen jämmerlichen Anblick, wie sie da mit einer Decke aus dem Kofferraum eines Streifenwagens um die Schultern vor ihm auf den modrigen Resten einer alten Holzbank saß: Ihre Haut war blass, das Haar klebte ihr feucht am Schädel und ihr Blick huschte immer wieder hinüber zu der halb verfallenen Ruine. »Und Sie konnten nicht damit warten? Sie mussten noch am gleichen Tag losfahren?«

Jakobs lächelte zögerlich. »Sie kennen mich doch.«

»Stimmt.« Möhrs nickte. Er war Jakobs vor einigen Wochen zum ersten Mal begegnet, unter ganz ähnlichen Umständen. Genauer gesagt an einem anderen Tatort. Er musste sich widerwillig eingestehen, dass er ohne Jakobs' Hilfe den Mord an ihrem Onkel wahrscheinlich längst nicht so schnell aufgeklärt hätte. Es war der mit Abstand spektakulärste Fall seiner Laufbahn als Provinzbulle gewesen. Möhrs wurde das Gefühl nicht los, dass sein unerwartetes Zusammentreffen mit Jakobs wahrscheinlich nur eines bedeuten konnte: noch mehr Nächte mit viel zu wenig Schlaf. Der Gedanke bescherte ihm sofort Sodbrennen. Er ließ die Arme sinken, um seinen Magen zu entlasten. »Warum sind Sie überhaupt noch hier?«

Jakobs sah ihn verständnislos an.

»Ich meine, Sie haben uns doch per Handy verständigt, oder?«

»Ja.«

Möhrs griff in die Tasche des weißen, sich straff über seinem beachtlichen Bauch spannenden Overalls für die Tatortbegehung, in den er sich nach seiner Ankunft mühsam hineingezwängt hatte. Das Display seines Telefons zeigte keinen einzigen Empfangsbalken an. »Sie haben uns aber nicht von hier aus angerufen, oder?«

»Doch.«

»Doch?«

Jakobs schien langsam einen Teil ihres kratzbürstigen Naturells zurückzugewinnen: Sie verdrehte die Augen, ehe sie ihm antwortete. »Im oberen Stockwerk gibt es eine Ecke, von der aus man Empfang hat. Aber ich musste ein ganzes Weilchen danach suchen. Das können Sie mir glauben. Was machen Sie denn so ein komisches Gesicht?«

»Ich bin mir nicht ganz sicher, ob ich es ausgesprochen mutig oder ausgesprochen dumm finden soll, dass Sie in dieser Bruchbude herumgeklettert sind«, entschloss Möhrs sich zu einer ehrlichen Antwort. »Mit ein bisschen weniger Glück hätte ich es jetzt vielleicht mit zwei Leichen zu tun.«

»Es hat gestürmt«, erwiderte Jakobs lapidar. »Und ich wusste nicht, wo ich bin. Ich konnte dem Mann vom Notruf nur sagen, dass ich in irgendeiner großen Ruine in einem Waldstück bei Tachin sitze. Er hat eine Weile gebraucht, mich zu orten.«

»Tachin ist nicht gerade eine Weltstadt.«

»Aber es gehört zu Ihrem Revier?«

»Ja.« Tachin war zu klein für eine eigene Polizeiwache. Nachdem Möhrs in seinem Büro in Güstrin an der Elbe von dem Leichenfund erfahren hatte, war er mit seinem treuen Dienstaudi gute zwanzig Minuten nach Tachin unterwegs gewesen. »Und ob Sie es mir nun glauben oder nicht, ungeklärte Todesfälle sind hier in dieser Gegend nicht unbedingt an der Tagesordnung. Dazu wohnen hier zu wenige Leute.«

»Dafür gibt es aber schon eine Menge Schaulustige, finden Sie nicht?« Jakobs deutete auf das Absperrband, das die Schupos am Rand der großen Lichtung mit dem Anwesen angebracht hatten. Es hatte mehr eine psychologische Wirkung, als dass es ein echtes Hindernis darstellte. Dahinter hatten sich tatsächlich einige Neugierige eingefunden. Zwei ältere Ehepaare in teuer aussehenden Windjacken. Etwas abseits davon ein hagerer Greis mit Glatze und einem ausnehmend hässlichen Mischlingshund an der Leine, der keinen Tag jünger aussah als sein Herrchen. Und ein gut gepflegter Mittfünfziger in Polohemd und Jeans, der dicht an das Band herangetreten war und heftig gestikulierend auf einen der uniformierten Beamten einredete.

Möhrs erwog, dem Schupo zu Hilfe zu eilen und den aufsässigen Schnösel zu vertreiben. Eine Frage von Jakobs hielt ihn davon ab. »Brauchen Sie mich noch?«

Möhrs blinzelte irritiert. So kannte er Jakobs gar nicht. Bisher hatte sie bei ähnlichen Gelegenheiten dazu geneigt, an ihm zu kleben wie eine Klette. »Im Moment nicht. Wollen Sie aus den nassen Klamotten raus?«

»Das auch.« Jakobs zeigte noch einmal auf die Schaulustigen. »Außerdem bin ich mir ziemlich sicher, dass mir eine dieser Herrschaften verraten kann, wie ich zu dem Parkplatz komme, auf dem ich mein Auto abgestellt habe.«

»Verstehe.« Wider besseres Wissen wagte Möhrs es, eine leise Hoffnung auszusprechen. »Und dann geht es für Sie gleich wieder zurück nach Hamburg?«

»Nein. Ich bleibe noch eine Weile. Immerhin sind wir hier auf meinem Grundstück. Ich käme mir schäbig vor, wenn ich mich jetzt einfach aus dem Staub machen würde, als ob mich das nicht das Geringste angeht.«

Möhrs schloss die Augen und holte einmal tief Luft. »Also gut, Frau Jakobs. Wie Sie wissen, ist –«

»Ey, Lukas!«

Möhrs sah sich um, wer da seinen Namen gerufen hatte. Er entdeckte Udo Borowski auf der Türschwelle zum Haus. Dass sein Kollege nicht viel von Subtilität hielt, war ein offenes Geheimnis: Bullen, die heutzutage noch so prächtige Schnauzbärte und goldene Armkettchen trugen wie Borowski, waren keine Freunde leiser Töne.

Mit einer raschen Geste bedeutete Möhrs Borowski, dass er ihn gehört hatte. Er wandte sich noch einmal zu Jakobs um. »Machen wir's kurz: Sie benehmen sich, ja?«

»Klar.« Jakobs rang sich ein Lächeln ab. »Großes Ehrenwort.«

Ohne weiteren Abschiedsgruß stapfte Möhrs auf die Ruine zu. Kollegen von der Spurensicherung – alle in weißen Overalls – schritten das Gelände ab. Wegen des üppig wuchernden Grüns, durch das sie sich vorantasteten, musste Möhrs bei ihrem Anblick an übereifrige Insektenforscher auf der Suche nach bislang unentdeckten Arten denken. Die dichten Mückenschwärme, die die SpuSi-Leute umschwirrten, bestärkten diesen Eindruck nur umso mehr.

Als Möhrs den Eingang des Hauses erreichte, wedelte Borowski gerade wild mit den Händen, um eine aufdringliche Bremse zu verscheuchen. »Aysel ist oben. Ich glaube, sie ist so weit durch.«

»Okay. Hast du den Neuen irgendwo gesehen?«

Borowski schüttelte den Kopf. »Tut mir leid. Vielleicht pinkeln?«

»Vielleicht pinkeln«, seufzte Möhrs. Im Innern der Ruine war es ein wenig kühler, doch er fühlte sich trotzdem nicht wohler. Das lag zum einen an dem muffigen Geruch, der dort herrschte, zum anderen am Knarzen der Treppenstufen unter seinem Gewicht. Er hielt sich auf seinem Weg ins Obergeschoss möglichst dicht an der Wand und blieb schließlich aus reiner Vorsicht im Türrahmen des Zimmers stehen, in dem Jakobs die Leiche gefunden hatte. Das war der Punkt, der am weitesten von dem Loch entfernt war, das hier im Boden klaffte.

Der Tote war im Gesicht übel zugerichtet. Die Krähen, die durch den offenen Dachstuhl hereingekommen waren, hatten sich über Augen, Lippen und Nase hergemacht. Die für sie wohl sehr schmackhafte Nahrung, die der zertrümmerte Hinterkopf barg, hatten sie ebenfalls nicht verschmäht.

»Und?«, sprach Möhrs die zierliche Gerichtsmedizinerin an, die es im Gegensatz zu ihm schaffte, sogar in einem weißen Overall eine gute Figur abzugeben.

Aysel Özen schaute aus der Hocke zu ihm hoch. »Warum der Sicherheitsabstand? Der Mann hier hatte nichts Ansteckendes.«

»Der Boden …«

»Oh, klar.« Ein Grinsen huschte über ihr Gesicht. »Sorry, mein Fehler.« Sie schlug sofort ihren typisch nüchternen Tonfall bei der Präsentation von Ergebnissen ihrer Arbeit an. »Ich würde tippen, der Tote ist ausgehend von der Körpertemperatur irgendwann gestern Nacht oder heute am frühen Morgen gestorben. Ich will mich bei der Todesursache nicht eindeutig festlegen, aber ich glaube, er ist den Folgen einer schweren Schädelfraktur erlegen.«

»Für mich sieht das eigentlich ziemlich eindeutig aus«, merkte Möhrs vorsichtig an.

»Ja, schon.« Sie hob eine ihrer dünn gezupften Augenbrauen. »Aber ich will nicht ausschließen, dass er oben im Dachgebälk herumgeturnt ist und dann einen Herzstillstand oder etwas in der Art erlitten hat, der danach zum Sturz und zu der Fraktur führte.«

»Oh. Clever.« Möhrs nickte. »Aber wer würde hier im Dachgebälk herumkraxeln?«

»Wenn die Leute high sind, machen sie die sonderbarsten Dinge.«

»High?« Möhrs legte die Stirn in Falten. »Woran siehst du das? So ganz ohne toxikologischen Befund, meine ich?«

»Daran.« Sie zog aus der Tasche ihres Overalls einen kleinen Klarsichtbeutel mit krümeligen Pflanzenresten, der in einem größeren Klarsichtbeutel zur Spurensicherung verstaut war. »Das ist ihm hinten aus der Hose gefallen, als ich seine Temperatur messen wollte.«

»Gras.« Was Möhrs mehr zu denken gab als der Cannabiskonsum des Toten, war eine andere Konsequenz aus Aysels ersten Feststellungen. »Das heißt doch, dass wir nicht mit Sicherheit sagen können, ob hier ein Fremdverschulden vorliegt, oder?«

»Genau. Es könnte auch ein Unfall gewesen sein.« Aysel lugte um Möhrs herum in den Gang hinaus. »Wo ist eigentlich der Neue?«

»Vielleicht pinkeln«, seufzte Möhrs erneut. »Hast du irgendwas, anhand dessen man die Identität feststellen könnte? Udo meinte vorhin, er hätte keinen Personalausweis oder Führerschein gefunden.«

»Hab ich.« Sie stand auf und kam auf ihn zu, eine Hand erneut in der Overalltasche. »War aber tatsächlich leicht zu übersehen. Ich bin nur darauf aufmerksam geworden, weil ich seine Gesäßtaschen noch mal kontrolliert habe, nachdem mir das Gras entgegenkam.« Der Beutel, den sie nun hervorholte, enthielt ein scheckkartengroßes Stück Papier. Es sah aus, als wäre es klein gefaltet mindestens einmal mit den Shorts des Toten mitgewaschen und anschließend mehr schlecht als recht wieder glatt gezogen worden. »Hier.«

Möhrs entzifferte die Schrift auf dem Papier. Es handelte sich um einen Studentenausweis der Universität Hamburg. Aus dem unbekannten Toten wurde ein Toter mit einem Namen, einem Alter und einem Beruf: Christian Grieß, geboren am 20. August 1988, seit zwei Semestern eingeschrieben für den Masterstudiengang Soziologie. Eine makabre Erleichterung machte sich in Möhrs breit. Dieses eher unscheinbare Dokument sparte ihm eine Menge Arbeit. Andererseits warf es eine Menge Fragen auf. »Was macht ein Hamburger Soziologiestudent in einem Wald mitten im Nirgendwo? Ganz allein?«

»Tut mir leid.« Aysel hob die Hände. »Das festzustellen ist dein Job, nicht meiner.« Sie schob ihn sanft von der Türschwelle hinaus in den Gang. »Hast du dir schon überlegt, was du am Mittwoch anziehen willst?«

Möhrs brach endgültig der Schweiß aus. Er schätzte sich

glücklich, dass eine so kluge, attraktive Frau wie Aysel jahrelang daran gearbeitet hatte, ausgerechnet einen so grobschlächtigen Kerl wie ihn nach und nach aus seinem emotionalen Schneckenhaus zu locken. Trotzdem fürchtete er sich vor der Begegnung, die ihm am Mittwochabend bevorstand. »Ich wollte noch einen Anzug kaufen gehen.«

»Mach das mal lieber.« Sie seufzte. »Mein Vater gibt viel auf Äußerlichkeiten. Bei uns Türken heißt es zwar, die Augen wären ein Fenster in die Seele, aber mein Vater achtet dabei mehr auf die Gardinen. Ich glaube, er sitzt dieser absurden Idee auf, du wärst auf mein Geld scharf. Oder auf seins.« Sie winkte ab. »Auch egal. Wie gesagt: Es kommt nur darauf an, dass du einen guten Eindruck bei ihm machst. Dann lässt er uns schon in Ruhe.«

»Dann gehe ich mal besser an die Arbeit.« Möhrs fasste nach ihrer Hand. Durch die dünnen Gummihandschuhe, die sie beide trugen, fühlte sich die zärtlich gemeinte Geste sonderbar gehemmt an. »Wir sehen uns später.«

»Okay.«

Am liebsten wäre Möhrs die Treppe hinuntergerannt. Als er aus dem Haus trat, stellte er fest, dass Katja Jakobs sich tatsächlich verdünnisiert hatte. Seine Stimmung hellte sich ein bisschen auf. Was ihm wie zum Ausgleich dafür sofort auf die Nerven fiel, war, dass der Schnösel von eben immer noch auf den armen Schupo einredete. Der Kerl kam Möhrs gerade recht.

»Kann ich Ihnen helfen?«, rief er schon aus einiger Entfernung und mit der nötigen Schärfe, um unmissverständlich darauf hinzuweisen, dass von ihm keinerlei ernstzunehmendes Hilfsangebot zu erwarten war.

Der Schupo schenkte ihm ein dankbares Nicken und trat sofort den Rückzug an. Das ließ dem Störenfried keine andere Wahl, als seine Aufmerksamkeit Möhrs zuzuwenden. »Ja, Sie können mir sehr wohl helfen. Solange Sie mehr für mich haben als irgendwelche dämlichen Floskeln.« Er hatte eine feste und unterschwellig aggressive Stimme, die sofort verriet, wie sehr er es gewohnt war, dass die allermeisten Leute in seinem Umfeld vor ihm kuschten. »Sie können mir nämlich erzählen, was hier überhaupt vor sich geht.«

»Hauptkommissar Möhrs.« Möhrs baute sich vor dem Mann auf. »Und Sie sind?«

»Horst Schäfer.« Es folgte eine kurze Pause, als wartete Schäfer darauf, dass Möhrs angesichts dieses Namens eine Reaktion zeigte. »Ich bin der Bürgermeister von Tachin.«

»Schön.« Möhrs musterte sein Gegenüber, das nach einem würzigen Aftershave roch. Schäfers blassgraue Augen quollen ein bisschen zu sehr aus den Augenhöhlen heraus, doch abgesehen davon kam er bei Frauen wahrscheinlich ziemlich gut an. Nicht, dass ihm das Pluspunkte bei Möhrs eingebracht hätte. »Ich würde vorschlagen, Sie lassen uns hier unsere Arbeit machen, Herr Bürgermeister.«

»Ich …« Schäfer zog den Kopf ein paar Zentimeter tiefer zwischen die Schultern. »Ich wollte hier niemanden an seiner Arbeit hindern. Ganz im Gegenteil. Es ist nur so, dass das hier mein Grundstück ist. Und da ist es doch sicher mein gutes Recht, zu erfahren, was die Polizei hier treibt, oder etwa nicht?«

»Das ist *Ihr* Grundstück?« Möhrs kniff die Augen zusammen. »Komisch. Ich hatte eben noch mit einer jungen Dame gesprochen, die meinte, es wäre ihres.«

»Da haben Sie sich einen gewaltigen Bären …« Schäfer räusperte sich. »Da muss sich diese junge Dame leider irren. Glauben Sie mir, ich weiß, was hier mir gehört und was nicht.«

»Frau Jakobs war sich da ihrerseits auch ziemlich sicher.«

»Frau Jakobs? Wieso Frau Jakobs?« Schäfer gab sich perplex. »Ah, verstehe«, sagte er dann. »Sie hat das Grundstück geerbt. Von ihrem … Vater?«

»Onkel«, korrigierte ihn Möhrs. »Sie kennen sich gut mit den hiesigen Besitzverhältnissen aus.«

»Ich wäre ein schlechter Bürgermeister, wenn ich das nicht täte.« Schäfer lächelte mit der Selbstzufriedenheit einer fetten Hofkatze, die sich soeben einen ganzen Bau Mäuse einverleibt hatte. »In meinem Amt muss man sich mit allem in seinem Dorf auskennen. Mit den Leuten, mit der Geschichte, mit den aktuellen Ereignissen.«

»Hm.« Möhrs bemerkte den Köder, aber er biss nicht an. Es war nicht das erste Mal, dass er einem Typen wie Schäfer gegenüberstand. Ein gemeinsames Merkmal vieler Platzhirsche war, dass sie sich für schlauer hielten, als sie in Wahrheit waren – und dass sie sich gerne selbst röhren hörten. Na gut. Möhrs würde ihm den Gefallen tun. »Das trifft sich gut, dass ich es hier mit so einem Fachmann wie Ihnen zu tun habe. Ich frage mich nämlich schon die ganze Zeit, was das hier eigentlich für ein Bau ist.«

»Bau?« Schäfer setzte eine pikierte Miene auf. »Aber Herr Hauptkommissar, ich muss doch sehr bitten. Dieses Anwesen hat eine lange, manch einer würde sagen ruhmreiche Geschichte.«

»Dann erleuchten Sie mich doch ein bisschen.«

»Wenn Sie darauf bestehen.«

»Unbedingt.«

»Haus Halbersgrund wurde Mitte des achtzehnten Jahrhunderts erbaut.« Schäfer klang nun wie ein überengagierter Reiseführer. »Von Johann Friedrich von Tressen. Sind Sie ein Gartenfreund?«

»Könnte ich jetzt nicht von mir behaupten.«

»Dann sagt Ihnen dieser Name wahrscheinlich auch nichts.« Schäfer lächelte gönnerhaft. »Johann Friedrich von Tressen war das, was man heute als einen Landschaftsarchitekten bezeichnen würde. Er hat einige sehr schöne Anlagen für Fürsten in ganz Norddeutschland angelegt. Nach sehr strengen ästhetischen Prinzipien. Er gehörte einer Freimaurerloge in Eutin an, verstehen Sie?«

Möhrs' Wissen über Freimaurer beschränkte sich auf die fragwürdigen Informationen aus einem Hollywoodblockbuster mit Nicolas Cage in der Hauptrolle, den er vor ein paar Jahren gesehen hatte. Er glaubte nicht, dass es für das Dahinscheiden von Christian Grieß auch nur im Entferntesten relevant war, ob nun Freimaurer, die Tempelritter oder Aliens den Grundstein für Haus Halbersgrund gelegt hatten. Trotzdem sagte er: »Verstehe.«

»Heute merkt man davon nicht mehr viel«, fuhr Schäfer fort. »Es gibt die Tempellaube dort hinten. Sie dürfte Ihnen schon aufgefallen sein. Und Ihre Kollegen stolpern bestimmt am anderen Ende des Grundstücks noch über die Stelle, von der es heißt, dass dort der Turm gestanden haben könnte.«

»Welcher Turm?«

»Der Turm, in dem von Tressen seinem Steckenpferd nachging. Der Alchemie.« Schäfer lachte auf. »Ich weiß, wie sich das anhört. Das war unter seinesgleichen damals allerdings ein weitverbreitetes Hobby. Er soll auf der Suche nach einer Art Unsterblichkeitstrank gewesen sein.«

Noch so eine Information, die an Irrelevanz kaum zu überbieten war. Möhrs hatte jedoch vor, Schäfer noch ein Weilchen länger in Sicherheit zu wiegen. »Aha.«

»Ja, und dann ist der Turm abgebrannt und danach fehlte von ihm jede Spur. Ich persönlich bin der Auffassung, von Tressen ist im Turm verbrannt, aber die hiesige Legende besagt etwas anderes.«

»Und zwar?«

»Es heißt, von Tressen habe bei seinem großen Projekt Erfolg gehabt. Allerdings zu einem schrecklichen Preis. Er soll seitdem in diesem Wald sein Unwesen treiben und Kindern auflauern, deren Blut er trinken muss, um ewig jung zu bleiben.«

»So wie Graf Dracula?«

»Wenn Sie so wollen.« Schäfer rückte den Kragen seines lachsfarbenen Polohemds zurecht. »Na ja, jedenfalls blieb das Gut im Besitz seiner Familie. Über Generationen hinweg. Zwischendurch stand es eine Weile leer. Bis dann im Dritten Reich die Nazis kamen. Sie machten es zu einer Forschungsstätte.« Er hob sofort die Hand. »Ich weiß, was Sie denken, aber das war nichts Dramatisches. Nur das Ahnenerbe. Eine Organisation, die alte Mythen und Legenden erforschte, um sie für Propagandazwecke auszuschlachten.«

»Ach so.« Möhrs spürte seine Nasenflügel zucken. »Nichts Dramatisches.«

»Ja, und nach dem Krieg kam mein Großvater in Besitz dieses Grundstücks.« Schäfer machte ein Gesicht, als hätte er auf eine Zitrone gebissen. »Leider ist das Anwesen dann immer mehr verfallen. Zu hohe Instandhaltungskosten, wenn Sie verstehen. Das hat uns als Kinder nicht davon abgehalten, trotzdem hier zu spielen. Dafür war das alles viel zu aufregend. Ein riesiger Abenteuerspielplatz. Entgegen allen Warnungen unserer Eltern, dass uns von Tressen holt. Oder die Unterirdischen oder sonst irgendwelche Gestalten aus Schauermärchen. Es war ja gerade der Reiz des Verbotenen, der –«

»Sagt Ihnen der Name Christian Grieß etwas, Herr Schäfer?«, brachte Möhrs seine patentierte Strategie »Erst plappern lassen, dann überrumpeln« zum Abschluss.

»Christian Grieß?« Schäfer hatte sich ganz gut im Griff, das musste Möhrs ihm lassen. Weder klappte ihm der Unterkiefer herunter, noch zuckte er zusammen. Doch er ballte urplötzlich die Fäuste. Nur einen flüchtigen Moment, doch Möhrs hatte genügend Unterhaltungen dieser Art auf dem Buckel, um solche Zeichen zu deuten.

Kühl stellte er seine nächsten Fragen: »Wann haben Sie Christian Grieß das letzte Mal gesehen? Und hat er zu diesem Zeitpunkt noch gelebt?«

3

Es war beileibe nicht das erste Mal, dass Möhrs jemanden vom Tod eines nahen Angehörigen in Kenntnis setzen musste. Was jedoch eine absolute Premiere darstellte, war die Reaktion, die Otto Grieß zeigte, als er vom Ableben seines Enkels Christian erfuhr: Der groß gewachsene alte Bauer wandte seinem Besuch den breiten, kaum gekrümmten Rücken zu und öffnete seine Hausbar in der Schrankwand. Die bunten Flaschen darin standen streng aufgereiht wie zum Appell gerufene Rekruten. Er besorgte drei Schnapsgläser und knallte zwei von ihnen so barsch auf die steinerne Platte des Couchtischs, dass jede Gegenwehr und jeder Verweis auf ein Alkoholverbot im Dienst sinnlos gewesen wären.

Möhrs sah schweigend zu, wie Grieß die Gläser großzügig mit Korn füllte. Es war seine feste Überzeugung, dass die Pietät nichts anderes gebot. Sein neuer Kollege war da offenkundig anderer Auffassung.

»Für mich bitte nur einen kleinen Schluck«, sagte Hauptkommissar Gabriel Smolski. »Ich muss noch fahren.«

Grieß machte einen Laut, der irgendwo zwischen einem Knurren und einem Grunzen lag, gab der Bitte jedoch nach.

Möhrs unterdrückte ein Kopfschütteln. Niemals hätte er den Neuen ans Steuer seines treuen Dienstwagens gelassen. Das wusste dieser Schnösel mit dem Kinnbärtchen und dem viel zu verschmitzten Lächeln auch ganz genau. Smolski gehörte also anscheinend zu der Sorte Mensch, die es mit der Wahrheit manchmal nicht so genau nahm. Gut, das zu erfahren.

»Auf dich, Christian!« Grieß hob das Glas. Weder seine Hand

noch seine Stimme zitterte. »Wo immer du jetzt auch bist, mein Junge!«

Möhrs hielt es wie der Herr des Hauses: Er stürzte den Korn auf einen Zug hinunter. Als er sein Glas zurück auf den Tisch stellte, fiel ihm auf, dass Smolski nur ein wenig an dem scharfen Zeug genippt hatte.

Grieß setzte sich aufs Sofa und goss sich nach. »Ich kann Ihnen genau sagen, wer für diese Schweinerei verantwortlich ist.«

»So?« Möhrs beugte sich ein Stück nach vorn. »Wer denn?«

Grieß leerte mit beinahe mechanischen Bewegungen sein Glas. »Diese Schweine, die uns den Boden und das Wasser vergiften wollen.«

»Welche …?« Möhrs blinzelte. »Sie müssten da schon etwas genauer werden, fürchte ich.«

Zu seinem Erstaunen ergriff Smolski das Wort. »Korrigieren Sie mich, wenn ich falschliege, aber ich vermute, Sie meinen die Frackinganlage hier vor Ort.«

Grieß nickte. »Was denn sonst?«

Möhrs musterte Smolski mit offenem Mund und sagte dann rasch: »Woher weißt du irgendwas über eine Frackinganlage hier?«

Smolski klopfte mit der flachen Hand gegen eine Seitentasche seiner olivgrünen Weste im Militärstil. »Ich habe vorhin auf der Fahrt hierher Tachin gegoogelt. Das Fracking schlägt ziemlich hohe Wellen.«

Möhrs kniff kurz die Lippen zusammen. »Du hast das alles irgendwo im Internet gelesen und es nicht für nötig befunden, mir etwas davon zu erzählen?«

Smolski zuckte die Achseln. »Du warst am Steuer, und ich wollte dich nicht ablenken. Außerdem konnte ich ja wohl schlecht ahnen, dass das noch wichtig werden würde. Ich meine, da stand auch jede Menge anderer Kram. Über den Schützenverein und die Freiwillige Feuerwehr und die Entstehung des Ortswappens von Tachin. Hätte ich dir das alles vorlesen sollen?«

»Lass gut sein.« Möhrs versuchte, seinen Zorn herunterzuschlucken, und wandte sich wieder an den Gastgeber. »Wie kommen Sie darauf, dass die Betreiber dieser Frackinganlage etwas mit dem Tod Ihres Enkels zu tun haben?«

»Das liegt doch auf der Hand.« Grieß' kräftige Finger schlossen sich fest um die Kornflasche. »Er hat dort etwas gesehen, was er nicht hätte sehen sollen. Und da haben sie den armen Jungen eben umgebracht.«

Möhrs nickte, auch wenn er diese Vermutung für sehr, sehr weit hergeholt hielt.

»Ich war doch dabei.« Grieß gestikulierte mit der freien Hand, während er sein Glas zum dritten Mal füllte. »Ich war dabei, als sie die Anlage eingeweiht haben. Ich habe gesehen, was für ein Aufwand da getrieben wurde. Schampus für alle, damit keiner merkt, was für eine Sauerei die da durchziehen wollen.« Er schnitt eine verächtliche Grimasse und schüttete sich den nächsten Kurzen in den Rachen. »Sie können mir glauben: Man brauchte nur einen Blick auf den großen Investor zu werfen, um zu verstehen, was die vorhaben. Eiskalte Augen hatte der. Wie ein Haifisch. Und wer würde schon bei so einer Feier mit einem halben Dutzend Kerle wie Kleiderschränke auftauchen, die dafür sorgen sollen, dass ihm keiner an die Gurgel geht – wenn er nicht Dreck am Stecken hätte?« Er winkte barsch ab. »Und alle sind sie um ihn herumscharwenzelt wie die Köter um eine läufige Hündin. Schäfer war der Schlimmste von allen. Wenn er gekonnt hätte, hätte er diesem Halunken das ganze Dorf verkauft, und seine eigene Mutter noch dazu, wenn sie nicht schon längst unter der Erde wäre. Aber Schäfer kannst du es so oft sagen, wie du willst. Der wird nie begreifen, dass uns diese Leute nur übers Ohr hauen wollen. Am Ende sitzen wir dann da und können unser eigenes Land nicht mehr bestellen und unser eigenes Wasser nicht mehr trinken. Aber wenn du das glaubst, stellt Schäfer dich als Irren hin. Oder als verbohrten Bauern, der die Zeichen der Zeit für sein Dorf nicht erkannt hat.«

»Jetzt wird mir etwas klar.« Möhrs legte die Hände ineinander. Es zahlte sich also doch aus, den vorlauten Bürgermeister hart in die Mangel genommen zu haben. »Herr Schäfer meinte vorhin zu mir, er und Sie seien gestern Abend ein wenig aneinandergeraten. Wegen der Zukunft Tachins und weil Sie sich dringend zu tätigenden Investitionen in den Weg stellen würden, wie er es ausdrückte. Er sprach von dieser Frackinganlage, oder?«

»Das stimmt.« Grieß atmete schwer aus. Das scharfe Aroma von Korn in der Luft gewann an Intensität. »Er ist gestern hier aufgeschlagen. Christian und ich haben auf der Terrasse zu Abend gegessen. Schäfer kam und hat sich zu uns gesetzt. Am Anfang war er noch ganz verbindlich. Die Freundlichkeit in Person. Er hat sogar nachgefragt, wie es mit Christians Studium so läuft …« Grieß wischte sich mit dem Handrücken flüchtig über die Augen. »Dieser dreiste Heuchler.«

»Und dann?«, fragte Smolski aufmunternd. »Wie ging der Abend weiter, Herr Grieß?«

»Wie so ein Abend hier eben läuft, wenn man Besuch hat.« Grieß wog die Kornflasche in der Hand. »Man säuft. Und wenn man nicht aufpasst oder einen dabeihat, der auf Streit aus ist, dann wird es irgendwann lauter am Tisch.«

Möhrs zückte sein in Moleskine gebundenes Notizbuch. »Herr Schäfer war also auf Streit aus?«

»Nein«, sagte Grieß. »Aber mein Christian schon. Schäfer hat ihn provoziert.«

»Wie genau?«, wollte Smolski wissen. »Woran entzündete sich dieser Streit?«

»Woran wohl?« Grieß begann, mit dem Finger das Etikett von der Kornflasche abzukratzen. »An dieser verdammten Anlage. Daran, dass ich ihm sagte, ich würde mein Land nie dafür hergeben, wenn diese Probebohrungen erfolgreich sind und es hier wirklich so viel Gas gibt, wie die behaupten.«

Möhrs rief sein begrenztes Wissen über Fracking ab, das in erster Linie aus beiläufig überflogenen Schlagzeilen in der Lokalzeitung und Beiträgen aus den Fernsehnachrichten stammte, denen er nicht weiter Beachtung geschenkt hatte. »Ist Fracking in Deutschland denn nicht verboten?«

Wieder war es Smolski, der eine Antwort parat hatte. »So einfach ist das leider nicht. Solche Verfahren kamen und kommen auch in Deutschland bei der Förderung von Erdgas regelmäßig zur Anwendung. Es ist im Moment nur relativ schwer, für bestimmte Methoden, die sehr tief ins Erdreich vorstoßen, neue Zulassungen zu erhalten, falls ich die aktuelle Lage noch richtig im Kopf habe.«

»Hast du das auch eben noch schnell im Auto gegoogelt?«, giftete Möhrs.

»Nein.« Smolski hob entschuldigend die Hände. »Aber meine bessere Hälfte arbeitet in der Energiebranche.«

»Schön.« Möhrs wurde klar, wie wenig er über Smolski eigentlich wusste. Es war wohl angeraten, einige dieser Lücken zu schließen. Doch dafür war später noch Zeit. Er sah zu Grieß. »Wie sind die Leute von der Anlage hier zu ihrer Genehmigung gekommen, wenn eigentlich keine mehr erteilt werden?«

Grieß blickte ihn einen Moment verständnislos an. »Weil die Genehmigung schon viel älter ist als der Genehmigungsstopp«, sagte er dann. »Und selbst wenn dem nicht so wäre, diese Leute wüssten schon, wem sie was zustecken müssten, damit sie trotzdem bohren dürfen.«

Möhrs überspielte seine peinliche Begriffsstutzigkeit einfach. »Sie haben gerade gesagt, Herr Schäfer und Ihr Enkel seien über die Anlage in Streit geraten, und –«

»Wenn man ganz genau sein will«, unterbrach ihn Grieß, »dann ging es im Grunde nicht um die Anlage an sich.«

»Sondern?«

»Christian war erst richtig auf Krawall gebürstet, nachdem Schäfer zu ihm meinte, wir sollten uns wegen ein paar blöder Bäume nicht so anstellen«, sagte Grieß, um danach zu schweigen, als wäre diese Äußerung selbsterklärend.

»Da müssten Sie schon noch ein bisschen mehr ins Detail gehen«, verlangte Möhrs. »Um was für Bäume ging es da?«

»Um die Eichen.« Grieß musterte die Stelle, wo es ihm inzwischen gelungen war, das Papier vollständig vom Glas der Flasche zu entfernen. »In dem Wald neben der Anlage stehen zwei Dutzend Eichen, schon seit Jahrhunderten. Das ist was ganz Besonderes, nicht nur für die Leute meiner Generation. Sie dürfen nicht verloren gehen.«

»Für die Leute Ihrer Generation?« Smolski stellte die Frage, als hätte er sich verhört. »Was meinen Sie damit?«

»Ich glaube, ich weiß, was Herr Grieß meint.« Möhrs streckte in seinem Sessel die Beine aus. »Alte Eichen sind hier in der ganzen Gegend eine echte Seltenheit. Nach dem Zweiten Weltkrieg wurden viele von ihnen gefällt, weil Teile der Reparationszahlungen an die Engländer, die hier die Verwaltung übernommen hatten, in Holz geleistet wurden. Und nein, das habe ich nicht gegoogelt. So was weiß man, wenn man in dieser Gegend aufwächst.«

Smolski ging nicht weiter auf die Spitze ein, die Möhrs zu setzen versucht hatte. »Mir brennt noch eine andere Frage auf den Nägeln«, wechselte er stattdessen das Thema. »Wie kommt es, dass Ihr Enkel bei Ihnen gewohnt hat, wenn er nicht in Hamburg war? Warum ist er nicht bei seinen Eltern untergekommen?«

»Weil seine Eltern … nicht mehr leben.« Zum ersten Mal hätte Grieß fast die Stimme versagt. »Christian war keine fünf Jahre alt. Sie hatten ein neues Haus gebaut, aber kaum sind sie da eingezogen, bekam meine Tochter Krebs. Lymphdrüsenkrebs. Ein Todesurteil. Wollen Sie das Schlimmste wissen? Bei meinem Schwiegersohn wurde kein halbes Jahr später der gleiche Krebs diagnostiziert, und er starb noch vor meiner Gisela. Ich habe drei Gutachter durch das Haus geschickt, weil ich überzeugt war, es müsse irgendeinen Schadstoff gegeben haben, der den Krebs ausgelöst hat. Aber da war nichts. Die Ärzte sagten, es wäre ein statistischer Zufall.« Bedächtig schenkte er sich noch etwas aus der von ihm verschandelten Flasche nach. »Und deshalb ist der Junge eben bei uns groß geworden.«

Möhrs war Smolski dankbar, dass er nun wenigstens nicht nachhakte, wie es um Grieß' Ehefrau stand. »Hat Ihr Enkel Ihnen gegenüber jemals noch irgendwelche ernsteren Probleme mit anderen Leuten erwähnt?«

»Ich habe Ihnen doch gesagt, wie es ist«, erwiderte Grieß. »Was glauben Sie denn? Dass er in Hamburg Ärger mit einem seiner Studienkollegen hat und der ihm dann bis hierher nachfährt, um ihn umzubringen?« Er kippte sich den Kurzen in den Hals. »Sie müssen sich nicht die Mühe machen, woanders nach dem Mörder zu suchen. Sie finden ihn hier.«

Möhrs brachte es nicht übers Herz, den zornigen Alten auf etwas Wichtiges hinzuweisen: Laut Aysel bestand immer noch die Möglichkeit, dass Christian Grieß einem Unfall zum Opfer gefallen war. Er tat dem Bauern, in dessen stickiger Wohnstube er saß, den Gefallen und sprach lieber wieder über die Vorgänge hier vor Ort. »Denken Sie, Herr Schäfer war aufgebracht genug, dass er Ihrem Enkel etwas angetan haben könnte?«

»Der?« Grieß lachte verbittert auf. »Der hat für so was nicht den Mumm. Der hat bloß eine große Klappe, mehr nicht.«

»Aber man hat Ihren Enkel auf seinem Grundstück gefunden«, gab Smolski zu bedenken. »Was könnte er dort gewollt haben?«

»Er hatte diese fixe Idee.« Grieß starrte einen Punkt an der Wand an. »Dass in der Anlage richtig krumme Dinger mit extrem gefährlichen Chemikalien laufen. Das würden die aber natürlich nicht tagsüber machen. Nur nachts, wenn sie sich unbeobachtet fühlen. Er wollte in den Wald, um möglichst nahe an die Anlage zu kommen, ohne dass ihn jemand bemerkt.« Seine nächsten Worte waren ein kaltes Flüstern. »Dieser verfluchte Wald.«

»Hm?«, machte Möhrs.

»Nichts«, sagte Grieß tonlos. »Es ist nur so, dass mir manche Frauen aus dem Dorf jetzt sagen würden, es wäre kein Wunder, dass das im Wald passiert ist. Sie meinen, dort würde es nicht mit rechten Dingen zugehen. Sie glauben –«

Ein dumpfer Schlag gegen die Terrassentür ließ sie alle drei zusammenfahren. Ein leises Krächzen und Kratzen kam von draußen. Eine Elster lag auf den sandfarbenen Fliesen, den Kopf zur Seite weggeknickt und nur noch schwach mit dem rechten Flügel schlagend, der den Rest ihres Körpers bedeckte wie ein leicht im Wind wehendes Leichentuch.

»Du blödes Vieh!« Grieß stand schwankend auf. »Entschuldigen Sie mich bitte kurz, ja?«

Er verließ das Zimmer, begleitet von den Lauten des sterbenden Vogels.

In den Sommern des Schwarzen Manns

Das satte Surren der breiten Reifen auf dem heißen Asphalt war für Jens die reinste Musik. Genau so hatte er sich das immer ausgemalt, wenn er von der Erfüllung seines größten Wunsches geträumt hatte: den Rücken fest gegen die hohe Lehne des Bananensattels gepresst, eine Hand locker auf dem Hebel der Dreigangschaltung, alle zehn Meter ein Blick in einen der beiden am Lenker montierten Rückspiegel, an jedem Rad vier orangefarbene Reflektoren in Karoform. Gut, er hatte es noch nicht geschafft, ein Pikass oder wenigstens einen Bierdeckel so in die Speichen zu klemmen, dass es beim Fahren schön ratterte. Er hatte sein Rad aber auch erst einen Tag.

Er fuhr den Feldweg hinunter, in Richtung des Walds und des Abenteuerspielplatzes. Er hatte vor, eine kleine Sprungrampe zu bauen. Immer wieder musste er daran denken, wie aufregend es gestern in Hamburg mit seinem Vater gewesen war. Nicht nur, weil er geahnt hatte, dass sie dort das tolle Bonanzarad kaufen würden. Nein, er hatte dort so viele Dinge gesehen, die er vorher noch nie zu Gesicht bekommen hatte. Einen echten Porsche 911 mit einem großen Heckspoiler. Einen Mann, dessen Haut so dunkel wie Mutterboden nach einem Regenschauer war. Und einen Sexshop, in dessen Schaufenster ein Poster von einer Frau mit nackten Brüsten hing. Ein echtes Abenteuer war das gewesen!

Vor lauter Aufregung hatte er kaum schlafen können. Mehrfach war er in seinem Bett hochgeschreckt, und einmal war da ein bleiches Gesicht mit großen dunklen Augen am Fenster aufgetaucht. Er hatte sich mit pochendem Herzen unter seine

Decke verkrochen, die Luft angehalten und bis zwanzig gezählt. Ganz langsam und voll konzentriert. Als er sich wieder aus seinem improvisierten Versteck herausgewagt hatte, war das unheimliche Gesicht verschwunden gewesen. Er hatte es sich wohl nur eingebildet.

Wahrscheinlich waren die Geschichten schuld, die Oma ihm immer erzählte, wenn er auf sie aufpasste. Oma lag inzwischen beinahe den ganzen Tag über nur noch in ihrem Bett in dem kleinen Zimmer mit der Dachschräge. Früher hatte Jens gern bei ihr auf der Matratze gesessen. Er hatte sich von ihr die Hand streicheln lassen, während sie ihm beibrachte, woran man sehen konnte, ob ein Huhn viel oder wenig Eier legte, welche Sorten von Schweinen es in der Gegend gab und welche sein Opa gezüchtet hatte und worauf man an den Wolken achten musste, wenn man wissen wollte, ob es heute noch regnen würde oder nicht.

Diese unbeschwerten Zeiten waren vorbei. Mittlerweile bekam er von Oma nur noch zwei Arten von Dingen zu hören: zum einen völlig wirren Kram über irgendwelche Leute, die er nicht kannte. Zum anderen gruselige Geschichten, bei denen er sich manchmal schwer zusammenreißen musste, um nicht schreiend aus dem Zimmer zu laufen. Von seltsamen hasserfüllten Wesen, die unter der Erde wohnten und neidisch auf alle waren, die sich frei im Sonnenlicht bewegen konnten. Wie diese Unterirdischen alles hörten und auch fast alles sahen, was über ihnen so vor sich ging. Dass sie dafür verantwortlich waren, wenn man in einem dunklen Keller zu pfeifen anfing, weil man das Gefühl hatte, aus einer finsteren Ecke beobachtet zu werden. Und wie man ihnen lieber unbedingt freundlich Antwort gab, wenn sie einen ansprachen, wobei man sie allerdings auf gar keinen Fall anschauen durfte. Denn sie waren unvorstellbar hässlich. Wenn man es nicht schaffte, seinen Ekel vor ihnen zu verbergen, wurden sie zornig und verschleppten einen in ihr geheimes Reich. Dort verwandelte man sich dann nach und nach in einen von ihnen.

Jens bemerkte den Mann, der abseits des Wegs auf einer Wiese saß, erst als er schon beinahe an ihm vorbeigeflitzt war. Er wäre weitergefahren, wenn der Mann nicht so etwas Ungewöhnliches auf dem Kopf getragen hätte: eine Krone aus Gänseblümchen.

Jens trat die Rücktrittbremse. Das Bonanzarad schlingerte ein bisschen, aber am Ende brachte er es doch sicher zum Stehen.

Der Mann lächelte ihn an.

Jens lächelte zurück, obwohl er mit einem Mal trotz der Sommerhitze so sehr fröstelte, dass sich die feinen Härchen in seinem Nacken steil aufrichteten. Er sah diesen Mann nicht zum ersten Mal. Er konnte sich nur nicht daran erinnern, wo sie sich früher schon begegnet waren. Vielleicht beim Schützenfest, vielleicht beim Osterfeuer. Eigentlich war es auch egal. Das war niemand, vor dem man sich hätte fürchten müssen. Auch wenn es für einen Erwachsenen echt komisch war, sich so eine Blütenkrone aufzusetzen.

»Das ist aber ein schönes Fahrrad«, sagte der Mann, dessen Stimme Jens sogar noch vertrauter vorkam als sein Anblick. So, als hätte er sie schon oft gehört. Wo das jedoch gewesen sein könnte, wollte ihm einfach nicht einfallen.

»Es ist ganz neu«, antwortete Jens. Er rollte ein paar Meter rückwärts, damit der Mann das Rad besser bestaunen konnte. »Ich habe es zum Geburtstag bekommen.«

»Deine Eltern müssen dich sehr lieb haben.«

»Bestimmt.« Jens nickte. »Ich war mit in Hamburg, um es abzuholen.«

Der Mann, dessen Haar so hell wie die Sonne war – und auch sein üppiger Schnurrbart hatte die gleiche Farbe –, saß immer noch im Schneidersitz da. Er hatte die Hände im Schoß, doch seine Finger bewegten sich ohne Pause. Jens stellte sich auf die Zehenspitzen und stützte sich auf dem Lenkrad ab. Trotzdem konnte er immer noch nicht so recht erkennen, was der Mann da trieb.

»Was machst du?«, fragte Jens.

Der Mann hob die Hände ein Stück an. In der einen hielt er zwischen Daumen und Zeigefinger ein Gänseblümchen, mit der anderen zupfte er ein weißes Blatt nach dem anderen vom gelben Inneren der Blüte.

»Ach so.« Das kannte Jens. Seine Cousine Brigitte, die schon auf die Realschule ging, machte genau dasselbe, wenn sie wissen wollte, ob einer der älteren Jungs sie süß fand. »Du willst wissen, ob dich jemand mag, oder? Ein Mädchen.«

»So ähnlich.« Der Mann, der eine schwarze Jeans und ein schwarzes Hemd trug, schaute auf das Gänseblümchen. »Es soll mir helfen, etwas Wichtiges zu entscheiden.«

»Was denn?«

»Das würdest du nicht verstehen.« Der Mann lächelte wieder, doch seine Augen sahen eher so aus, als ob er über irgendetwas furchtbar traurig war. »Das ist sehr schwer zu erklären, und wenn man es erklärt, darf man dabei keinen einzigen Fehler machen.«

Darüber musste Jens erst einmal einen Augenblick nachdenken. Dazu schnippte er mit dem Daumen zwei, drei Male die Klingel am Lenker an. Der Mann sah mit gerunzelter Stirn zu ihm auf, als wäre es das laute Dröhnen von Kirchenglocken und nicht das helle Zirpen einer Fahrradklingel, das da die träge Ruhe der Nachmittagshitze störte.

»Ich glaube, ich weiß, was du meinst.« Jens ließ schnell die Finger von der Klingel. »Ich bin doch nicht blöd. Du kannst mir das nicht erklären, weil du Angst hast, einen Fehler zu machen.«

»Ja.« Zum dritten Mal lächelte der Mann Jens an. »Du bist wirklich nicht blöd.«

Jens wusste nicht genau, woran es lag, doch nun wurde ihm die Art, wie ihn der Mann in Schwarz musterte, ein wenig unangenehm. Es erinnerte ihn daran, wie er sich einmal beim Arzt für eine Untersuchung bis auf die Unterhose hatte ausziehen müssen. »Ich fahr dann jetzt mal«, sagte er. »Tschüs!«

Jens konnte nicht anders, als nach wenigen Metern noch einen letzten Blick über die Schulter zu werfen. Der Mann saß wenig überraschend immer noch dort, wo er eben gesessen hatte. Nur hielt er sich jetzt das Gänseblümchen, dem er inzwischen alle Blütenblätter ausgerissen hatte, dicht vors Gesicht. Wenn Jens sich nicht täuschte – was durchaus sein konnte, da er ja gleich wieder nach vorne schauen musste, um nicht versehentlich in den Acker zu fahren –, dann strich sich der Mann mit dem Handrücken über die Augen. So wie man es tat, wenn man nicht wollte, dass jemand einen weinen sah. Das war noch komischer als die Blütenkrone. Jens hatte nur einmal einen erwachsenen Mann weinen sehen. Seinen Vater, nach dem Schlusspfiff des WM-Finales im letzten Jahr, als Deutschland Weltmeister geworden war. Sein Vater hatte ihm erklärt, dass man manchmal sehr wohl heulen durfte, wenn man sich über etwas schrecklich freute. Das leuchtete Jens zwar nicht so richtig ein, doch sein Vater hatte eigentlich immer recht. Außer dann, wenn er sich mit Mama stritt und sie recht hatte.

Jens war so in Gedanken versunken, dass er glatt an der Abzweigung vorbeiradelte, die in den Wald und zum Abenteuerspielplatz führte. Als es ihm auffiel, bremste er heftig ab, führte ein wackliges Wendemanöver durch und steuerte dann sicher auf sein eigentliches Ziel zu.

Er passierte die Stelle, wo er letzte Woche in einem kleinen flachen Weiher neben einer Pferdekuppel Kaulquappen entdeckt hatte. Gut, Weiher war für diese Pfütze vielleicht ein bisschen übertrieben. Das änderte jedoch nichts daran, dass es Spaß machte, den winzigen Tieren dabei zuzusehen, wie sie mit kräftigen Schwanzschlägen durch das Wasser wuselten.

Jens hielt an, stieg vom Rad und bettete es vorsichtig ins weiche Gras. Dann schlich er sich an den Rand der tiefen Pfütze, langsam, Schritt für Schritt, um die Kaulquappen nicht zu verschrecken.

Er setzte sich in den Schneidersitz und beugte sich nach

vorn. Da waren sie! Jens gab einen Laut großen Erstaunens von sich. Bei seinem letzten Besuch waren die Beine der Kaulquappen kaum mehr als kleine Beulen an ihren Hinterleibern gewesen. Nun allerdings war schon sehr deutlich zu erkennen, dass die Gliedmaßen heranwuchsen, auf denen die Tiere nach ihrer Verwandlung umherhüpfen würden.

Jens stützte sich auf den Armen ab, streckte die Beine nach hinten aus und legte sich flach auf den Bauch, um die Kaulquappen noch näher in Augenschein zu nehmen. Er atmete so flach er nur konnte, damit sich das Wasser, in dem sich sein Gesicht spiegelte, nicht zu sehr kräuselte und die Froschlarven womöglich verscheucht wurden.

Jens hätte nicht sagen können, wie lange er so dalag und die Tiere bei ihrem Treiben beobachtete. Sie schossen mal hierhin, mal dorthin, verharrten unter im Wasser treibenden Blättern oder wagten sich so weit nach oben, dass ihre Köpfe die Oberfläche durchstießen.

Von einer Sekunde zur anderen jedoch rührten sich die Tiere nicht mehr. Jens stutzte. Nun erst bemerkte er den drohenden Schatten, der auf das Wasser gefallen war.

»He! Du machst ihnen Angst!«

Jens wollte sich auf den Rücken drehen. Er kam nicht mehr dazu. Das Wasser erstickte seinen Schrei, als ihn eine Hand im Nacken packte und seinen Kopf in die Pfütze hineindrückte. Er schmeckte Schlamm, spürte etwas Kleines, Glitschiges an seinen Lippen zappeln. Dann umfing ihn eine Dunkelheit, wie er sie noch nie zuvor gekannt hatte, eine Dunkelheit, in der Furcht, Schrecken und Verzweiflung keine Bedeutung mehr besaßen.

4

Zurück im Auto konnte Katja kaum fassen, was ihr widerfahren war. Das Herumstromern im Wald, der tosende Sturm, das unheimliche Haus und die Leiche – alles kam ihr wie etwas vor, das nicht ihr, sondern einer anderen Person zugestoßen war. Hatte sie womöglich einen tieferen Schock erlitten, als sie sich eingestehen wollte?

Sie startete den Wagen im Leerlauf und schaltete die Heizung an. Ihr war noch immer so verflucht kalt – trotz der Decke und des Kaffees, den ihr ein freundlicher Polizist besorgt hatte. Sie wollte dafür sorgen, dass sich wenigstens ihre Finger nicht mehr wie Eiszapfen anfühlten, und hielt sie vor die Lüftungsschlitze.

Der Tauprozess hatte gerade eingesetzt, als ihr Smartphone mit einem aufdringlichen Piepen auf einen eingehenden Anruf aufmerksam machte.

»Bist du jetzt reich?«, meldete sich eine vertraute Stimme, aus der das feiste Grinsen deutlich herauszuhören war. Katja wusste, dass der Mann grinste, weil sie ihn fast genauso gut kannte wie sich selbst. Es war ein Mann, auf den sie sich zu hundert Prozent verlassen konnte: Bernd Bauer. Als ehedem bester Freund ihres Vaters war er seit jeher fester Bestandteil ihres Lebens. So locker er konventionelle Moralvorstellungen sah, wenn es um seine Frauengeschichten ging, so ernst nahm er seine Verantwortung als ihr Patenonkel – und das nicht erst seit dem Tod ihres Vaters.

»Was?« So gut sie ihn auch zu kennen glaubte: Katja stand auf dem Schlauch, was Bernds Eröffnung des Gesprächs anbelangte. »Wieso sollte ich jetzt reich sein?«

»Ich dachte, heute wäre Testamentseröffnung gewesen.« Bernds Pflichtbewusstsein ihr gegenüber erstreckte sich auch und gerade auf Finanzfragen. Sie wollte gar nicht genau nachrechnen, wie viel von seinem Vermögen – das Ergebnis eines Lottogewinns, über dessen exakte Höhe Bernd sich ausschwieg – in ihre Ausbildung, in die Erfüllung so manch größeren Wunsches und in die Errettung aus der einen oder anderen argen Geldnot geflossen war. Er würde ihr zwar nie irgendeine große Endbilanz präsentieren, doch sie hasste es, jemandem etwas schuldig zu bleiben.

»Richtig. Heute war die Testamentseröffnung.« Sie seufzte. »Aber reicher bin ich deswegen leider noch lange nicht. Außer an Erfahrungen, auf die ich gut und gerne hätte verzichten können.«

»Was ist los?« Er klang mit einem Mal sehr ernst. »Ist es wegen Frieder?«

In kurzen knappen Sätzen schilderte sie ihm die Ereignisse, die sich an diesem Tag schier überschlagen hatten. Erstaunlicherweise zeigte Bernd sich von den Geheimnissen ihres Onkels mehr verstört als von ihrem Leichenfund. »Frieder hatte einen Geliebten? Aber wie passt das zu dieser Sache mit der Frau auf dem Schiff?«

Katja hatte keine Lust, sich die Details jener Vorgänge vor ein paar Wochen ins Gedächtnis zu rufen, die ihr naives Bild von Frieder ein für alle Mal ausgelöscht hatten. Sie klemmte sich das Handy zwischen Ohr und Schulter und rieb sich die frische, junge Haut auf den Händen. Sie konnte wirklich von Glück reden, dass sie keine dauerhaften Narben zurückbehalten würde. »Das müssten wir diese Frau wahrscheinlich am besten selbst fragen. Und darauf kann ich verzichten. Und wer weiß schon, warum er da wirklich mitgemacht hat? Weil er völlig besoffen war? Gruppenzwang? Weil er es am Ende eigentlich gar nicht so schlimm fand?« Trotz der inzwischen recht angenehmen Temperatur im Inneren des Wagens bekam sie Gänsehaut an den Armen. »Vielleicht finde ich hier Antworten auf diese

Fragen. Obwohl ich mir nicht sicher bin, ob sie mir gefallen würden ...«

»Du hast doch hoffentlich nicht vor, länger in diesem Kaff ...« Er stockte. »Mit welchem Auto bist du eigentlich dort?«

»Ich habe mir Enzos Smart geliehen.«

»Ich dachte, mit euch beiden läuft nichts mehr.«

»Du brauchst dir keine Sorgen zu machen«, beruhigte sie ihn. »Die Nummer ist durch. Aber das heißt ja nicht, dass man sich nicht hin und wieder einen kleinen Gefallen tun könnte, oder?«

»Sehr gut.« Es war ein ehrliches Lob. »Es rührt mich, dass du damit anfängst, dir ein paar Dinge von mir abzuschauen. Apropos kleine Gefallen: Ich könnte dir das Geld für einen eigenen Wagen leihen. Muss ja nichts Großes sein. Und du stotterst die Summe in Raten ab, die für dich zu verkraften sind. Das wäre doch was, oder?«

»Ja, das wäre schon was. Und zwar unnötig«, sagte Katja. Immerhin hatte Bernd so viel Anstand besessen, ihr das Auto nicht einfach schenken zu wollen. »Vielen Dank für das Angebot, aber ich brauche in Hamburg kein Auto.«

»Ja, ja, schon klar«, gab Bernd sich überraschend schnell geschlagen. »Das tolle Bus- und Bahnnetz bringt einen jederzeit überallhin. Außer wenn es mal wirklich dringend ist oder mitten in der Nacht.«

»Jetzt sei nicht beleidigt«, besänftigte Katja ihn. Sie glaubte, am anderen Ende der Verbindung eine leise Frauenstimme zu hören, die in rügendem Tonfall auf Bernd einredete. »Ist das Evelyn, die ich da höre?«

»Ja«, antwortete Bernd abwesend.

Katja wunderte sich. Normalerweise war Evelyn von allen Frauen, die bisher mit Bernd angebandelt hatten, noch die unkomplizierteste gewesen. »Habt ihr Stress?«

»Nein. Alles in bester Ordnung.«

Die knappe Antwort weckte Katjas Unbehagen. »Ist es was Ernstes?«

»Darüber würde ich lieber nicht am Telefon sprechen. Sei mir bitte nicht böse, ja?«

»Natürlich nicht.« Sie beschloss, seinen Wunsch zu respektieren, und schluckte ihre besorgte Neugier hinunter. »Wir reden darüber, wenn ich wieder in Hamburg bin.«

»Gibt es dort ein Hotel, in dem du absteigen kannst?« Bernd war hörbar erleichtert, das Thema wechseln zu können. »Soll ich dir was überweisen?«

»Das ist nett, danke«, lehnte Katja ab. »Aber ich habe eine andere Idee.«

»Du übernachtest mir bitte nicht im Auto«, sagte er streng. »Das musst du dir heute wirklich nicht antun.«

Sie musste lachen, weil ihr der Gedanke geradezu absurd erschien, nach dem, was ihr heute widerfahren war, die Nacht im Wagen zu verbringen. »Ich dachte, ich schaue bei Frieders Freund vorbei. Er wohnt mit seiner Schwester zusammen. Sie wirkt ein bisschen schrullig, aber sie hat mir angeboten, jederzeit vorbeischauen zu können.«

»Bist du dir sicher, dass sie das nicht nur so dahingesagt hat?«, hakte Bernd skeptisch nach.

»Ich hatte nicht den Eindruck, dass sie so oberflächlich ist. Und selbst wenn, ist sie ja eigentlich so was wie Familie. Immerhin war mein Onkel Frieder für ihren Bruder die Liebe seines Lebens. Ihre Worte, nicht meine. Außerdem hat sie erzählt, sie würden in einer alten Windmühle wohnen. Und das klingt doch mal echt spannend.« Zufrieden stellte Katja fest, dass langsam das Gefühl in ihre Finger zurückkehrte. »Da könnte vielleicht sogar ein schönes Motiv für dich rausspringen, falls du da auch mal vorbeischauen möchtest. Ich gebe dir Bescheid, ob es so wildromantisch ist, wie ich mir das vorstelle.«

»Ich bin alt, aber noch nicht so alt, dass ich scharf darauf wäre, alte Gemäuer abzulichten«, zeigte Bernd sich in seiner Ehre als Fotojournalist gekränkt, obwohl er bestimmt schon seit zwanzig Jahren seinen Lebensunterhalt nicht mehr mit diesem Beruf bestreiten musste. »Katja?«

Sie ahnte, was nun kommen würde. »Ja?«

»Du hast aber nicht vor, in Tachin irgendwelche Nachforschungen anzustellen, wie dieser Mann in der Ruine wirklich zu Tode gekommen ist, oder?«

Sie biss sich auf die Unterlippe. Die Entscheidung, wie tief sie Bernd in ihre Gefühle blicken lassen wollte, fiel ihr schwerer als sonst – vielleicht auch deshalb, weil sie erneut Evelyn flüstern hörte. »Als ich vorhin in diesem Haus stand und die Leiche sah, fühlte ich mich so verdammt hilflos. Wer macht so was? Wer bringt einen anderen Menschen um und lässt ihn dann einfach so liegen, dass ihn die Krähen fressen können?« Sie legte eine kleine Pause ein und lauschte ihrem eigenen schweren Atem und dem Rauschen der Lüftung. »Und bis vor ein paar Wochen hätte ich bestimmt auch gesagt: ›Das will ich wissen. Ich muss das wissen. Ich will dieser Person ins Gesicht sehen und sie genau das fragen. Ich brauche eine Antwort.‹ Aber weißt du was?«

»Was?«

»Ich glaube, ich habe dafür im Moment weder die Kraft noch die Nerven.« Katja versuchte, nicht daran zu denken, wie der Flügel der Krähe ihre Wange gestreift hatte. »Mir steckt der Tod von Frieder noch zu sehr in den Knochen, und …« Sie seufzte. Beinahe hätte sie etwas angeschnitten, was in den zurückliegenden Wochen einen Schatten auf ihre sonst so ungezwungene Beziehung geworfen hatte. Doch was hätte das genutzt? Bernd würde nicht mit ihr über die genauen Umstände sprechen, unter denen ihr Vater ums Leben gekommen war. Sie hatte mehrfach versucht, mit ihm darüber zu reden. Ohne Erfolg. Sie musste wohl oder übel akzeptieren, dass er nicht zulassen würde, wie sie alte Wunden bei ihm aufriss. »Das geht mich ja alles im Grunde auch nichts an. Tot ist tot.«

Bernd schwieg einen langen Moment. »Ich verstehe. Das meine ich wirklich ernst. Aber … höre ich da ein leichtes Bedauern mitschwingen, dass du dich aus den Ermittlungen heraushalten willst?«

»Na ja …« Er kannte sie wirklich verflucht gut. »Könnte schon sein.«

»Einen Augenblick noch, in Ordnung?«, hörte sie ihn gedämpft zischen, nachdem Evelyn sich ein drittes Mal bemerkbar gemacht hatte. »Katja, mach dir bitte keine unnötigen Sorgen. Was ist denn so schlimm daran, wenn du diesmal unseren lieben Möhrs den Mörder fangen lässt?«

Katja war nicht um eine Antwort verlegen. »Was so schlimm daran ist? Wir beide wären um ein Haar draufgegangen, als wir uns das letzte Mal auf Möhrs verlassen haben.«

In den Sommern des Schwarzen Manns

Der Mann in Schwarz setzte seine Blütenkrone ab. Mit zärtlicher Behutsamkeit ließ er sie auf die Stirn des Jungen hinabgleiten, den er vor sich aufgebahrt hatte. Nun war er schön genug für die Rolle, die er zu spielen hatte.

Der Mann zog sich einige Schritte zurück, bis er die Kühle der Mauersteine in seinem Rücken spürte. Die Nacht würde er nicht hier unten verbringen, doch er konnte wenigstens noch so lange bleiben, bis die ersten Kerzen ganz heruntergebrannt waren.

Es war ein besonderer Ort, an dem er sich befand – auch der Erbauer dieses Hauses hatte das bestimmt gewusst. Die Mauern erhoben sich an einem Punkt, wo sich mehrere Linien der Kraft kreuzten und wo man früher seine Opfer dargebracht hatte.

Natürlich wäre es besser gewesen, den Jungen an einen dieser alten Plätze zu bringen. Das hätte es denen, für die er bestimmt war, leichter gemacht, ihn zu holen. Doch er musste vorsichtig sein. Die meisten Menschen würden weder verstehen noch gutheißen, was er tat. Sie würden nicht begreifen, dass er sie vor etwas beschützte, was sie alle binnen eines Wimpernschlags hätte auslöschen können. Sie durften niemals davon erfahren. Deshalb zog er sich hierher zurück, um zu tun, was er sich vorgenommen hatte.

Er studierte das Gesicht des Jungen. Glatt und wächsern wirkte es im gedämpften Licht der Kerzen. Still und ruhig. Nicht, als ob der Junge nur schlief. Eher, als ob er ungerührt und mit geschlossenen Lidern auf etwas wartete.

Der Mann wusste, was dieses Etwas war. Ihre Ankunft. Er hatte sie noch nie mit eigenen Augen gesehen, doch sie kamen immer. Sie warteten nur, bis er diesen Ort verlassen hatte. Er brauchte sie auch gar nicht zu sehen. Im Grunde war er sogar froh darüber, dass er sie noch nie zu Gesicht bekommen hatte. Nach allem, was er über sie wusste – und es gab kaum jemanden, der mehr über sie gewusst hätte –, war ihre äußere Erscheinung grauenhaft. Sie waren Geschöpfe der Finsternis, Kreaturen, die in dunklen Höhlen und Stollen hausten. Sie besaßen lange Krallen und scharfe Zähne. So viel stand fest. Die Spuren, die sie an ihrer Opfergabe hinterließen, verrieten es. Manchmal waren es nur oberflächliche Bisse, Schnitte und Kratzer. Manchmal mussten sie sich offenbar tief in das dargebotene Fleisch hineinwühlen, um zu finden, worauf sie aus waren.

Der Mann riss sich vom Anblick des Jungen los und wandte ihm den Rücken zu. Seine Lippen bebten, sein Blick verschwamm. Jetzt kam der schlimmste Augenblick. Der Moment, in dem er das Kind zurückließ. Dann kamen die Zweifel in ihm auf. Nicht, ob er es sich anmaßen durfte, sich zum Herrn über Leben und Tod aufzuschwingen. Das hatte er sich schon vor langer Zeit selbst beantwortet. Das Wissen, das er in sich trug, verpflichtete ihn dazu, seiner grausamen Aufgabe nachzukommen.

Die bange Frage, die ihn verfolgte, lautete anders: Wie lange würden die Empfänger seiner Gabe sich zufrieden zeigen, bis sie ihn erneut dazu drängten, ihm seine und die Treue aller Menschen unter Beweis zu stellen?

5

Falk Ewert nahm die junge Blondine auf dem Foto noch einmal genau in Augenschein. Von der Bettkante gestoßen hätte er sie nicht. Sie traf aber auch nicht seine Idealvorstellung von einem heißen Feger. Dazu war ihr Gesicht zu verkniffen, und sie machte generell zu wenig aus sich. Ein bisschen Schminke, ein engeres Oberteil und eine ordentliche Frisur hätten da Wunder gewirkt. Sein Bedauern über die optischen Mängel von Katja Jakobs hielt sich allerdings in engen Grenzen. Es war unwahrscheinlich, dass er je auf direkte Tuchfühlung mit ihr gehen würde. Dafür bezahlte ihn sein Auftraggeber schließlich nicht.

Kennet Hanssens Büro sah völlig anders aus, als Ewert es erwartet hätte. Hanssen war Ende achtzig und leitete noch immer die Geschicke seines Unternehmens, das mit den Konnekt-Blöcken eines der beliebtesten Spielzeuge der Welt herstellte. Angesichts dessen hatte Ewert sich zwei Varianten von Hanssens Arbeitsplatz ausgemalt. Variante A war sehr düster, aber klassisch eingerichtet, mit einem wuchtigen Schreibtisch und einer Sitzecke aus schweren Ledermöbeln. Variante B war das Spielzimmer eines Jungen, der nie richtig erwachsen geworden war: überall fertig aufgebaute Konnekt-Sets von Flugzeugen, Krankenhäusern und Raumstationen und ein Getränkeautomat mit zehn verschiedenen Sorten Limonade in der Ecke.

In Wahrheit waren Hanssens Schaltzentrale der Macht sechzig lichtdurchflutete Quadratmeter im siebten und damit obersten Stockwerk des Hauptsitzes seiner Firma. Der Schreibtisch war ein fragiles Gebilde aus Glas und durchsichtigem Kunstharz, die Sitzgruppe eine ultramoderne, halb im Boden versenkte Sofalandschaft. Statt Konnekt-Sets dienten bleiche Risszeichnungen von Dampfmaschinen, Wolkenkratzern und Förderanlagen dem Raum als Zierde. Als Ewert von Hanssens Sekretärin – einer unauffälligen Erscheinung mit breitem Brillengestell und dunkelbraunem Hosenanzug – ein Getränk angeboten worden war, hatte er zwischen weißem Tee, stillem Mineralwasser und einem achtzehn Jahre alten Aberlour wählen dürfen. Selbstverständlich hatte er sich für Letzteres entschieden. Nichts wärmte so gut von innen wie ein teurer Whisky.

»Ich gehe davon aus, dass die Bedingungen unserer Geschäftsbeziehung für Sie vollumfänglich akzeptabel sind, Herr Ewert.« Hanssens Stimme hatte trotz der höflichen Formulierung etwas vom warnenden Zischen einer Schlange. »Falls Sie noch Änderungen wünschen, ist jetzt die Zeit, Ihre Vorschläge vorzubringen.«

»Nein, es ist alles bestens.« Ewert sah von dem Foto seiner Zielperson auf. Hanssen taxierte ihn aus klaren, blauen Augen wie ein Insektenforscher ein besonders prächtiges Exemplar einer seltenen Käfersorte. »Mich würde nur interessieren, wie Sie auf mich gekommen sind.«

»Das sagte ich bereits: Sie wurden mir empfohlen.« Hanssen kniff die Lippen zusammen. »Sie kennen die Gepflogenheiten Ihres Metiers genauso gut wie ich. Diskretion ist und bleibt die oberste Tugend. Oder sehen Sie das anders?«

»Selbstverständlich nicht.« Ewert hatte beinahe ein schlechtes Gewissen, noch einmal nachgefragt zu haben, doch die zweitoberste Tugend eines guten Privatermittlers war und blieb die Neugier. Er hätte wirklich einiges dafür gegeben, herauszufinden, welcher Angehörige seiner ansonsten doch eher schäbigen Klientel Kontakte zu einem Mann wie Hanssen pflegte. Was sein Alter anging, hätte Hanssen ein Tattergreis sein müssen, doch er wirkte mindestens zwanzig Jahre jünger. Er hatte die gertenschlanke Statur eines Menschen, der sich zeit seines Lebens mit viel Sport fit gehalten hatte. Squash, Golf und Tennis, tippte Ewert. Hanssens Anzug sah maßgeschneidert aus, Ewerts war für fünfzig Euro von der Stange zu haben. Das Einzige, was man unter Umständen als prahlerische Geschmacklosigkeit hätte verbuchen können, waren die großen Siegelringe Hanssens, drei an jeder Hand. Wenn Ewert sich vorhin nicht getäuscht hatte, hatte einer von ihnen doch tatsächlich die Form eines Totenschädels. »Aber eine Frage hätte ich schon.« Er legte das Foto in die Akte, die ihm Hanssen zu Beginn des Gesprächs ausgehändigt hatte. »Warum ausgerechnet diese Katja Jakobs?«

Hanssen legte die Fingerspitzen zu einem kleinen Dach aneinander. »Weshalb müssen Sie das wissen?«

»Nun …« Ewert spielte an seinem Manschettenknopf. »Es könnte mir meine Aufgabe erleichtern.«

Hanssen blickte ihn unverwandt an. »Sie erhalten zu gegebener Zeit gewisse Gegenstände, die Sie danach unauffällig so in Frau Jakobs' direktem Umfeld platzieren, dass sie sie zwangsläufig entdeckt. Inwiefern wird diese Aufgabe für Sie leichter, wenn Sie erfahren, woher mein Interesse an Frau Jakobs rührt?«

Ewert war lange genug im Geschäft, um zu wissen, wann er einem Klienten auf die Füße getreten war. »Tut mir leid. Ich wollte nicht unhöflich sein.«

Hanssen lächelte. Die Temperatur im Raum schien schlagartig so weit abzusinken, dass mit Eisblumen an den Panoramafenstern zu rechnen war. »Nur so viel, Herr Ewert. Frau Jakobs und ich kennen uns schon eine lange Zeit.« Er lehnte sich in seinem Drehsessel zurück. »Halt, nein. Das ist so nicht richtig. Ich kenne Frau Jakobs schon eine lange Zeit, aber sie kennt mich nicht. Reicht Ihnen das?«

»Natürlich.« Ewert ertappte sich tatsächlich bei einer angedeuteten Verbeugung. »Das geht mich ja auch nichts an.«

»Von meiner Seite aus wäre das alles.« Hanssen erhob sich in einer geschmeidigen Bewegung, die für einen Mann seines Alters an pure Artistik heranreichte. Er wies kurz zur Tür, wandte sich dann zum Fenster um und verschränkte die Arme hinter dem Rücken. »Ich wünsche noch einen guten Tag, Herr Ewert.«

Ewert stand auf und bemerkte erst auf halbem Weg zur

Tür, dass er rückwärtsging und sich das Foto von Katja Jakobs schützend vor die Brust hielt. Fast erwartete er, dass Hanssen unvermittelt herumwirbelte, mit einem gewaltigen Satz über den Schreibtisch sprang und ihm ein Messer ins Herz stieß. Der Alte war unheimlich, doch Ewert hätte ein Idiot sein müssen, diesen Auftrag abzulehnen. Bei der Bezahlung …

»Herr Ewert!« Auch wenn er in Richtung der Fensterfront sprach, füllte Hanssens Stimme den gesamten Raum aus. »Einen Augenblick noch.«

Ewert blieb wie angewurzelt stehen. »Ja?«

»Mir ist nicht entgangen, dass Ihnen meine Ringe aufgefallen sind.« Hanssen seufzte. »Eine schlechte Angewohnheit von mir, aber ich kann nicht anders. Immer wenn ich jemanden, der meinen Zorn auf sich gezogen hat, restlos vernichtet habe, gönne ich mir eines dieser kitschigen Schmuckstücke. Die, die ich heute trage, sind meine Montagsringe. Für die Leute, die mir gleich zu Wochenbeginn quergekommen sind. Wenn ich eine Empfehlung aussprechen dürfte, Herr Ewert?« Ewert brachte nur ein Nicken zustande, doch Hanssen reagierte dennoch darauf. »Werden Sie keiner von meinen Ringen, wenn es sich irgendwie vermeiden lässt.«

6

Das am Waldrand gelegene Gebäude kurz hinter der Ortsausfahrt Tachins in Richtung Lauenburg war durchaus noch als Windmühle zu erkennen: Der stumpfe Kegel, der auf den zweigeschossigen Grundstock aufgepfropft war und von seiner Form her an einen riesenhaften Zylinder erinnerte, konnte zu gar keinem anderen Bauwerk gehören. Allerdings fehlte ihm das charakteristischste Merkmal, das eine Windmühle überhaupt erst zu einer Windmühle machte: das Flügelkreuz.

Katja parkte ihren geliehenen Smart neben einem in die Jahre gekommenen Minivan mit Silbermetallic-Lackierung, stieg aus und folgte einem schmalen Pfad, der sich durch einen überwucherten Vorgarten schlängelte. Sie hatte ihren Finger noch nicht auf dem Klingelknopf, da wurde die schlichte rote Holztür auch schon aufgezogen.

»Ich wusste, dass Sie kommen würden.« Dagmar Jung war tatsächlich in noch buntere wallende Stoffe gehüllt als bei der Testamentseröffnung, und sie strahlte über das ganze Gesicht. »Ich habe von Ihnen geträumt. Nun, nicht von Ihnen direkt. Damals kannte ich Sie ja noch nicht, und Sie sind in meinem Traum auch nicht Sie selbst gewesen. Aber ein schwarzes Kätzchen, das in den Regen gekommen sein muss, weil es ganz klitschnass war, als es bei uns an der Tür kratzte. Ich habe es natürlich hereingelassen und ihm ein Schälchen Milch hingestellt und –« Sie schlug sich mit der flachen Hand vor die bernsteinkettenbehängte Brust. »Wie unhöflich von mir, Sie so zu überfahren. Kommen Sie doch bitte erst mal rein.«

»Gern.« Katja lächelte und betrat das kleine Reich der Jungs.

Im Innern der Mühle war es überraschend kühl. Katja war froh, ihre inzwischen wieder mehr oder minder trockene Kapuzenjacke nicht im Wagen gelassen zu haben. Es lag ein Geruch in der Luft, den selbst Dagmars reichlich aufgetragenes Patschuli nicht zu übertünchen vermochte: ein leicht modriges Aroma wie von schimmeliger Bettwäsche.

Die Räume im Untergeschoss der Mühle waren sehr interessant aufgeteilt: Sie gruppierten sich alle um einen zentralen Treppenaufgang, wobei sowohl in der Küche als auch in der nur durch einen Perlenvorhang abgetrennten Vorratskammer ein nicht zu übersehendes Chaos herrschte. Zum Trocknen aufgehängte Bündel von Kräutern und Blumen hingen wie eine auf dem Kopf stehende verdorrte Wiese von der Decke. Große und kleine Regale bordeten schier über von allerlei Flaschen, Dosen, Tiegelchen und anderen Behältnissen. In den Lücken dazwischen drängten sich diverse Buddha-Statuetten, Rosenquarzdrusen und offenkundig selbst geschnitzte Nachbildungen von Tieren aus verschiedenfarbigen Hölzern. Pferde, Greifvögel, Hirsche: eine ganz ansehnliche Menagerie, auch wenn auf den ersten Blick keine Exoten darunter waren.

Da Katja dieses Durcheinander charmant fand, war ihre Überraschung nur umso größer, als sie gemeinsam mit Dagmar in die Wohnstube trat. Dort war unverkennbar strenge Ordnung angesagt: von der perfekt symmetrischen Anordnung der Stühle um den Esstisch in der einen Ecke über die Verteilung der schwarz-weißen Zierkissen auf der Ledercouch in der anderen bis hin zu dem auf Spiegelglanz polierten Bildschirm des gewaltigen LED-Fernsehers, der auf einem kurzen Schwenkarm an der Wand montiert war. Es gab nur ein Detail, das man für einen Ausreißer hätte halten können: ein Raumschiffmodell aus Konnekt-Blöcken hinter Glas. Katja hatte allerdings in jüngeren Jahren zu Weihnachten und zum Geburtstag oft genug solche Sets geschenkt bekommen, um eines sofort zu erkennen: Das hier ausgestellte Objekt – ein Spaceshuttle nebst Trägerrakete, wie es bestimmt seit zwanzig Jahren nicht mehr produziert wurde – war definitiv ein begehrtes Sammlerstück.

»Was schauen Sie denn so irritiert?«, fragte Dagmar.

»Tja, also …« Katja setzte auf totale Offenheit, denn genau die erhoffte sie sich ja auch von dem Geschwisterpaar. »Mir fällt nur auf, wie ordentlich es hier ist.« Sie deutete mit dem Daumen über die Schulter. »Und draußen ist es … nicht ganz so ordentlich.«

Dagmar lächelte unbeirrt weiter. »Ach, das war schon immer so. Schon seit wir Kinder waren. Er glaubt, feste Regeln bieten einem Schutz und Sicherheit vor allem Bösen in der Welt. Ich habe von Anfang an begriffen, dass im Leben nichts für die Ewigkeit ist und die Dinge ständig im Fluss sind.«

»Aha.«

»Doch, doch, genau so ist das«, plapperte Dagmar weiter. »Deshalb haben wir auch eine Absprache getroffen, als wir damals aus unserem Elternhaus hier im Ort ausgezogen sind, weil die Mühle zum Verkauf stand. Er darf mit seiner Seite machen, was er will, und ich mache mit meiner Seite, was ich will. So werden unser beider Nerven geschont.« Sie durchquerte das Zimmer hin zu einer bestimmt sündhaft teuren Tür aus Milchglas, die sich perfekt in die Rundung der Wand einfügte. Dahinter erstreckte sich ein Garten, dessen Beete und Büsche den Eindruck erweckten, als wären sie am Reißbrett angelegt worden. »Dietmar? Wir haben Besuch!«

»Komme!«

Dietmar Jung eilte zügigen Schrittes heran. Er hängte seine grüne Schürze an einen Haken neben der Tür, legte seine Gummihandschuhe in einen Eimer darunter und tauschte seine Arbeitsschuhe gegen ein paar bequeme Slipper. Erst dann trat er freundlich lächelnd in die Wohnstube. »Hallo, Frau Jakobs.«

»Ich finde, wir sollten uns duzen«, schlug Katja vor. »Ich bin mir sicher, dass Onkel Frieder das so gewollt hätte.«

»Natürlich.« Er nickte knapp und presste die Lippen zu einem Strich zusammen. »Genau so hätte er das wohl gewollt.«

»Setzen wir uns doch.« Dagmar hakte sich bei ihrem Bruder unter, legte Katja den Arm um die Schultern und schob sie beide mit sanftem Druck zur Couch.

Katja ließ sich in die Polster sinken, Dietmar so dicht neben ihr, dass sich ihre Knie berührten. Überrascht stellte sie fest, dass der winzige Körperkontakt nach all den Aufregungen des bisherigen Tages eine beruhigende Wirkung auf sie ausübte.

»Nicht, dass du jetzt meinst, ich würde mich nicht über deinen Besuch freuen …« Dietmar sah sie über den Rand seiner bunten Brille an. »Aber was genau verschafft uns denn die Ehre?«

Einen Augenblick zögerte Katja. Hatte sie wirklich das Recht darauf, das zu tun, was sie vorhatte? War es fair, Dietmar womöglich die Illusion zu rauben, dass er um einen unschuldigen Mann trauerte, der keiner Fliege etwas hatte zuleide tun können? Dann überwand sie ihre Zweifel. Sie war der Wahrheit verpflichtet, und Dietmar hatte es verdient, diese eine Wahrheit zu erfahren, wenn er sie denn nicht schon längst kannte. Katja sah ihm fest in die Augen. »Hast du gewusst, was für ein Monster in meinem Onkel steckte?«

7

Als Katja das nächste Mal bewusst einen Blick zur Wanduhr über dem Flachbildfernseher warf, waren fast drei Stunden vergangen. Drei Stunden, in denen ihr Dietmar wiederholt glaubhaft versichert hatte, dass er von Frieder nie in die schweren Verfehlungen in dessen Vergangenheit eingeweiht worden war. »Dein Onkel war ein Mann, der sich bestens darauf verstand, bestimmte Dinge in seinem Leben komplett zu verdrängen. Was das angeht, waren wir uns immer ziemlich ähnlich.«

Dietmar war mehrfach den Tränen nahe gewesen und hatte immer wieder Theorien darüber aufgestellt, was die Beweggründe für Frieders Taten gewesen sein mochten. »Ich kann mir gut vorstellen, dass er es nur getan hat, damit niemandem auffällt, wie anders er in Wahrheit ist. Das ist für jemanden aus deiner Generation vielleicht schwer nachzuvollziehen. Dieses Versteckspiel. Bei mir wissen nicht einmal meine Kollegen Bescheid. Mag sein, dass der eine oder andere was ahnt, aber ich habe meine Neigungen nie offiziell gemacht. Damit fährt man in meinem Fachbereich nicht sehr gut. Das soll keine Entschuldigung für die grauenhaften Dinge sein, die Frieder dieser armen Frau angetan hat. Nur ein Versuch, ihn zu verstehen. Wenn man so etwas denn je verstehen kann …«

Katja erfuhr, dass es noch viele andere Seiten an ihrem Onkel gab, von denen sie zeit seines Lebens nicht das Geringste geahnt hatte. »Doch, doch, du kannst mir das ruhig glauben«, beteuerte Dietmar in einem der wenigen Momente, in denen auch Erinnerungen an eine verlorene Heiterkeit zurückkehrten. »Wenn alles passte, konnte er richtig über die Stränge schlagen.

Ich erinnere mich an einen Abend in Hamburg, an dem er sich vorgenommen hatte, das ganze ABC durchzusaufen. Für jeden Buchstaben des Alphabets ein eigenes Getränk. A wie Asbach, B wie Bacardi, C wie Cointreau und so weiter und so fort. Das könnte sogar am fünfundzwanzigsten Geburtstag deines Vaters gewesen sein, aber ich will mich da nicht festlegen.«

»Du hast meinen Vater gekannt?«

»Klar. Flüchtig zumindest.« Dietmar nickte, hob aber entschuldigend die Hände. »Doch nur für den Fall, warum du dich jetzt fragst, weshalb du nie etwas von mir gehört hast. Ich war nur *ein* Freund, nicht *der* Freund. Wahrscheinlich hat dein Vater mich auch einfach nur als einen Kommilitonen von Frieder wahrgenommen. Oder Frieder hat mich vielleicht sogar selbst so vorgestellt. Wie gesagt: Wir mussten damals sehr auf Diskretion achten.«

Katja musterte Dietmar stumm. Es war ein hässliches Gefühl, doch sie beneidete ihn darum, so verhältnismäßig klare Erinnerungen an ihren Vater zu haben. Sie hingegen besaß nur die verwaschenen Eindrücke eines Kindes. Bei vielen von ihnen ließ sich schwer sagen, was an ihnen der Wahrheit entsprach und was nur Katjas Einbildung entsprang. Das Wunschdenken eines kleinen Mädchens, das den fehlenden Vater in ihrer Sehnsucht zu einem strahlenden Helden überhöhte.

»Ich bin ihm wirklich nicht oft begegnet«, fuhr Dietmar fort. »Doch eine Begegnung werde ich nie vergessen.« Ein Lächeln huschte ihm über die Lippen. »Das war, als er gerade beschlossen hatte, Journalist zu werden. Frieder war darüber so entsetzt, dass er mich einpackte, um Thomas in irgendeiner Kneipe auf dem Kiez nachzuspüren. Um ihm die ganze Sache auszureden. Dein Vater war nicht allein. Da war noch ein Freund von ihm. Ein hübscher Kerl mit einer ziemlich großen Klappe. Und einem sehr gewöhnungsbedürftigen Cordanzug in Türkis.«

»Bernd«, sagte Katja nur. Sie hatte diesen sagenumwobenen Cordanzug noch mit eigenen Augen gesehen, bevor er irgendwann nach Bernds Lottogewinn in die Altkleidersammlung gewandert war. Außerdem waren Bernd und ihr Vater zu der Zeit, über die Dietmar da erzählte, »an der Hüfte verwachsen gewesen«, wie ihre Mutter es ausdrückte. Oder »zwei wie Arsch und Eimer«, wenn sie mal wieder sauer auf Bernd war.

»Ja, genau. Bernd.« Dietmar schüttelte den Kopf. »Ein schräger Kerl. Egal. Jedenfalls schlagen wir in dieser Kneipe auf und Frieder beginnt sofort damit, auf deinen Vater einzureden. Ob er noch alle Tassen im Schrank hat. Möchte er sein Leben so wegwerfen? Wie will er mit diesem Beruf eine Familie ernähren? Es war ganz, ganz schlimm, und ich habe mich in Grund und Boden geschämt. Frieder hörte sich an, als wäre er seine eigene Großmutter. Und weißt du, was dein Vater dann gemacht hat?«

»Nein.« Katja fühlte eine eigentümliche Mischung aus Vorfreude und über die Jahre taub gewordener Trauer. »Was denn?«

»Er hält Frieder sein Bierglas entgegen und sagt: ›Willst du auch eins oder willst du dich hier lieber weiter zum Affen machen? Finde dich damit ab: Ich werde Journalist, und wenn du dich auf den Kopf stellst und mit den Arschbacken Fliegen fängst.‹« Dietmar lachte auf. »Da hat Frieder mal wirklich sparsam aus der Wäsche gekuckt. Ich kann dir sagen, es gab nicht viele Leute, die Frieder so Paroli geben konnten. Dein Vater hat sich nie von ihm einschüchtern lassen. Ich glaube sogar, dein Vater hat sich von nichts und niemandem einschüchtern lassen.«

Genau dies befürchtete Katja insgeheim schon seit Langem.

Dietmar deutete ihr Schweigen einigermaßen korrekt. »Er ist früh verstorben, wenn ich mich nicht irre, oder?«

»Er hatte einen Unfall.« Katja berief sich damit auf die offizielle Version der Ereignisse, an der sie seit geraumer Zeit Zweifel hegte. »Er war im Auto unterwegs, geriet von der Straße ab und prallte gegen einen Baum. Angeblich war er sofort tot.«

Dietmar verhielt sich wie die meisten Menschen, die ihren Vater gekannt hatten, sobald Katja ihnen auch nur ansatzweise signalisierte, dass die Angelegenheit seines viel zu frühen Todes für sie nie vollkommen abgeschlossen sein würde. Er senkte den

Blick und murmelte: »Das tut mir wirklich sehr leid. Das muss schrecklich für dich gewesen sein.«

»Am schrecklichsten ist, dass ich niemals wissen werde, was damals genau passiert ist.« Katja hatte keine Lust, sich groß zu verstellen. Eines hatte ihr der Tote in dem halb verfallenen Anwesen geradezu überdeutlich vor Augen geführt: dass das Leben ihres Vaters beileibe nicht das einzige war, das vom einen auf den anderen Wimpernschlag ein brutales Ende gefunden hatte. »Vor allem, weil sämtliche Leute, die mir vielleicht weiterhelfen könnten, einfach immer nur mauern, wenn ich sie auf die Ereignisse von damals anspreche.«

Dietmar hob die Augenbrauen und zog gleichzeitig die schmalen Schultern in die Höhe. »Tja, das ist natürlich sehr schade.« Sein Blick wanderte einen Moment suchend durch den Raum und blieb schließlich an dem Spaceshuttle aus Konnekt-Blöcken hinter Glas hängen. »Also ich kann dazu eigentlich nur sagen, dass –«

»Dietmar?« Dagmar, die zwischenzeitlich wegen eines klingelnden Telefons das Zimmer verlassen hatte, kehrte zurück, das Mobilteil noch in der Hand, das Gesicht beinahe so bleich wie die Milchglastür in den Garten hinaus. »Das war Swantje. So was Grauenhaftes. Nicht zu fassen. Geht es schon wieder los?«

Rasch erhob sich Dietmar und bugsierte seine Schwester zu einem freien Sessel. »Reiß dich bitte zusammen. Was ist denn los? Ist was mit Swantje?«

Katja kannte die Antwort bereits, die Dagmar nun hervorpresste. »Sie haben heute Morgen einen Toten gefunden. Im Wald. Im Haus vom Bluthannes.«

Katja lief ein leiser Schauer über den Rücken, als striche ihr jemand mit kalten knöchernen Fingern Wirbel für Wirbel das Rückgrat hinunter. *Bluthannes.* Das klang ganz so, als sollte sie sich besser darüber freuen, unbeschadet aus dem unheimlichen Herrenhaus entkommen zu sein.

»Weiß man schon, wer es ist?«, fragte Dietmar.

»Der Enkel vom alten Grieß.« Seine Schwester umklammerte

mit einer Hand den größten Bernstein ihrer Kette. »Furchtbar. Er war doch noch so jung.« Sie sah zu Katja, ein Flehen im Blick. »Kannst du dir das vorstellen?«

»O ja, das kann ich.« Katja hörte das Schlagen von Schwingen und spürte eine Berührung fein wie von Spinnenbeinen an der Wange. »Ich habe immerhin seine Leiche gefunden.«

8

»Das war unsensibel von mir«, sagte Katja, nachdem Dagmar das Zimmer verlassen hatte. »Ich hätte sehen müssen, wie sehr sie das mitnimmt.«

Dietmar winkte ab. »Du hast seine Leiche gefunden. Wenn hier jemand das Recht hätte, schwer mitgenommen zu sein, dann ja wohl du.« Er folgte mit seinen Blicken dem nun einsetzenden Poltern, das von oben durch die Decke drang. »Sie wird sich schon wieder beruhigen. Ich hoffe nur, dass ihre Arbeit nicht wieder darunter leidet.«

Katja nickte verständnisvoll. »Was arbeitet Dagmar denn?«

»Sie schreibt.«

»Aha.«

»Keine Romane.« Er senkte den Blick, als müsste er etwas gänzlich Unangenehmes ansprechen. »Sachbücher. Im Bereich Esoterik. Über die vergessene Heilkunst unserer Vorfahren und die uralten Wahrheiten hinter ihrem Glauben.«

Katja spürte dem Konflikt nach, den sie aus Dietmars Worten herauszuhören glaubte. »Und du warst doch Ingenieur, richtig?«

»Nein, das war ich nicht. Das *bin* ich immer noch.« Er lächelte schief. »Für wie alt hältst du mich bitte schön?«

Katja machte lieber einen großen Schritt über das Fettnäpfchen, das Dietmar da für sie aufgestellt hatte. »Was war – was ist dein Fachgebiet?«

»Anlagenbau in der Energietechnik.« Wie die meisten Leute gab Dietmar sehr bereitwillig Auskunft, wenn sich einmal jemand näher dafür interessierte, womit sie sich so den lieben langen Tag beschäftigten. »Von der freien Wirtschaft hatte ich allerdings schon vor einer ganzen Weile genug. Es macht keinen Spaß, wenn einem ständig irgendwelche Schlipsträger reinreden, die zwar gut mit ihren ausgedachten Kennzahlen jonglieren können, aber nicht die geringste Ahnung von der Materie haben. Und ständig dieser Termindruck, weil man den Chef und den Aufsichtsrat oder sonst wen im Nacken sitzen hat. So was frustriert auf Dauer. Und es schlaucht. Da habe ich mir was gesucht, wo es noch nicht ganz so hektisch zugeht. Ich unterrichte an einer Fachhochschule. Ich bin da über einen alten Bekannten reingerutscht. Am Anfang hätte ich nie gedacht, dass es mir mal so viel Spaß machen würde. Inzwischen möchte ich nichts lieber tun.«

»Freut mich, dass du beruflich so zufrieden bist.« Ein erneutes Scharren und Poltern von oben ließ Katja kurz verstummen, doch sie fing sich rasch wieder. »Ist das nicht komisch für dich?«

»Was?«

»Dass deine Schwester an solche Dinge glaubt und solche Bücher schreibt. Ich meine, als Ingenieur neigt man doch bestimmt eher dazu, die Dinge wissenschaftlich zu sehen. Du kannst ja keine Anlage bauen, von der du nur glaubst, dass sie laufen wird. Du musst absolut überzeugt sein.«

»Ich finde das, was Dagmar da schreibt, nicht weiter dramatisch. Etwas schräg, ja, das schon. Aber so lange sie damit gutes Geld verdient …«

»Tut sie das?«

»Selbstverständlich.« Er blies die Backen auf. »Und wie. Weißt du, wie viele Leute da draußen sich jedes Jahr einen neuen Mondkalender oder so etwas in der Art kaufen? Ohne Dagmar hätten wir die Mühle nie renovieren können.«

Katja dämmerte, weshalb Dietmar die chaotische Ader seiner Schwester duldete. »Darf ich dich noch was fragen?«

»Klar.«

»Wenn ihr diese Mühle renoviert habt, warum hat sie dann keine Flügel mehr?«

»Weil es wesentlich billiger war, sie und das komplette Mahlwerk auszubauen, als die ganze Anlage wieder instand setzen zu lassen.« Er seufzte. »Glaub mir bitte: Das ist mir nicht leichtgefallen. Es fühlte sich ein bisschen so an, als würde ich die Mühle … also … als würde ich sie kastrieren. Aber mir blieb keine andere Wahl. Die Bauvorschriften und der Denkmalschutz sind auch ohne bewegliche Außenteile kompliziert genug.«

Ein drittes Mal waren laut und vernehmlich Schritte und Poltern aus dem Obergeschoss zu hören. »Entschuldige bitte meine Neugier«, sagte Katja. »Aber was treibt deine Schwester da?«

»Oh, ich sehe da zwei Möglichkeiten«, meinte Dietmar amüsiert. »Entweder sie sucht irgendwelche ihrer sonderbaren Paraphernalien zusammen, um dich und vor allem sich vor den dunklen Energien zu schützen, mit denen du in Berührung gekommen bist.«

»Oder?«

»Oder sie macht das Gästezimmer für dich fertig, weil sie davon ausgeht, dass du bei uns übernachtest.« Er warf einen Blick zur Uhr und durch die Milchglastür in den Garten, wo die Schatten zwischen den wie mit dem Lineal gezogenen Beetgrenzen mittlerweile recht lang geworden waren. »Du willst doch heute nicht mehr zurück nach Hamburg fahren. Nach so einem Schock solltest du dich lieber ein wenig erholen. Und außerdem …« Er zögerte. »Außerdem habe ich dich gerne hier. Es ist schön, so offen über Frieder sprechen zu können. Selbst wenn das, was du mir über ihn zu erzählen hattest, alles andere als schön ist.«

»Danke.« Katja unterdrückte den Impuls, Dietmar spontan zu umarmen. »Das ist wirklich sehr nett. Wenn es euch keine Umstände macht …«

»Ach was. Papperlapapp.« Er stand auf und ging um den Couchtisch herum, um ihr den Weg aus der Sitzgruppe frei zu machen. »Am besten schaust du dir das Zimmer gleich mal an. Außerdem kannst du Dagmar dann auch persönlich sagen, dass du sie vorhin nicht vor den Kopf stoßen wolltest. *Das* wird sie sicher freuen.« Er öffnete die Tür in den Garten und ließ einen warmen Luftzug, den Duft von Blüten und das Zirpen von Grillen herein. »Ich muss mein Werkzeug noch einsammeln und in den Schuppen bringen, bevor es zu duster dafür ist.«

Katja kam Dietmars Vorschlag nach. Es hatte etwas von einer entwaffnenden Vertrautheit, dass die Geschwister Jung sie so frei und unbeaufsichtigt durch ihr Zuhause wandern ließen. Darüber wollte sie sich auf keinen Fall beschweren.

Die alte Holztreppe ächzte und knackte auf jeder einzelnen Stufe. Im Obergeschoss war es dunkel, bis auf einen breiten Lichtstreifen, der links durch eine geöffnete Tür fiel. Auch die Geräusche von Dagmars emsigem Treiben waren mittlerweile verstummt, und so folgte Katja einfach dem Lichtschein.

Kaum hatte sie einen Schritt über die Schwelle in ein sehr übersichtlich möbliertes Schlafzimmer getan, erklang hinter ihr eine aufgeregte Stimme. »Dürfte ich ein Haar von dir haben?«

Katja fuhr herum. »Was?«

Da war es jedoch bereits zu spät. Dagmar fasste Katja an die Schläfe und zupfte ihr mit einem Pinzettengriff ein Haar aus.

»Au!« Katja wich erschrocken zurück und stieß gegen das Bett. »Spinnst du oder was?«

»Tut mir leid, aber das ging nicht anders.« Ähnlich geschickt, wie sie das Haar an sich gebracht hatte, wickelte Dagmar es nun um einen holzperlenbestickten Lederbeutel. Sie machte erst einen Knoten und danach einen Schritt nach vorn, um das Säckchen auf dem Kopfkissen zu platzieren. »Das ist wirklich nur zu deinem Besten.«

Katja packte ihr Gegenüber unsanft am Arm und zog sie ein Stück zu sich heran. »Was sollte das denn?«

Dagmar ließ die grobe Behandlung klaglos über sich ergehen. Sie setzte sich neben Katja und lächelte verschämt. »Bitte sei mir nicht böse. Ich meine es nur gut.« Sie deutete auf das Beutelchen. Es verströmte einen intensiven Duft, der Katja an die Kleiderschränke ihrer Großmutter erinnerte. »Das hier soll dich beschützen. Die Perlen sind aus Lindenholz, und das ist ja ein

Schutzbaum. Das Leder ist von einem Rind, und die Kordel zum Verschnüren habe ich selbst aus Hundehaar geflochten. Das sind zwei der mächtigsten Tiere, wenn es darum geht, das Böse abzuwehren.« Sie nickte, offenkundig hochzufrieden mit ihrer Arbeit. »Die Füllung ist Baldrian, Kornblume und Lavendel. Selbst wenn du nicht an so was wie negative Energien glaubst: Beim Einschlafen hilft das auf jeden Fall.«

»Negative Energien?« Katja kam diese ganze Situation mit einem Mal derart absurd vor, dass ihr Schreck und ihr Zorn sich schlagartig legten. »Welche negativen Energien?«

»Du bist mit dem Tod in Berührung gekommen«, wisperte Dagmar wie eine Frau, die spürte, dass sie unter genauer Beobachtung einer Kraft stand, die ihr alles andere als wohlgesonnen war. »Und das nicht auf eine Art und Weise, die man als tröstlich bezeichnen könnte, wie wenn man zum Beispiel einen geliebten Menschen bei seinem Übergang in einen anderen Seinszustand begleitet. Nein, nein. Das war ein brutales Aufeinanderprallen, an einem Ort, der ohnehin schon das Böse in sich trägt. Ich muss dafür sorgen, dass dir nichts von dort hierher gefolgt ist – und dich noch weiter verfolgt!«

Katja lugte an Dagmar vorbei zu dem Beutel, der da so unschuldig auf dem rot-weiß karierten Kopfkissen lag. »Du glaubst also, du müsstest mich vor einem bösen Geist beschützen, der mir in diesem Haus im Wald begegnet ist?«

»Nein.« Dagmar schüttelte den Kopf. »Ich glaube das nicht nur. Ich weiß es.«

9

Falk Ewert hätte für einen einzigen Zug an einer Zigarette getötet. Er wusste selbst nicht so recht, warum er immer wieder versuchte, mit dem Rauchen aufzuhören. Dieses Mal hatte er sich eingeredet, auf diese Weise das Risiko reduzieren zu können, bei einer Observierung entdeckt zu werden: keine Nikotinsucht, kein verräterisches Glimmen einer Kippe in der Dunkelheit. Letztes Mal war er der fixen Idee aufgesessen, er würde sich wieder wie Mitte zwanzig fühlen, falls er auf Tabakgenuss verzichtete. Absoluter Unfug. Es war damals genau wie jetzt: Alles, was er von seinem guten Vorsatz hatte, war ein fieses Kribbeln und Brennen hinter der Stirn. Der aufdringliche Hinweis seines Hirns, dass es gerade nach seinem absoluten Lieblingsstoff gierte.

Zum Glück schien sein Auftrag für Hanssen ein Spaziergang zu werden. Oder eher gesagt: eine Spazierfahrt. Hanssens Sekretärin hatte ihm vor dem Verlassen der Konnekt-Zentrale eine Akte ausgehändigt, in der alles zusammengetragen war, was er über diesen Fall wissen musste. Er hatte sie in der erstbesten Kneipe studiert und sich ob der Gründlichkeit des steinalten Industriellen beeindruckt gezeigt. Ein so sauberes Profil über eine Zielperson hatte er noch nie gesehen. Gut, von biestigen Ehefrauen, die wissen wollten, ob ihr Göttergatte ab und zu ein Auswärtsspiel einlegte, war natürlich kein solches Maß an Professionalität zu erwarten. Er hatte aber auch schon andere Firmenkunden gehabt. So detaillierte Informationen allerdings hatte er noch nicht bekommen. Er hatte das Gefühl, als gäbe es kaum noch etwas, was er über diese Katja Jakobs nicht wusste.

Er wusste, wo sie einkaufte. Welche Zeitschriften sie abonniert hatte. Wie ihre Mutter aussah. Und so weiter und so fort. Hanssen nahm es dabei augenscheinlich mit den Gesetzen nicht allzu genau. Wozu auch, wenn man sich ein Heer von Topanwälten leisten konnte? Die Akte enthielt auch Angaben dazu, was eine regelmäßige Ortung von Jakobs' Handy ergeben hatte. Der letzte Eintrag war erst ein paar Stunden alt. Er verriet, dass sich Jakobs in einem kleinen Örtchen namens Tachin aufhielt, unweit der ehemaligen DDR-Grenze. Das passte hervorragend zu einem Abschnitt der Akte etwas weiter vorn. Dort waren Jakobs' Verwandte und Bekannte aufgelistet: Ihr vor wenigen Monaten verstorbener Onkel hatte einen Geliebten in dem Kaff gehabt.

Ganz hinten in der Akte fand Ewert einen auffällig ausgebeulten Briefumschlag mit der Aufschrift *Zur baldmöglichsten Verwendung*. Er öffnete ihn. Ihm fiel ein kleines Modellauto entgegen, das ihm ein Lächeln entlockte. Noch vor zwanzig Minuten hätte er nicht einmal geahnt, was es mit diesem Spielzeug auf sich hatte. Sein Studium der Akte hatte das jedoch grundlegend geändert. Damit war seine weitere Marschrichtung klar. Hanssen war wirklich ein grausamer Bastard. Ewert drehte den winzigen schwarzen Golf II noch ein paarmal in den Fingern hin und her. Dann steckte er ihn zurück in den Umschlag und leerte sein Bier.

An seinem Wagen angekommen, ging Ewert an den Kofferraum, um noch einmal seine Ausrüstung zu prüfen. Sie war leicht in zwei Kategorien zu unterteilen: Erstens gab es da die Dinge, die sehr wahrscheinlich in Tachin und bei der weiteren Beobachtung von Jakobs zum Einsatz kommen würden, zweitens solche, bei denen das voraussichtlich nicht der Fall war. Sein Nachtsichtgerät, seine Dietriche und sein Richtmikrofon fielen allesamt in die erste Kategorie. Sein treuer, stupsnäsiger Revolver der Marke Rossi doch eher in die zweite. Nicht, dass er irgendwelche Skrupel gehabt hätte. Es stellte sich eben nur die Frage, was er von einem alten Schwulen und einer jungen

Journalistin zu befürchten hatte, sollte es denn überhaupt zu irgendeiner Form von körperlicher Auseinandersetzung kommen. Vermutlich nichts.

Gut gelaunt stieg Ewert ein und startete das Auto. Er ertappte sich dabei, wie er den billigen Schlager aus dem Radio mitpfiff. Eine Fahrt aufs Land, um einer Frau ein wenig Angst einzujagen: Leichter konnte man sich sein Geld ja wohl gar nicht verdienen.

Aus den Erinnerungen des Einen und des Anderen

Wenn sie später darüber sprachen, wie das Unheil seinen Lauf genommen hatte, beschworen sie oft gemeinsam ein ganz bestimmtes Bild herauf. Dieses Bild verkörperte für sie alles, was sie verloren hatten: Mutter, wie sie in der wohlig warmen Küche stand, während draußen der Herbstwind heulte und das Laub durch die Luft wirbelte, als griffe er mit riesigen, unsichtbaren Händen danach.

Sie malten es sich in allen Einzelheiten aus. Mutters Schürze mit der eingestickten Nelke. Der Stoff, der die feinen Umrisse unzähliger Flecken in sich trug, wenn man nur nahe genug heranging. Geisterhafte Erinnerungen an längst verspeiste Köstlichkeiten. Mutters Haar, das die Farbe von geschmolzenem Gold hatte.

Mia und Leonie, die zu Mutters Füßen saßen und kichernd und glucksend mit ihren Puppen spielten. Die bunten Schleifen, die sie sich ins Haar geflochten hatten.

Minka, die das Treiben der beiden Mädchen verfolgte, mit wachsam aufgerichteten Ohren und zuckendem Schwanzende.

Oma, die in der Ecke gleich neben dem Ofen saß und sorgsam Geschirrtücher zusammenlegte.

Henry, der stolz davon berichtete, wie sehr ihn sein Klassenlehrer für einen kleinen Vortrag über die Geschichte ihres Dorfes gelobt hatte.

Peer, der von alldem nichts verstand, weil er noch viel zu klein dafür war und dick eingemummelt in seiner Wiege schlummerte.

So schön dieses Bild war, so groß war der Schrecken, den es für sie barg. Sie durften nie zu lange darüber nachdenken. Sonst bestand die Gefahr, dass es sie an jenen Punkt in ihrer Vergangenheit zurückführte, an dem sie gelernt hatten, wie unerbittlich grausam die Welt in Wahrheit war.

Es war nicht der Tag, an dem Mutter ihnen gesagt hatte, dass Vater nie mehr nach Hause kommen würde. Es war nicht der Abend, an dem sie im Radio zum ersten Mal davon hörten, was Bomben waren und was sie anrichteten. Auch nicht jener Augenblick, als sie eines Morgens auf dem Weg zur Schule an einer Weide vorbeikamen, auf der eine Kuh verendet war, an der sich die Tiere der Nacht gütlich getan und sich tief in ihren Bauch hineingefressen hatten.

Jedem anderen wäre die Szene, die sie meinten, harmlos vorgekommen. Doch niemand anders wusste, was sie wussten. Welche im Verborgenen lebenden Geschöpfe man gütig stimmen musste, damit man ihren unheiligen Zorn nicht erregte. Sie hingegen hatten völlige Klarheit darüber, wie ernst es ihrer Mutter und ihrer Großmutter mit ihren Warnungen gewesen war.

»Es ist lange her, aber es könnte jederzeit wieder so weit sein.« Mutter hatte aus dem Fenster geschaut, die Stirn in tiefe Sorgenfalten gelegt. »So wie ich jetzt hier stehe, standen schon viele Mütter da, die nicht mit seinem plötzlichen Besuch rechneten. Und wer weiß? Vielleicht würde es auch einen Moment dauern, ehe ich begreife, wer da den Weg zum Haus herunterkommt. Unser guter Herr Jesus schaut ja nicht alle Tage bei einem vorbei.«

Sie hörten immer ganz genau zu, wenn Mutter vom Herrn Jesus erzählte. Viel genauer als früher. Denn Herr Brech aus der Schule erzählte viele Dinge über den Heiland, die völlig anders klangen.

»Natürlich würde ich nicht den gleichen Fehler machen wollen, wie ihn eine andere Frau aus dieser Gegend gemacht hat.« Mutter seufzte tief. »Doch es ist eingebildet von mir, so zu denken. Es könnte doch sein, dass es mir vor lauter Schreck genauso geht und ich unserem Herrn Jesus besonders gefallen will.« Da hatte Mutter sich umgewandt, mit sehr ernster Miene. So ernst, wie sie sie sonst nur manchmal aufsetzte, wenn sie in die Vorratskammer schaute und sich überlegte, wie sie all die hungrigen Mäuler ihrer Lieben stopfen sollte. »Und dann, ja dann müsste ich mir genau wie die Frau aus der Geschichte überlegen, welche meiner Kinder ich in den Keller sperre, weil ich fürchte, unser Herr Jesus könnte sich darüber ärgern, wie unansehnlich und ungezogen sie sind.«

Das war eine schreckliche Vorstellung: Der Keller war ein düsterer, unheimlicher Ort. Mia sagte immer, dort unten gebe es Ratten und Mäuse. Es roch übel nach Moder und Schimmel. Kühl und klamm war es selbst an den heißesten Sommertagen noch dazu. Man wollte sich gar nicht ausmalen, wie es war, wenn man dort unten hockte – frierend und verängstigt die Arme fest um eines seiner Geschwister geschlungen – und sich nach oben zurücksehnte, wo es warm und hell war und die anderen für den Herrn Jesus lachten und sangen.

»Aber, Kind, das wäre doch schrecklich dumm.« Aus Omas Mund kam ein Geräusch, das halb Lachen, halb feuchtes Husten war. »Hast du vergessen, was war, nachdem der Herr Jesus freundlich bei der Frau und ihren hübschen Kindern gesessen und sich danach wieder verabschiedet hatte?«

»O nein.« Mutter richtete den Blick zur Kellertür. »Als die Frau die anderen Kinder wieder nach oben holen wollte, waren sie verschwunden.«

»So war es.« Oma stand auf, um nach Peer in seiner Wiege zu sehen, der mit einem Mal herzzerreißend schrie. »Die hässlichen Kinder waren alle fort, und seitdem leben sie unter der Erde, wo sie schlimmen Hunger leiden, der wächst und wächst und wächst, bis er so groß ist, dass sie sich ein hübsches Kind holen und es in ihr dunkles Reich hinabziehen, um es dort zu verschlingen.«

Oma stürzte auf sie zu, die Hände zu Klauen gekrümmt,

knurrend und stöhnend. Da rannten sie schreiend aus der Küche und verkrochen sich auf dem staubigen Dachboden, um möglichst weit von der finsteren Heimat der Unterirdischen entfernt zu sein. Dort – zwischen Kisten mit alten Kleidern und aussortierter Bettwäsche, begleitet vom Pfeifen des Windes – schworen sie sich hoch und heilig, für eines unbedingt sorgen zu wollen: Die Unterirdischen sollten bekommen, was ihnen zustand. Sie sollten nie mehr Hunger leiden müssen.

10

Mit einem erstickten Keuchen fuhr Katja hoch. Schwarze, glänzende Augen starrten sie aus der Dunkelheit heraus an. Kalt, seelenlos. Das beunruhigende Gefühl, als würde irgendwer – *irgendetwas* – jede einzelne ihrer Regungen beobachten, wich erst nach und nach, selbst nachdem sie schon längst begriffen hatte, dass das Augenpaar nur ein Traumbild war, das sie aus dem Schlaf heraus verfolgt hatte.

Sie strich sich die schweißfeuchten Haare aus der Stirn und blickte sich blinzelnd in dem finsteren Zimmer um. Schemenhaft machte sie die Umrisse eines wuchtigen Kleiderschranks aus. Zugezogene Vorhänge vor einem schmalen Fenster, einen Stuhl in der Ecke, Kleidung achtlos über die Lehne geworfen.

Schließlich war es der Geruch, der ihr verriet, wo sie war. Süß und schwer bedrängte er sie mit jedem Atemzug. Sie tastete auf dem Nachttisch nach dem Beutelchen, das Dagmar für sie mit Kräutern gefüllt hatte, um sie vor bösen Geistern zu schützen. Katja zog die Nachttischschublade auf und verstaute den kleinen Sack darin.

Danach atmete sie einmal tief durch. Ganz hinten im Hals spürte sie ein hartnäckiges Kratzen. Sie schlug die dünne Decke zurück, schwang die Beine aus dem Bett und stand auf. Sie brauchte etwas zu trinken. Sonst war an Schlaf nicht mehr zu denken.

Katja machte einen müden Schritt in Richtung der Zimmertür. Sie musste sich wohl oder übel nach unten aufmachen, hinunter ins Erdgeschoss, ins einzige Badezimmer der Mühle. Dort konnte sie einen Schluck Wasser direkt aus dem Hahn nehmen.

Am Treppenaufgang konnte sie trotz intensiver Suche den Lichtschalter nicht finden. Kurz hatte sie sogar den Eindruck, jemand würde ihre Bemühungen verhöhnen: Es klang, als würde irgendwo ganz in ihrer Nähe eine zweite Hand gegen die Wand klatschen.

Sie stellte ihre Suche ein und horchte ins Halbdunkel hinein. Nichts. Kein Klatschen. Kein gedämpftes Schnarchen eines der Geschwister Jung. Kein Knacken. Kein Ticken. Nichts. Nur Stille.

Seltsam. Hieß es nicht immer, in alten Häusern würde das Holz arbeiten? Dass deshalb immer etwas zu hören war? Katja setzte den Weg nach unten ohne Beleuchtung fort und empfand das Knarren der Stufen beinahe schon als Erleichterung.

Schon fast unten fiel ihr ein, dass sie das Display ihres Smartphones als improvisierte Taschenlampe hätte verwenden können, aber sie wollte nicht noch einmal umkehren. Gerade in diesem Moment schwang mit einem jähen Windstoß die Eingangstür zur Mühle auf. Eine leicht gedrungene Gestalt trat in den Flur.

Katja verschlug es den Atem. Dann legte sich der Wind und ein schier unerträglich helles Licht breitete sich in der Diele aus.

»Katja?«, hörte sie Dagmar fragen.

Einen winzigen Moment war Katja erleichtert, dass die vermeintliche Medusa sich als harmlose Frau entpuppte. Dann wurde ihr bewusst, welchen Anblick sie selbst bot: in Slip und T-Shirt, die Augen zusammengekniffen wie ein Maulwurf, die Hände zur Abwehr eines Angriffs erhoben. »Du musst dir dringend abgewöhnen, mich so zu erschrecken.«

»Tut mir leid.« Rasch wandte sich Dagmar um und schob die Tür hinter sich zu, als befürchtete sie, ein unerwünschter Besucher könnte ihr in die Mühle folgen. »Das wollte ich wirklich nicht.« Sie öffnete die Tür wieder einen winzigen Spaltbreit und spähte in die Nacht hinaus, eine Hand vor der Brust, die andere in der Tasche ihrer dünnen Strickweste. »Aber ich muss vorsichtig sein.«

Mit pochendem Herzen ging Katja die Treppe vollends hinunter. »Stimmt was nicht?«

Dagmar schloss die Tür erneut und lehnte sich mit dem Rücken dagegen, die Augen weit aufgerissen. »Ich glaube, was dich verfolgt, verfolgt jetzt auch mich.« Sie bückte sich und knotete ihre Schnürsenkel auf. »Vielleicht war es dumm von mir, es so offen herauszufordern.«

Erst jetzt fiel Katja auf, dass Dagmar klobige, schlammverschmierte Wanderschuhe trug. »Wo warst du überhaupt?«

»Im Wald.« Dagmar schlüpfte aus dem ersten Stiefel und stellte ihn auf ein Stück aufgefaltete Zeitung neben der Tür. »Ganz in der Nähe des Gutshauses. Ich musste gehen.« Der zweite Stiefel folgte dem ersten. »Ich hatte keine andere Wahl.«

»Keine andere Wahl? Wieso?«

»Weil mich etwas gerufen hat.«

»Und was war das?«

»Etwas, vor dem man nicht einfach so die Ohren verschließen kann.« Dagmar wandte sich kurz zur geschlossenen Tür um und schüttelte den Kopf. Dann griff sie nach Katjas Arm. »Lieber nicht hier. Komm in die Küche.«

II

Zwei Minuten später saß Katja an dem kleinen Küchentisch. Dagmar hatte ihr eine Decke für ihre nackten Beine und ein Glas Wasser aus einer Kanne mit Kristallen am Boden gegen ihren Durst besorgt. Eine dicke Kerze auf einem der Gewürzregale sorgte für ein angenehm gedämpftes Licht. Auf der Arbeitsfläche fauchte und blubberte ein Wasserkocher. Dagmar füllte ein Tee-Ei und hängte es in eine Tasse. Danach holte sie ein Holzschächtelchen aus der Westentasche und platzierte es auf einem Korkuntersetzer auf dem Tisch. »Hier.«

»Was ist das?«

»Du kannst es ruhig aufmachen.«

Das Schächtelchen verströmte einen intensiven Duft von feuchtem Holz. Es fühlte sich ein kleines bisschen schleimig an. Der Deckel ließ sich leicht lösen und gab den Inhalt preis: eine Kette aus angelaufenem Silber mit einem Anhänger in Form eines Schmetterlings. Zwei Strasssteine schmückten die Flügel, einer auf jeder Seite, zwei weitere Steine fehlten ganz offensichtlich.

Katja holte die Kette aus der Schachtel und betrachtete sie von allen Seiten. Sie konnte beim besten Willen nichts Auffälliges daran erkennen.

Der Knopf am Wasserkocher sprang klackend zurück in seine Ausgangsposition. Dagmar brühte den Tee auf. Zum Duft der Schachtel gesellte sich ein angenehm süßwürziges Aroma.

»Deswegen bist du in den Wald gegangen?«, fragte Katja.

Dagmar nickte.

Katja versetzte die Kette in leichte Schwingungen, indem

sie den Daumen gegen den Zeigefinger rieb. »Es hat dich also gerufen.«

Dagmar setzte sich nun ebenfalls an den Tisch, den Blick auf den wirbelnden Schmetterling gerichtet. »Du spürst es nicht, oder?«

»Nein.«

»Seltsam. Ich hätte gedacht, wo du doch …« Sie winkte ab. »Es ist schon lange her, dass ich die Kette gefunden habe. Auch damals war ich nachts im Wald. Sie hing einfach über einem Zweig. Fast so, als hätte sie jemand für mich dagelassen.«

Katja fröstelte trotz der warmen Decke, die sie sich um die Hüfte geschlungen hatte wie einen Wickelrock. »Aber eben nur fast. Richtig?«

Dagmar lächelte. »Es kommt darauf an, wie man die Welt sieht. Glaubt man, wir wären alle nur so in sie hineingeworfen und müssten irgendwelchen Regeln folgen, die aus sich selbst heraus entstanden sind und keinen tieferen Sinn haben? Nun, dann war das bloß Zufall, dass die Kette dort hing. Wenn man hingegen daran glaubt, dass alles, was im Universum geschieht, auf einer Ebene miteinander verbunden ist, die wir Menschen nur sehr bedingt wahrnehmen können …« Sie zuckte die Schultern, und ihr Lächeln wurde ein wenig strahlender. »Dann war es alles andere als ein Zufall, dass diese Kette dort auf mich wartete.«

Katja präsentierte – auch zur Beruhigung ihrer Nerven – ihre eigene Theorie. »Könnte doch auch sein, dass ein Wanderer oder der Förster oder sonst wer die Kette gefunden und dort hingehängt hatte, damit die Person, der sie abhandengekommen war, sie wiederfindet.«

»Könnte natürlich sein.« Ein neuerliches Schulterzucken. »Aber ich spüre da etwas ganz anderes.«

»Und zwar?«

Dagmar fasste über den Tisch und umschloss den Schmetterling. »Ich spüre, wie da jemand verhindern möchte, dass noch mehr unschuldige Kinder verschwinden. In diesem Wald lauert etwas Böses.« Dagmar nahm Katja das Kettchen aus den Fingern. »Etwas sehr, sehr Altes, dessen Hunger keine Grenzen kennt.«

Das gedämpfte Kerzenlicht wirkte mit einem Mal wie ein verzweifelter Versuch, den drohenden Schatten Einhalt zu gebieten, die die Oberhand über den Raum zu gewinnen drohten.

»Das ist übrigens kein Geheimnis, das ich dir hier offenbare«, erklärte Dagmar. »Jeder im Dorf weiß es, aber niemand spricht darüber. Und einige würden mich für verrückt halten, wenn ich ihnen von der Kette erzähle. Aber ich weiß, wem sie gehört hat. Wenn ich die Augen schließe, sehe ich ihr Gesicht vor mir.« Sie barg die Kette in beiden Hände, legte das Kinn auf die Brust und ließ sich das Haar wie einen Vorhang vors Gesicht fallen. »Sie hat große, freundliche Augen, und eine Haut, der man ansehen kann, wie weich sie sein muss.«

Katja rutschte nervös auf ihrem Stuhl vor. Eigentlich war sie für Auftritte wie den, den Dagmar gerade hinlegte, nicht sehr empfänglich. Klar, sie kannte ein paar Leute, die auf Homöopathie schworen oder gern einmal in einem schottischen Spukschloss übernachtet hätten, aber niemanden, der so felsenfest von der Existenz des Übernatürlichen überzeugt gewesen wäre wie Dagmar Jung. Abgesehen vielleicht von einem offenkundig psychisch kranken Mann, der entscheidenden Anteil daran gehabt hatte, dass ihr vor einigen Wochen so die Hände verbrannt worden waren. Übersah sie am Ende die Möglichkeit, dass diese Frau vor ihr unter Umständen genauso gefährlich war?

»Ich weiß nicht genau, wer sie ist«, fuhr Dagmar fort. »Aber ich weiß genau, dass sie eines der Kinder sein muss, die in den Wald gegangen und nie wieder herausgekommen sind. Vielleicht stammte sie nicht einmal von hier. Vielleicht hatte es sie erst nur in diese Gegend verschlagen, und dann hat das Böse aus dem Wald sie bemerkt und sie zu sich gelockt. So macht es das nämlich.« Ein kaum merkliches Zittern schlich sich in Dagmars Stimme. »Es ist wie einer dieser schrecklichen Anglerfische aus der Tiefsee mit ihren leuchtenden Ködern vor dem Maul. Es benutzt etwas Schönes, damit man auf es zukommt, ohne dabei zu ahnen, dass man ins Verderben läuft. Das geht bei Kindern natürlich leichter als bei Erwachsenen. Die meisten Erwachsenen haben dieses Urvertrauen, das Kinder haben, schon längst nicht mehr in sich. Das macht die Kinder zu den viel besseren Opfern. Und uns Erwachsene versetzt es in umso größeren Schrecken, wenn wir feststellen müssen, dass wir unsere Kinder nicht beschützen können.« Die Haare vor Dagmars Gesicht wurden von zwei, drei heftigen Atemzügen durcheinandergewirbelt. »Du warst doch auch schon in diesem Wald. Du bist dem Tod begegnet. Du musst es gespürt haben.«

»Was meinst du damit?«, fragte Katja. »Was muss ich gespürt haben?«

»Dass du nicht allein in diesem Wald bist«, wisperte Dagmar. »Dass dich etwas beobachtet. Etwas, was dich nur als Beute betrachtet. Was mit dir spielt, ehe es zuschlägt. Und dass du dich sehr, sehr glücklich schätzen kannst, wenn du den Wald wieder lebend verlässt.«

Katja spürte ein unangenehmes Kribbeln in der Magengrube. Was Dagmar da beschrieb, war verdammt nahe an dem, was sie heute Morgen gefühlt hatte. Als sie im strömenden Regen zwischen den Bäumen umhergeirrt war. Kurz bevor sie die Leiche gefunden hatte. »Wenn dieser Wald so gefährlich ist, warum gehst du dann immer wieder hinein?«

»Weil es mit dem Bösen ist wie mit allem«, antwortete Dagmar so schnell, als hätte sie mit dieser Frage schon gerechnet. »Alles hat seine Zeit. Alles durchläuft einen ewigen Kreislauf. Es gibt Zeiten, in denen man fast meinen könnte, dieses alte Böse wäre tot. So wie im Winter alles tot und erfroren wirkt. Manchmal ist es vielleicht sogar Jahre oder Jahrzehnte in dieser Starre, und viele vergessen darüber, dass es je da war. Dass irgendwelche Menschen aus reiner Profitgier beschlossen haben, in dieser Gegend den Boden umzuwühlen, hat sicher nicht dafür gesorgt, dass es ruhiger geschlafen hätte. Vielleicht hat man diesen Leuten auch erzählt, das Böse wäre fort. Verschwunden, abgestorben. Doch es stirbt nie ganz. Es kann nie ganz sterben. Es erwacht immer wieder, und dann nimmt es sich das, was es braucht, um seinen Hunger zu stillen.«

Katja wehrte sich gegen das wachsende Unbehagen in ihr. »Und das ist nie irgendwem aufgefallen? Die Leute hier haben das einfach schweigend akzeptiert, dass dieses Böse, wie du es nennst, sich einfach so ihre Kinder holt?«

Ein heftiges Keuchen war zunächst die einzige Antwort Dagmars. Dann riss sie plötzlich den Kopf nach oben, sodass der Vorhang aus Haar sich mit einem Mal hob. Ihre Augen funkelten, ihr Mund war halb geöffnet, die Zähne gebleckt wie bei einem Hund, den man in die Ecke gedrängt hatte. »Du willst es nicht verstehen«, grollte sie. »Du meinst, ich würde mir das alles nur ausdenken. Warum sollte ich das tun? Um mich interessant zu machen? Ich bin nicht wie du. Ich muss nichts dazuerfinden, um die Geschichte spannender zu machen.«

Katja hatte schon üblere Vorwürfe gehört, die sie an ihrer beruflichen Ehre packen sollten. Etwas anderes hingegen hatte ihre Neugier geweckt. »Wer will den Boden in der Gegend denn umgraben?«

»Es sind diese Leute, die mit ihrem Fracking alles vergiften werden, wenn wir nicht großes Glück haben.« Dagmar sprach mit solcher Verachtung, dass ihre abschätzige Bemerkung über Katja im Vergleich beinahe wie ein Kompliment geklungen hatte. »Und wenn wir Pech haben, machen sie diese ganze Region für immer unbewohnbar. Wer weiß? Am Ende ist das sogar besser so. Denn wenn hier niemand mehr wohnt und keine Kinder mehr da sind, die es sich holen könnte, dann wird das Böse zumindest ausgehungert.«

Die Haltung Dagmars zum Thema Fracking überraschte Katja nur sehr bedingt. Was sie dagegen verwunderte, war der Umstand, dass hier in Tachin anscheinend tatsächlich gefrackt wurde. Sie hatte bislang immer gedacht, Fracking wäre in Deutschland verboten. »Redest du da gerade von einer geplanten Bohrung? Oder ist die Anlage schon in Betrieb? Ist das denn erlaubt?«

»Als ob dir das wirklich wichtig wäre.« Dagmars rechte Hand zuckte nach vorn und klaubte das Kettchen mit dem Schmetterlingsanhänger von der Tischplatte auf. »Als ob dir wirklich etwas daran liegen würde, wie es uns hier so ergeht.« Mit der Linken öffnete Dagmar das Kästchen, in dem sie die Kette aufbewahrte. Sie legte das kleine Schmuckstück hinein und klappte dann den Deckel zu. Es wirkte, als befürchtete sie, die Kette könnte wieder aus dem Kästchen hüpfen, wenn sie sich nicht beeilte. »Ich hatte gehofft, dir täten wenigstens die Kinder leid.«

»Natürlich finde ich es schrecklich, wenn hier Kinder verschwinden.« Katja sah ein, wie wenig Sinn es hatte, diesem Gespräch einen Verlauf geben zu wollen, der ihre Neugier befriedigte. Trotzdem hatte sie nicht vor, sämtliche Rationalität einfach hinter sich zu lassen. »Das ist sicher eine sehr ernste Angelegenheit. Aber ich verstehe nicht, wie ich dir oder irgendjemand anderem dabei weiterhelfen könnte. Wendet man sich mit so was nicht lieber an die Polizei?«

»Die Polizei?« Dagmar stand auf, umschloss das Kästchen mit beiden Händen und hielt es vor der Brust umklammert wie einen magischen Talisman zum Schutz vor dem bösen Blick. »Meinst du, die würden mir zuhören, wenn ich ihnen erklären wollte, dass dieser Wald verflucht ist?«

Katja sparte sich eine Antwort.

»Schade. Wirklich schade.« Dagmar huschte zur Tür. Auf der Schwelle wandte sie sich noch einmal zu Katja um. »Ich hoffe, du bereust es nicht irgendwann noch, die Augen vor der Wahrheit zu verschließen. Das Böse schert sich nämlich nicht darum, ob man an es glaubt oder nicht, wenn es einen holen kommt.«

12

Lukas Möhrs blieb wie angewurzelt stehen. Wenn er jetzt auch nur einen einzigen Schritt in die falsche Richtung machte, würde er bis zu den Knöcheln im Schlamm stecken. Der Waldboden hatte sich im Sturm der vergangenen Nacht vollgesogen wie ein Schwamm. Er starrte missmutig auf den Matsch im Gewächshaus des alten Freimaureranwesens. Hier und da tropfte zwischen den feuchten Graten eine Mischung aus Regen und Tau in dicken Perlen von völlig zerrupft wirkenden Blumen. »Weißt du, was das heißt?«

»Was?« Smolskis knappe Antwort verriet Möhrs, dass auch sein neuer Kollege nicht gerade bester Dinge war.

»Das heißt, dass im Grunde alle Spuren, die wir gestern nicht ausfindig machen konnten, wahrscheinlich endgültig verloren sind. Fortgespült oder unter Schlamm begraben. Schöne Scheiße.« Er holte einen zuckerfreien Kaugummi aus der Hosentasche und wickelte ihn umständlich aus dem kleinen Streifen Papier. »Dass so was aber auch immer mir passieren muss.«

»Was?«, fragte Smolski wieder.

»Zufälle, die mir die Ermittlungen verhageln.« Möhrs schaute unter zusammengezogenen Brauen zum Himmel hinauf, der sich inzwischen wieder in seinem unschuldigsten Blau zeigte. »Manchmal denke ich, ich bin irgendwem dort oben mächtig auf den Schlips getreten.«

»Gegen das Wetter ist kein Kraut gewachsen«, gab Smolski den ersten vollständigen Satz des noch jungen Morgens von sich. »Und manchmal gibt es ja auch Zufälle, die einem weiterhelfen. Also bei mir ist das zumindest so. Ich denke, am Ende gleicht sich das alles schon irgendwie aus.«

Bei so viel Zweckoptimismus schmeckte der Kaugummi, den sich Möhrs nun in den Mund steckte, beinahe bitter. »Hätte ich mir eigentlich denken können, dass du für jede Situation die passende Binsenweisheit parat hast.«

»Aber sicher doch.« Smolski zuckte nur die Schultern, unterdrückte sichtlich ein Gähnen und rieb sich das stoppelige Kinn. »Ich lasse meine Mitmenschen nur sehr ungern dumm sterben.«

»Ein echter Held.« Möhrs deutete mit dem Daumen über die Schulter. »Das da hinten hast du Schlauberger aber schon gesehen, oder?«

Smolski verfiel wieder in seine Wortknappheit. »Was?«

»Da hinten links neben dem Haupthaus stehen – oder besser: standen – die Überreste eines Teepavillons. So ein kleines nettes Häuschen mit Pagodendach, das der ursprüngliche Besitzer bauen ließ, weil das damals gerade in Mode war.« Möhrs spürte den leisen Drang, noch weiter abzuschweifen. Stattdessen schob er sich den Kaugummi in die Backe und fuhr dann etwas zielgerichteter fort: »Auf diesen Pavillon ist heute Nacht ein Baum gestürzt. Zugegebenermaßen war auch vorher schon so gut wie nichts mehr von der Dachkonstruktion über, doch jetzt ist wirklich alles eingestürzt. Du kannst meinetwegen versuchen, dir das schönzureden, solange du willst. Das ändert nichts an der Tatsache, dass es wirklich ein saublöder Zufall ist, wenn hier ausgerechnet kurz nach einem Leichenfund so ein heftiger Sturm wütet und Teile des Anwesens so stark beschädigt werden, dass quasi kein Stein mehr auf dem anderen steht.«

»Regst du dich jetzt tatsächlich wegen dieses Pavillons so auf?«

Möhrs zögerte. Er hätte einiges aufzählen können, was ihm zurzeit gegen den Strich ging und dazu beitrug, dass er so schnell aus der Haut fuhr: sein Unbehagen ob des bevorstehenden Treffens mit dem Vater der Frau, die er liebte. Der Druck, dem er sich ausgesetzt sah und den er sich in Teilen auch selbst machte, seit ihm sein direkter Vorgesetzter eröffnet hatte, dass er ihn als Nachfolger auf seinem eigenen Posten sah. Das ungute Gefühl, dass diese eine Leiche, die man gefunden hatte, erst der Anfang war und er es am Ende mit der zweiten Mordserie seiner Karriere zu tun bekam, kaum dass die erste aufgeklärt war. Er beschloss jedoch, Smolski keinen tieferen Einblick in sein Seelenleben zu gestatten. »Über Zufälle rege ich mich auf. Ganz prinzipiell. Weil es Leute gibt, die von glücklichen Zufällen verfolgt werden, und solche, denen das Pech an den Hacken klebt.«

Smolski schaute ihn an und blinzelte mehrfach träge. »Woher weißt du das mit dem Pavillon? Dass er quasi das Teestübchen dieses Freimaurers war, der die ganze Anlage hier hat bauen lassen?« Er grinste. »Hast du etwa von mir gelernt und ein bisschen gegoogelt?«

Möhrs biss auf seinen Kaugummi. Dieser Kerl führte sich auf wie der größte Hacker aller Zeiten, bloß weil er eine Suchmaschine bedienen konnte. Bestimmt hielt er sich für den einzigen Bullen der Gegend, der schon einmal im Internet war. »Ich habe das ganz ohne Google geschafft, stell dir vor. Ich habe mit dem Chef telefoniert.«

»Und der weiß so was aus dem Stegreif?«

»Nein.« Möhrs schüttelte den Kopf. »Aber Barswick kennt hier wirklich Gott und die Welt. So auch einen Mann aus Tachin, der anscheinend eine Art privates Heimatmuseum betreibt, wenn ich das richtig verstanden habe. Der Chef kennt ihn, weil sie beide Schützen sind und auf einem Ball vor ein paar Jahren miteinander ins Gespräch kamen. Du kennst Barswick noch nicht so lange. Deshalb lass dir eines gesagt sein: Der Chef ist ein Meister des Small Talks und hat ein Gedächtnis wie ein Elefant. Ich habe noch nie mitbekommen, dass er mal den Namen seines Gegenübers vergessen hätte. Oder den Beruf dazu. Wirklich phänomenal der Mann.« Er bemerkte, dass er schon wieder viel zu viel redete. »Daher weiß ich das.«

»Aha. Vom Chef.« Smolski musterte ihn einen Moment lang ausdruckslos. »Wie oft telefoniert ihr denn so?«

Möhrs witterte eine Falle. »Wie oft wir telefonieren? Nur ab und zu«, sagte er. »Wenn die Umstände es verlangen ein bisschen öfter. Und jetzt gerade verlangen es die Umstände eben.« Nun passierte es ihm schon wieder, dass sein Mund einfach weiterredete, obwohl sein Hirn ihm längst riet, einfach die Klappe zu halten. »Es kommt hier nicht so oft vor, dass Tote in irgendwelchen verlassenen Ruinen herumliegen, weißt du?«

»Schon klar.« Smolski gähnte erneut. Diesmal reckte er dabei tatsächlich die Hände in die Höhe und rieb sich danach etwas Farbe in die grauen Wangen. »Schon klar.«

Jetzt wurde es Möhrs doch langsam etwas zu bunt. »Sag mal, hast du heute Nacht durchgemacht, oder so?«

»Eher oder so.« Smolski seufzte. »Ich pendle doch nach Hamburg, und meine Freundin, also Jule, ist zurzeit irgendwo mit dem Schiff vor Norwegen unterwegs. Sie schaut sich so einen ultramodernen Offshore-Windpark an und musste mir dringend noch erzählen, wie unfair das ist, mit wem sie sich herumschlagen muss. Mit Leuten, die glauben, Windräder wären Teufelswerk oder würden die Landschaft verschandeln oder einen zum Epileptiker machen.« Er winkte schwach ab. »Du würdest dich wundern, mit was für einem hanebüchenen Quatsch die Arme so belästigt wird.«

Smolskis Worte zauberten Möhrs ein leises Lächeln auf die Lippen. »Das könnte es sein!« Er knackte mit den Fingern, um die plötzlich in ihm aufwallende Tatkraft irgendwohin abzuleiten. »Das ist gar nicht so schlecht. Da hätten wir früher dran denken sollen.«

Smolski wirkte sichtlich verwirrt. »Woran?«

Möhrs drehte sich zum Hauptbau des Anwesens um. »Warum treibt man sich mitten in der Nacht in so einem Schuppen herum, in dem es nichts zu holen gibt, es sei denn, man tritt in einen rostigen Nagel und fängt sich einen schönen Wundstarrkrampf ein?«

»Ich bin ganz Ohr.«

»Was, wenn diese ganze Nummer mit dem Fracking für Grieß nicht halb so wichtig war, wie sein Großvater meint? Was, wenn Grieß nicht aus Zorn so überraschend aufgebrochen ist, sondern aus Leidenschaft? Was, wenn er hier noch eine Verabredung hatte? Und was, wenn dieses Treffen aus irgendwelchen Gründen, die wir noch nicht kennen, aus dem Ruder lief und in einer Tragödie endete? Ich kann mir so etwas gut vorstellen. Grieß trifft hier bei einem Besuch in seiner alten Heimat eine Flamme aus Jugendtagen wieder. Man kommt sich näher, möchte aber nicht, dass gleich das ganze Dorf darüber redet. Also schaut man sich nach einem etwas einsamer gelegenen Treffpunkt um.« Möhrs wies auf das Haus. »Am Anfang ist noch alles bestens. Man sucht sich eine gemütliche Ecke, oben im ersten Stock oder vielleicht sogar im Dachstuhl, breitet eine Decke aus – und dann passiert es: Grieß will zu viel auf einmal und wird grob. Es kommt zu einer Rangelei, er stürzt. Als klar wird, dass er nicht wieder aufsteht –«

»Ich bremse dich nur ungern«, unterbrach Smolski ihn mit skeptischer Miene. »Aber das hört sich für mich eher nach Seifenoper an.« Er zeigte zum Haupthaus. »Das hier ist doch nicht der passende Ort für ein paar schöne Stunden zu zweit. Außer man hat wirklich sehr, sehr merkwürdige Vorlieben. Und überhaupt: Hat Aysel nicht gemeint, es stünde noch nicht mal hundertprozentig fest, ob es am Ende nicht doch nur ein Unfall gewesen ist? Bekiffter Trottel macht den Klettermaxe und bricht sich den Hals. Klingt für mich glaubwürdiger als die Geschichte, die du dir da zusammenspinnst. Sorry.«

Möhrs kaute auf seinem Kaugummi herum. Verdammt! Wo der Kerl recht hatte … In der Regel zahlte es sich aus, erst die wahrscheinlicheren Erklärungen zu prüfen, anstatt sich auf einen der eher unwahrscheinlichen Ansätze zu stürzen. Andererseits nagte die Vorstellung an ihm, dass Smolski als klarer Punktsieger aus dieser Nummer hervorgehen sollte. Er warf einen raschen Blick auf seine Armbanduhr. »Bock auf eine kleine Wette?«

Smolski hob interessiert die Augenbrauen. »Worum wetten wir und was ist der Einsatz?«

»Ob es bei Grieß' Tod eine Fremdeinwirkung gab oder nicht. Wenn ich recht habe und er nicht einfach nur unglücklich gestürzt ist, übernimmst du den kompletten Papierkram für diesen Fall.« Er streckte die Hand aus. »Abgemacht?«

Smolski zögerte. »Und was, wenn ich recht habe?«

Möhrs ging volles Risiko. »Such dir was aus.«

Nun war Smolskis wölfisches Grinsen mit einem Mal zurück und seine Müdigkeit wie fortgewischt. »Wenn ich recht habe, kriege ich dein Büro. Abgemacht?«

Möhrs schluckte den Kaugummi hinunter und schlug ein. »Abgemacht.«

13

Katja schaffte es bis in die Mitte des verwilderten Vorgartens, ehe ihr schlechtes Gewissen sie dazu drängte, sich noch einmal umzudrehen.

Dietmar Jung stand in der Eingangstür der alten Mühle. Wegen seines bunten Brillengestells hatte seine Miene etwas von einem traurigen Clown. »Bist du wirklich ganz sicher, dass du nicht noch ein paar Tage bleiben willst?«

»Es geht leider nicht anders.« Katja schirmte mit der Hand die Augen gegen die Morgensonne ab. »Du weißt schon: die Arbeit.«

Sie wiederholte die Notlüge nun schon das sechste oder siebte Mal. Kein dringender Abgabetermin für einen neuen Artikel drängte sie zum Aufbruch zurück nach Hamburg. Auch ihr Konto war einigermaßen gut gefüllt, weil sie ihren letzten Artikel – *Warum Frauen morden* – gleich an mehrere Abnehmer hatte verkaufen können. Die ersten Absätze hatte sie sogar noch mithilfe einer Spracherkennungssoftware in ihr Laptop diktiert, weil aufgrund der Brandwunden an ihren Händen an rasches Tippen noch nicht zu denken gewesen war.

Dietmar seufzte. »Tja, das lässt sich dann wohl nicht ändern.«

»So sieht's leider aus.« Katja winkte noch einmal freundlich und schritt dann wieder entschlossen auf das Gartentor zu. Als sie auf ihren geliehenen Smart zuging, dessen schwarzer Lack mit dem gelben Blütenstaub des Busches daneben gepudert war, traf sie ein plötzlicher Einfall. Vielleicht konnte sie ja nach ihrer Begegnung mit Dagmar Jung für einen Nachfolger ihres kleinen Achtungserfolgs recherchieren. *Warum Frauen zu sehr träumen* oder *Warum Frauen zu viel fühlen* war als Arbeitstitel schon mal gar nicht schlecht. Sie würde sich allerdings gut überlegen müssen, welche Bereiche von Esoterik, Grenzwissenschaften und Spiritualismus sie sich herauspickte, um manche ihrer potenziellen Leserinnen nicht zu sehr vor den Kopf zu stoßen. Kritik an Homöopathie oder anderen Ausprägungen dessen, was man gemeinhin alternative Medizin nannte, war wahrscheinlich tabu. Doch was Geisterglaube, Orte als Speicher psychischer Energien und Ähnliches anging, brauchte sie wohl kein Blatt vor den Mund zu nehmen, und –

Katja erstarrte. Die warmen Sonnenstrahlen, Dietmars Niedergeschlagenheit, der Gedanke an einen neuen Artikel, Dagmars wirre Weltsicht, ihre eigene Hand, die in ihrer Hosentasche nach dem Autoschlüssel gekramt hatte – all das spielte keine Rolle mehr. Nun zählte nur noch der kleine, unscheinbare Gegenstand, den jemand hinter den Scheibenwischer des Smarts geklemmt hatte.

Eine plötzliche Kälte breitete sich in Katja aus. Ihr Blut rauschte und toste ihr in den Ohren. Ihr Blick haftete fest an dem Objekt, das sie in diese Schockstarre versetzt hatte.

Es war im Grunde absurd, dass ein Kinderspielzeug eine solche Reaktion in ihr auslöste. Doch es war eben nicht irgendein Modellauto, dessen blank polierte Felgen da im Sonnenlicht funkelten. Es war ein schwarzer Golf. Ein Wagen, wie ihn ihr Vater gefahren hatte. Der Wagen, in dem er gestorben war.

Wie aus weiter Ferne hörte Katja ihren Namen. Einmal, zweimal. Beim dritten Mal fiel die Lähmung von ihr ab, blinder Zorn nahm von ihr Besitz. »War sie das?«, blaffte sie und zeigte anklagend zum Smart.

»Wer war was?« Dietmar stand im Vorgarten, mit großen Augen und noch größerer Verwirrung im Gesicht. »Was ist denn überhaupt los?«

»Das war deine Schwester, oder?« Katja zückte den Autoschlüssel wie eine Stichwaffe. »Weil sie beleidigt ist, dass ich ihrer albernen Geschichte um diese angeblich verschwundenen

Kinder nicht nachgehen will. Weiß sie von dir, welches Auto sie besorgen musste?« Sie ging einen Schritt zurück auf die Mühle zu. »Oder hat sie es von Frieder?«

»Katja, beruhige dich bitte.« Dietmar machte eine beschwichtigende Geste. »Ich habe wirklich nicht die geringste Ahnung, wovon du da gerade redest. Das ergibt für mich alles keinen Sinn.«

Katja stapfte zurück durch das Gartentor. Zufrieden stellte sie fest, dass ihr Dietmar eilig Platz machte, als sie an ihm vorüberschritt, um durch die offene Tür in die Mühle hineinzurufen. »Dagmar! Wenn das deine Idee von einer Retourkutsche ist, solltest du besser wissen, dass ich in dieser Hinsicht keinen Spaß verstehe. Mir kannst du dämliche Vorhaltungen machen, solange du willst, aber lass meinen Vater aus dem Spiel. Verstanden?«

Katja hörte ein sachtes Klappern von Porzellan aus der Küche. Anscheinend spülte diese Irre gerade das Frühstücksgeschirr ab.

»Katja, lass uns bitte vernünftig reden.« Dietmar näherte sich ihr um einige Meter, hielt dann aber einen respektvollen Abstand ein. »Das bringt doch nichts, wenn wir uns so anschreien.«

Dagmar hatte zwar außer dem Geschirrklappern noch keinen Mucks von sich gegeben, aber Katja sah zähneknirschend ein, dass Dietmar nicht ganz danebenlag. Sie konnte Dagmar nicht einfach so anherrschen. Jetzt in den Smart steigen und davonbrausen kam allerdings auch nicht infrage. »Okay. Lasst uns reden. Fünf Minuten. Wenn ich dann immer noch davon ausgehen muss, dass Dagmar hinter dieser Geschmacklosigkeit steckt, werde ich unangenehm. Einverstanden?«

14

Nur wenige Minuten nach ihrem Wutausbruch saß Katja auf der Terrasse hinter der Mühle. Mit kurzen Blicken zog sie immer wieder ein und dieselbe wie mit der Wasserwaage ausgerichtete Beetumrandung ein paar Schritte vor ihr nach. Manchmal gingen wirklich alle Pferde mit ihr durch. Eine schlimme Angewohnheit. Laut Bernd hatte sie die von ihrem Vater geerbt. Das Leben steckte voller Ungerechtigkeiten: Da verlor sie ihren Vater so früh, und er gab ihr ausgerechnet sein hitzköpfiges Temperament mit.

Nur gut, dass andere Menschen nicht dazu neigten, so schnell die Beherrschung zu verlieren, und nur gut, dass einer dieser Menschen Dietmar Jung hieß. »Ich verstehe sehr wohl, dass du dich von diesem Vorfall angegriffen fühlst, und da ich meine Schwester bestens kenne, weiß ich auch, dass sie nicht immer einen optimalen Ersteindruck hinterlässt.«

Katja konnte sich inzwischen gut vorstellen, wie beliebt er bei seinen Studenten sein musste: Er hatte eine angenehme Stimme – eine an sich eher bizarre Mischung aus Märchenonkel und Frühstücksradiomoderator. Sein größter Pluspunkt war jedoch, dass er seine Gedanken sehr klar strukturiert ausdrücken konnte. Sobald er aus Katja herausgehorcht hatte, weshalb genau sie derart außer sich geraten war, war seine Verteidigung Dagmars nahezu druckreif. »Nach eurem kleinen Streit gestern Nacht ist es natürlich naheliegend, dass du zu der Annahme gelangst, sie könnte dir eins auswischen wollen. Doch wenn du diese Angelegenheit einmal nüchtern zu betrachten versuchst, musst du einsehen, dass Dagmar hier nicht die Schuldige sein kann. Und ich möchte dir auch gerne erklären, warum. Woher soll Dagmar wissen, welches Auto dein Vater gefahren hat, als er tödlich verunglückte? Und selbst wenn sie es gewusst hätte, glaubst du wirklich, sie hätte dann schon im Vorfeld dieses Modell besorgt? Obwohl wir bis gestern Abend nicht wissen konnten, dass du jemals eine Nacht hier bei uns in der Mühle verbringen würdest? Oder meinst du, sie wäre dann gestern extra noch mal losgegangen, um irgendwo einen Laden zu finden, der Modellautos im Angebot hat? Und darauf setzen, dass du dich gekränkt fühlst, wenn sie dir das richtige unter den Scheibenwischer klemmt?«

Es war klug von ihm, seine Argumente als Fragen zu formulieren. So sah sie sich noch viel mehr dazu gezwungen, zerknirscht einzuräumen, wie sehr sie sich da gerade vergaloppiert hatte. »Ich komme mir ja selber inzwischen ein bisschen blöd vor, dass ich so ausgetickt bin. Du musst das verstehen. Diese Sache hat bei mir auf einen Knopf gedrückt, den man besser nicht drücken sollte. Seit ich mich das erste Mal damit beschäftigt habe, wie mein Vater gestorben ist, werde ich das mulmige Gefühl nicht los, dass diese ganze Sache kein Unfall war. Es war eine schnurgerade Strecke, die Straße war trocken, er hatte nichts getrunken, der Wagen war gerade bei der Inspektion gewesen. Ich habe das alles selbst recherchiert, weil meine Mutter und mein Patenonkel einfach immer nur abblocken, wenn ich sie darauf anspreche. Oder sie sagen, sie wüssten, wie schwer es ist, das alles zu akzeptieren, aber ich müsste mich irgendwann abfinden, dass mein Vater tot ist und nie wieder zurückkommt. Dass nichts und niemand ihn mir wiedergeben kann.« Sie zuckte mit den Achseln. »Aber darum geht es mir ja noch nicht mal. Mir geht es um die Wahrheit. Auch wenn alle denken, ich …« Endlich gelang es ihr, den Blick von der Beetumrandung loszureißen. Sie wandte den Kopf zu Dietmar, der ihr aufmerksam zuhörte. »O Gott, jetzt weiß ich langsam, wie Dagmar sich fühlen muss.«

»Dagmar?« Er lächelte unsicher. »Wieso?«

»Sie hat mir gestern Nacht diese Geschichte erzählt.« Katja

lehnte sich in ihrem Gartenstuhl zurück und schaute zur Hecke, die das Grundstück begrenzte. Sie konnte Dietmar nicht ins Gesicht sehen. Sie bemerkte einen kleinen Vogel, der auf einem Zweig saß und sie mit schief gelegtem Köpfchen intensiv musterte. Dann scheuchte ihn eine Bewegung von jenseits der Hecke auf. Ärgerlich zirpend flatterte er davon. »Von etwas Bösem im Wald, das sich immer wieder Kinder holt. Sie ist felsenfest überzeugt davon, und ich ...« Sie schüttelte den Kopf. »Ich kann das eben einfach nicht glauben.«

»Das mit den Kindern stimmt«, sagte Dietmar nüchtern. »Insofern als es hier in der Vergangenheit eine ganze Reihe ungeklärter Vermisstenfälle gab. Man hängt das hier nur nicht gern an die große Glocke.«

Katja runzelte die Stirn. »Heißt das, du meinst auch, da treibt sich so eine Art Dämon oder böser Geist oder irgendetwas in der Richtung im Wald herum?«

»So würde ich das nicht formulieren. Und die meisten Bewohner unseres Dorfes würden es sicher auch nicht so ausdrücken. Aber dass viele Leute hier manchmal Angst davor haben, in den Wald zu gehen, ist sehr wohl so.«

Katja horchte auf. Redete Dietmar da etwa von einem verbreiteten Phänomen in Tachin? Einer Art Massenpsychose in Sachen Aberglauben? Es war ja kein Geheimnis, dass alte Mythen und Legenden aus grauer Vorzeit im ländlichen Raum länger weitergegeben wurden als in den Städten. Oder steckte womöglich mehr hinter dieser Geschichte? Katja fasste einen Entschluss. »Glaubst du, ich könnte doch noch ein paar Tage bleiben, wenn ich mich bei Dagmar für meinen Ausraster entschuldige?«

Dietmar strahlte übers ganze Gesicht. »Klar. Sie ist nicht nachtragend.«

»Schön.« Katja lächelte zurück und überlegte einen Moment lang, ob sie ihrem Gastgeber die volle Wahrheit über ihren plötzlichen Meinungswechsel verraten sollte. Sie entschied sich dagegen.

In den Sommern des Schwarzen Manns

Oliver musste nur noch einen Öffner für die kleinen Colaflaschen besorgen. Ansonsten war alles perfekt. Er nickte zufrieden. Wenn Bianca nicht gefiel, wie schön er alles für ihr Picknick hergerichtet hatte, wusste er auch nicht mehr weiter. Er hatte extra eine der guten Tischdecken seiner Mutter stibitzt und sie in einer Ecke der alten Stallungen von Haus Halbersgrund ausgebreitet. Die Stelle war super: Wenn man sich intensiv darauf konzentrierte, konnte man sich einreden, es würde immer noch ein wenig nach Stroh und Pferden duften – und Bianca liebte Pferde. Von der Decke aus konnte man zu einem Loch im Dach hinaufschauen, durch das man nachher, wenn es richtig dunkel geworden war, bestimmt den Sternenhimmel sehen konnte – und Bianca liebte Sterne. Er hatte Weißbrot, Trauben, Schinken, Nudelsalat, Äpfel und eine Tafel Ritter Sport Voll-Nuss besorgt – und Bianca liebte Schokolade.

Falls das alles nichts half, hatte er noch einen letzten Trumpf. Den, weswegen er sich so richtig fiesen Ärger mit seiner Mutter eingehandelt hatte. Er war aber auch selten dumm gewesen. Hatte er wirklich geglaubt, ihr würde nicht auffallen, wenn er ihr zwanzig Mark aus dem Portemonnaie stahl? Man könnte fast sagen, dass er sich die Ohrfeigen verdient hatte. Und dass Liebe nicht nur blind, sondern auch noch blöd machte. Was er sich auf jeden Fall hätte sparen können, war, seiner Mutter anzudrohen, dass er weglaufen und nie mehr nach Hause kommen würde, wenn sie ihn noch einmal schlug. Das war kindisch gewesen. Na ja, er konnte sich bei Gelegenheit ja noch entschuldigen. Jetzt war erst einmal wichtig, dass dieses Picknick glattlief. Er hoffte inständig, dass dabei vielleicht sogar ein bisschen mehr für ihn herumkam als ein paar zaghafte Küsse. Vielleicht durfte er Bianca endlich unters T-Shirt. Oder sie – er wagte es kaum zu hoffen –, sie ging ihm an die Hose.

Ein Rascheln von draußen riss ihn aus seinen Gedanken, die ihn noch mehr ins Schwitzen brachten als die Sommerhitze. Er musste los, wenn er Bianca rechtzeitig abholen wollte. Er überprüfte noch einmal, ob er das Geschenk für sie auch ordentlich verstaut hatte – ja, da war es. Sicher geborgen in der tiefen Tasche seiner Jeans. Als er es berührte, schlug sein Herz schneller. Nicht nur, weil er sich schon darauf freute, was für ein Gesicht sie machen würde, wenn er es ihr überreichte. Nein, er kam sich mit einem Mal vor wie eine Maus, über die der Schatten eines Raubvogels hinweggeflirrt war. Er schüttelte die Beklemmung ab. Das war bestimmt nur sein schlechtes Gewissen wegen der zwanzig Mark, die er gestohlen hatte, um sich dieses Geschenk und die Busfahrt nach Büchen leisten zu können.

Er machte sich auf den Weg ins Dorf. Er kürzte quer durch den Wald ab, wie er es immer tat, suchte sich einen Stock und köpfte damit im Vorübergehen ein paar Disteln. Ihm fielen zwei zwitschernde Vögel auf, die auf einem Ast umeinanderhüpften. Er blieb stehen und beobachtete ihr Treiben eine Weile. Der eine Vogel flog davon und verschwand einen Augenblick zwischen den Bäumen. Dann kehrte er zurück, eine fette Raupe im Schnabel, mit der er seine umworbene Liebste fütterte. Oliver lächelte. Ihm kam eine Idee.

Er suchte sich einen Baum, den er auch im Dunkeln wiedererkennen würde – einen mit einem gespaltenen Stamm und tief hängenden Zweigen. Wenn Oliver sein gutes Messer dabeigehabt hätte, hätte er etwas in den Baum geritzt: O + B oder Für immer. Sein gutes Messer lag aber im Picknickkorb. Auch egal. Er holte das kleine Kästchen aus schwarzem

Plastik aus seiner Hosentasche und klappte den Deckel auf. Er schürzte die Lippen. Ob die Kette mit dem Anhänger womöglich nicht doch zu kitschig war? In der Auslage des Ladens in Büchen hatte sie noch richtig edel ausgesehen. Aber wenn er sie jetzt betrachtete …

Nein, es gab kein Zurück mehr! Außerdem hatte ihm Bianca bestimmt tausendmal erzählt, dass Schmetterlinge ihre absoluten Lieblingstiere waren. Warum sollte sie sich dann nicht über diese Kette freuen?

Er wählte einen Zweig aus, der ihm robust genug erschien, und streifte das Kettchen darüber. Der Schmetterling tanzte funkelnd in der Luft.

»Er ist wunderschön«, erklang eine gerührte Stimme hinter Oliver. »Fast so schön wie du.«

Erschrocken fuhr er halb herum, doch da hatten sich auch schon schwere Hände um seinen Hals gelegt. Er trat nach hinten aus, spürte seinen Fuß gegen etwas Hartes prallen, hörte einen zischenden Schmerzenslaut, aber der Griff um seine Kehle lockerte sich nicht. Er bohrte die Fingernägel in die Handrücken seines Häschers und bäumte sich verzweifelt auf. Dann kroch von allen Seite eine Schwärze in sein Sichtfeld, und die Welt, die Oliver wahrnahm, wurde kleiner und kleiner, bis sie schließlich ganz vom Nichts verschlungen war.

15

Falk Ewert war sehr mit sich zufrieden. Der Wunsch nach einer Zigarette war seit gestern Nacht nicht mehr wie ein plärrendes Schreien, das ihn schier um den Verstand brachte. Es war nun mehr wie ein flehendes Flüstern, das sich leicht an den äußersten Rand seiner Wahrnehmung schieben ließ. Leider konnte er die Methode, mit deren Hilfe er diesen Entwöhnungsschritt genommen hatte, nicht in klingende Münze verwandeln. »Lassen Sie sich einfach von einem Milliardär dazu anheuern, einer jungen Frau so richtig Angst einzujagen.« Das passte nicht gerade in ein herkömmliches Selbsthilfebuch zum Thema »Schluss mit dem Rauchen«. Das wusste er aus leidvoller Erfahrung. Wie viele von diesen blöden Ratgebern hatte er in den letzten Jahren gelesen? Ein Dutzend? Zwei? Neulich hatte er es sogar mit einer App fürs Smartphone versucht: Das Programm machte einem automatisch Vorschläge, wie man sich von seiner Sucht ablenken konnte, wenn sie einen zu überwältigen drohte. Mochte ja sein, dass irgendwelche Weiber was mit Tipps wie »Schälen Sie eine Orange« oder »Nehmen Sie ein heißes Bad« anfangen konnten. Für ihn war das nur Geschwafel, das –

»Scheiße!«, knurrte er. Fast hätte er die Kleine aus den Augen verloren, an deren Fersen er sich geheftet hatte: Katja Jakobs bog in dem Kreisverkehr gute hundert Meter vor ihm von der einen Bundesstraße auf die nächste ab. Wo wollte sie hin?

Ah, nach Lauenburg. Nicht ganz so ein Nest wie Tachin und von der Einwohnerzahl her sogar schon eine Kleinstadt. Trotzdem nahm der Rest der Welt von diesem Flecken in der Provinz bestenfalls bei einem Elbhochwasser Notiz, wenn die

Fluten wieder einmal die historische Altstadt zu verschlingen drohten. Was hatte die Jakobs da vor?

Ewerts spielte nervös mit dem Fensteröffner seines silbergrauen Toyotas. Er musste sich zusammenreißen, um nicht aufs Gas zu gehen und den Abstand zu Jakobs zu verringern. Schlimm genug, dass er kein drittes Fahrzeug zwischen sich und der Observierten lassen konnte, weil in dieser Einöde kaum was auf der Straße los war. Das wäre die optimale Tarnung gewesen, um zu verhindern, dass sie ihn bei einem Blick in den Rückspiegel bemerkte und sich seinen Wagen oder gar sein Nummernschild zufällig einprägte. Nur zur Vorsicht drosselte er seine Geschwindigkeit und zockelte in einem gemütlichen Tempo durch die sommerlichen Felder und Weiden.

Es war nicht sehr schwer gewesen, Katja Jakobs in Tachin aufzuspüren: Die Zahl an Autos mit Hamburger Kennzeichen, auf die man dort stieß, hielt sich sehr in Grenzen. Die Adresse des Geliebten ihres schwulen Onkels hatte er der Akte entnehmen können, die ihm von Hanssens Sekretärin ausgehändigt worden war. Dass dann ein Smart mit HH auf dem Nummernschild vor der alten Mühle geparkt hatte, konnte dementsprechend kein Zufall gewesen sein.

Sie passierten die ersten Ausläufer Lauenburgs. Die kleinen, rot geklinkerten Häuschen der Arbeitersiedlung mussten in den Fünfzigern gebaut worden sein, wenn er sich nicht sehr irrte. Unwahrscheinlich, denn er hatte als Kind oft in genau so einem Viertel gespielt. Dann war eines Tages – auch in einem so verdammt heißen Sommer – ein Mann auf ihn zugekommen und hatte ihm fünf Mark für einen »Spezialauftrag« geboten. Er brauchte nur der Tochter seines Auftraggebers mit dem Fahrrad hinterherzufahren, um herauszufinden, mit wem sie sich an diesem Nachmittag am Baggerweiher traf. Es stellte sich heraus, dass sie zu einem Rendezvous mit einem älteren Jungen verabredet war, das deutlich über einige ungestüme Küsse hinausging. Dem Vater gefiel das zwar überhaupt nicht, doch er zahlte brav die besprochene Belohnung. Ewert grinste. Wenn man so wollte, war das der Beginn seiner Karriere als Schnüffler gewesen. Ob Hanssen ihn auch dann angeheuert hätte, wenn er von diesen bescheidenen Anfängen gewusst hätte?

Das Platzieren des Modellautos war reibungslos vonstattengegangen. Zum Glück und trotz des schlechten Timings seinerseits. Doch woher hätte er wissen sollen, dass diese schräge Trulla ausgerechnet dann spazieren gehen musste, als er sich auf den Weg zum Smart der Jakobs gemacht hatte? Drauf geschissen. Die Alte – offenbar die Schwester des Schwulen aus der Mühle – hatte ihn ja nicht bemerkt.

Nach zwei weiteren Abbiegemanövern begriff Ewert, dass Jakobs wohl zum nächsten ausgeschilderten Parkplatz unterwegs war. Seiner Erfahrung nach ließ ihr geringeres Tempo keinen anderen Schluss zu. Er lag nicht daneben: Vor einem mehrgeschossigen Haus, dessen untere Etage einen für diese Gegend bestimmt unverschämt großen Klamottenladen beherbergte, gab es eine Handvoll freier Parklücken. Er wartete ab, bis Jakobs sich eine davon ausgesucht hatte. Dann nahm er selbst die, die davon am weitesten entfernt war.

Als Jakobs losging, um sich einen Parkschein aus dem Automaten zu ziehen, beugte er sich langsam, aber tief in den Fußraum vor dem Beifahrersitz hinunter. Er gab vor, etwas zu suchen, und zählte bis fünfzig. Dann tauchte er wieder auf und checkte über die Spiegel ihre Position. Sie war an einer Freikirche vorbeigegangen, deren Transparente die Erlösung in dem Glauben an Jesus Christus verhießen, und steuerte nun auf eine Fußgängerzone zu.

Er zog keinen Parkschein, sondern stieg aus und folgte ihr. Er hielt einen gebührenden Abstand ein und blieb links an der Häuserzeile, während sie die rechte Seite gewählt hatte. Wie er sie nun aus nächster Nähe betrachten konnte, fiel ihm auf, dass die Kleine rein von der Figur her doch ziemlich genau sein Typ war: Sie war nicht zu dürr oder so durchtrainiert wie eine Schwimmerin mit breitem Kreuz und viel zu kräftigen Armen, aber auch nicht fett. Leider war sie allerdings eine Plaudertasche, die sich gerne reden hörte. Das war heute Morgen nicht zu überhören gewesen, als er ihr merkwürdiges Gespräch mit dem Schwulen mit seinem Richtmikrofon hinter der Hecke belauscht hatte. Was für Fortschritte die Überwachungstechnik seit jenem Sommertag gemacht hatte, an dem er sich am Baggerweiher an das fummelnde Pärchen angeschlichen hatte! Damals hätte so ein Richtmikrofon noch einen Schalltrichter von den Ausmaßen einer kleinen Satellitenschüssel gebraucht und in jedem Fall Aufsehen erregt. Heute hingegen konnte man das Gerät auf die Entfernung, auf die er es angewendet hatte, locker in der Hand halten. Wer nicht vom Fach war, hätte wahrscheinlich gedacht, er würde nur mit seinem Smartphone rasch ein Foto schießen oder ein kleines Video aufnehmen.

Was Jakobs da mit dem Schwulen besprochen hatte, war für ihn abergläubischer Firlefanz gewesen. Etwas Böses, was uralt war und in einem Wald lauerte. Und irgendwas über angeblich verschwundene Gören. Das einzig halbwegs Interessante daran war höchstens noch, ob die Eltern der vermissten Kinder bereit waren, ordentlich Kohle springen zu lassen, wenn man sich diese Fälle mal etwas näher ansah. Doch um Geld schien es dieser Jakobs nicht zu gehen.

Er folgte ihr um eine Ecke und in die Filiale einer Drogeriekette. Dort empfing ihn sofort der typische Geruch nach billigem Parfum und zu viel Reinigungsmittel. Er rümpfte die Nase. Er hasste solche Läden. Was wollte Jakobs hier? Am Ende war sie nur in dem Laden, weil sie ihre Tage bekommen hatte und sich eine Packung Tampons kaufen wollte.

Er tat sich schwer, ihre Motive nachzuvollziehen. Warum scherte sie sich jetzt mit einem Mal um die vermissten Kinder? Aus einem schlechten Gewissen gegenüber der Schwester des Schwulen heraus? Aus professioneller Neugier, weil sie als Journalistin nicht anders konnte? Er war nur froh, dass er nicht mit diesem Fluch geschlagen war. Es mochte einen angesichts seines Daseins als Schnüffler vielleicht Wunder nehmen, doch er war nicht sehr neugierig. Ihm war es noch nie darum gegangen, irgendwelche Geheimnisse nur um ihrer Enthüllung wegen zu ergründen. Für ihn brauchte es schon handfestere Anreize. Vor allem Zaster. Er hatte sich aber auch schon von der einen oder anderen verzweifelten Klientin, die knapp bei Kasse war, in Naturalien bezahlen lassen. Er sah darin kein Problem. Immerhin war das hier ja ein freies Land, und er zwang niemanden zu irgendetwas. Es wäre albern gewesen, sich deshalb einen Kopf zu machen, und –

Verdammt! Er hatte sich schon wieder viel zu sehr in Sicherheit gewiegt: Er war fest davon ausgegangen, dass Jakobs zu den Artikeln für die weibliche Hygiene wollte. Nun jedoch war sie unvermittelt stehen geblieben, um sich nach links zu beugen, wo am Kopfende eines breiten Verkaufsregals schmucklose Unterwäsche und Socken in preisgünstigen Sparpacks hingen. Er schaffte es gerade noch, nicht gegen sie zu prallen. Ihr Kopf fuhr dennoch zu ihm herum. Er wandte sich mit einem rasch dahingemurmelten »Entschuldigung« von ihr ab. Er wollte lächeln, spürte aber nur seine Wangen zucken. Sie sah ihm nach, während er zwei Regale weiterging, um so zu tun, als suche er dringend etwas zwischen Hühneraugenpflastern und Schuhdeo.

So ein verfluchter Mist! Er versuchte, möglichst ruhig weiterzuatmen. Das Verlangen, sich wieder zu ihr umzudrehen, um zu überprüfen, ob sie ihn noch immer anschaute, war heftig, aber er widerstand ihm. Stattdessen spulte er lieber sein Programm für solche Notfälle herunter: Er griff sich ein Nagelpflegeset in einem hübschen Etui aus aufgerautem Leder und stiefelte Richtung Kasse. Er wartete besser draußen auf sie.

Als er der Kassiererin einen Zehn-Euro-Schein reichte, bemerkte er einen Aufsteller, der für allerlei Wasserspielzeug im Piratendesign warb. Beim Anblick der Totenkopfflagge rann ihm ein eiskalter Schauer den Rücken hinunter. Er verzichtete auf sein Wechselgeld und verließ schleunigst die Drogerie. Der grinsende Totenschädel hatte ihn an die Ringe erinnert, die Kennet Hanssen trug – und daran, welches Schicksal ihm drohte, wenn sich seine Fehler weiterhin so häuften. Frustriert stellte Ewerts fest, dass er seine Hosentasche nach einem Feuerzeug durchwühlte.

16

Katja schenkte der Begegnung in der Drogerie keine größere Beachtung. Dass man hin und wieder von älteren Typen komisch angeglotzt wurde, war für eine Frau ihres Alters völlig normal. Früher – in ihren wilden Zeiten – hätte sie dem Kerl eine Riesenszene gemacht. Inzwischen hatte sie gelernt, sich ihre Kämpfe besser auszusuchen. Sie war eine Taktikerin, keine Strategin. Für die großen Feldzüge fehlte ihr das Durchhaltevermögen.

Mit einer Ausnahme: Wenn es darum ging, herauszufinden, wie genau ihr Vater gestorben war. Das war der wahre Grund, warum sie in Tachin bleiben wollte. Wer auch immer ihr das Modellauto unter den Scheibenwischer geklemmt hatte, wusste mit Sicherheit mehr über den tödlichen Unfall ihres Vaters. Selbst wenn die ganze Sache womöglich nur eine Warnung oder ein Einschüchterungsversuch war, änderte sich nichts: Sie würde herausfinden, was es damit auf sich hatte. Koste es, was es wolle.

Wer so etwas Sadistisches tat, weidete sich für gewöhnlich daran, die Auswirkungen seines Handelns zu sehen. Das bedeutete, dass der Jäger möglichst dicht bei seiner Beute blieb. Katja hatte vor, dieses Verhältnis umzukehren und aus dem Jäger einen Gejagten zu machen. In einem Dorf war das um einiges leichter zu bewerkstelligen als in einer Millionenstadt.

Deshalb kaufte sie drei Paar schlichte Socken und drei nicht minder unspektakuläre Slips. Das sollte reichen. Notfalls würde sie Dagmar bitten, die Waschmaschine der Geschwister Jung mitbenutzen zu dürfen.

Neben der Drogerie entdeckte Katja einen reizenden Laden, der sich auf dänische Mode zu sehr bezahlbaren Preisen spezialisiert hatte. Ein Strickkapuzenpulli in Rot und Weiß an einer der Schaufensterpuppen gefiel ihr so gut, dass sie das kleine Geschäft betrat. Sie ließ sich von einer leger, aber geschmackvoll gekleideten Dame Mitte fünfzig intensiv beraten und verschwand schließlich mit zwei Jeans und drei Oberteilen in der einzigen Umkleidekabine.

Sie hatte sich gerade aus ihrer Hose geschält, als ihr Handy brummte. Sie warf einen Blick auf das Display: Sie hatte eine WhatsApp-Nachricht erhalten. Von Thilo. *Hallo Katja. Geht das am Wochenende klar?*

Ihre Fingerspitzen schwebten unschlüssig über der auf dem Bildschirm aufgerufenen Tastatur. Warum fiel ihr eine Antwort so schwer? Die Sache war glasklar: Sie kannte ihn erst seit ein paar Wochen – noch so ein Beifang in dieser grässlichen Angelegenheit mit ihrem Onkel –, er war niedlich und schlau noch dazu. Er klammerte nicht, sondern kümmerte sich in erster Linie pflichtbewusst um sein Studium in Marburg, anstatt sie irgendwie mit ständigen Besuchen zu nerven. Sie hatten fantastischen Sex gehabt, und er hatte sie darin bestärkt, dem Tod ihres Vaters auf den Grund zu gehen. Sie telefonierten sonst alle drei, vier Tage, ohne dass es zu peinlichen Momenten des Schweigens kam, in denen sie sich nichts zu sagen hatten. Und jetzt fragte er nach, ob sie wirklich wollte, dass er sie zur Geburtstagsfeier ihrer Mutter begleitete. Das wäre schon ein gewaltiger Schritt hin zu einer echten Beziehung. Wollte sie die? Egal. Sie hatte keine Zeit, sich darüber lange Gedanken zu machen. Hier war Mut gefragt, kein Zaudern.

Geht alles klar, schrieb sie also, schickte die Nachricht ab und Sekunden später ein dickes Herz und ein *Freu mich!* hinterher.

Das war die Wahrheit. Natürlich hätte sie sich lieber gleich mit ihm in irgendeinem netten Café getroffen, anstatt hier Recherche über verschwundene Kinder zu betreiben und sich von einem potenziellen Stalker mit besonderem Wissen über ihre Vergangenheit quälen zu lassen. Ganz zu schweigen von dem Leichenfund.

Rasch probierte sie die Klamotten an. Eine der Jeans ging bei allem Ziehen und Zerren nicht über ihre Oberschenkel, doch abgesehen davon passte alles andere ganz gut. Sie zahlte mit ihrer EC-Karte und verließ den Laden. Nachdem sie die Einkäufe im Smart verstaut hatte, holte sie ihre Laptoptasche aus dem Kofferraum. Anschließend vergewisserte sie sich per Google Maps, dass sie sich den Weg zum *Lauenburger Kurier* vorhin korrekt eingeprägt hatte. Hatte sie.

Sie musste nur die Fußgängerzone bis fast ganz zum Ende gehen. Dann stand sie auch schon vor einem etwas schmucklosen Haus aus der Jahrhundertwendezeit mit einem auffälligen Messingdach, in dem sich der *Kurier* im untersten von drei Stockwerken eingemietet hatte.

Sie ging die drei Stufen zum seitlich gelegenen Eingang des Gebäudes hinauf, als ihr Handy erneut brummte. Hartnäckiger, rhythmischer. Sie hätte nie gedacht, dass Thilo gleich nach Erhalt ihrer Nachricht anrufen würde. Sie fummelte ihr Telefon aus der Hosentasche, schaute aufs Display und stutzte. Das war nicht Thilos Nummer. Es war ein Hamburger Festnetzanschluss.

»Ja?«

»Sag mal, Schätzchen, wolltest du mir nicht heute Morgen mein Auto wieder hingestellt haben?«

»Enzo!« Den hatte sie ob der ganzen Aufregung in Tachin komplett vergessen. »Tut mir leid. Ich war hier echt beschäftigt.«

»Verstehe.« Er hatte diesen ungerührten und dadurch immer leicht sarkastisch wirkenden Ton mitschwingen lassen, der ihr auch früher schon so manches Mal übel aufgestoßen war. Damals, als sie noch so etwas wie eine lose Beziehung am Laufen gehabt hatten. »Macht ja nix. Ich hätte mich halt nur gefreut, wenn du mir kurz Bescheid gegeben hättest, dass du den Wagen noch brauchst.«

»Brauchst *du* ihn denn?«

»Nicht dringend. Ich werde sowieso bis in die Puppen in der Redaktion sitzen. Wieso? Hast du vor, länger wegzubleiben?«

»Spätestens Samstag sollte ich wieder in Hamburg sein.« Wenn nicht etwas völlig Unvorhergesehenes oder Abwegiges geschah, war die Geburtstagsfeier ihrer Mutter ein absoluter Pflichttermin. »Ich melde mich bei dir, wo ich den Wagen abstelle. Ist das für dich okay?«

»Absolut, absolut.«

»Sehr schön. Dann würde ich sagen, wir …« Katja stockte. In der allerersten Sekunde dachte sie noch, sie würde es sich nur einbilden. Dann war sie sich sicher: Sie spürte ein leises Zittern, das vom Boden aus durch ihre Sohlen bis in ihre Beine hinaufdrang. Sie musste daran denken, wie es sich anfühlte, wenn ein Bus an dem Altbau vorbeibrauste, in dem sie wohnte. Anfangs hatte es nicht einmal etwas Erschreckendes. Im Gegenteil: Es fühlte sich fast zärtlich an. Wie eine sachte, spielerische Liebkosung, die ihr die Erde selbst zuteilwerden ließ. Erst als das Zittern auch nach einigen Wimpernschlägen nicht wieder abklingen wollte, sah sich Katja besorgt um. Sie glaubte, die Blätter eines Baumes vor dem Haus ein winziges bisschen wackeln zu sehen. Als würde eine Brise durch sie hindurchfahren, obwohl es vollkommen windstill war.

»Katja? Katja? Bist du noch da? Katja?«, hörte sie Enzo an ihrem Ohr.

Katja ging in die Hocke und legte eine Hand flach auf die Fliesen der Treppe. Kaum berührte ihre Haut den kühlen Stein, beruhigte sich die Erde.

»Katja?«

Zwei Kinder in einer Eisdiele im Nachbarhaus starrten sie neugierig an.

»Ich … ich bin noch da, ja.« Rasch erhob sie sich. »Sorry.«

»Was war denn los?«

»Halt mich bitte nicht für bescheuert, aber ich glaube, es gab hier eben ein leichtes Erdbeben.« Sie wandte sich dem Haus zu, nur um festzustellen, dass die grüne Eingangstür anscheinend nicht ganz ins Schloss gefallen war. »Abgefahren, oder?«

»Total. Du, ich müsste dann mal zurück an die Arbeit. Ich habe gleich ein Meeting, und da ist diese echt sympathische Kollegin aus dem Layout dabei. Wir sprechen uns dann Samstag, ja?«

Bis sie zustimmen konnte, hatte er die Verbindung schon unterbrochen.

17

Katja straffte die Schultern, stieß die Eingangstür auf und trat in einen düsteren Flur. Rechts führte eine Treppe in die oberen Etagen, doch Katja blickte direkt auf eine Tür mit einem Schild auf Augenhöhe. Darauf stand in grüner Frakturschrift *Lauenburger Kurier*.

Sie klingelte. Nach wenigen Momenten öffnete ihr eine freundliche Mittvierzigerin in einem schicken Blazer die Tür. Gitte, mit der sie rasch per du war, nachdem sie sich auf Nachfrage als freischaffende Kollegin zu erkennen gegeben hatte, bat sie in die Redaktionsräume: ganze zwei Zimmer an der Zahl. Sie plauderten ein Weilchen bei einem Kaffee, und Katja erfuhr von der Redakteurin so einiges über den *Kurier*: dass die komplette feste Belegschaft im Grunde nur aus Gitte und zwei anderen Journalisten bestand. Dass der *Kurier* einem großen Verlagskonsortium gehörte und nur eine Art Anhängsel – Gitte nannte es sogar einen »Wurmfortsatz« – einer auflagenstarken Tageszeitung mit Sitz in Hamburg war. Und dass es im Grunde kein leicht zugängliches Archiv gab, in dem Katja hätte recherchieren können. Man hatte vor ein paar Jahren zwar damit begonnen, ältere Ausgaben der Zeitung zu digitalisieren. Dabei arbeitete man allerdings nicht chronologisch. Man wühlte sich stattdessen von der Gegenwart aus Jahrgang um Jahrgang tiefer in die Vergangenheit. Mittlerweile, so teilte ihr Gitte mit, wären sie sogar schon in den frühen Neunzigern angelangt. »Ansonsten gäbe es natürlich noch das Kreisarchiv in Ratzeburg, aber da findest du heute keinen. Dort hat nämlich die Sommergrippe um sich gegriffen. Es wird ein paar Tage dauern, bis da wieder jemand auf den Beinen ist. Wenn du mir deine Nummer gibst, rufe ich dich an, wenn es so weit ist. Wonach genau wolltest du noch mal recherchieren?«

»Über erhalten gebliebene Sagen und Legenden aus der Region.« Katja hatte in der Vergangenheit die Erfahrung gemacht, dass es in Situationen wie dieser manchmal besser war, nicht sein eigentliches Recherchethema zu nennen. Dann erhielt man unter Umständen nämlich nur eine gut gemeinte Hilfe, die einem den unbefangenen Blick auf den wahren Sachverhalt leider bisweilen verstellte.

Gitte setzte Katja an den Schreibtisch eines ihrer abwesenden Kollegen und lotste sie an dessen Rechner zum Digitalarchiv des *Kuriers*, während Katja schon ungeduldig an der zarten, jungen Haut auf ihren Handrücken herumzupfte.

Zwei Becher Kaffee später stieß Katja auf etwas, was ihr ein äußerst unbehagliches Gefühl bescherte. Das Gefühl, dass jemand dicht hinter ihr stand und nur darauf wartete, die Hände um ihren Hals zu schließen.

Mysterien unserer Heimat
Verbotene Experimente und düstere Riten:
Der Bluthannes

Tachin – Jeder in unserer Region kennt es: Haus Halbersgrund. Und die meisten wissen auch, wer es erbaut hat: der Bluthannes. Fragt man jedoch, um wen es sich bei diesem grässlichen Unhold in Wahrheit gehandelt hat, hat nicht jeder sofort eine Antwort parat. Angesichts all dessen, was man Johannes Friedrich von Tressen (1711–1772) zu seinen Lebzeiten nachsagte, ist dies auch nicht weiter verwunderlich.

Schon seine Ankunft in Tachin und der Bau von Haus Halbersgrund sind geheimnisumwittert. Der von Historikern mittlerweile zweifelsfrei als Freimaurer identifizierte von Tressen kehrte angeblich von einer ausgedehnten Reise durch Asien und Afrika ins Herzogtum Lauenburg zurück. Das Geld für die Errichtung seines Gutes stammte aus Funden in alten Gräbern in abgelegenen Bergtälern des Hindukuschs, vergessenen Goldstädten in den Dschungeln des Schwarzen Kontinents oder von schattenhaften Gönnern aus dem Bankenviertel Londons – je nachdem, welchem der damals kursierenden Gerüchte man Glauben schenken mag. Zudem will ein Arbeiter gesehen haben, wie von Tressen am Abend der Grundsteinlegung menschliche Gebeine im Firmament verbaute und den Boden mit Blut tränkte. Möglicherweise liegt schon in dieser Anekdote die Wurzel für von Tressens spätere Bezeichnung als »Bluthannes« – die Verwandlung in einen Unhold aus den gruseligsten Schauergeschichten.

Dabei scheint festzustehen: Von Tressen frönte mit der Alchemie einem traditionell schlecht beleumundeten Steckenpferd. So berichten gleich mehrere Quellen davon, er sei nicht auf der Suche nach dem klassischen Stein der Weisen gewesen, sondern habe seine Ziele noch ein ganzes Stück höher gesteckt. Ewige Jugend – um nicht mehr und nicht weniger soll es von Tressen gegangen sein. Und wie es für die alten Geschichten um diesen verfänglichen Wunsch üblich ist, sind die Methoden zur Erreichung dieses Ziels nicht unbedingt gesellschaftsfähig: Bäder in Jungfrauenblut, das Verzehren von Knabenherzen, das Abfüllen der Tränen aufs Grauenhafteste gepeinigter Kinder in Flaschen aus reinem Rosenquarz – die Liste der Vorwürfe gegen von Tressen ist lang.

Zugegeben: Einige von ihnen bilden sicherlich nur manche der zu seinen Lebzeiten verbreiteten Vorurteile gegen die Freimaurer ab. Umso kurioser, dass diese Gruppierung letzten Endes Werte wie individuelle Freiheit und Eigenverantwortung vertrat, die heute als wesentliche Säulen unserer modernen Gesellschaft gelten. Allerdings ist nicht von der Hand zu weisen, dass von Tressen tatsächlich einen geradezu unheiligen Zorn der Menschen um ihn herum auf sich gezogen haben muss.

Nichts belegt dies besser als die überlieferten Umstände seines Todes: In einer sommerlichen Gewitternacht zogen zwei Dutzend Männer aus dem nahen Tachin vor Haus Halbersgrund. Der Regen machte ihre Mäntel schwer wie Mehlsäcke und der Wind heulte und schrie so laut, dass die Daheimgebliebenen die Fenster verrammelten, aus Furcht, der Sturm könne kreischende Teufel und Dämonen in ihre gute Stube tragen. Der Grund, der die Tachiner in dieser Nacht aus dem Haus trieb, war die Sorge um ein verschwundenes Zwillingspärchen. Die Mädchen waren vom Gänsehüten nicht zurückgekehrt, und alles, was man bei einer rasch anberaumten Suche nach ihnen fand, war ein Stofffetzen vom Kleid eines der beiden Kinder und eine aus blühenden Feldblumen geflochtene Krone.

Einem Gesuch an die dänische Obrigkeit ist zu entnehmen, dass zu jener Zeit gehäuft Vermisstenfälle in der Region zu beklagen waren. Der Verfasser jener Bitte um Unterstützung nennt eine schockierende Zahl von rund dreißig Kindern und Halbwüchsigen, die in einem Zeitraum von weniger als zwei Jahrzehnten nahezu spurlos verschwunden sein sollen. Einzig vereinzelte Funde von kleineren Gegenständen wie etwa der oben erwähnte Stofffetzen oder Teile einer Halskette aus dem Besitz der Abgängigen sprachen dafür, dass sie sich zum Zeitpunkt ihres Verschwindens in der Nähe jenes Waldstücks aufgehalten haben müssen, das bis heute Haus Halbersgrund in sich birgt.

Stand von Tressen mit all diesen Fällen in Verbindung? Entführte und tötete er seine Opfer in einer wahnhaften Vorstellung, er könne so das Rätsel der Unsterblichkeit entschlüsseln? Wir wissen es nicht. Wir wissen jedoch, wie die Geschichte in jener stürmischen Nacht ausging.

Von Tressen, so heißt es, habe sich mit den beiden Mädchen in den Turm geflüchtet, den er eigens für seine alchemistischen Experimente ein wenig abseits des Haupthauses hatte errichten lassen. Die Tachiner umringten den Turm, reckten ihre Forken in den wütenden Himmel und forderten lautstark die Herausgabe der Mädchen. Da fuhr ein Blitz herab und steckte den Turm in Brand. Gellende Schreie drangen aus dem Inneren des Turms, und einige der Anwesenden sollen anschließend geschworen haben, diese Rufe könnten unmöglich aus einer menschlichen Kehle gekommen sein.

Eines der Mädchen nutzte offenbar von Tressens Panik zur Flucht aus der lodernden Hölle, verbrannte sich dabei jedoch die Hände so schwer, dass sie niemals mehr richtig zu gebrauchen waren. Ganz allgemein fällt es dennoch schwer, von einem auch nur halbwegs glücklichen Ausgang der Ereignisse zu sprechen: Die Zwillingsschwester der Geretteten verbrannte der Legende nach ganz zu Asche – ebenso wie ihr angeblicher Peiniger.

Und wenn diese Geschichte auch nur das winzigste Körnchen Wahrheit in sich trägt, dann hat Johannes Friedrich von Tressen seinen Beinamen völlig zu Recht. Dann ist er wahrhaftig der Bluthannes.

Aus den Erinnerungen des Einen und des Anderen

Sie waren nie dumm gewesen. Nicht einmal damals, als sie kaum lesen und schreiben konnten. Oma erzählte ihnen viel über die Welt. Über die Dinge, die man sehen konnte, aber auch über die Dinge, die man nicht sehen konnte. Nicht nur über die Unterirdischen. Das war nur eine von den Aberdutzenden Geschichten, die Oma kannte.

Manchmal fürchteten sie sich vor Oma. Sie war alt, und an manchen Stellen in ihrem Gesicht wuchsen lange weiße Haare. Ab und zu roch sie auch sonderbar: süßlich und schwer. Wie ein Stück Obst, das zu lange herumgelegen hatte und an der Unterseite schon ganz braun und matschig geworden war. Doch das war noch lange nicht das Schlimmste. Das Schlimmste war, wenn Oma mitten in der einen Geschichte plötzlich den Mund offen stehen ließ und in die Ecke schaute, als würde dort irgendwer oder irgendwas stehen. Sie betrachtete diesen unsichtbaren Besucher eine Weile mit starrem Blick, nur um dann weiterzureden, als wäre nichts gewesen. Doch da war sie dann meistens mitten in einer vollkommen anderen Geschichte, die mit der davor rein gar nichts zu tun hatte.

Das passierte ihr besonders häufig, wenn sie vom Bluthannes erzählte. Oma wusste alles über ihn. Man konnte sie alles fragen.

»Wer waren denn seine Eltern?«

»Eine untreue Königin und der Teufel.«

»Wer hat ihm das Zaubern beigebracht?«

»Eine Hexe, die die Herzen von Kindern fraß. Die brachte

ihr Sohn ihr, der ein solcher Riese war, dass man meinte, es würde zu früh Abend, wenn er tagsüber auftauchte.«

»Warum war er so böse? Warum machte er das alles?«

»Weil er niemals sterben wollte, damit er am Jüngsten Tag dabei sein konnte, wenn sein Vater versuchte, den guten Herrn Jesus endgültig zu besiegen.«

»Wie wollte er das schaffen?«

»Indem er sich Hilfe bei anderen Kreaturen suchte, die vor den Augen Gottes in Ungnade gefallen waren.«

Sie wussten genau, wen Oma damit meinte. Die Unterirdischen.

»Der Bluthannes lud sie zu sich in seinen Turm ein. Dafür brauchte er auch die Kinder, die er auf die Weise holte, wie er es vom Riesensohn der Hexe gelernt hatte. Es mussten schöne Kinder sein, denn hässlich waren die Unterirdischen ja schon selbst, und man durfte sie auf keinen Fall beleidigen. Früher gaben sich die Unterirdischen oft mit einem Lamm oder einem Kalb zufrieden, und nur wenn man sie zornig machte, verlangten sie ein Kind. So brachte man auch die Erde wieder dazu, sich zu beruhigen, denn wenn die Unterirdischen vor Zorn bebten, dann tat sie es auch. Leider wurden die Unterirdischen gerade dann besonders zornig, wenn man sie nicht mehr mit dem nötigen Respekt behandelte. Immer mehr Leute hatten die Unterirdischen nämlich mit der Zeit vergessen.«

Da hatten sie wirklich Glück, dass es Oma gab! Von ihr konnten sie so viel über die Unterirdischen lernen.

»Der Bluthannes«, sagte Oma oft, »hat das auch alles gewusst. Leider war er aber kein richtig guter Mensch. Er gab das Blut der Kinder den Unterirdischen, damit sie es trinken konnten. So mussten auch sie niemals sterben.«

Oma hatte es mit eigenen Augen gesehen. Das hatte sie zumindest einmal behauptet. Erst dachten sie, Oma würde nur Scherze machen, doch sie hatte sie so lange und so grimmig angeschaut, bis ihnen das Lachen verging.

»Aber Oma«, sagten sie. »Der Turm des Bluthannes ist

doch abgebrannt. Wie kannst du da gesehen haben, wie er die Unterirdischen dorthin eingeladen hat?«

»Nie hört ihr mir richtig zu. Ich sollte euch die Ohren lang ziehen, ihr frechen Mäuse«, schimpfte Oma. »Habe ich gesagt, ich hätte den Bluthannes in seinem Turm gesehen? Nein, das habe ich nicht. Aber ich habe ihn gesehen. Ich kann damals nicht viel älter gewesen sein als ihr heute. Eines Nachts konnte ich nicht einschlafen und schlich mich aus dem Haus. Warum ich nicht schlafen konnte, wollt ihr wissen? Das ist kein großes Geheimnis. Ich hatte mich am Tag davor beim Haus Halbersgrund herumgetrieben. Dort wachsen die schönsten Blumen. Ich hatte einen prächtigen Strauß gepflückt, über den mein Vater sich freute wie ein Schneekönig, als er vom Feld nach Hause kam. Doch ich ging in dieser Nacht nicht wegen der Blumen zum Haus des Bluthannes zurück.«

»Warum denn dann?«, fragten sie.

Oma lächelte. Die wenigen Zähne, die ihr noch geblieben waren, wirkten im schummrigen Abendlicht noch viel länger und gelber als sonst. »Ich hatte entdeckt, dass oben im Dachstuhl Eulen nisteten. Ich wollte unbedingt die Küken füttern. Sie sahen so weich aus. Und nachts, so viel hatte mir mein Vater über Eulen beigebracht, fliegen die Alten viel häufiger auf Beutefang für die Jungen als am Tag. Also bin ich aus meinem Bett geschlüpft, habe mich hinunter in die Vorratskammer gestohlen und mir ein winziges Stückchen Speck stibitzt, das ich an die kleinen Eulen verfüttern wollte. Doch sie sollten es nie in die Schnäbel bekommen.«

»Aber wieso nicht?«, fragten sie.

Omas Augen funkelten düster. »Als ich durch die große Tür getreten war, fand ich etwas heraus, bei dem mir die Haare zu Berge gestanden hätten, wenn sie nicht zu so straffen Zöpfen geflochten gewesen wären: Ich war nicht allein in Haus Halbersgrund. Ich hörte jemanden singen. Leise und traurig. So wie die Leute bei Beerdigungen singen. Ich hätte umkehren sollen, aber etwas zog mich tiefer ins Haus hinein.

Neugier? Leichtsinn? Die kleinen Eulen jedenfalls waren auf einen Schlag vergessen.«

»Und hast du gesehen, wer da gesungen hat?«, wollten sie wissen.

»Zuerst nicht. Es war zu dunkel, denn es fiel ja nur hier und da bleiches Mondlicht durch die Fenster. Ich musste mich auf meine Ohren verlassen. Weil ich sie so sehr spitzte, verstand ich nun auch die Worte: ›Un sett sick in'n Schatten, verspies de lütt Matten.‹«

»Aus dem Lied vom kleinen Hasen?«

»Genau daraus. Es war komisch, doch weil ich das Lied kannte, hatte ich mit einem Mal ein kleines bisschen weniger Angst. Ich erkannte, dass der Gesang aus dem Keller kam. Die Tür dort hinunter stand offen. Ich lugte vorsichtig hinunter und sah das Flackern einer Laterne. Ich wagte mich ein paar Stufen hinunter, obwohl mir das Herz bis zum Hals schlug. Und da saß er. Ganz in Schwarz, inmitten von Hunderten von Blumen, die er um sich ausgebreitet hatte, und einem geflochtenen Reif aus Blüten auf dem Kopf. In der einen Hand hielt er einen grauen Krug, der mit blauen Zeichen bemalt war. Aus diesem Krug goss er etwas auf die nackte Erde des Kellers, um es gleich mit der anderen Hand zu verreiben. Ich roch sofort, was es war. Ich war ja schon oft dabei gewesen, wenn einer der Bauern im Dorf ein Schwein schlachtete. Und ob ihr es mir glaubt oder nicht: Das Blut eines Menschen riecht nicht anders als das einer frisch abgestochenen Sau.«

»Oma, sag doch so etwas nicht«, riefen sie entsetzt.

»Aber wenn es doch die Wahrheit ist!« Oma warf die Hände in die Luft, die dürren Finger wie zu Krallen gekrümmt. »Er saß dort unten und er gab den Unterirdischen das Blut eines Kindes zu trinken. Damit sie nicht kamen und sich noch viel mehr Kinder holten. Zum Glück wandte er mir den Rücken zu. Sonst hätte es gut sein können, dass auch mein Blut geflossen wäre, um den Zorn der Unterirdischen zu besänftigen. Und …«

Oma schwieg und tat, was sie immer so besonders schauderhaft fanden: Sie blickte starr über ihre Köpfe hinweg, den Mund halb geöffnet. Einige bange Minuten wagten sie es nicht, sich zu rühren. Dann drang ein rasselndes Atmen über Omas Lippen, die sich zu einem feinen Lächeln verzogen. »Ihr müsst mir versprechen, immer ganz vorsichtig zu sein, wenn ihr im Wald spielt. Wenn euch nämlich der Bluthannes zu Gesicht bekäme, dann würde er euch ganz bestimmt nicht mehr gehen lassen. Um euch zu fangen, würde er sich noch viel größere Mühe geben, als er das sonst tut, wenn er sein grausiges Werk verrichtet.«

Sie waren froh, dass Oma noch immer über den Bluthannes erzählte. Gleichzeitig jedoch brachten ihre düsteren Worte sie dazu, noch enger zusammenzurücken. »Warum glaubst du denn, dass er es so sehr auf uns abgesehen hätte?«

»Ach, ihr kleinen Dummerjane!« Oma strich ihnen mit einem ausgestreckten Finger über die Wangen. »Er wäre so versessen auf euch, weil er doch sonst nie gleich zwei so hübsche Kinder auf einen Streich in die Fänge kriegen könnte.«

18

Vielleicht war es makaber oder gar pietätlos, dass Lukas Möhrs sich aufrichtig freute, dem Institut für Rechtsmedizin der Universität Lübeck einen Besuch abstatten zu dürfen. Er konnte sich seiner Gefühle allerdings nicht erwehren. Dazu war er noch viel zu frisch verliebt in die junge Frau, die dort in ihrem kleinen Büro im Keller, das sie sich mit einem Kollegen teilte, auf ihn wartete und deren bezaubernder Anblick ihm oft genug den Atem verschlug. So wie heute. Er wollte sie küssen, und er hätte es auch getan, wenn Smolski nicht gewesen wäre. So beließ er es bei einer flüchtigen Umarmung, verzichtete dabei jedoch nicht darauf, den angenehmen Duft ihrer Haut in sich aufzusaugen.

Wie es nun einmal ihre praktische Art war, kam sie sofort zur Sache, nachdem ihr Kollege sich mit einem Verweis auf eine noch dringend nachzuholende Mittagspause entschuldigt hatte. »Lukas hat sicher schon erwähnt, dass ich niemand bin, der zum Spekulieren neigt«, wandte Aysel sich an Smolski. »Was ihr jetzt von mir zu hören bekommt, sind nur Dinge, die ich entweder mit einiger Sicherheit als zutreffend einstufen kann oder die ich zumindest für sehr, sehr wahrscheinlich halte.«

»Das ist doch wunderbar.« Smolski warf Möhrs einen Seitenblick zu. »Wir würden das auch gar nicht anders wollen, wo doch so viel auf dem Spiel steht.«

Angesichts dieser rüden Erinnerung an die Wette, die zwischen ihnen lief, verspürte Möhrs große Lust, Aysel einfach geradeheraus danach zu fragen, ob Christian Grieß nun Opfer eines Verbrechens geworden war oder nicht. Er kannte sie jedoch gut genug, um genau zu wissen, wie sehr sie sich davon vor den Kopf gestoßen gefühlt hätte.

»Ich möchte heute gerne einmal mit dem toxikologischen Bericht anfangen.« Aysel machte jenes ernste Gesicht, bei dem sie die fein gezupften Augenbrauen eng über der Nasenwurzel zusammenzog. »Da gab es keine größeren Überraschungen. Wir können getrost davon ausgehen, dass Grieß ein Gewohnheitskiffer war, der sehr regelmäßig Cannabis konsumiert hat. Angesichts der Tatsache, dass wir bei ihm Gras gefunden haben, dürfte das niemanden hier aus den Schuhen hauen. Im Übrigen war die Dosis, die er zum Zeitpunkt seines Todes intus hatte, wirklich nicht von schlechten Eltern: fast zwei Nanogramm pro Milliliter Blut.«

Smolski pfiff durch die Zähne. »Da war aber jemand gut im Training. Das reicht außerdem definitiv aus, um auf dumme Ideen zu kommen. Wir hatten da mal einen Fall, wo ein paar junge Leute auf dem Flachdach des Hauses gegrillt haben, in dem sie ihre WG hatten. Dabei wurde auch gekifft. Auf einem ungesicherten Dach einen Grill anschmeißen und dabei was quarzen: so weit, so unvorsichtig. Womit keiner rechnen konnte, war, dass die eine Kleine, die da dabei war, unbedingt wissen wollte, ob sie von diesem Dach aus auch auf das Dach des Nachbarhauses springen konnte. Waren ja nur ein paar Meter, nicht wahr? Am Ende war es dann aber doch ein klitzekleines bisschen zu weit. Echt schade drum.«

»Grieß war nun aber mit Sicherheit nicht mit Freunden beim Grillen, als er getötet wurde«, hielt Möhrs unbeirrt dagegen. »Und dein Schauermärchen kann man genauso gut Alkoholeinfluss zuschreiben. Oder willst du mir erzählen, die hätten auf diesem Dach nur gekifft und dabei keinen Tropfen angerührt?«

»Da klinke ich mich doch am besten gleich wieder ein.« Aysel ließ die Plastikflasche mit Sportverschluss, aus der sie stilles Mineralwasser genippt hatte, von den Lippen sinken. »Grieß hatte nämlich auch noch eins Komma sechs Promille.«

Möhrs nickte. »Der klassische Doppelschlag. Und das passt auch zu dem, was sein Großvater erzählt hat. Die haben sich bestimmt auch schon zu zweit ganz schön einen reingestellt, als sie zusammen auf der Terrasse saßen. Als dann auch noch Schäfer aufgetaucht ist, gab es wohl endgültig kein Halten mehr. Nicht, dass ich den Grießens daraus einen Vorwurf machen würde. Meiner Erfahrung nach sind Streitgespräche mit Kommunalpolitikern nüchtern nur sehr bedingt zu ertragen. Und wenn es dann auch noch gleich der Bürgermeister ist, mit dem man ohnehin ein Hühnchen zu rupfen hat …«

»Und der junge Grieß hat völlig ungeniert vor den beiden alten Herren gekifft?«, gab sich Smolski skeptisch. »Holt einfach seine Dübel raus, zieht einen nach dem anderen durch und behauptet auf Nachfrage, das wären nur holländische Kräuterzigaretten?«

»Die Akzeptanz für den Konsum von Cannabis ist in den letzten Jahren ständig gestiegen«, gab Aysel zu bedenken. »Schon möglich, dass die beiden Herren tatsächlich kein größeres Problem damit hatten. Was ich aber für wesentlich plausibler erachte, ist, dass Grieß schlicht und ergreifend auf seinem nächtlichen Spaziergang durch den Wald einen Joint geraucht hat, verstehst du?«

»Okay, okay, meinetwegen.« Smolski kraulte sich das Kinnbärtchen. »Aber da ist etwas, was mich interessieren würde: Mit so viel Alkohol und Cannabis im Blut, wäre man da noch in der Lage, zuverlässig geradeaus zu laufen oder irgendwo hochzuklettern?«

Möhrs wusste, worauf sein Kollege hinauswollte. Er fragte sich langsam, ob es womöglich ein Fehler gewesen war, eine Wette mit ihm einzugehen.

Aysel stellte ihre Wasserflasche ab und verschränkte die Arme vor der Brust. »Ich sage es gern noch mal: Ich spekuliere nicht. Auf deine Frage gibt es keine eindeutige Antwort. Manche Leute – vor allem solche, die sonst nicht trinken oder kiffen und einen halben Zentner weniger auf den Rippen haben –

hätten sich bei einer solchen Dosis unter Umständen nicht einmal mehr rühren können. Anderen hättest du kaum etwas angemerkt. Ich hatte einen Kommilitonen an der Uni, der wog hundertvierzig Kilo und war gute zwei Meter groß. Der kiffte zum Beispiel ganz gern, weil er nämlich im Alleingang fast einen ganzen Kasten Holsten trinken konnte, ohne dass sich das für ihn in rauschtechnischer Hinsicht auch nur ansatzweise gelohnt hätte. Da ist wirklich alles möglich, weißt du?«

Möhrs wertete Aysels Entgegnung insgeheim als Punkt für sich. Er hätte sie schon wieder küssen können.

»Seht euch lieber das hier an.« Sie deutete auf den Leuchtschrank, an den sie eine Reihe von Röntgenbildern eines menschlichen Schädels gehängt hatte. Die Frontalaufnahmen zeigten das typische Grinsen, die leeren Augenhöhlen und das schwarze Dreieck anstelle einer Nase. Von hinten jedoch wirkte es, als wäre der Knochen regelrecht zerschellt wie der Rumpf eines Schiffes an einer Klippe. »Über die Todesursache kann meines Erachtens kein Zweifel mehr bestehen: eine starke Gewalteinwirkung auf den hinteren Bereich des Schädels. Womit genau diese Gewalt ausgeübt wurde, ist allerdings schon schwieriger zu beurteilen: Der Tierfraß am Leichnam durch die Krähen hat da einiges angerichtet, um die ursprünglichen Spuren zu verwischen. Mir fehlen zum Beispiel einige größere Knochensplitter. Ich muss davon ausgehen, dass die Vögel sie in ihren Schnäbeln oder Krallen ein ganzes Stück vom Tatort weggetragen haben.«

Möhrs schöpfte Hoffnung auf einen Sieg bei der Wette – und auf eine einigermaßen schnelle Aufklärung des Falls. »Sagst du uns gerade durch die Blume, dass es eine Tatwaffe gab?«

»Nein, tue ich nicht.« Aysel schüttelte den Kopf und nahm einen Stift von ihrem Schreibtisch. Sie deutete mit dessen Spitze auf eine Stelle unmittelbar neben dem dunklen Krater im Schädel von Christian Grieß. »Siehst du das? Diese schmale Rinne hier, die aussieht, wie mit dem Lineal gezogen. Natürlich kann sie von irgendeinem wuchtigen Schlagwerkzeug stammen:

einem Brecheisen, einem Schraubenschlüssel ... Da gibt es viele Möglichkeiten. Sie kann aber genauso gut von einem Sturz auf eine scharfe Kante herrühren. Alles, was ich dazu sagen kann, ist, dass Grieß höchstwahrscheinlich sofort tot war. Ich finde das bis zu einem gewissen Grad sogar beruhigend.«

»Beruhigend? Inwiefern?«

»Insofern als ich mir dann nicht vorstellen muss, dass er unter Umständen noch eine Zeit lang bewegungsunfähig, aber womöglich bei Bewusstsein in diesem Haus gelegen hat, bis die Krähen kamen.« Sie strich sich eine Locke hinters Ohr. »Und jetzt weißt du auch, warum ich mich generell nicht gerne zu Mutmaßungen hinreißen lasse. Ich schlafe nachts lieber ruhig, als mir Horrorvisionen auszumalen.«

Etwas betreten senkte Möhrs den Blick. Er fühlte sich wegen dieser bescheuerten Wette mit Smolski auf einmal wie jemand, dem Mitgefühl völlig fremd war.

Sein Kollege und Konkurrent kratzte sich vorsichtig am Hinterkopf. »Da kribbelt es gleich wieder«, murmelte er.

»Hm?«, machte Möhrs.

»Nichts.« Smolski ließ die Hand sinken. »Mir hat nur mal jemand mit einem Hammer fast den Schädel eingeschlagen. Das war ein knappes Ding. Und wenn ich daran erinnert werde, kribbelt es eben. Manchmal kribbelt es auch nur bei schlechtem Wetter.« Er zuckte die Schultern. »Wer weiß? Vielleicht bilde ich mir das auch alles nur ein.«

Smolskis offenes Eingeständnis einer Schwäche überraschte Möhrs. Bisher hatte der Neue ihm gegenüber alles darangesetzt, möglichst unfehlbar zu erscheinen. Und jetzt auf einmal so was. »War das mit dem Hammer im Dienst oder privat?« Möhrs fiel erst auf, wie flapsig seine Worte sich anhörten, als sie ihm schon über die Lippen gekommen waren.

»Ich würde euch gern noch mehr zeigen«, rettete ihn Aysel vor weiteren Peinlichkeiten. Sie öffnete eine Akte und breitete eine Handvoll Fotos auf ihrem Schreibtisch aus. Auf ihnen war blasse Haut zu sehen, die leicht aufgeschürft war. Keine klaffenden Wunden, sondern sehr kleine Verletzungen. Von der Art, wie man sie sich zuzog, wenn man zum Beispiel mit dem Handrücken an Rauputz entlangschrammte. »Das hier sind Aufnahmen vom Rücken, von den Schienbeinen und von den Waden. Es handelt sich nur um minimalste Verletzungen. Anhand der leicht gelblichen Färbung des Schorfs würde ich eher darauf tippen, dass sie post mortem entstanden sind.«

»Die Leiche wurde bewegt«, schlussfolgerte Möhrs.

»Nicht unbedingt«, bremste ihn Aysel. »Es könnte auch sein, dass die Leiche sich bewegt hat.«

»Das müsstest du mir genauer erklären«, brummte er.

»Gerne. Eine unserer beiden Hauptthesen ist ja nach wie vor, dass sich das Ganze ohne Fremdeinwirkung abgespielt hat, oder? Dass sich Grieß mit Alkohol und THC im Blut auf eine Dummheit eingelassen hat und – ob nun allein oder in Begleitung – in diesem alten Gut auf dem Dach oder im Dachstuhl herumgeklettert ist. Dann kam er zu Fall und stürzte in den Tod. So weit, so klar?«

Möhrs nickte. »Und wie soll er sich dann anschließend bewegt haben?«

»Er könnte nach seinem anfänglichen Sturz zum Beispiel erst tot auf einem Balken liegen geblieben sein. Anschließend ist er dann Stück für Stück heruntergerutscht, möglicherweise an einer Wand entlang. Ich müsste mir das Haus noch einmal näher ansehen, um endgültig etwas dazu sagen zu können.«

»Das hört sich für mich aber doch sehr nach einer Spekulation an.« Smolski war offenbar nicht so versessen darauf, die Wette unbedingt gewinnen zu wollen, wie Möhrs bisher gedacht hatte. »Aber du hast recht: Wir sollten keine Möglichkeit von vornherein ausschließen.«

»Danke.« Sie legte die Fotos zurück in die Kladde. »Und nur der Vollständigkeit halber: Es ist selbstverständlich ebenso gut denkbar, dass wir es doch mit einem Tötungsdelikt zu tun haben und der Fundort der Leiche nicht der Tatort war.«

»Du meinst, jemand könnte ihn erschlagen und danach dort

ins Obergeschoss geschleift haben, um die Leiche zu verstecken?«, fragte Möhrs.

Aysel nahm eine zweite Akte zur Hand. »Ja. Das *könnte* so gewesen sein.«

»Das hätte doch aber Spuren hinterlassen müssen.« Smolski fuhr sich – allem Anschein nach unbewusst – schon wieder über den Hinterkopf.

Möhrs fühlte sich genötigt, Aysel in diesem Punkt ein wenig zu verteidigen. »Den Großteil hätte man problemlos wieder verwischen können. Außerdem ist doch diese Jakobs durch die Eingangshalle geturnt und hat dabei hundertprozentig Laub und Staub auf dem Boden aufgewirbelt. Sie könnte, ohne es zu wissen, etwaige Spuren beseitigt haben.«

»Wo ihr beiden Halunken mich dazu drängt, von meinen Prinzipien abzuweichen, habe ich gleich noch eine Variante für euch.« Aysel schlug die gerade geöffnete zweite Kladde wieder zu. »Wer sagt uns denn für den Fall eines Tötungsdelikts mit anschließendem Verbergen der Leiche, dass er durchgängig durch die Gegend gezerrt wurde? Na schön, Grieß ist jetzt nicht gerade ein Hänfling, aber hier in der Region gibt es genügend Leute mit der nötigen Statur, um sich selbst so einen Brocken über die Schulter werfen zu können. So jemand hätte Grieß höchstens zwischendurch mal absetzen müssen. Und überhaupt: Was, wenn er von zwei oder gar noch mehr Leuten dorthin geschafft wurde?«

Möhrs kannte das Funkeln in ihrem Blick. Er beschloss, etwas dagegen zu unternehmen. »Verstanden.« Er sah zu Smolski. »Wir reißen uns besser etwas zusammen.«

»Meinethalben«, willigte Smolski ein.

Aysel legte vier neue Bilder auf den Schreibtisch. »Das sind Grieß' Hände. Wie ihr seht, gibt es hier eine auffällige Menge kleiner Stichverletzungen, überwiegend auf der Unterseite der Finger und im Handballen. Auf dem Handrücken hingegen haben wir es eher mit Ritzungen oder Schnitten zu tun. So etwas bekommt jeder Landarzt irgendwann zu sehen, wenn er mit Betrunkenen konfrontiert wird. Die klassische ›Ich wollte auf die Weide und eine Kuh umstoßen‹-Nummer. Solche Verletzungen zieht man sich an Stacheldraht zu.«

»Grieß kommt mir jetzt aber nicht wie jemand vor, der losgeht und Kühe auf der Weide umstößt«, sagte Smolski. »Ich meine, der Knabe war Soziologiestudent und Kiffer. Wenn der auf eine Kuh losgeht, dann doch nur, um sie totzustreicheln.«

Möhrs schwieg. Die Erwähnung des Stacheldrahts hatte eine seltsame Empfindung in ihm ausgelöst: eine Mischung aus jenem Unbehagen, das sich einstellte, wenn man ein demnächst eintretendes Unglück befürchtete, und jener Form von Aufregung, die einen ergriff, wenn man glaubte, kurz vor der Lösung eines besonders kniffligen Rätsels zu stehen. Irgendwo hinter den Kulissen seines Bewusstseins begann sich ein Gedanke zu formen. Möhrs war sich im Klaren, dass dieser sehr wichtig war, doch gleichzeitig leider auch so schlüpfrig wie ein Aal.

»Diese Verletzungen durch den Stacheldraht«, fuhr Aysel fort, »sind ganz eindeutig vor dem Tod von Grieß entstanden. Sie sind aber noch lange nicht so weit verheilt, dass sie älter als allerhöchstens ein paar Stunden sein können. Ich schätze, er hat sie sich tatsächlich in derselben Nacht eingehandelt, in der er auch gestorben ist.« Sie sortierte die Bilder zurück in die Kladde und griff nach einem dünnen Stoß Blätter im Ausgabefach eines Laserdruckers auf dem Schreibtisch ihres Kollegen. »Alles Weitere könnt ihr meinem Bericht entnehmen.« Sie stellte sich ganz dicht vor Möhrs und hielt ihm die Blätter ein winziges Stück entgegen, sodass er sich genötigt sah, sich zu ihr hinunterzubeugen. »Ich will dich ja nicht unter Druck setzen, und ich sehe ein, dass du vielleicht nicht mehr die Zeit findest, dir einen neuen Anzug zuzulegen«, flüsterte sie scharf. »Aber komm bloß nicht auf die Idee, diesen Fall als Ausrede zu nutzen, um dem Essen mit meinem Vater zu entgehen.«

»Hatte ich nicht vor«, flüsterte Möhrs zurück. »Aber ich kann dir da nichts versprechen. Im Zweifel geht der Fall vor.«

»Dann würde ich dir empfehlen, dass du bei seiner Lösung am besten richtig Gas gibst«, zischte sie.

Möhrs spürte tatsächlich seinen Kopf ein paar Zentimeter in die Höhe rucken, als ihn eine Erkenntnis traf und er den bisher so widerspenstigen Gedanken hinter seiner Stirn endlich zu fassen bekam.

»Gas geben«, murmelte er und hauchte dann der verdutzten Aysel einen Kuss auf die Wange. »Besten Dank. Du weißt ja gar nicht, wie schlau du bist.«

In den Sommern des Schwarzen Manns

»Barfuß im Regen, nass bis auf die Haut, doch wir lachen nur beide darüber! Ich war lange fort, fast eine Ewigkeit, doch nun habe ich dich endlich wieder!«

Sie lachte auf und summte die heitere Melodie weiter, die ihr von den blechernen Lautsprechern im Vereinsheim noch in den Ohren klang. Die Stube war rammelvoll gewesen, weil sich alle nach dem großen Jugendschießen vor dem Wolkenbruch nach drinnen gerettet hatten. Der alte Geruch der ausgestopften Fasane, Füchse und Wildgänse hatte sich mit dem von schwitzigen Schützenuniformen und zähem Bierschaum vermischt. Überall waren breitkrempige Hüte und dicke Bäuche gewesen, und so hatte sie Dirk irgendwann aus den Augen verloren.

Dirk. Sie seufzte tief, zog sich die Kapuze vom Kopf und erklomm die unterste Sprosse der Leiter zum Rutschenturm des Waldspielplatzes. Einfach wahnsinnig toll hatte Dirk ausgesehen. Mit seinen blitzenden braunen Augen und dem seidigen Haar, das ihm lang und weich fast auf die Schultern fiel. Sie wäre beinahe gestorben, als er ihr vor dem Schießstand einfach seine Jeansjacke hingehalten und gelächelt hatte. Wenn er lächelte, kräuselte sich seine Nase so niedlich. Genau wie bei Jürgen Drews. »Hältst du mal?«, hatte er gefragt. Seine Finger hatten ganz leicht ihren Handrücken berührt. Das war bestimmt Absicht gewesen!

»Barfuß im Regen tanzen wir zu zweit, und wir tanzen und tanzen und tanzen! Süß ist dein Kuss, ein Hauch von Sonnenschein, und wir küssen und küssen und küssen!«, sang sie in den Chor aus rauschenden Wipfeln und sacht prasselnden Regentropfen hinein.

Sie erschrak, als die Sprosse, auf die sie gerade ihr Gewicht verlagerte, unter der Sohle ihres Moonboots nachgab. Sie klammerte sich an das feuchte Holz der Holme und hievte sich ein Stück weiter in die Höhe. Vom Boden der Rutschenplattform rieselten winzige Dreckkrümel und zwangen sie dazu, die Lider fest zusammenzukneifen. Die nächste Querstange hielt, und mit geschlossenen Augen legte sie die letzten drei Züge bis ins Kletterloch zurück.

Im Dämmerlicht des Rutschenhauses vermengte sich der schwere Duft nach nassen Tannennadeln mit einer schärferen Note, die unangenehm in der Nase biss. Sie setzte sich auf den Boden und zog die Beine ein. In der Ecke gegenüber hatte sich ein mageres Eichhörnchen zusammengerollt. Das kleine Gesichtchen war von seinem rotbraunen Schwanz bedeckt. Er war nicht länger buschig, sondern von nassen, schmutzigen Strähnen durchsetzt. Da lag das arme tote Ding, ganz winzig in diesem Raum aus feuchtem Holz, wo die Sonne nie wieder sein Fell streifen würde.

Sie schauderte und nahm die drei knarrenden Stufen, die seitlich aus dem Halbdunkel zur Seilrutsche hinaufführten. Während ihr Herzschlag sich beruhigte, fand sie eine wunderbare Stelle unter dem moosbedeckten Dach. Klimpernd zog sie ihren Hausschlüssel aus der Hosentasche und grub mit der Spitze die erste gerade Linie in die oberste Schicht des Holzes.

Dagmar hatte gesagt, wenn man sich vom Wald ganz fest etwas wünschte, dann wurde das auch wahr. Man musste dem Wald nur eine Erinnerung daran dalassen. Denn wenn man so alt war wie der Wald, dann vergaß man wohl manchmal Dinge.

Natürlich machte sie sich Gedanken. Dirk war schon in der Neunten. Was, wenn er sie noch für ein Baby hielt? Conny meinte, Lutz und Matze würden auch mit ihr gehen wollen, und sie solle sich mal nicht immer so anstellen und sich die

Jungs aussuchen, die einen auch toll fanden, und nicht die älteren, bei denen man doch sowieso keine Chance hatte.

Sie schürzte die Lippen und begann, um das grobe D ein Herzchen zu schaben. Lutz und Matze waren wirklich Babys. Die fanden beide Barbapapa noch lustig! Aber sie war eben kein Baby. Sie war genau richtig für einen Jungen wie Dirk.

Nach getaner Arbeit trat sie zurück und betrachtete ihr Werk. Es dämmerte inzwischen, doch sie konnte das Zeichen noch gut erkennen. Die beiden Halbkreise an der Oberseite des Herzchens waren genau gleich geschwungen, und sie hatte es geschafft, die Spitze unten ganz sauber zusammenzuführen. Sie lächelte zufrieden und fuhr sich durchs Haar. Erst jetzt merkte sie, wie nass und strähnig es im Nieselregen geworden war.

Ehe sie die Kapuze wieder überziehen konnte, bemerkte sie aus den Augenwinkeln eine Bewegung. Sie folgte dem straff gespannten Seil, das einen kreisrunden Sitz an einer Stange führte, mit den Blicken bis auf den Waldboden hinunter. Sie stutzte. War das einer der Männer vom Schützenfest? Doch wo war seine Uniformjacke geblieben? Warum hatte er sie gegen ein schwarzes Hemd getauscht? War ihm zu heiß gewesen? Na ja, aber seine schwarze Hose passte zur Uniform der Tachiner Schützen. Auch wenn sie gerade bis unter die Knie so dick mit nassem Schlamm beschmiert war, dass man seine Schuhe kaum noch erkennen konnte. Ein Schauer kroch ihr den Rücken hinunter. Es sah aus, als wäre der weißblonde Mann genau hier aus der Erde emporgewachsen. Reglos stand er dort unten, direkt neben dem Seil, während sie von oben auf ihn heruntersah. Das Weiß der Margeriten, die er in einem Strauß unter einen Arm geklemmt hatte, leuchtete sogar noch im schwindenden Licht des Abends. Er hob eine Hand und winkte auffordernd zur ihr herauf.

Sie warf einen Blick auf die Stiegen, die ins Rutschenhäuschen zurückführten. Nein, sie musste die Seilbahn benutzen. Der Mann war sicherlich nur gekommen, um sie zum Vereinsheim zurückzubringen. Ihre Eltern machten sich bestimmt schon Sorgen.

Sie schob sich den Tellersitz unter den Po und hielt sich mit beiden Händen gut an der Mittelstange fest. Dann stieß sie sich ab. Das Seil führte sie schnurgerade auf den Margeritenmann zu. Jetzt konnte sie sehen, dass seine Wangen ganz nass waren. War es der Regen? Nein, jetzt zitterten seine Schultern in einem heftigen Schluchzen.

Da war sie auch schon bei ihm. Er breitete die Arme aus und fing sie auf.

19

Katja ließ den Smart vor der Windmühle ohne Flügel ausrollen. Dagmar stand im Vorgarten, ein senfgelbes großes Tuch mit blauem Rankenmuster um Hals und Schultern geschlungen.

Sie unterhielt sich über das niedrige Steinmäuerchen hinweg mit einem Besucher, der Katja vage vertraut vorkam. Wie jemand, den man flüchtig in einem Traum gesehen hatte oder auf einem Werbeplakat, an dem man einige Male vorübergegangen war. Der hagere Mann in der Windjacke trug sein weißgraues Haar so kurz geschoren, dass sein Kopf an eine verschimmelte Aprikose erinnerte. Er führte einen schrecklich hässlichen Hund mit trüben Augen und geblähter Wampe an der Leine. Das struppige Fell des Tieres hatte an manchen Stellen exakt die gleiche Farbe wie das Haar seines Herrchens.

»Ah, Katja.« Dagmar begrüßte sie mit einem übertriebenen Winken. Der Hund hingegen wedelte nur träge mit dem Schwanz. »Gut, dass du wieder da bist! Hast du es vorhin auch gespürt?« Dagmar legte vorsichtig die Hand auf das Mäuerchen. »Wie die Erde vor Zorn gebebt hat, weil man ihr hier so schreckliche Dinge antut?«

»Ja, hab ich.« Katja verriegelte den Smart per Knopfdruck. »Kommt so was hier öfter vor?«

»Ich wusste es!« Dagmar klatschte begeistert in die Hände. »Ich wusste es, dass ich mir das nicht nur eingebildet habe.« Sie deutete mit anklagendem Finger auf ihren Gesprächspartner. »Und du, mein lieber Jörn, du wolltest mir noch einreden, da wäre nichts gewesen.«

»Tja, wie soll ich das bloß wieder gutmachen?« Jörns Stimme

war wesentlich angenehmer als seine sehnige Erscheinung – weich und volltönend. »Da muss ich dich wohl auf eine schöne Tasse Tee zu mir einladen und dir ein bisschen die müden Füße massieren.«

Dagmar lachte geziert und zog zwei Falten ihres Tuchs gerade. »Ach, du und deine Teeversprechen. Die kenne ich schon. Wenn ich die alle einfordern würde …«

»Ich lasse es gerne darauf ankommen, meine Teure.« Jörn wandte sich Katja zu. »Entschuldigen Sie bitte diese Albernheiten. Normalerweise führe ich mich nicht so auf.« Er streckte ihr die Hand entgegen. Katja ergriff sie. Seine Finger waren warm und kräftig. »Jörn Krämer.«

Vor Überraschung hätte Katja um ein Haar die Hand des Mannes nicht wieder losgelassen. Sie hatte diesen Namen gerade erst gelesen. In einem kleinen, grau unterlegten Kästchen neben einem größeren Artikel. »Jörn Krämer? Sie haben nicht zufällig vor ein paar Jahren einen Artikel über Haus Halbersgrund und den Bluthannes geschrieben, oder?«

»Schuldig im Sinne der Anklage.« Krämer lächelte beinahe verlegen. Sein Hund schnüffelte interessiert an Katjas Sneakern, bis er ihn mit einem strengen »Heinrich!« davon abbrachte. »Aber wie kommen Sie denn ausgerechnet jetzt auf diesen Artikel?«

»Ich war gerade bei der Recherche für eine Reportage. Da stand auch, Sie würden eine Art Heimatmuseum für Tachin und Umgebung führen. Stimmt das?«

»Natürlich. Warum fragen Sie?«

»Nun, Sie sind …« Katja suchte nach einer freundlichen Formulierung. »Sie sind doch sicher jemand, der sich ein bisschen Ruhe verdient hat.«

»Ich glaube, sie hat dich gerade einen alten Sack genannt«, freute sich Dagmar.

»Ich wollte nicht unhöflich sein.« Katja schenkte Dagmar einen giftigen Blick.

»Ich bin da nicht so.« Krämer bleckte die langen, elfenbeinfarbenen Zähne in einem breiten Lächeln. »Ich bin stolz auf meine achtundsiebzig Lenze.«

»Sie gehen auf die achtzig zu? Das hätte ich Ihnen nie angesehen.«

»Die langen Spaziergänge mit Heinrich halten eben jung. Aber wenn ich Sie richtig verstanden habe, interessieren Sie sich für mein Museum.«

»Ihr Museum? Dann ist es –«

»Privat geführt, ganz recht.« Krämer beugte sich nach vorn, um Heinrich den Kopf zu tätscheln. »Es ist nichts Großes. Im Grunde nur eine umgebaute Scheune mit ein paar Stellwänden für alte Karten und Fotografien. Und da und dort steht eine aufgeschlagene Familienbibel oder eine alte Aussteuerkiste oder so etwas in der Art. Das Ganze war immer mehr ein reines Hobby. Zeitvertreib. Um mich vom Schulbetrieb abzulenken, wissen Sie?«

»Aber es ist auf alle Fälle einen Besuch wert.« Dagmar nickte, als würde sie eine große Wahrheit verkünden. »Das kann ich dir auf jeden Fall garantieren.« Mit einem Mal wurde ihre Miene ernst. »Wenn du diesen Artikel von Jörn gelesen hast, heißt das, du bist auf etwas gestoßen, was deine Zweifel beseitigt hat?«

Katja zögerte. Sie überbrückte die Pause, indem sie in die Hocke ging, um Heinrich hinter den Ohren zu kraulen. Ja, sie war im Archiv des *Kuriers* auf diesen Artikel über den Bluthannes gestoßen, und ja, natürlich war es unheimlich, dass er dem Volksglauben nach Kinder in seinen Turm im Wald entführt hatte, um irgendwelche grausigen Experimente an ihnen durchzuführen. Doch war das wirklich schon ein Beweis, was Dagmars sonderbare Überzeugungen über das Böse im Wald anbelangte? Nein. Es hatte nirgendwo Meldungen über eine unaufgeklärte Mordserie an Kindern gegeben. Stattdessen hatte Katja mehrere kurze Artikel darüber gefunden, wie Kinder sich im Wald verliefen, doch dank der tatkräftigen Hilfe von Nachbarn, Bekannten und Freunden schließlich unbeschadet wieder zu ihren Eltern zurückkehrten. Das waren Geschichten, wie sie sich jeden Tag Dutzende von Malen überall abspielten – auf dem Land genauso wie in der Stadt. Wenn es dieses Böse tatsächlich gab – ob es nun auf irgendeine Art von Kult oder auf einen verwirrten Einzeltäter zurückging –, so hatte sich diese finstere Macht zumindest in den letzten Jahren erstaunlich zahm gezeigt. »Ist das denn okay für dich, wenn wir das hier vor Herrn Krämer besprechen?«

»Jörn und ich haben keinerlei Geheimnisse voreinander«, sagte Dagmar. »Wir kennen uns schon ewig. Er war mein Lehrer hier, bis ich von der Schule abging. Und danach hatte er immer ein offenes Ohr für meine Sorgen. War doch so, oder nicht, Jörn?«

»Wenn du das sagst«, pflichtete ihr Krämer diplomatisch bei. »Aber es hörte sich für mich eben fast so an, als wäre es der jungen Dame hier eigentlich nicht ganz so recht, wenn ich euer Gespräch belausche.«

»Nein, nein.« Katja tätschelte ein letztes Mal Heinrichs Kopf und richtete sich wieder auf. »Vielleicht können Sie mir ja sogar weiterhelfen. Dagmar hat mir davon erzählt, dass hier angeblich immer wieder Kinder spurlos im Wald verschwinden. Dass es da etwas Böses gibt, was die Kinder holt. Mich würde interessieren, wie Sie das einschätzen.«

»Na ja …« Krämer sah entschuldigend zu Dagmar. »Ich kann mir vieles vorstellen und bin vielem gegenüber auch sehr aufgeschlossen. Aber die Idee, dass da eine Art Dämon im Wald haust, der Kinder stiehlt, scheint mir doch ein bisschen zu weit hergeholt. Tut mir leid, Dagmar, aber wir hatten darüber schon geredet. Das wäre so, wie wenn ich sagen würde, es ist ein böser Geist, der Fräulein Jakobs heimsucht und irgendwelche verstörenden Dinge an ihrem Auto erscheinen lässt.«

Katja quittierte den Umstand, dass Krämer von dem unheimlichen Vorfall am Morgen wusste, mit spitzen Lippen. Dagmar richtete schuldbewusst den Blick auf einen Marienkäfer, der langsam über die Krone des Mäuerchens krabbelte. Ihre zunächst zerknirschte Miene hellte sich gleich wieder auf, als Krämer fortfuhr.

»Ich weiß zwar nicht, ob in dieser Gegend besonders viele Kinder verschwinden, aber ich kann Ihnen sagen, dass so etwas durchaus schon vorgekommen ist. Und zwar nicht nur zu Zeiten des Bluthannes. Auch die letzten Kriegsmonate und die Jahre danach waren eine unruhige Phase in dieser Gegend. Familien wurden auseinandergerissen, weil der Vater an der Front blieb und die Mutter nicht wusste, wie sie die Kinder durchbringen sollte. Flüchtlinge kamen hier vorbei. Feindliche Soldaten und Besatzungstruppen. Lauter Ereignisse, bei denen es eben auch einmal geschehen kann, dass ein Kind vom einen auf den anderen Tag spurlos verschwindet.« Er schaute zum Himmel hinauf, als verrieten ihm die verstreuten Wolken dort, wo diese von der Flutwelle des Schicksals mitgerissenen Seelen am Ende gestrandet waren. »Es ist auch später immer wieder einmal vorgekommen, dass Kinder plötzlich nicht mehr da waren. Die meisten waren nur Ausreißer und ein paar Tage später wieder zu Hause. Aber eine Handvoll …« Er strich sich versonnen übers Kinn. »Eine Handvoll blieb einfach weg.«

Katja fühlte eine absonderliche Mischung aus Verwunderung und Grauen in sich aufsteigen. »Wie? Sie blieben einfach weg? Um so etwas kümmert sich doch die Polizei, oder nicht?«

»Schon.« Krämer bückte sich, um Heinrich zu streicheln, der ob der wachsenden Anspannung unter den Zweibeinern ins Winseln geraten war. »Aber die Polizei ermittelt auch nicht ewig weiter. Irgendwann sind nun einmal alle Waldstücke durchkämmt und alle Seen von Tauchern kontrolliert. Wenn denn überhaupt eine richtig groß angelegte Suche durchgeführt worden ist. Denn wie gesagt: Es gibt immer wieder Kinder und Jugendliche, die nur noch von hier wegwollen. Weil sie sich hier gefangen fühlen oder zu gelangweilt sind oder etwas innerhalb der Familie nicht stimmt. Und Hamburg ist nicht weit. Da kann man prima verschwinden – ob nun freiwillig oder vielleicht, wenn man an die falschen Leute gerät, auch unfreiwillig. Und früher gab es außerdem noch die Grenze. Ich lege nicht die Hand dafür ins Feuer, was passiert ist, wenn ein junger Kerl bei den Grenzern aufgeschlagen ist und denen erzählt hat, er könnte nicht mehr im Kapitalismus leben. Ich meine, das haben sie ja oft genug gesagt bekommen: ›Mach halt rüber, wenn es dir hier nicht mehr passt.‹«

Katja ließ die Schultern hängen und wandte sich an Dagmar. »Ich weiß ehrlich gesagt nicht, wie ich jetzt weitermachen soll. Ich bräuchte irgendeinen Hinweis, dass das, was hier angeblich vor sich geht, tatsächlich so ungewöhnlich ist, wie du sagst. Dass mehr hinter diesen Vermisstenfällen steckt als ein paar Ausreißer, die in die große Stadt wollten, weil sie es hier nicht mehr ausgehalten haben. Ich meine, das passiert ja selbst heute noch. Nur, dass die meisten Straßenkinder gleich nach Berlin gehen.«

Dagmar wechselte einen raschen Blick mit Krämer, aus dem Enttäuschung und Zorn sprachen. »Ich verstehe«, sagte sie dann zu Katja. »Du willst dich nicht auf deine Gefühle verlassen. Das muss ich wohl leider akzeptieren. Aber wenn du mir nicht glaubst, dann glaubst du vielleicht jemand anderem.«

Heinrich winselte gequält und klemmte den Schwanz zwischen die Beine. »Ich denke nicht, dass das eine gute Idee wäre, so alte Wunden aufzureißen.« Krämer ignorierte die Furchtsamkeit seines Hundes völlig. »Damit kann man viel Unheil anrichten.«

»Mit wem sollte ich denn deiner Meinung nach reden?«, fragte Katja.

Die Antwort Dagmars traf sie bis ins Mark. »Mit einer Mutter, die am eigenen Leib erfahren hat, was es heißt, wenn der Wald ein Kind holt.«

20

Unter den Reifen des Smarts knarrten Schotter und Sand, als Katja ihn unter schattigen Baumwipfeln in Richtung Tachin in Bewegung setzte. Nachdenklich drehte sie den kleinen Zettel zwischen den Fingern, von dem sie die Adresse ihres Ziels ins Navi abgetippt hatte. Langsam kroch der Wagen zwischen schuppigen Stämmen von der Zufahrt zur Mühle auf die asphaltierte Straße. Katja ließ den Zettel in den Fußraum fallen, umfasste etwas kräftiger als nötig das Lenkrad mit beiden Händen und gab Gas. Belaubte Äste und buschiges Unterholz huschten am Rande ihres Blickfeldes vorbei.

Katjas Handy klingelte. Hastig fasste sie in ihre Jackentasche und ertappte sich dabei, wie sie verstohlen in den Rückspiegel spähte. Als würden ausgerechnet auf dieser Waldstraße im Nirgendwo übermotivierte Ordnungshüter den lieben langen Tag auf der Lauer liegen, um Telefonnutzer aus dem Verkehr zu ziehen. Sie richtete sich wieder auf, drückte den Annahmeknopf und las gleichzeitig den Namen des Kontakts. Es war Bernd.

»Und? Spielst du noch *CSI: Kuhkaff* oder können wir uns am Ende in der Zivilisation wiedersehen?«

»Das kann auch nur ein privilegierter Pfeffersack wie du von sich geben.« Katja lachte auf. »Ich bin gerade unterwegs. Was kann ich denn für dich tun?«

Sie hörte, wie Bernd an einer Zigarette zog, kurz den Atem anhielt und dann Rauch ausstieß. »Ich wollte nur wissen, wie es dir geht. Du klingst jedenfalls gestresst.«

Sie seufzte. Ihr Blick streifte die winzigen Reifen des schwarzen Modellautos, das im Staufach der Mittelkonsole lag. Sie zögerte. Würde Bernd sich nicht einfach nur unnötig Sorgen machen, wenn sie ihm erzählte, wie das kleine Gefährt in ihren Besitz gelangt war? Gleichzeitig würde es bestimmt guttun, ihm von diesem gruseligen Ereignis zu erzählen, denn er besaß die nützliche Fähigkeit, alles mit einem dummen Spruch auf einmal viel normaler erscheinen zu lassen.

»Hat dich eigentlich schon irgendwer kontaktiert?«, fragte Bernd.

»Kontaktiert«, echote Katja verwundert. »Wieso denn?«

»Na, wegen des Grundstücks.« Er setzte hörbar zum nächsten Zug an seiner Kippe an.

Katja runzelte die Stirn. »Nein. Es ist ja nicht so, dass ich irgendwo Anzeigen dafür schalten würde. Und ich habe ehrlich gesagt auch nicht damit gerechnet, dass Investoren mir für meine Ecke Wald die Tür einrennen werden.«

»Na ja, aber es könnte doch gut sein, dass dir schon irgendwer Tipps gegeben hat, was du mit dem Grundstück anfangen solltest«, blieb Bernd hartnäckig bei diesem Thema. »Du bist ja gerade in der Gegend unterwegs. Da trifft man doch alle möglichen Leute.«

»Ja, ich treffe Leute. Stell dir vor: Auch in diesem Winkel unserer wunderbaren Republik leben echte Menschen«, flachste Katja. »Und jetzt hör bitte auf, so seltsam zu sein. Was willst du denn wirklich von mir?«

Bernd legte eine kleine Pause ein. »Du solltest das Grundstück unbedingt verkaufen«, sagte er dann.

Katja starrte einen Wimpernschlag lang ungläubig durch die Windschutzscheibe. Dass gerade Bernd einen Hinweis wiederholen würde, den Dagmar ihr bereits für den Umgang mit ihrem Grundbesitz gegeben hatte, hätte sie sich nie träumen lassen. »Offenbar muss ich gar keine ›Leute treffen‹, um Tipps zu bekommen, was ich mit dem Waldstück anfangen soll.«

»Katja, mal ehrlich. Sei doch vernünftig. Was willst du denn damit? Du hast dich dort unten doch nur deshalb noch nicht zu

Tode gelangweilt, weil du diesem Mordfall nachspüren kannst. Wenn du möchtest, helfe ich dir auch gerne dabei, die Angel nach einem möglichst guten Preis auszuwerfen.«

Sie verdrehte die Augen. »Und als Nächstes erzählst du mir auch noch, ich muss mich mit dem Verkauf so beeilen, weil der finstere Waldfluch sonst meinen Erstgeborenen holen kommt?«

»Was?« Nun war es an Bernd, perplex zu sein. Katja war sofort beruhigt. Ganz offensichtlich waren doch noch nicht alle in ihrem Umfeld verrückt geworden.

»Ach, vergiss es. Das ist nur der Einfluss des Kuhkaffs. Aber ich muss jetzt wirklich weiter, und vernünftig sein war noch nie meine Stärke. Ruf mich wieder an, wenn du bessere Laune hast, ja?«

Katja legte einfach auf.

Aus den Erinnerungen des Einen und des Anderen

Lange Zeit glaubten sie, alles zu wissen, was es über die Unterirdischen zu wissen gab. Bis zu jenem Tag, als ein Mann in ihr Leben trat, wie sie ihm noch nie zuvor begegnet waren. Er war ein Lehrer, aber ganz anders als der, den sie bisher gekannt hatten. Herr Brech war schon sehr alt. Er schlich immerzu gebeugt durch die Gänge. Manchmal verstand man ihn nicht, weil er so leise sprach. Herr Heydrich war auch alt – bestimmt noch ein Stück älter als Vater –, doch er ging immer ganz aufrecht, als wäre er der stolzeste Mann der Welt, der sich vor nichts und niemandem fürchtete. Nicht einmal vor den Unterirdischen. Wo Herr Brech Schuhe mit abgewetzten Sohlen und einen schlichten grauen Anzug trug, blitzten Herrn Heydrichs Schuhe so sehr, dass man sich in ihnen spiegeln konnte. Noch dazu duftete das Leder ganz wunderbar – nach Abenteuern und Kämpfen und nach weiten Reisen. Sein langer schwarzer Ledermantel knarrte ganz herrlich mit jedem Schritt.

Und was für Geschichten er erzählen konnte! Es war nicht nur eine ganz besondere Ehre, zu den Lehrstunden in seiner eigenen Schule eingeladen zu werden, sondern ein echtes Vergnügen. Wie dumm sie geblieben wären, wenn es Herrn Heydrich nicht gegeben hätte …

Sie hätten nie erfahren, dass es die Unterirdischen schon lange vor dem Heiland Jesus Christus gegeben hatte. Oder war es so, dass der Sohn Gottes schon viel früher gelebt hatte, als der Herr Pastor immer sagte? Diesen Teil hatten sie nie ganz verstanden, doch sie waren viel zu ängstlich gewesen, um bei Herrn Heydrich nachzufragen. Herr Heydrich konnte nämlich ausgesprochen zornig werden, wenn er fand, dass eine Frage dumm war. Dann klang seine Stimme so laut wie Donnerhall, und man bekam es tatsächlich mit der Angst zu tun, dass gleich ein Blitz vom Himmel herabfuhr und einen erschlug.

Zu ihnen jedoch war Herr Heydrich die meiste Zeit über sehr freundlich. Er lobte sie dafür, wie stark und hübsch und klug sie waren. Und dafür, dass sie sich so sehr für das alte Wissen interessierten. Er nahm sie oft mit in den Wald und zeigte ihnen die wichtigen Orte, die so lange in Vergessenheit geraten waren. Die Orte, an denen man jene Geschöpfe verehrt hatte, mit denen die Menschen sich diese Welt teilen mussten. Wenn man wusste, worauf man zu achten hatte, war es gar nicht schwer, so einen Ort zu erkennen. Sah ein Baum aus, als zeichnete sich ein knorriges Gesicht unter seiner Rinde ab? Wuchs das Moos auf einem Felsen in einer ganz bestimmten Weise und waren hier und da Kerben in das harte Material geritzt? Entdeckte man an einem Bachlauf eine Stelle, wo das Ufer unterspült war und eine kleine Höhle bildete? Dann war man vermutlich genau richtig. Dort hatten die Leute früher ihre Opfer an die Natur dargebracht.

Sie genossen diese Ausflüge sehr, doch manchmal wurde ihnen auch etwas mulmig dabei. Ab und an berichtete Herr Heydrich nämlich in schillernden Farben davon, was zu tun war, um sich die Gunst der unsichtbaren Welt um einen herum zu sichern. »Diese Wesen, die dort existieren, sind uns nicht feindlich gesinnt«, sagte er immer. »Doch sie erwarten, dass wir ihnen mit Respekt begegnen. Tun wir das nicht, ist unser Leben verwirkt. Früher wussten das noch alle Leute, aber heutzutage kümmert es nur noch die wenigsten. Wir werden das gemeinsam ändern. Mit vereinten Kräften und rücksichtslosem Einsatz können wir dafür sorgen, dass uns die alten Geschöpfe nicht mehr zürnen.«

Eines Abends kam Herr Heydrich zu ihnen nach Hause.

Er fragte Mutter, ob sie etwas dagegen hätte, wenn sie heute einmal mit ihm im Wald übernachten würden. Mutter hatte natürlich nichts dagegen. Wieso auch? Herr Heydrich war jemand, dem man seine Bitten gern erfüllte.

Also machte er sich mit ihnen an einen jener Orte im Wald auf, die sie gemeinsam entdeckt hatten. Sie waren sehr aufgeregt und freuten sich sehr, dass er ausgerechnet sie dafür ausgewählt hatte. Er hatte einen Eimer aus Metall dabei, über dessen Öffnung ein dickes Tuch gebreitet war. Trotzdem konnte es den Geruch dessen, was Herr Heydrich da transportierte, nicht ganz aufhalten. Es roch wie damals, als sie Onkel Lars dabei zugesehen hatten, wie man ein Schwein schlachtete und daraus Wurst gemacht wurde.

Sie wanderten zu einem Stein, der aus einem kleinen Hügel ragte und in dessen Schatten wilde weiße Blumen blühten. Dort erklärte ihnen Herr Heydrich, dass sie hier waren, um den Geschöpfen Achtung zu zollen, die in und unter diesem Hügel lebten. Er stellte den Eimer ab, griff in seinen Mantel und holte einen Flachmann daraus hervor. Er schraubte den Deckel auf und sagte: »Es ist wichtig, ihnen ein Festmahl zu bereiten.« Anschließend rief er etwas in einer Sprache, die sie nicht verstanden. Es klang ganz grob und kratzend, aber dennoch ernst und feierlich. Dann prostete er dem Stein zu und nahm einen tiefen Schluck. Danach überreichte er ihnen den Flachmann mit der Aufforderung, selbst daraus zu trinken.

Und das taten sie auch, denn wie hätten sie Herrn Heydrich widersprechen können? Das, was in der metallenen Flasche war, war süß und scharf zugleich. Es brannte in der Kehle und im Bauch. Doch sie wagten nicht, sich das anmerken zu lassen. Sie wollten weder Herrn Heydrich noch gegenüber den Unterirdischen respektlos erscheinen.

Nachdem sie alle getrunken hatten, nahm Herr Heydrich das Tuch vom Eimer und fasste hinein. Als er seine Hand wieder hervorzog, waren seine Finger dunkel von einer Flüssigkeit, die einen intensiven Geruch nach Eisen verströmte. Herr

Heydrich strich damit über den Felsen und schrieb einige der fremden Buchstaben, von denen er gesagt hatte, dass er sie ihnen beizeiten auch noch beibringen würde. Später, sobald sie das deutsche Alphabet erst einmal ausreichend kannten. Gebannt schauten sie ihm bei seiner aufregenden Arbeit zu.

Kaum war er mit den Buchstaben fertig, fasste er tiefer in den Eimer. Vorsichtig legte er einige bluttriefende, faustgroße Fleischbrocken in die von den Kräften der Natur geformte Kuhle unter dem Felsen. Er wischte sich die Hände an dem Tuch ab und stellte danach den offenen Flachmann zu dem Fleisch.

»Das Opfer ist dargebracht«, sagte er. »Jetzt müssen wir nur noch abwarten, ob es auch angenommen wird.«

Sie zogen sich zwanzig Schritte von der kleinen Lichtung mit dem Felsen zurück und breiteten die Decken aus, die ihnen Mutter mitgegeben hatte. Dann warteten sie. Am Anfang noch im Sitzen, doch als die Dunkelheit hereingebrochen und unter dem Felsen immer noch keine Spur von den Unterirdischen zu sehen war, machten sie sich lang. Erst dachten sie, Herr Heydrich würde ihnen das verbieten und ihnen auftragen, sich wieder aufrecht hinzusetzen, wie es sich gehörte. Stattdessen brummte er nur freundlich und deckte sie mit seinem Mantel zu. Er war wie ein warmes, duftendes Zelt aus Leder, und bald wurden sie schläfriger und schläfriger.

Sie sahen die Unterirdischen nie kommen. In ihren Erinnerungen gab es nur Laute. Jeder Uneingeweihte hätte gedacht, selbst diese Laute nur geträumt zu haben. Das Rascheln von Laub. Das Knacken von Ästen. Und ein gieriges Schlürfen und Schmatzen.

Am nächsten Morgen weckte sie Herr Heydrich, als die Sonne ihre ersten zaghaften Strahlen durch das Blätterdach über ihnen sandte. Er schickte sie zum Felsen. Dort nahmen sie sich an den Händen, weil ihnen die Knie zu schlottern begannen: Der feuchte Boden war wie von riesigen Krallen aufgewühlt, der Flachmann umgestürzt und halb vergraben.

Und von dem Fleisch, das Herr Heydrich ausgelegt hatte, war nichts mehr zu sehen.

Mit einem Mal stand er hinter ihnen und fasste sie an den Schultern. »Merkt euch das«, sagte er. »Merkt euch das gut. Sie wollen Fleisch. Und wenn man es ihnen nicht gibt, dann holen sie es sich, wo immer sie es finden können.«

21

Lukas Möhrs' Erfahrung nach gab es in Gemeinden von der bescheidenen Größe Tachins nur zwei Arten von Bürgermeistern: die Prahlhanse und die Bescheidenen. Horst Schäfer zählte ohne Zweifel zu Ersteren. Das ließ sich allein schon an seinem Haus ablesen: eine für diese Gegend recht typische Bauernkate, die man mit einem Windfang mit viel zu weißen dorischen Säulen und einer sonderbaren Mischung aus Dachterrasse und Balkon in der ersten Etage versehen hatte. Auch die violett glänzenden Dachschindeln fielen um einiges zu extravagant aus, ganz zu schweigen von der als Carport fungierenden Pergola, um deren Pfeiler sich rot-weiße Blumen rankten, und der Natursteinmauer, die rund um das Grundstück verlief.

Möhrs hatte noch eine zweite Erwartung, die nicht enttäuscht wurde: Als Schäfer Smolski und ihm die Tür öffnete, wallte ihnen eine Fahne entgegen, die angesichts des noch sehr frühen Abends kapital war. Dem würzigen Aroma nach zu urteilen, stammte sie von einem guten Cognac, wenn nicht gar einem feinen Scotch. Möhrs war es so oder so recht. Eine entsprechende Promillezahl machte ihm die Arbeit nur leichter.

Schäfer, der einen Hausmantel aus grüner Seide und braune Lederpantoffeln trug, zeigte sich von ihrem Besuch kaum überrascht. Nach einem »Immer herein in die gute Stube!« ließ er ihnen erst einmal eine kleine Hausführung zuteilwerden. Stolz erwähnte er einige Highlights seines Palasts: den voll ausgebauten Keller, »wo man selbst den Dritten Weltkrieg gut überstehen würde«. Das Heimkino unterm Dach mit einer Auswahl an Filmen »für Jung und Alt und für jeden Geschmack von gewöhnlich bis exotisch«. Den Outdoor-Whirlpool auf der hinteren Terrasse, »der zu entspannten Stunden allein oder zu zweit« einlud.

Möhrs und Smolski warfen sich auf dem raschen Rundgang mehrfach vielsagende Blicke zu. In der kurzen Zeitspanne, in der Schäfer sie in seinem modern eingerichteten Wohnzimmer – dunkle Granitfliesen, hellgraues Ledersofa, futuristische Stehlampe – allein zurückließ, um Mineralwasser aus der Küche zu holen, raunte Möhrs halblaut: »Ich habe weder ein Kinder- noch ein Gästezimmer gesehen.«

Smolski nickte. »Und nirgendwo ein Bild von einer Frau und nur ein Zahnputzbecher im Bad.«

»Aber dafür *das* da.« Möhrs wies mit dem Kinn zum anderen Ende des Sofas. Auf einer Decke hatte sich ein muffig riechendes Geschöpf zusammengerollt, das sie aus einem trüben und einem weniger trüben Auge gelangweilt im Blick behielt. Es erweckte den Eindruck, als hätte jemand einen etwas zu groß geratenen Mops in einen abgewetzten, grauweißen Badezimmervorleger gewickelt. Noch dazu waren seine Haare überall im Haus verteilt: auf dem Sofa, auf der Treppe, im Bad – sogar auf Schäfers Seidenmantel hatten sie sich festgesetzt. Warum tat man sich so was nur freiwillig an?

»Ein sensationelles Tier.« Smolski schlug jenen besonderen Tonfall an, von dem Möhrs noch nicht ganz sicher war, ob es sich um blanken Sarkasmus oder naive Aufrichtigkeit handelte.

»Nicht wahr?« Schäfer war auf leisen Sohlen ins Wohnzimmer zurückgeschlichen, ein Tablett mit einer wassergefüllten Karaffe und drei schweren Tumblern in den Händen. »Ich habe Adam schon seit siebzehn Jahren. Kaum zu glauben, was? Ein richtig schlaues Kerlchen ist das. Versteht jedes Wort. Das können Sie mir gern glauben.« Er stellte das Tablett auf dem Beistelltisch aus Granit in passender Farbe zu den Fliesen ab. »Und eine ganz, ganz treue Seele. Aber so waren alle Welpen aus seinem Wurf.« Er goss Wasser in die Gläser. »Es gab hier im Ort eine Frau, die es sich in den Kopf gesetzt hatte, ihre eigene neue

Rasse zu züchten. Eine Mischung aus Zwergboxer und Bobtail sollte es werden.« Lächelnd reichte er Möhrs und Smolski ihre Getränke. »Sie hatte sogar schon einen Namen dafür. Boxtails sollten sie heißen. Eigentlich gar nicht schlecht. Sie ist dann auch ein paar von ihnen hier bei den Leuten losgeworden. Alles Wurfgeschwister. Am Ende hat sich der Boxtail aber einfach nicht durchgesetzt.«

»Oh, warum denn nicht?«, erkundigte sich Smolski in unverändertem Tonfall.

»Das war eine unschöne Geschichte.« Schäfer setzte sich auf das Sofa neben Adam und streichelte ihm den Rücken. Adam drehte sich sofort auf den Bauch und präsentierte den Menschen seinen vollen Rüdenstolz. »Margot erkrankte an Krebs und musste die Zucht aufgeben. Am Anfang dachte sie noch, es wäre nur vorübergehend. Am Ende dann …« Er zuckte die Achseln und winkte ab. »Aber deshalb sind Sie natürlich nicht hier.«

»Leider nicht.« Möhrs setzte sich ans andere Ende der Couch und nippte an seinem Wasser. »Wie Sie sich bestimmt denken können, sind wir wegen Christian Grieß hier.«

Smolski lehnte sich an den Rahmen der offen stehenden Terrassentür. »Wir hatten inzwischen Gelegenheit, mit seinem Großvater zu sprechen.«

Schäfers Froschaugen weiteten sich ein winziges bisschen. »Und warum kommen Sie dann noch mal zu mir?«

Möhrs leitete die erste Phase der Strategie ein, die er mit Smolski auf der Herfahrt abgesprochen hatte. »Mir kam es im Nachgang ausgesprochen merkwürdig vor, dass Sie als Grund für den Streit zwischen Ihnen und dem jungen Grieß so etwas Allgemeines wie mögliche Investitionen in die Zukunft Tachins nannten, obwohl es doch etwas ganz Konkretes gab.«

Schäfer schluckte schwer und strich sich fahrig über das gewellte Haar. »Mir war zum Zeitpunkt unseres ersten Gesprächs nicht bewusst, dass das mit der Frackinganlage irgendwie erwähnenswert wäre. Ansonsten hätte ich Ihnen das selbstverständlich gesagt. Sie meinen doch die Frackinganlage, wenn Sie von etwas Konkretem sprechen?«

»Wieso fragen Sie extra nach?«, stieg Smolski in den kleinen Angriff auf Schäfers Nerven ein. »Hätten Sie noch andere Vorschläge, die Ihnen jetzt auf einmal besonders *erwähnenswert* erscheinen?«

»Nein.« Schäfer zog die Hand von Adams Bauch. Der Boxtail gab einen sachten Laut des Protests von sich. »Nein. Es ging bei unserem Streit nur ums Fracking. Ich erzähle Ihnen doch wohl nichts Neues, wenn ich Ihnen sage, dass damit nicht jeder so ganz einverstanden ist. Bei dieser Panikmache über …«

Möhrs ließ das Wasser in seinem Tumbler hin und her schwappen, als wäre es Whiskey. Es war Zeit für den nächsten Schritt. »Wie groß sind die Widerstände gegen die Anlage?«

»Sie halten sich im üblichen Rahmen.« Schäfer zog den Seidenmantel enger um sich wie ein König, der sich vor seinen Untertanen auf keinen Fall eine Blöße geben wollte. »Es gab eine Bürgerbewegung von Leuten, die entweder Schiss vor zu viel Fortschritt haben oder deren Grundstücke nicht in dem geplanten Erschließungsgebiet liegen und die deshalb beim ersten großen Geldsegen leer ausgehen würden. In der letzten Gruppe finden sich übrigens die richtig widerborstigen Gesellen. Die wollten sogar ein Volksbegehren durchsetzen, aber das konnte ich mit ein paar Gesprächen und ein, zwei bürokratischen Kniffen abwenden. Das hat ihnen natürlich nicht geschmeckt, und manche von denen wollen sich noch nicht so richtig geschlagen geben.« Er senkte verschwörerisch die Stimme. »Mir wurde zugetragen, dass einige notfalls sogar bereit wären, die Anlage selbst durch Sabotage unbrauchbar zu machen, wenn sie ihren Willen nicht anders kriegen können.«

Möhrs liebte es einfach, wenn eine Strategie aufging. »Nehmen wir einmal an, jemand von den Gegnern der Anlage würde so einen Plan wirklich in die Tat umzusetzen versuchen. Wie würden die Betreiber darauf reagieren? Sie waren doch sicher schon einmal auf dieser Anlage.«

»Wir meinen, was würden die Wachleute tun, wenn sie jemanden dabei erwischen, wie er sich an irgendwelchen Maschinen zu schaffen macht?«, ergänzte Smolski.

Schäfer machte ein entgeistertes Gesicht. »Wollen Sie … Wollen Sie gerade von mir wissen, ob ich mir vorstellen könnte, dass jemand von der Anlage etwas mit Christians Tod zu tun hat?«

»Ja«, erwiderte Möhrs. »Exakt.«

»Sie fragen mich, ob es dort potenzielle Mörder gibt?« Schäfer schüttelte fassungslos den Kopf. »Wie kommen Sie denn darauf? Wer aus unserem Ort hat Ihnen diesen Floh ins Ohr gesetzt? Das sind doch Verschwörungstheorien. Die bösen Konzerne, die Killer für sich arbeiten lassen, um den Widerstand gegen ihre Projekte zu ersticken. So ein Blödsinn. Als Nächstes kommen Sie mir noch mit den Ammenmärchen von den bösen Ungeheuern aus dem Wald.« Er war dabei, sich in Rage zu reden. »Dann wollen Sie mir weismachen, Christian wäre dem Bluthannes über den Weg gelaufen oder die Unterirdischen hätten ihn geholt. Nur, weil es alle Jubeljahre mal einen ungeklärten Vermisstenfall bei uns gibt und die alten Weiber behaupten, man könnte in unserem Wald jederzeit spurlos verschwinden. Wollen Sie mir jetzt im Ernst gleich mit so was kommen?«

»Nein, natürlich nicht«, sagte Möhrs versöhnlich, auch wenn er enttäuscht darüber war, dass sein Plan doch nicht aufzugehen schien. »Das ist ja selbstverständlich, dass wir nicht jedem Gerücht Glauben schenken. Und so schnell verschwindet niemand spurlos. Es sei denn, er hat seine Gründe. Es soll ja auch Leute geben, die gar nicht gefunden werden wollen, und wenn ich mir die eine oder andere Familie näher anschaue, kann ich das bestens verstehen.«

»Wirklich sehr komisch«, sagte Smolski von der Terrassentür aus. Diesmal blieb an seinem Tonfall nichts zu deuteln: Er war schnarrend und kalt. »Warst du bei Fips Asmussen in der Lehre? Nur zu deiner Information: Es kann sehr, sehr schnell gehen, dass Leute spurlos verschwinden. Darüber macht man lieber keine Scherze. Sind wir hier fertig?«

Möhrs war von Smolskis kühler Wut zu überrumpelt, um sofort zu antworten.

»Na schön. Ich warte draußen.« Smolski stapfte quer durchs Zimmer, wobei er einen großen Bogen um das Sofa mit Schäfer und Adam schlug. »Bleiben Sie ruhig sitzen. Ich finde allein raus.«

Nach seinem Abgang sahen Möhrs und Schäfer einander einen Augenblick schweigend an. Dann gab Möhrs schließlich die einzige Erklärung ab, die ihm zu Smolskis beunruhigendem Verhalten einfiel. »Entschuldigen Sie das Auftreten meines Kollegen. Er hat anscheinend Angst, eine Wette zu verlieren.«

22

Katja hätte sich keine Gedanken darüber machen müssen, wie eine Mutter wohl darauf reagierte, wenn man sie nach Jahrzehnten auf das ungeklärte Verschwinden eines ihrer Kinder ansprach. Jutta Kersting, eine Mittsechzigerin mit kurzem, kupferrot gefärbtem Haar, hatte Katja sofort in das schmucke Einfamilienhaus hineingebeten, nachdem sie von deren Anliegen gehört hatte.

Als die beiden Frauen dann bei einer Tasse Tee in der Küche zusammensaßen, begann Katja die Fragen zu stellen, die sie sich zurechtgelegt hatte. »Unter welchen Umständen genau ist Ihr Sohn verschwunden?«

»Das ist lange her. Es war 1975. Im Sommer.« Jutta, die ihre Tasse die ganze Zeit über mit beiden Händen umfasst hielt, sprach mit dem stillen Eifer einer Frau, die eine große Erleichterung darin fand, ihre Geschichte zu erzählen. »Er war mit seinem neuen Fahrrad losgefahren und nicht mehr nach Hause gekommen. Am Anfang dachten wir noch, er würde vielleicht bei einem Freund schlafen und hätte nur vergessen, uns Bescheid zu geben. Also haben wir ein bisschen herumtelefoniert, aber mit jedem neuen Anruf, mit jeder neuen Nummer, die ich wählte, wuchs meine Angst. Ich hatte allen Grund dazu, wie sich später herausstellte.«

»Ich nehme an, Sie haben dann irgendwann die Polizei verständigt.«

»Gegen elf Uhr abends, als es richtig dunkel wurde. Noch in der Nacht wurde eine Suchaktion gestartet. Ohne Erfolg. Wissen Sie, was das Schlimmste war?«

»Nein.«

»Die Polizei sagte zuerst noch, wir sollten die Hoffnung auf keinen Fall aufgeben. Der größte Teil aller als vermisst gemeldeten Personen taucht nach relativ kurzer Zeit unversehrt wieder auf. Häufig gibt es da auch Missverständnisse oder Missgeschicke. Zum Beispiel, dass ein Kind sich einfach nur irgendwo ein Versteck baut und dann dort einschläft. Oder dass es zu einem Verwandten gegangen ist und behauptet hat, seine Eltern wüssten schon, wo es ist.«

»Ich verstehe.« Katja bemühte sich um eine innere Distanz zu Juttas Schilderungen. Sie nannte diesen Vorgang gern das Gräbenziehen. Er war wichtig, weil sie sonst ihre Arbeit nicht mehr ordentlich machen konnte. »Die Polizei versucht, einen zu beruhigen.«

»Ich kann das ja nachvollziehen.« Jutta lächelte traurig. »Wer will sich schon die ganze Zeit mit einem heulenden Häufchen Elend herumplagen. Das war ja noch alles vor der Zeit, wo man in so einem Fall psychologisch betreut wurde. Für die Seelsorge gab es den Pastor, und das war's.«

»Sie meinten, etwas sei das Schlimmste gewesen.«

»Wissen Sie, damals habe ich noch geraucht. Ich stand hier am offenen Küchenfenster und konnte zufällig zwei Polizisten draußen auf der Terrasse belauschen. Sie unterhielten sich darüber, dass Jens mit dem Rad unterwegs gewesen war und dass sich daraus eine naheliegende Theorie ergab: Er war auf der Landstraße in einen tödlichen Unfall verwickelt worden und der Fahrer des Wagens hatte in seiner Panik beschlossen, die Leiche und das Rad verschwinden zu lassen. Ich stand hier und musste mir anhören, wie diese Leute darüber spekulierten, wie schnell man meinen toten Jungen und sein Rad in einem Kofferraum verstauen kann. Können Sie sich das vorstellen?«

Schweigend wartete Katja, bis Jutta die Zornestränen fortgewischt hatte, die ihr in die Augen gestiegen waren. »Ich müsste Sie etwas fragen, was Ihnen bestimmt … Nein, ich möchte ehrlich sein … Es wird Ihnen bestimmt sehr seltsam vorkommen, aber es geht nicht anders.« Sie suchte Juttas Blick und sagte dann mit fester Stimme: »Es gibt Leute hier im Ort, die daran glauben, dass die verschwundenen Kinder von etwas geholt wurden, was sich nicht rational erklären lässt.«

Jutta schnaubte auf, doch es war eher ein gerade noch unterdrücktes Lachen als ein Laut der Empörung. »Reden Sie vom Wald? Vom Bluthannes und von den Unterirdischen?«

Katja nickte leicht.

»Ich kenne die Geschichten. Jeder hier kennt sie. Und sicher denkt der eine oder andere auch, dass in ihnen ein Körnchen Wahrheit steckt.« Jutta sah in ihre Tasse, als würde sie auf dem Grund eine verborgene Wahrheit erkennen. »Doch wenn ich daran glauben würde, dass Jens wirklich den Unterirdischen oder dem Bluthannes begegnet ist, dann müsste ich auch an etwas anderes glauben: dass nicht mehr die geringste Aussicht auf seine Rückkehr besteht.«

Es erschien Katja geradezu grotesk, was Jutta da andeutete. »Glauben Sie, dass Ihr Sohn noch lebt?«

Jutta stand auf. »Kommen Sie. Ich möchte Ihnen etwas zeigen.«

Nach kurzem Zögern folgte Katja der Frau die Treppe hinauf und einen Flur hinunter bis zu einer Tür, die Jutta ihr aufhielt.

Katja warf einen Blick in das Zimmer dahinter. Ein leichter Schwindel erfasste sie. Sie hatte den Eindruck, durch diese Tür mehrere Jahrzehnte in die Vergangenheit zu blicken.

Es handelte sich unverkennbar um ein Jugendzimmer, genauer gesagt um das kleine Reich eines Jungen an der Schwelle zur Pubertät. Nur, dass seine Herrschaft schon vor langer Zeit geendet und seitdem niemand mehr den Mut aufgebracht hatte, irgendetwas an seinem Reich zu verändern. Wo heute ein Computermonitor oder gar ein aufgeklappter Laptop auf dem Schreibtisch gestanden hätte, stand hier ein Globus, der die Namen von Ländern trug, welche es in dieser Form nicht mehr gab. Die Fußballer auf den Postern an den Wänden hatten noch keine sichtbaren Tätowierungen auf der Haut, aber viel zu enge Hosen und grässliche Oberlippenbärte. Statt eines Fernsehers mit Spielekonsole nahm ein Radiorekorder mit einem zwiespältigen Design aus Holzfurnier und auf Metalllook getrimmtem Plastik einen Ehrenplatz auf dem Regal am Kopfende des Bettes ein. Vor ihrem inneren Auge sah Katja einen Jungen mit langem Haar, Schlaghosen und knallgelbem Polohemd in dieses Zimmer laufen und mit dem Tischtennisschläger Luftgitarre spielen.

»Nach einer Woche denkt man, bald finden sie ihn und es geht ihm gut«, sagte Jutta leise. »Man lässt alles, wie es ist, weil man sich nicht selbst die Hoffnung rauben will. Nach einem Monat meint man, man müsse sich mit dem Undenkbaren vertraut machen. Nach einem Jahr kommt man mit einem Karton herein und fängt an, ein paar Dinge wegzupacken, aber beim Zukleben des Kartons hat man das Gefühl, als würde man ein Grab für sein eigen Fleisch und Blut schaufeln. Man reißt den Karton auf und versucht verzweifelt, alles wieder an den richtigen Platz zu stellen. Nach fünf Jahren wird es einem langsam egal, was die Leute sagen, und nach zehn Jahren hört man es nicht mal mehr. Es ist nur noch wichtig, dass er weiß, dass man ihn nie aufgegeben hat, wenn er wieder zurückkommt.«

Katja wagte es nicht, durch die Tür zu treten. Sie befürchtete fast, selbst die leiseste Störung könnte dafür sorgen, dass alles sich in Luft auflöste. »Hat Ihr Mann Sie hierbei unterstützt?«

»Ich bin geschieden.« Jutta schloss die Tür. »Das war nicht alles.« Sie bat Katja nach nebenan in ein nach altem Papier riechendes Arbeitszimmer mit einem wuchtigen altmodischen Schreibtisch, dessen oberste Schublade abschließbar war. Sie öffnete sie mit einem Schlüssel, den sie um den Hals trug, zog sie auf und holte eine kleine lindgrüne Geldkassette mit Zahlenschloss hervor. Als auch dieses Behältnis geöffnet war, förderte sie eine Postkarte daraus zutage. In einer typisch uninspirierten Collage zeigte sie diverse Hamburger Sehenswürdigkeiten wie den Michel, die Reeperbahn und den Hafen. Jutta, die die

Karte vorsichtig an den Rändern hielt, drehte sie um und hielt sie Katja entgegen. »Lesen Sie.«

Katja trat an den Schreibtisch heran und folgte der Aufforderung.

Liebe Mama, lieber Papa,
mir geht es gut. Es ist sehr schön hier. Das Essen ist gut, das Wetter nicht. Bitte macht euch keine Sorgen.
Euer Jens

»Ich verstehe nicht ganz«, sagte Katja. »Ist das von einer Klassenfahrt? Warum zeigen Sie mir das?«

»Sie müssen genauer hinschauen. Hier.« Jutta tippte auf eine Stelle auf der Karte. »Hier.«

Jetzt erst begriff Katja, und der Schwindel war zurück. Der verblichene Poststempel. *12-09-77.* Diese Postkarte war erst mehr als zwei Jahre nach Jens Kerstings Verschwinden auf den Weg gebracht worden.

23

Auf seinem Weg durch den nächtlichen Wald fragte sich Falk Ewert mehrfach, ob es wirklich eine gute Idee gewesen war, sich dem Haus des alten Schwulen ausgerechnet von dieser Seite aus zu nähern. Es sprach so einiges dagegen.

Gleich nachdem er sich von einem Feldweg aus ins Unterholz geschlagen hatte, war er mit dem Hals an einer dornigen Ranke hängen geblieben. Es hatte sich angefühlt, als wäre ihm eine Katze mit den Krallen über die Kehle gefahren. Sogar ein wenig geblutet hatte es.

Als er sich dann an das Brennen seines Schweißes in den winzigen Wunden gewöhnt hatte, war er in eine Pfütze vom letzten Sommergewitter getreten. Bis zum Knöchel war sein rechter Fuß in kaltem Schlamm versunken, der ihm nun unangenehm im Schuh hin und her glitschte.

Kurz darauf war er über eine Wurzel gestolpert und hatte dabei seine kleine treue Stabtaschenlampe so heftig gegen einen Baum geschlagen, dass sie erlosch und sich auch nicht wieder anschalten ließ. Danach hatte er seinen Weg im Dunkeln fortsetzen müssen, was seine ganze Situation noch unbequemer machte. Hätte er es nicht besser gewusst, wäre er zu dem Schluss gekommen, dass der Wald lebendig geworden war, um sich gegen ihn als Eindringling zur Wehr zu setzen.

Ewert hatte große Lust, sich entgegen all seinen guten Vorsätzen nun doch eine Kippe anzuzünden. Er würde sie genüsslich in tiefen Lungenzügen rauchen und anschließend dieses verfluchte Gehölz einfach in Brand stecken. Ein Vorhaben, das an zwei Hindernissen scheiterte. Erstens war der Boden wegen des heftigen Regens der vergangenen Nächte viel zu feucht. Zweitens hatte er keine Zigaretten dabei.

Noch dazu tat er dem Wald Unrecht. Immerhin bot er ihm Sichtschutz. Ewert wollte schließlich auf Nummer sicher gehen, dass ihn keiner der Bewohner der alten Mühle bei seiner Aktion bemerkte. Vor allem nicht Jakobs. Das hätte die Dinge nur unnötig verkompliziert.

Als ein paar Stunden zuvor die Nachricht auf seinem Telefon eingegangen war, dass es den nächsten Gegenstand zu platzieren galt, hatte ihm der Atem gestockt. Der Text an sich war harmlos: *Treffen: 17.30 Uhr vor dem Gasthof.* Allein der Gedanke jedoch, wer der eigentliche Absender dahinter war, ließ Ewert inständig hoffen, dass er diesen Mann niemals enttäuschte. Hanssen war kein Mann von der Sorte, die großzügig über kleinere Flüchtigkeitsfehler hinwegsah. So wie den, der ihm in Lauenburg passiert war. Was für eine verdammte Kacke. Nur ein Sekundenbruchteil mangelnder Konzentration, und um ein Haar wäre er buchstäblich über diese kleine Schlampe gestolpert. Was, wenn es tatsächlich so weit gekommen wäre? Dann hätte er einpacken können. Dann hätte sie sich sein Gesicht auf jeden Fall gemerkt.

Die Übergabe des Gegenstands hatte dann keine dreißig Sekunden gedauert: Ein schwarzer BMW hielt am Straßenrand, der Beifahrer ließ die Scheibe herunter und winkte ihn knapp heran. Ganz so, als wollte er nur einen Ortskundigen, der zufällig vor dem Lokal stand, nach dem Weg fragen. Ewert beugte sich dicht an das offene Fenster und nahm eine weiße Plastiktüte in Empfang. Ihr Inhalt entpuppte sich als erstaunlich leicht – so leicht sogar, dass der darin verborgene Gegenstand auch jetzt keine Belastung oder Behinderung war.

Der Ort, an dem er ihn ablegen sollte, würde ihn da schon vor etwas kniffligere Herausforderungen stellen. Ewert war allerdings überzeugt, sie ohne größere Mühen meistern zu können. Schließlich war er ein Profi. Eines beschäftigte ihn allerdings schon: Wie sollte er verfahren, falls ihn Jung, seine komische Schwester oder gar Jakobs auf frischer Tat ertappte? Wahrscheinlich war es das Beste, einfach seinen Instinkten zu folgen, falls es denn zu einer unschönen Begegnung kommen sollte. An den Geschwistern Jung lag Hanssen ja offenbar nichts, und das hieß, dass er sie notfalls –

Ein lautes Knacken schreckte Ewert aus seinen Überlegungen. Er verharrte, lauschte, drehte sich einmal um die eigene Achse. Nichts. Nur die Umrisse von Bäumen und Büschen. Ewert testete noch einmal, ob seine Taschenlampe wirklich nicht mehr funktionierte. Beim Drehen jenes Teils des Gehäuses, der bei diesem Modell die Funktion eines Schalters übernahm, hörte er nur ein leises, aber dafür umso hässlicheres Knirschen. Das Ding war Schrott.

Irgendwo rechts von ihm raschelte es. Ewert ließ die Taschenlampe fallen und wandte den Kopf in die Richtung, aus der das Geräusch gekommen war. Er war kein Idiot. Natürlich herrschte in keinem Wald der Welt je wirklich absolute Stille, doch bis jetzt hatte er es immer bemerkt, wenn man ihn beobachtete. Irgendwer oder irgendwas war da draußen und behielt ihn im Auge.

Ewert biss die Zähne zusammen. Bei dem Glück, das er bislang gehabt hatte, war das der Schwule, der sich hier mit einem anderen warmen Bruder für irgendein perverses Sexspielchen verabredet hatte. Er ging in die Hocke und dachte darüber nach, seinen Revolver zu ziehen. Nur zur Sicherheit. Gerade als sich seine Finger um den Knauf gelegt hatten, wiederholte sich das Knacken und Rascheln in unmittelbarer Nähe. Er keuchte erschrocken. Keine zehn Schritte vor ihm sprang ein schlanker Schemen in grazilen Sätzen an ihm vorbei.

Er lachte innerlich auf. Hatte er sich eben wirklich wegen eines bescheuerten Rehs fast in die Hosen geschissen? Kopfschüttelnd richtete er sich auf und setzte seinen Weg zur alten Mühle fort.

Der Wald um ihn herum gab kaum einen Laut mehr von sich. Fast schien es, als wäre er angesichts dessen, was Ewert vorhatte, vor Empörung in trotziges Schweigen verfallen.

24

Aysel Özen war noch nie zuvor einer so frechen Krähe begegnet. Seit sie das Zimmer im Obergeschoss von Haus Halbersgrund betreten hatte, hockte der schwarze Vogel auf einer nahen Fensterbank. Er verfolgte jede ihrer Bewegungen mit schief gelegtem Kopf und aus unergründlich tiefen Augen.

Mit einem Mal wurde ihr klar, worauf die Krähe wartete: darauf, dass man hier neues, schmackhaftes Futter für sie auslegte. Beherzt klatschte Aysel in die Hände. Die Krähe reagierte mit einem winzigen Hüpfer zur Seite und einem kurzen Schütteln des Gefieders.

»Blödes Vieh«, schimpfte Aysel in ihrer Muttersprache. Dann konzentrierte sie sich wieder auf die vor ihr liegende Aufgabe. Sie wollte sich vor Ort noch einmal versichern, ob es irgendwo eine auffällige Kante oder Ecke gab, an der sich Grieß bei einem Sturz den Schädel so hätte einschlagen können, wie es die Röntgenbilder seines Kopfes zeigten. Sie hätte zwar auch Fotos vom Leichenfundort anfordern können, doch sie machte sich schon lange keine Illusionen mehr über ihr räumliches Vorstellungsvermögen. Abgesehen davon wäre es angesichts des anstehenden Essens mit Lukas und ihrem Vater schlicht unerträglich gewesen, den ganzen Tag im Keller des Instituts in Lübeck eingeschlossen zu sein.

Angestrengt spähte Aysel durch eines der Löcher in der Decke, das ausreichend groß war, dass ein Mensch hindurchfallen konnte, hinauf in den Dachstuhl. Ein verwirrendes Durcheinander aus grellem Licht und tiefem Schatten machte es schier unmöglich, nähere Einzelheiten zu erkennen. Nach nur zwei, drei Sekunden taten Aysel die Augen weh und sie musste den Blick senken.

»Schon was gefunden?«, kam eine muntere Stimme von der Türschwelle.

»Noch nicht.« Sie schenkte Rudi ein gequältes Lächeln. »Falls wir umsonst hier rausgefahren sind, bitte ich schon jetzt tausendmal um Entschuldigung, ja?«

»Ich bin immer für eine Spritztour zu haben«, erwiderte ihr rothaariger Kollege, mit dem sie sich ein Büro teilte und von dem sie gezwungenermaßen so manch schlechten Spruch zu hören bekam, die Rudi in rauen Mengen zur Verfügung zu stehen schienen. »Wie öde wär doch unser Leben, täten wir nicht kräftig Gummi geben.«

»Keine Reime«, erinnerte Aysel ihn an eine Abmachung, die sie schon vor Längerem getroffen hatten. »Du weißt, irgendwo muss es eine Grenze geben.«

»Okey-dokey.« Er grinste und machte nun doch einen Schritt in den Raum hinein. »Aber es muss auch immer wen geben, der sie austestet.«

Aysel seufzte in gespielter Entrüstung. Rudi war ein guter Kerl. Ein Typ zum Pferdestehlen. Sonst hätte sie ihn ja auch nie gefragt, ob er den Chauffeur für sie spielen würde. Sie hatte kein Auto, und mit den öffentlichen Verkehrsmitteln wäre es eine echte Weltreise geworden. Rudi hatte sich sofort bereit erklärt, sie zu begleiten. »Mir sind die Patienten bis jetzt nur in den allerseltensten Fällen weggelaufen«, hatte er verkündet und sich dann auf der Fahrt von ihr auf den neuesten Stand bringen lassen. Sowohl was ihre derzeitigen Ermittlungen anbelangte als auch im Hinblick auf ihre Pläne für die Gestaltung des Abends. Lukas wusste zwar nichts davon, doch es gab keine Geheimnisse zwischen Rudi und ihr. Warum auch? Sie verbrachten jeden Tag mindestens acht Stunden miteinander, er war ein mitteilsamer Gesprächspartner und er hatte ihr in der Anbahnung der Beziehung zu Lukas wirklich nur gute Tipps gegeben. Was sie umgekehrt nicht gerade von sich behaupten konnte: Rudi wartete immer noch auf seinen Traummann. Ihr bisher bester Ratschlag – »Geh mal öfter in Hamburg aus. Da ist die Auswahl für dich größer.« – hatte nur dazu geführt, dass Rudi an einen erstaunlicherweise nicht geouteten Anwalt und konservativen Lokalpolitiker geraten war, der ihn nun schon über Monate hinhielt.

»Ich glaube, ich würde mir das Dach gerne noch einmal von außen ansehen«, kündigte Aysel an.

»Gott sei Dank!« Rudi ging rückwärts wieder aus dem Zimmer. »Bei dem ganzen Federvieh, das hier nistet, ist die Luft doch garantiert voller Milben.«

»Das würde ich übrigens bleiben lassen.«

»Was? Schlecht über Vögel und Milben zu reden?«

»Nein, du Dödel.« Sie verdrehte die Augen. »Hier rückwärts durch die Gegend zu laufen. Das ist eine richtige Bruchbude. Ich habe keine Lust, dir dabei zuzusehen, wie du bis in den Keller durchbrichst.«

Rudi machte in der Folge eine große Show daraus, sehr langsam zu gehen und dabei jeden seiner Schritte mit äußerstem Bedacht zu setzen, bis Aysel nicht anders konnte, als ihm lachend einen sanften Schubs zu versetzen, der ihn wieder ein wenig beschleunigte.

Draußen angekommen beschloss Aysel, das Haupthaus einmal komplett zu umrunden. Die von der Spurensicherung platt getretene Flora hatte sich zwar noch nicht gänzlich wieder erholt, war jedoch auf dem besten Weg dazu. Einige Male sah sich Aysel gezwungen, Zweige eines Buschs beiseitezuschieben oder eine Stelle mit besonders dicht wuchernden Disteln zu umgehen. Rudi folgte ihr wie ein kleines Hündchen, wobei er mal hier, mal da von der von ihr vorgegebenen Strecke abwich, um interessiert eine Blüte oder ein Spinnennetz zu betrachten.

Ungefähr alle zwanzig Schritte blieb Aysel stehen, um zum Dach hinaufzublicken. Irgendwann fiel ihr auf, dass sie gar nicht mehr so recht wusste, wonach sie da eigentlich Ausschau hielt. Nach einem Loch, das neuer aussah als andere? Nach einer Jacke, einem Rucksack oder sonst irgendeiner Hinterlassenschaft, die bewiesen hätte, dass Grieß in der Nacht seines Todes auf dem Dach gewesen war? Nach einem großen leuchtenden Pfeil, der genau auf die Stelle zeigte, wo Grieß sich seine tödliche Verletzung zugezogen hatte?

»Ui, was sehe ich denn da drüben?« Rudi stapfte quer über das Gelände zu den Resten eines der Außengebäude des Guts. »Ist das … Ist das ein Gewächshaus?«

»Ja, ist es.« Aysel steckte frustriert die Fäuste in die schmalen Taschen des dünnen Strickjäckchens, das sie sich zum Schutz vor Zeckenbissen und Insektenstichen übergeworfen hatte. »Und sein Zustand ist noch bescheidener.«

Als sie die Ruine erreichten, die wenig mehr als ein trauriges Gerippe aus rostigen Trägern war, beschlich Aysel ein absonderliches Gefühl. Sie kam sich vor wie eine Forscherin in ferner Zukunft, die nach einer verheerenden Katastrophe auf ein Zeugnis einer untergegangenen Zivilisation stieß. Dass das vordere Drittel des Gewächshauses eine einzige Matschwüste war, während im Rest weiße und violette Blumen blühten, schmälerte diesen Eindruck nicht gerade. Selbiges galt für den Geruch, der schwer in der Luft hing: eine eigentümliche Mischung aus feuchter Erde und süßlichem Blütenduft.

Irgendetwas störte Aysel an den Blumen. Irgendetwas, was sie nicht in Worte zu fassen vermochte. Irgendetwas, was beharrlich am Rande ihres Bewusstseins nagte.

»Habe ich dir eigentlich jemals erzählt, dass ich das Gegenteil von einem grünen Daumen habe?«, plapperte Rudi gut gelaunt vor sich hin. »Einen welken Daumen. Einen braunen Daumen. Bei mir geht alles sofort ein. Und trotzdem würde ich für eine Wohnung mit Wintergarten töten, und –«

»Das ist es!«, platzte es aus Aysel heraus. Am liebsten hätte sie Rudi umarmt. »Du hast es!«

Rudi sah sie verständnislos an. »Was?«

»Das, was komisch hier ist. An den Blumen.« Aysel holte tief Luft. »Schau mal genauer hin. Überall auf dem kompletten

Grundstück rund um das Haus wuchert alles wild durcheinander. Nur hier nicht. Hier wachsen seltsamerweise nur diese beiden Sorten von Blumen, die weiße und die violette. Sonst nichts. Kein Gras, kein Unkraut, nichts. Da stellt sich mir die Frage, ob das jemand so angepflanzt haben könnte.«

»Ist das dein Ernst?« Rudi machte dicke Backen. »Also ich könnte ja verstehen, wenn hier jemand Hanf gezogen hätte. So eine kleine Plantage abgeschieden im Wald, weil man ab und zu gern mal einen Joint durchzieht. Aber warum sollte irgendwer hier ausgerechnet Blumen anbauen? Und selbst wenn, was hat das mit dem Toten zu? Ah, Moment, ich habe da was vergessen.« Er grinste breit. »Der Mörder ist immer der Gärtner, richtig?«

»Ach, halt doch die Klappe.« Aysel versetzte dem Spötter einen erneuten Schubs, doch diesmal erwischte sie ihn wortwörtlich auf dem falschen Fuß.

Rudi geriet ins Straucheln, wankte zwei Schritte zurück, fing sich wieder und fluchte sofort wie ein Rohrspatz. »Hast du noch alle Tassen im Schrank, du Kratzbürste? Jetzt schau dir bitte mal meine Schuhe an, du Irre.« Er hopste ungelenk aus dem Matsch, in den er getreten war, und starrte auf seine schlammigen Schuhe. »Die sind komplett hinüber.«

Sie achtete nicht weiter auf ihn. Ihr Blick haftete wie gebannt an einem etwa handflächengroßen Gegenstand, der in einem der Krater von Rudis Fußstapfen zum Vorschein befördert worden war. Wo er nicht von Schlamm überzogen war, schimmerte glattes schwarzes Plastik durch.

Aysel ging in die Hocke, um das Objekt näher in Augenschein zu nehmen. Nein, sie hatte sich nicht geirrt. Ihr Puls ging schneller.

»Hörst du mir überhaupt zu?«, fragte Rudi entrüstet.

»Hast du eine Plastiktüte im Auto?«, fragte sie zurück.

»Was soll ich denn mit einer Plastiktüte?«

Aysel deutete auf den Gegenstand im Matsch. »Zum Beispiel das einwickeln, worauf du da gestanden hast.«

Er beugte sich ein Stück zu ihr hinunter. »Ach du heiliger Bimbam! Ist das ein –«

»Ja, ist es«, schnarrte sie. »Und jetzt hilf mir endlich, die mögliche Lösung dieses Falles ordentlich zu sichern.«

25

Nach ihrem Besuch bei Jutta Kersting hatte Katja kaum Schlaf gefunden. Die halbe Nacht über hatte sie sich in einem Zustand des Dahindämmerns immer wieder ausgemalt, wie der verschwundene Jens Kersting in Hamburg auf der Straße lebte. Vergangenheit und Zukunft fielen in diesen Träumen zusammen: Mal sah sie Jens, wie er die Tische auf der Terrasse des großen Burger Kings in der Mönckebergstraße nach Essensresten absuchte, mal stieg er auf der Reeperbahn in den aufgemotzten Ford Mustang eines ausgemergelten Zuhälters mit Schlangenlederjacke und Dschingis-Khan-Bart.

Am frühen Morgen schließlich beschloss sie aufzustehen. Sie ging ins Bad, wusch sich die Hände, spritzte sich kaltes Wasser ins Gesicht und tapste barfuß in die Küche weiter, wo sie Dagmar an der Spüle werkeln hörte.

»Na, ausgeschlafen?« Dagmar wusch Kartoffeln. »Kaffee ist in der Thermoskanne auf dem Tisch. Einen Becher findest du in dem Regal hier rechts, Milch im Kühlschrank.«

»Oh, danke.« Katja versorgte sich mit einem Kaffee und setzte sich.

»Und? Warst du bei Jutta?«, fragte Dagmar.

»Ja, war ich.« Katja rieb sich müde die Oberschenkel. »Sie war auch erstaunlich mitteilsam.«

»Glaubst du mir jetzt?«

Katja wählte ihre nächsten Worte mit viel Bedacht. »Ich glaube dir, dass hier Kinder verschwunden sind, und ich glaube auch, dass einiges daran sehr … ungewöhnlich ist.« Katja dachte an die unheimliche Postkarte und musste ein saures

Aufstoßen unterdrücken. »Ich hoffe, du nimmst es mir nicht übel, wenn ich dir sage, dass ich den Einfluss irgendwelcher höherer Mächte – oder niederer, je nachdem, wie man das sehen will – nach wie vor für unwahrscheinlich halte.«

Dagmar schrubbte eine Kartoffel derart intensiv ab, als wollte sie die Knolle auf diese Weise schälen. »Das kannst du meinethalben sehen, wie du möchtest. Ich finde es schön, dass wir uns in unseren Positionen ein Stück weit angenähert haben. Manche Wahrheiten lassen sich eben nicht auf Dauer rundweg leugnen.« Sie ließ die Bürste sinken. »Heißt das, du wirst in dieser Sache noch weitere Untersuchungen anstellen?«

»Grundsätzlich schon.« Katja war ein wenig überrascht darüber, wie leicht ihr die Worte über die Lippen gingen. »Ich gebe dir ja recht, dass an dieser ganzen Sache offenbar irgendetwas schrecklich faul ist. Mich würde aber interessieren, was genau du dir davon eigentlich davon versprichst, wenn ich mich mit dieser Angelegenheit intensiver befasse. Was kann ich herausfinden, was du nicht auch selbst herausfinden könntest?«

Bürste und Kartoffel plumpsten ins Spülbecken, und Dagmar trocknete sich die Hände an einem Geschirrtuch ab. »Du hast einen immensen Vorteil im Vergleich zu mir. Du kommst nicht aus dieser Gegend. Das bedeutet zwar, dass die Leute dir gegenüber verschlossener sind, bis sie wissen, ob sie dir trauen können. Andererseits heißt das aber auch für dich, dass du nicht mit Anfeindungen hinter deinem Rücken leben musst und mit Drohungen, dass man dir das Leben zur Hölle machen wird, wenn du nicht aufhörst, deine Nase zu tief in Dinge zu stecken, von denen die meisten Leute hier wollen, dass niemand mehr seine Nase in sie hineinsteckt.« Sie faltete das Geschirrtuch erst, doch dann knüllte sie es plötzlich zusammen und warf es auf die Anrichte. »Und überhaupt will ich dir mal was sagen: Du bist hübsch und schlau und du weißt, wie man mit den Leuten reden muss. Du wirst zwangsläufig Dinge hören, die man anderen normalerweise nicht so ohne Weiteres erzählen würde. Oder glaubst du, Dietmar würde mit jedem anderen

Menschen, den er kaum ein paar Tage kennt, so offen über seinen toten Geliebten und seine Trauer sprechen?«

»Wahrscheinlich nicht.« Katja rührte verlegen ihren Kaffee um. »Vielen Dank für die ganzen Komplimente.«

»Gern geschehen.« Dagmar lächelte. »Deine Jacke, die so dreckig war, habe ich übrigens in die Wäsche getan.«

Katja stutzte. »Was für eine Jacke?«

»Die, die du hier über den Stuhl gehängt hattest.«

»Da muss eine Verwechslung vorliegen. Ich habe nur meine schwarze Kapuzenjacke dabei und dieses rot-weiße Teil, das ich mir gestern gekauft habe. Die liegen beide oben bei mir im Zimmer. Bist du sicher, dass es keine von Dietmar war?«

»Ich werde doch wohl die Jacken meines Bruders kennen, wo ich hier für die komplette Wäsche verantwortlich bin.« Dagmar schaute Katja misstrauisch an. »Das war eine dunkelblaue Trainingsjacke aus so einem glatten Synthetikstoff mit abgesetzten Baumwollbündchen. Von Adidas, wenn mich nicht alles täuscht.«

Katja war froh, auf dem Stuhl zu sitzen. Sie kannte diese Jacke, von der Dagmar da redete. Wahrscheinlich besser als jede andere Jacke, die sie je besessen hatte und die sie jemals besitzen würde. Es war die Jacke eines Toten. Nach dem Unfall war sie das wichtigste Erinnerungsstück an ihren Vater gewesen. Katja hatte sich nicht von ihr trennen können, weil dieses einfache Stück Stoff seinen Geruch in sich aufgesogen hatte. Tagsüber war sie in die viel zu große Jacke hineingeschlüpft, und nachts hatte sie sich damit zugedeckt. Und jetzt sollte diese Jacke hier sein? »Das ist unmöglich.«

Katja fuhr hoch, eilte auf den Gang hinaus und öffnete die Tür unter dem Treppenaufgang, die zu einer steilen Stiege in den Keller führte. Sie tastete nach einem Lichtschalter, fand ihn und hastete in den Keller hinab. Dagmar war ihr dicht auf den Fersen und sagte immerzu: »Was ist denn los? Was ist denn los?«

Der schwache Geruch von Moder und Weichspüler schlug Katja entgegen, getragen von kühler Luft. Sie brauchte nicht lange nach der Waschmaschine zu suchen: Beim Keller handelte es sich um einen einzigen großen Raum mit einem einfachen Betonboden, der nur durch Stützpfeiler aus dunklem Eichenholz und durch einige Metallregale in kleinere Abschnitte unterteilt war. In manchen war Werkzeug verstaut, in anderen Umzugskartons mit Beschriftungen wie »Krimskrams« oder »Muss sortiert werden«, in wieder anderen Einmachgläser und alte Töpfe.

Die Jacke lag auf einem Wäschekorb zwischen Waschmaschine und Kondenstrockner ganz obenauf. Mit einem Mal fiel Katja jeder neue Schritt so schwer, als hätte ihr jemand Gewichte an die Knöchel geschnallt. Dagmar schloss zu Katja auf, verstummte aber, als sie ihr Gesicht sah.

Katja ging vor dem Wäschekorb in die Knie. Ihre Hände zitterten, als sie die Arme nach der Jacke ausstreckte. Sie sah aus, wie Dagmar sie beschrieben hatte. Wie die Jacke, die sie zu Hause in Hamburg in einer Papiertüte in der hintersten Ecke ihres Kleiderschranks aufbewahrte, unter aussortierten T-Shirts und Leggings. Nur, dass die Jacke bei ihr zu Hause nicht an Ärmeln und Kragen schlammverkrustet war. War jemand bei ihr eingebrochen und hatte die Jacke anschließend absichtlich beschmutzt, nur um danach bei den Geschwistern Jung einzubrechen und sie dort abzulegen? Das war doch verrückt.

Sie hob die Jacke auf, schloss die Augen und presste ihr Gesicht dort hinein, wo der Geruch ihres Vaters selbst nach so vielen Jahren noch am stärksten erhalten war. Dort, wo seine Achsel gewesen war, wenn er die Jacke getragen hatte. Nichts. Erleichtert nahm Katja noch einen Atemzug, nur zur Sicherheit. Doch sie hatte sich nicht getäuscht. Alles, was sie roch, war der sterile Duft des Stoffs und die erdige Note des Schlamms, mit dem die Jacke bespritzt war. Das war nicht die Jacke ihres Vaters. Es war nur das gleiche Modell.

Ein dumpfes Schaben und Grollen hallte durch den Keller. Erst dachte Katja noch, Dagmar würde aus unerfindlichen Gründen eines der Regale verrücken. Dann spürte sie ein zunächst feines, aber rasch stärker werdendes Kribbeln an den

Knien, das über die Knochen nach oben durch ihren Körper wanderte. Sie sah den Wäschekorb vor sich Millimeter für Millimeter nach vorn ruckeln, wie ein Handy über eine Tischplatte, wenn es auf Vibration gestellt war und ein Anruf einging. Ein Einmachglas zersprang klirrend auf dem Betonboden. Dagmar schrie überrascht auf, und Katja begriff, was hier vor sich ging.

Gerade als ihr einfiel, dass ein Keller bei einem Erdbeben womöglich nicht der günstigste Aufenthaltsort war, endete das unheimliche Phänomen so unvermittelt, wie es begonnen hatte.

Katja sah in Dagmars leichenblasses Gesicht. »Alles okay?«

»Nein.« Dagmar hielt mit ihrer rechten Hand einen der Bernsteinanhänger ihrer Kette umklammert. »Die Unterirdischen sind zornig. Und wer weiß, ob sie sich je wieder beruhigen lassen.«

26

»Ich bin so schnell gekommen, wie ich konnte.« Dietmar Jung warf einen raschen Blick hinaus in den Garten. Seine Schwester tigerte zwischen den Beeten auf und ab, das Telefon am Ohr und offensichtlich einen Freund am anderen Ende der Leitung, dem sie von ihren erschütternden Erlebnissen berichtete. »Zum Glück sind Semesterferien. Vom Supermarkt war ich ja schnell zu Hause.«

»Um mich brauchst du dir keine Sorgen zu machen.« Katja nippte an dem Glas Rotwein, das er ihr »nur zur Beruhigung« aufgedrängt hatte. Wenn sie sich die Menge in seinem Glas anschaute, war sie sicher, dass es ihm dabei weniger um ihre und mehr um seine Nerven gegangen war. »Ich frage mich nur, ob es normal ist, dass es hier so oft Erdbeben gibt.«

»Nun, was heißt schon normal?« Er breitete die Hände aus, wie er es bestimmt auch zum Einstieg einer seiner Vorlesungen häufiger tat. »Sagen wir mal, es ist ein ziemlich seltenes Ereignis. Die Norddeutsche Tiefebene, auf der wir uns hier befinden, ist tektonisch betrachtet eher eine ruhige Region. Keine Verwerfungen, keine auffälligen Falten, keine Plattenränder. Auch in dieser Hinsicht sind wir hier sozusagen in der Provinz. Ganz ausgeschlossen sind Erdstöße, wie wir sie nun zweimal kurz hintereinander erlebt haben, damit allerdings noch lange nicht.«

»Und wodurch werden sie ausgelöst, wenn hier tektonisch tote Hose ist?«

»Dazu gibt es verschiedene Theorien. Eine der gängigeren ist, dass es auch fernab der Ränder einer Platte zu großen Spannungen kommen kann. Wenn man ein Stück Blech an den Rändern nimmt und entsprechenden Druck ausübt, biegt es sich ja auch in der Mitte durch.«

»Klingt logisch.«

»Das ist noch lange nicht alles.« Er nahm einen großen Schluck Rotwein. »Eine andere Möglichkeit ist, dass wir es mit Ausgleichsbewegungen für die letzte Eiszeit zu tun haben. Immerhin hatte der Eispanzer, der hier auf dem Land lastete, ein enormes Gewicht, und nach seinem Abschmelzen hebt sich der Boden gewissermaßen wieder. Für uns Menschen mag die Eiszeit schier unvorstellbar lange her sein, geologisch gesehen ist sie quasi eben erst passiert.«

Dagmar streckte den Kopf zur Terrassentür herein, das Telefon an die Brust gepresst. »Jörn sagt, das wäre das stärkste Beben in dieser Region seit über dreißig Jahren. Vier Komma sechs auf der Richterskala. Er würde gern wissen, ob du ihm bei ein paar Berechnungen für Schaubilder und Diagramme helfen würdest, wenn er eine Sonderausstellung zu dem Thema ›Erdbeben und andere Naturkatastrophen in der Region‹ organisiert.«

»Klar doch.« Dietmar nickte enthusiastisch. »Ich komme die Tage mal auf einen Tee bei ihm vorbei. Dann soll er mir sagen, was er braucht.«

Während Dagmar zurück in den Garten verschwand, um die Zusage weiterzugeben, sagte Katja: »Dafür, dass er nur ein kleines Privatmuseum hat, nimmt Herr Krämer seine Aufgabe aber anscheinend ziemlich ernst.«

Dietmar lächelte milde. »Was soll ich sagen: Einmal Lehrer, immer Lehrer. Ich befürchte, ich werde auch für den Rest meines Lebens dazu neigen, ausschweifende Vorträge zu halten.«

»Apropos.« Katja setzte sich ein wenig aufrechter hin. »Spannungsabbau in der Plattenmitte und Ausgleichsbewegung wegen des fehlenden Eispanzers. War's das an verbreiteten Theorien?«

»Da wäre noch etwas, was man Salztektonik nennt.« Dietmar drückte die Handflächen aneinander. »Salz unterscheidet sich von den meisten anderen Gesteinen in einem nicht ganz unwichtigen Punkt: Es ist nicht starr, sondern es bleibt fließfähig. Es bewegt sich dabei natürlich im absoluten Schneckentempo, aber wenn es sich irgendwohin ausdehnt, hat das natürlich seine Folgen. Beispielsweise in Form eines Erdbebens.«

»Salz fließt?« Katja nickte mit vorgeschobener Unterlippe. »Wieder was dazugelernt.«

»Und zu guter Letzt kann es nahezu überall vorkommen, dass durch bestimmte Prozesse gewaltige unterirdische Hohlräume entstehen. Wenn die einstürzen, rumpelt es manchmal auch ganz schön.«

»Bist du wirklich Ingenieur und nicht Geologe? Ich hätte nicht damit gerechnet, dass du dich bei diesem Thema so gut auskennst.«

»Ich sah mich dazu gezwungen, mich ein bisschen einzulesen.« Dietmar goss sich Wein nach. Katja hielt nonchalant die Hand über ihr Glas, um ein Nachfüllen zu verhindern. »Du wirst ja mitbekommen haben, dass in dieser Gegend ein Pilotprojekt für unkonventionelles Fracking läuft. So was geht nicht ohne Konflikte ab. Da werden dann Scheinargumente ausgetauscht und die Beleidigungen fliegen hin und her. Ich fand, es könnte nicht schaden, mich ein bisschen in die Materie einzuarbeiten, um mir von niemandem einen Bären aufbinden zu lassen. Manche Untersuchungen weisen nämlich darauf hin, dass das Fracking, das in der einen oder anderen Variante in der Norddeutschen Tiefebene bereits seit Jahrzehnten zum Einsatz gekommen ist, Erdbeben auslöst.«

»Und ist das wirklich so?«

Dietmar strich kurz nachdenklich über den Rand seines Weinglases. »Auch auf die Gefahr hin, mich mit so einer Meinung bei einigen Leuten unbeliebt zu machen: Mit absoluter Gewissheit kann das derzeit noch niemand behaupten. Es ist theoretisch möglich, aber nicht zweifelsfrei bewiesen.«

Katja blickte hinaus in den Garten, wo Dagmar erneut ruhelos zwischen den Beeten auf und ab ging. »Das ist immerhin besser, als sich einzureden, irgendwelche unterirdischen

Dämonen wären für die Erdbeben zuständig.« Als sie daran zurückdachte, wie erschüttert Dagmar eben im Keller noch gewesen war, fröstelte es sie. »Einen Moment lang dachte ich schon, deine Schwester wäre ein Fall für die Nervenheilanstalt.«

»Man gewöhnt sich an ihre Auftritte. Woran ich mich noch nicht gewöhnt habe, ist die Vorstellung, dass jemand irgendwie unerlaubt mein Haus betreten hat, um diese schmutzige Jacke hier abzulegen. Findest du nicht, dass wir in dieser Sache die Polizei hinzuziehen sollten?«

»Es ist euer Haus.« Katja zog den Reißverschluss ihrer Kapuzenjacke zu. »Du kannst tun, was du möchtest, aber ich würde dir davon abraten.«

»Und wieso?«

»Weil ich glaube, dass es die Polizei entweder nicht weiter interessieren wird – Einbrüche sind ja kein seltenes Delikt – oder weil sie im Zweifelsfall denken muss, wir würden sie veräppeln wollen. ›Hier ist jemand eingestiegen, ohne was zu beschädigen oder was zu klauen. Er muss sehr genau gewusst haben, was er tut, aber er hat das alles nur gemacht, um diese arme junge Frau hier ein wenig zu erschrecken.‹ Was würdest du denn davon halten, wenn dir jemand so was auftischt, hm? Und selbst wenn sie uns glauben: Die Aufklärungsquote bei Einbrüchen ist ein Witz.«

Dietmar musterte sie einen Moment lang schweigend. »Da ist noch mehr, oder? Ich meine, du musst es mir nicht sagen, wenn du nicht willst, aber –«

»Schon gut, schon gut. Ich erklär's dir ja gerne.« Katja war froh, nie eine mündliche Prüfung bei Dietmar in seiner Funktion als Unidozent ablegen zu müssen. Er hatte offenkundig ein gutes Näschen dafür, wann es sich nachzubohren lohnte. »Meiner Meinung nach gibt es nur zwei Möglichkeiten, warum mir jemand diese Dinge unterschiebt. Erst das Auto, jetzt die Jacke. Die erste Möglichkeit ist, dass dieser Jemand versucht, Kontakt zu mir aufzunehmen und sich aus irgendwelchen Gründen nicht traut, das direkt zu tun. Denn eine Sache steht ja fest: Diese Person weiß gut über mich, meinen Vater und wahrscheinlich auch über die genaueren Umstände seines Todes Bescheid. Wenn ich jetzt die Polizei ins Spiel bringe, könnte ich diese Person verschrecken, und dann erfahre ich womöglich nie, was damals passiert ist.« Sie schüttelte leicht den Kopf, um diesen frustrierenden Gedanken gleich wieder loszuwerden. »Die zweite Möglichkeit ist, dass diese Person mich quälen und mit ihren Aktionen nach und nach in den Wahnsinn treiben will. Oder dass sie einfach nur eine sadistische Freude an dieser ganzen Sache hat.«

»Und du möchtest die Polizei nicht rufen, weil du befürchtest, dass die erste Möglichkeit zutreffen könnte«, sagte Dietmar mit wissendem Gesichtsausdruck.

»O nein«, sagte Katja kalt. »Mir geht es um die zweite Möglichkeit. Wenn die zutrifft, möchte ich diesen Dreckskerl unbedingt als Erste in die Finger kriegen.«

27

Lukas Möhrs nutzte die Zeit, in der sich das Rolltor am Eingang der Frackinganlage quälend langsam öffnete. Er wandte sich halb zu Gabriel Smolski, der neben ihm auf dem Beifahrersitz ihres Dienstwagens saß, und stellte ihm die Frage, die ihm schon den ganzen Morgen unter den Nägeln brannte: »Sollten wir vielleicht mal darüber reden, was das gestern für eine schräge Nummer von dir war?«

»Gern. Können wir machen.« Smolskis schnarrender Ton ließ keinen Zweifel, dass er bereits mit dieser Konfrontation gerechnet hatte. »Ich bringe das mal rasch auf den Punkt, wenn's dir recht ist. Ich habe mich gestern richtig mies verhalten. Daran besteht kein Zweifel, und es tut mir auch aufrichtig leid. So etwas wird nicht wieder vorkommen. Zu den konkreten Gründen für meinen kleinen Durchdreher möchte ich mich aber lieber nicht äußern. Sagen wir einfach, das berührt meine intimste Privatsphäre. Kannst du damit leben?«

»Entschuldigung akzeptiert.« Möhrs ließ die Kupplung kommen. Er steuerte den Wagen auf einen kleinen Mitarbeiterparkplatz gleich links vom Tor hinter dem mit Stacheldraht gekrönten Zaun. »Es hat mich einfach nur völlig unvorbereitet erwischt. Zum Glück hatten wir aus Schäfer wohl schon alles Verwertbare rausgeholt, als dir so die Gäule durchgegangen sind.« Er stellte den Motor ab. »Hör mal, wir sind alle nur Menschen. Schwamm drüber. Und wenn ich mich bei Gelegenheit mal so aufführe, stößt du mir am besten auch gleich Bescheid, ja?«

»Du siehst mir nicht wie der cholerische Typ aus.«

»Und eigentlich bin ich auch nicht der nervöse Typ, aber heute ist eine Ausnahme.«

Smolski grinste. »Schiss, unsere Wette zu verlieren? Macht dir der Chef Druck?«

Möhrs lehnte den Nacken an die Kopfstütze. »Knapp daneben ist auch vorbei. Ich treffe heute Abend zum ersten Mal Aysels Vater.«

»Uh.« Smolski machte ein Gesicht, als hätte er sich den Finger geklemmt. »Der Papi, dem du sein kleines Mädchen wegnimmst. Das ist immer heikel. Ein echter Tanz auf dem Vulkan.«

»Vielen Dank für die aufmunternden Worte«, knurrte Möhrs und stieg aus.

Die umzäunte Anlage, die in etwa so groß wie ein Fußballfeld war, hinterließ einen recht harmlosen Eindruck bei ihm: Es gab den Bohrturm, zu zwei Etagen gestapelte graue Bürocontainer, wie man sie auch auf jeder Großbaustelle sehen konnte, und einige in knalligem Gelb gestrichene Flachbauten aus Wellblech, deren genaue Funktion sich ihm vom Hinsehen nicht erschloss. Eine Reihe blauer Dixiklos direkt daneben aber verriet zuverlässig, dass man sich nicht gerade durch die Kulisse eines Science-Fiction-Films bewegte. Für eingefleischte Frackinggegner war das hier so etwas wie ein Tempel der rücksichtslosen Profitgier, errichtet von grauen Eminenzen in schattenhaften Großkonzernen – Verbrechern in Nadelstreifen, die bereit waren, notfalls über Tausende von Leichen zu gehen.

Es waren zwei Dinge, die Möhrs dennoch ins Grübeln brachten, ob an der Skepsis der Frackinggegner vielleicht nicht doch etwas dran war: Zum einen war auf einem hohen Mast hinter dem Rolltor eine schwenkbare Überwachungskamera montiert. Zum anderen war der Zaun, der das Gelände umschloss, von Stacheldraht gekrönt, was alles andere als eine vertrauensbildende Wirkung hatte. Man hätte meinen können, die Betreiber der Anlage hätten etwas daraus gelernt, dass auch AKWs nicht wie die sichersten Orte der Welt wirkten, gerade weil man sie mit

Natodraht gegen unliebsame Besucher absicherte – wie Möhrs erst vor einigen Wochen beim Besuch eines solchen Kraftwerks mit eigenen Augen gesehen hatte.

Ein grobschlächtiger Mann mit fast bis auf die Kopfhaut geschorenem Haar kam auf ihren Wagen zu. Er humpelte leicht, wie wenn er sich erst vor Kurzem den Knöchel verstaucht oder ein Band angerissen hätte. Rein vom Gewicht her konnte er locker mit Möhrs mithalten, doch er hatte wesentlich weniger Fett am Leib. Zudem war sein dunkler Anzug unverkennbar von jener hohen Qualität, wie Möhrs ihn am besten auch bei dem Treffen mit Aysels Vater tragen sollte.

»Möhrs und Smolski von der Kripo!«, rief er dem Mann zu. Dieser Brocken arbeitete hier unter Garantie weder als Bürokraft noch als Techniker. Er sah eher wie die Art Schläger aus, die einen im Ernstfall ganz ohne Hilfe irgendwelcher Werkzeuge bequem zu Tode prügeln konnte. »Ich hatte uns bei Herrn Wickede angemeldet.«

»Ich weiß«, sagte der Mann freundlich. »Wenn Sie mir bitte folgen würden.«

Wenige Minuten später saßen Smolski und Möhrs in einem Bürocontainer am Schreibtisch des Anlagenleiters und tranken einigermaßen passablen Kaffee aus einer Padmaschine. Torsten Wickede war einer jener Männer, denen mit Mitte vierzig das Haar bereits bis auf einen Kranz von Ohr zu Ohr ausgegangen war. Immerhin war der Ingenieur nicht auf die peinliche Idee gekommen, seine Halbglatze mit abstrusen Überkämmversuchen kaschieren zu wollen. Nach dem ersten Austausch allgemeiner Höflichkeiten stieg Möhrs ins eigentliche Gespräch ein. »Ist es normal, dass in so einer Anlage Menschen arbeiten wie der nette Herr, der uns zu Ihnen geführt hat?«

»Normal nicht.« Wickedes Augen funkelten einen Wimpernschlag lang, als störte er sich an der Frage. »Aber bei einem Projekt wie diesem kommen Sie um Sicherheitspersonal nicht herum. Sie glauben ja gar nicht, was für anonyme Zuschriften unser Unternehmen so erhalten hat, nachdem öffentlich gemacht wurde, dass wir uns hier in der Gegend engagieren.«

»Ist das dann nicht eher eine Angelegenheit für unsere Kollegen?«, erkundigte sich Smolski.

»Wir melden das selbstverständlich alles«, sagte Wickede. »Nur die Ermittlungsergebnisse sind bisher noch … optimierbar.« Er verschränkte die Arme vor der Brust. »Doch Sie sind bestimmt nicht deswegen hier, nehme ich an.«

»Höchstens indirekt.« Möhrs zückte Stift und Notizbuch aus seinem Jackett. »Gab es denn schon Vorfälle, bei denen sich die Anwesenheit dieses Sicherheitspersonals ausgezahlt hat?«

»Hören Sie bitte zu: Ich habe viel zu tun und keine Zeit für irgendwelche ausgeklügelten Befragungsstrategien, die Sie sich zurechtgelegt haben.« Wickedes Tonfall verlor nichts von seiner professionellen Höflichkeit. »Ich hätte vielleicht doch besser der Anweisung folgen und Sie an unsere Anwälte verweisen sollen. Wir sind ja nicht blöd. Im unmittelbaren Umfeld der Anlage wird die Leiche eines Mannes gefunden, für den Fracking ein rotes Tuch war. Da liegt es natürlich nahe, dass man von Ihrer Seite aus versucht, da eine Verbindung zu ziehen. Und ich hätte Sie auch wirklich weiter verwiesen, wenn ich nicht aus Tachin wäre und es unanständig fände, Ihnen nicht ins Gesicht zu sagen, dass ich Christian Grieß zumindest vom Sehen kannte. So wie hier jeder jeden mindestens vom Sehen kennt.«

»Hm.« Möhrs klappte sein Notizbuch auf und zu. Das war eine gewisse Überraschung.

Smolski hatte sie schneller überwunden. »Sie haben unsere Frage noch nicht beantwortet.«

Wickede blickte ihn schweigend an und klickte zwei, drei Male mit einem Kugelschreiber. »Nein, wir hatten noch keine dramatischen Vorfälle mit Frackinggegnern hier«, sagte er dann in einem einzigen langen Seufzer. »Einmal haben sich zwei Frauen ans Tor gekettet, und ein Bauer hat uns damit gedroht, Gülle vor dem Tor auszukippen. Beides ließ sich regeln, ohne dass wir Ihre Kollegen verständigen mussten. Es hat seine Vorteile für die Anlage, dass ich mit der Gegend und der Mentalität der Leute hier vertraut bin.« Plötzlich erhob er sich halb aus seinem Drehstuhl, beugte sich über den Schreibtisch und zeigte an Möhrs vorbei aus dem Fenster. »*Das* war unser bisher dramatischster Vorfall.«

Möhrs drehte sich um. Allem Anschein nach meinte Wickede einen Abschnitt des Zauns, der sichtlich lädiert war. Mehrere Pfosten wirkten, als hätte man sie nur notdürftig wieder aufgerichtet. Der Maschendraht zwischen ihnen wies an mehreren Stellen sowohl Knicke als auch merkwürdige Ausbuchtungen auf.

»Das haben wir diesen verdammten Stürmen zu verdanken.« Wickede ließ sich in seinen Stuhl zurückfallen. »Wir können von Glück reden, dass der Turm nicht beschädigt wurde. Nicht auszudenken, wenn …« Er brachte seinen Gedanken nicht zu Ende. »Jedenfalls bedauere ich es sehr, was Grieß da zugestoßen ist. Aber wir haben in der Regel wirklich Besseres zu tun, als unser Sicherheitspersonal auf jeden Frackinggegner zu hetzen, der sich zufällig in der Nähe der Anlage herumtreibt.«

Wickede verstummte, doch Möhrs und Smolski besaßen beide genug Intuition, um zu spüren, dass er gleich noch etwas nachschieben würde.

»Dieser verfluchte Idiot«, sagte der Ingenieur schließlich mit gesenkter Stimme. »Warum musste er sich auch ausgerechnet nachts auf dem alten Gut herumtreiben? Jeder weiß, dass das nicht gut endet. Jeder weiß, dass dieser Wald …«

»Dass dieser Wald …?«, drängte ihn Smolski sanft.

Wickede wich seinem Blick aus. »Hören Sie, ich habe ein stark von den Naturwissenschaften geprägtes Weltbild, ja? Aber es gibt Dinge, die lassen sich nicht so einfach erklären. Und wenn Sie hier in Tachin zehn Leute auf diesen Wald ansprechen, werden Sie von mindestens fünf davon zu hören bekommen, dass dieser Wald ein … nun, sagen wir mal … dass er ein besonderer Ort ist, an dem manchmal ungewöhnliche Dinge vor sich gehen.«

Möhrs fühlte sich an sein erstes Gespräch mit Bürgermeister Schäfer unmittelbar nach dem Leichenfund erinnert und sah sein Gegenüber eindringlich an.

»Ich will Ihnen mal eine kleine Geschichte erzählen, die mir persönlich passiert ist«, fuhr Wickede fort.

»Nur zu«, ermunterte ihn Smolski.

»Als ich ein Teenager war – dreizehn, vierzehn –, da gab es unter den meisten Cliquen in meinem Alter hier in Tachin eine Art Mutprobe.« Wickede wurde mit jedem Wort ein wenig sicherer in der Schilderung von Ereignissen, die ihn offensichtlich bis heute umtrieben. »Man konnte sie nur im Sommer ablegen, ungefähr um diese Zeit wie jetzt. Im Grunde war sie völlig albern, wie die meisten Mutproben nun mal albern sind: Man musste nachts ins Haupthaus von Haus Halbersgrund pinkeln und danach eine der Blumen aus dem Gewächshaus mitbringen. Als Beweis, dass man auch wirklich dort gewesen ist.«

Ein Lächeln huschte ihm über die Lippen.

»Wie gesagt: völlig albern. Eines Nachts trieben wir uns auf dem Abenteuerspielplatz herum. Fünf, sechs Jungs und Mädchen, und mit ›rumtreiben‹ meine ich selbstverständlich, dass irgendwer Bier und Zigaretten besorgt hatte. Möglicherweise sogar Till. Till war mein Cousin und der Älteste von uns. Fünfzehn. In meinen Augen ein richtiger Mann. Nur, dass Nicole ihn plötzlich damit aufgezogen hat, dass er ja noch gar nicht in das Haus des Bluthannes gepinkelt hätte. Am Anfang hat er noch versucht, einfach zu überhören, wie sie ihn damit aufzieht.«

Er schüttelte sanft den Kopf.

»Aber sie hat nicht damit aufgehört und ich glaube, er stand auch ein wenig auf sie. Also sagt er dann irgendwann: ›Okay, ich mach's.‹ Nimmt sich ein Bier und geht mit brennender Kippe im Mundwinkel los. Total cool. Wir anderen johlen und klatschen.«

Verhalten deutete er den Jubel aus der Vergangenheit an.

»Nach einer Weile hatten wir vor lauter Bier fast vergessen, dass er überhaupt losgegangen war. Und dann stand er wieder da, im Schein des Lagerfeuers, das wir in der großen Sandgrube gemacht hatten. Er sagt nichts, keinen Mucks, er steht einfach nur da. ›Und? Wo ist meine Blume, die ich mir ins Haar stecken kann?‹, fragt Nicole. Alle lachen, aber er sagt immer noch nichts und rührt sich auch nicht von der Stelle. Bis einem von uns auffällt, dass was nicht stimmt.«

Er stockte.

»Ich wünschte, ich könnte sagen, mir wäre als Erstem aufgefallen, dass er völlig neben der Spur ist, aber das wäre gelogen. Als wir ihn schließlich alle anstarren wie die Blöden, fängt er an zu reden. Ich schwöre bei allem, was mir heilig ist, er hörte sich an wie jemand, der aus dem Krieg heimkommt. Er sagte, er wäre schnurstracks zum Gut spaziert und dann ins Haupthaus hinein. Gleich in der Eingangshalle macht er den Hosenstall auf und pinkelt hin. Es wäre ihm auch gar nicht schwergefallen, wegen des ganzen Biers, das er drin hatte. Er pinkelt also, dann geht er raus und will rüber zum Gewächshaus. Wegen der Blume. Und dann sieht er ihn.«

Wickede machte eine lange Pause.

»Einen Mann. Ganz in Schwarz. Wie ein lebendiger Schatten. Er kniet im Gewächshaus. Mit dem Rücken zu ihm. Das Einzige, was Till noch erkennen kann, ist, dass der Mann einen Kranz aus weißen Blüten auf dem Kopf trägt. Erst will er noch lachen, doch dann hört er, was der Mann sagt. ›Es musste sein. Ihr musstet alle sterben.‹ Er kniet da und redet mit dem Boden, als wäre dort unten wer, der ihm zuhören könnte. ›Ihr seid nicht allein. Ihr werdet nie allein sein. Das verspreche ich.‹ Und dann dreht er sich um, schaut Till ins Gesicht und wispert ganz leise, damit man es gerade noch versteht: ›Du siehst jetzt besser zu, dass du Land gewinnst, Till Lüders, denn sonst bist du der Nächste, den ich holen muss.‹ Da ist Till natürlich losgerannt.«

Er senkte den Blick.

»Wir sind alle nach Hause. Schweigend. Aber richtig zügig, das will ich Ihnen sagen. Und vielleicht hätten wir das Ganze wieder vergessen oder als gruselige Geschichte abgetan. Aber eine Woche später war Till tot. Mit dem Mofa so unglücklich gegen einen Baum geprallt, dass er sich den Hals gebrochen hat. Die Frau, die ihn fand, meinte, er hätte etwas Merkwürdiges vorne in der Tasche seiner Jeansweste gehabt. Einen Kranz aus ineinander verflochtenen weißen Blumen.«

Bedrückende Stille legte sich über das Innere des Bürocontainers, die erst von einem Räuspern von Möhrs unterbrochen wurde. »Wollen Sie damit sagen, dass –«

»Alles, was ich damit sagen will, ist, dass jeder in Tachin weiß, dass es gefährlich ist, sich nachts auf dem Gut aufzuhalten. Dass immer wieder Leute von dort nicht zurückkommen. Christian Grieß war nicht der Erste, dem dort etwas zugestoßen ist.« Wickedes Blick wurde kalt. »Und er wird auch nicht der Letzte gewesen sein.«

In den Sommern des Schwarzen Manns

Marko hatte genug davon, dass ihn alle einen Feigling nannten. Oder Angsthase. Oder Hosenscheißer. Oder Bettnässer.

Das würde sich bald ändern. Morgen schon. Er würde es ihnen allen zeigen. Nach heute Nacht konnte kein Zweifel mehr daran bestehen, dass er der Mutigste von ihnen war. Ungefähr so mutig wie Evel Knievel, wenn er mit seinem Motorrad über eine Schlucht sprang. Nur, dass Marko dafür weder ein Motorrad noch eine Schlucht brauchte. Ihm genügten ein unheimliches altes Haus im Wald, eine Taschenlampe und eine Polaroidkamera.

Was er vorhatte, würde den anderen die Sprache verschlagen. Dessen war er sich sicher. Es war ja auch gar nicht fair, dass sie ihn so hänselten. Immerhin war er ja mit Bastian und Dirk in das Haus hineingegangen. Er hatte nur einfach nicht pinkeln können, wie es die Regeln der Mutprobe verlangten. Das hatte rein gar nichts mit der traurigen Geschichte von vor ein paar Jahren zu tun. Damals, als ein Junge nur eine Woche nach seiner Mutprobe mit dem Mofa gegen einen Baum gefahren und gestorben war.

Marko hatte keine Angst vor dem Bluthannes gehabt. Er hatte einfach nur nicht pinkeln können, weil er sich damit schwertat, wenn er es vor anderen Leuten tun sollte. Das war nicht ausgedacht. Als er mal mit seinem Vater in Hamburg im Volksparkstadion auf einem Spiel zwischen dem HSV und Bayern München gewesen war, hatte er während der Halbzeit auf Toilette gehen wollen. Seine Blase war richtig voll gewesen – die Folge eines heißen Tages und drei Halbliterbechern Fanta. Die vielen pieselnden Männer an der Rinne des Urinals hatten ihn dann aber so sehr gehemmt, dass er fast zehn Minuten dagestanden hatte, mit offener Hose und seinem Pimmel in der Hand, ohne dass etwas passiert wäre. Erst als das Männerklo sich nach und nach leerte, weil die zweite Halbzeit angepfiffen wurde, legte sich seine Hemmung Stück für Stück. Er hatte tatsächlich warten müssen, bis er ganz allein war. Es ging einfach nicht, wenn noch jemand dabei war.

Daher war er auch an der Mutprobe gescheitert. Daher hatte er sich jetzt auch die Polaroid seines Vaters »geliehen« – eigentlich war es ihm streng verboten, sie ohne Aufsicht zu benutzen. Daher hatte er die Kamera und seine Taschenlampe in seinen Rucksack gesteckt und sich aus dem Haus gestohlen.

Und nun stand er vor dem alten Anwesen. Die Tür war einladend weit offen, und an den Bäuchen der Wolken am Himmel leckte noch das letzte Licht des lauen Sommerabends. Hier gab es nichts, wovor man sich hätte fürchten müssen. Im Gegenteil. Das Haus sah nicht wirklich bedrohlich aus. Eher ein bisschen … traurig.

Marko holte seine Taschenlampe aus dem Rucksack und schaltete sie an. Sein Plan war gefasst. Pfeifend schritt er über die Schwelle ins Haus hinein. Laub raschelte unter seinen Sandalen. Er bekam eine Gänsehaut, als er an die vielen Spinnen dachte, die hier mit Sicherheit umherwuselten.

Marko suchte die Stelle an der kahlen Wand, wo er letzten Monat so kläglich versagt hatte. Er schnupperte. Es roch in der ganzen Eingangshalle ein wenig scharf. Er war ein Idiot. Er hätte nie Sandalen anziehen dürfen. Der Gedanke, dass hier womöglich das komplette Laub voller Pisse war, war noch ekliger als der an die Spinnen.

Rasch legte er die Taschenlampe so auf den Boden, dass sie die Wand beleuchtete, wo er seine Schmach gleich ausmerzen würde. Der Schattenwurf des Laubs und des Drecks am Boden zauberte schroffe Grate auf den bröckelnden Putz.

Marko nahm breitbeinig Aufstellung, machte seinen Hosenstall auf und wollte ans Werk gehen. Mist! Warum tat sich denn da nichts? Er hatte extra noch eine ganze Flasche Wasser getrunken, ehe er aufgebrochen war. Er drückte und keuchte. Nichts. »Komm schon, komm schon«, feuerte er sich selbst an. Was war nur los? Das war ja fast so, als würde ihm jemand zuschauen. Er schloss die Augen. »Bitte, bitte, bitte.«

Er jubelte, als sein Strahl prasselnd auf die Wand traf. Es war nicht gerade das längste Wasserlassen der Welt, das er da ablieferte. Für die Zwecke der Mutprobe war es allemal genug.

Jetzt war der Moment für das Foto gekommen. Er hoffte, dass das Licht der Taschenlampe ausreichte, damit man den Fleck an der Wand auf der Aufnahme auch gut sehen konnte. Er stellte sich dicht vor die Wand und hatte den Finger schon auf dem Auslöser. Dann fiel ihm etwas ein: So hätte es eine Wand in jedem x-beliebigen alten Haus sein können. Er musste versuchen, noch mehr von der Eingangshalle zu fotografieren. Sonst glaubten ihm die Doofköppe am Ende nicht und behaupteten, er würde sie nur austricksen wollen.

Seufzend machte Marko ein paar große Schritte. So. Das war besser. Er drückte den Auslöser. Die Kamera klackte. Das Foto schob sich aus dem Ausgabeschlitz. Marko hielt es vorsichtig am weißen Rand und bückte sich nach der Taschenlampe, um besser beobachten zu können, wie sich aus den Schemen nach und nach ein klares Bild entwickelte. Er widerstand dem Drang, das Bild zu schütteln. Manche Leute sagten, dann würde es schneller fertig. Das war laut seinem Vater aber Blödsinn. Und was Fotografieren anging, glaubte Marko seinem Vater. Fußballergebnisse sagte er meistens falsch voraus, aber mit Kameras kannte er sich aus. Also hielt er die Hand still.

Nach einigen Minuten, die ihm ungefähr so lange vorkamen wie eine komplette Stunde Reli in der Schule, war auf der Aufnahme etwas zu erkennen. Hurra! Der Fleck war nicht zu übersehen, und es war auch ausreichend vom Rest des Raums eingefangen, damit seine Freunde nicht sagen konnten, dass – Hä? Marko stutzte. Da, ganz am Rand des Bildes. Dieser lang gezogene Schatten, der oben in einem helleren Kreis endete. Das sah fast aus wie ein bleicher Mann in schwarzen Klamotten.

Es raschelte neben Marko, doch er war zu erschrocken, um sich nach dem Geräusch umzudrehen. Er war vielmehr wie gelähmt, als wäre er in einem Panzer aus gerade getrocknetem Lehm gefangen. »Und?«, fragte eine sanfte Stimme. »Bin ich gut getroffen?«

Bestürzt spürte Marko, wie es ihm heiß und nass das Bein hinunterlief, obwohl er nicht allein war.

28

Dass sein Chef aussah wie eine besonders missmutige Bulldogge, kannte Lukas Möhrs gar nicht anders. Dass Otto Barswick inzwischen jedoch mehr und mehr wie eine *alte* missmutige Bulldogge aussah, fiel ihm heute zum ersten Mal in aller Klarheit auf: Barswick hatte tiefe Ringe unter den Augen, seine Unterlider waren rot und geschwollen und seine komplette Gesichtshaut von kleinen und großen braunen und grauen Stellen überzogen. »Setz dich!«, blaffte Barswick. »Das klang ja vorhin so, als ob die Welt untergeht, wenn du mich nicht schleunigst sprechen kannst. Also: Wo drückt der Schuh? Ist es der Neue?«

Möhrs schloss die Bürotür hinter sich und nahm gegenüber von seinem Chef Platz, dessen Schreibtisch angesichts der anstehenden Pensionierung leerer und leerer wurde: Derzeit gab es noch einen Kaffeebecher mit der Aufschrift ›Bester Opa der Welt‹, ein gerahmtes Bild seiner Frau von vor dreißig Jahren, ein Mousepad mit HSV-Logo sowie einen Polizisten in voller Demo-Kampfmontur als Konnekt-Figur.

»Nein, es geht nicht um Smolski.« Möhrs schluckte trocken. Es blieb nur noch so wenig Zeit, bis Barswick ihn auf jenen Posten hieven wollte, den er selbst derzeit noch bekleidete: Leiter dieser Fachdienststelle. »Mit Smolski komme ich schon klar.«

»Wo hast du ihn denn gelassen?«

»Ich habe ihn mit Borowski zu *Frieda's Frittenbude* geschickt. Da ist heute Backfisch All-you-can-eat.«

»Lecker. Aber nichts mehr für mich.« Barswick klopfte sich auf den Wohlstandsbauch, der sich unter seinem Karohemd von Camp David spannte. »Zu viel Fett. Das vertrage ich nicht mehr. Wie macht er sich ansonsten?«

»Der Fisch?«

»Der Neue.«

»Ach so.« Möhrs zupfte sich am Ohrläppchen. »Ach, eigentlich ganz gut.«

»Eigentlich? Das ist die Cousine von Nett, und die ist die kleine Schwester von Scheiße.«

Möhrs hob beschwichtigend die Hände. »Nein, um Gottes willen. Das will ich nicht gesagt haben. Er ist mir vielleicht manchmal ein bisschen zu geleckt. Mit seinem albernen Bärtchen. Ab und zu tut er mir für meinen Geschmack auch ein bisschen zu oberschlau. Und gestern ist er bei einer Befragung ausgetickt und entschuldigte sich danach mit den Worten, der Grund dafür wäre privat.«

»Das hört sich für mich tatsächlich alles nicht so wild an.« Barswick stützte sein Doppelkinn in die Hände. »Und um ganz ehrlich zu sein: Als du hier angefangen hast, gab es auch genügend Leute, die dachten, sie würden nie richtig mit dir klarkommen. Mich eingeschlossen übrigens. Du wolltest immer alles nach Vorschrift machen und konntest einfach nie fünfe gerade sein lassen. Und trotzdem konnte dir nichts schnell genug gehen. Das war eine etwas unglückliche Kombination.«

»Ich weiß. Ich habe mich aufgeführt wie ein Idiot, weil ich es allen recht machen wollte.«

»Exakt. Und ich erwarte, dass du Smolski ebenfalls erst einmal Zeit lässt, hier richtig anzukommen, ehe du irgendwelche vorschnellen Urteile über ihn fällst.« Barswick lehnte sich wieder in seinem Chefsessel zurück. »Aber du meintest ja eben, er wäre nicht der Grund für unser Gespräch. Was denn sonst? Der Tote aus dem Wald?«

»Indirekt. Ich glaube, da sind wir auf einem ganz guten Weg.« Aysels WhatsApp-Nachricht hatte er noch in der Frackinganlage erhalten. *Schau mal, was ich gefunden habe. Könnte das von Grieß sein. Das geht sofort an die Techniker.* Angehängt war ein Bild von einem matschverschmierten Handy auf einer weißen Motorhaube. »Wir haben eine neue Spur, die uns helfen könnte, zweifelsfrei zu klären, was in dieser Nacht wirklich vorgefallen ist.« Oder sie hatten nur ein Handy, das jemand völlig anderem gehörte – und sei es nur einem ihrer Kollegen, der es bei der Durchsuchung verloren hatte. Oder es gehörte tatsächlich Grieß, enthielt aber nichts weiter Aufschlussreiches. »Ich komme gerade vom Leiter der Frackinganlage. Er stammt aus Tachin, und er hat uns ein Schauermärchen erzählt und behauptet, jeder aus dem Ort wüsste, dass in diesem Wald regelmäßig Leute umkommen. Er erwähnte auch irgendwelche verschwundenen Kinder. Bevor ich mich selbst durch die Archive wühle, wollte ich dich fragen, ob du dich da an irgendetwas in der Art erinnern kannst. Du hast ja normalerweise ein elefantöses Gedächtnis, wenn es um solche Dinge geht.«

Barswick neigte sich mit verkniffener Miene leicht zur Seite, um an Möhrs vorbeizuspähen, als müsste er sich dringend vergewissern, dass die Tür auch ja geschlossen war. Er richtete sich wieder auf und musterte Möhrs mit bohrendem Blick. »Also gut. Aber ich erzähle dir das nur, weil ich nicht mehr lange hier bin und du darüber Bescheid wissen solltest, falls es irgendwie doch was mit dem Tod von diesem Grieß zu tun hat.« Er räusperte sich kräftig. »Alles, was du jetzt gleich hörst, habe ich von meinem Vorgänger. Er hat es mir mal nach einem Schützenball anvertraut, als er hackenstramm war. Zuerst habe ich nicht viel darauf gegeben, aber dann habe ich mal in einer ruhigen Stunde aus purer Langeweile ein paar der Details überprüft. Und siehe da: Nichts davon war ausgedacht.«

Möhrs spürte ein tiefes Unbehagen in sich aufsteigen. »Musst du es so spannend machen?«

»O ja, o ja.« Barswick nickte. »Was stimmt, ist, dass es in Tachin schon lange Legenden darüber gibt, das etwas aus dem Wald einen kranken Hunger auf Kinder hat. Und es stimmt auch, dass in den siebziger Jahren gleich eine ganze Handvoll Kinder aus Tachin verschwunden ist.« Er taxierte Möhrs weiter mit einem unergründlichen Blick. »Der damalige Chef der Polizeidirektion Ratzeburg höchstpersönlich hatte die Hand drauf, und er sorgte dafür, dass die Kinder offiziell als Ausreißer geführt wurden. Da man nie irgendwelche Leichen oder auch nur Kleidungsstücke oder sonst irgendeine Spur von ihnen gefunden hat, war das in gewisser Weise ja auch keine echte Lüge. Nur eine eigenwillige Interpretation der Umstände, um den Ruf der Gegend nicht zu ruinieren. Der Schwager des Polizeidirektors saß im Landtag und war in diversen Ausschüssen für regionale Förderhilfen. Hauptsächlich im Bereich Tourismus, was angesichts der Tatsache, dass es sich hier um Zonenrandgebiet handelte, nicht leicht war. Eine Mordserie an Kindern hätte bestimmt nicht dazu beigetragen, dass die Leute aus der Stadt hier Ferien auf dem Bauernhof machen wollen.«

»Eine Vertuschungsaktion?«

»So hätte das damals vermutlich keiner der Beteiligten genannt«, sagte Barswick ruhig. »Du musst dir vor Augen halten, dass es damals kein Internet gab, keine grässlichen Boulevardmagazine im Fernsehen, keine allerorten grassierende Hysterie und keine blinde Panikmache. Wahrscheinlich macht man sich weniger Sorgen um hypothetische Bedrohungen, wenn die eines möglichen Atomkriegs zwischen zwei Supermächten ziemlich real ist.«

»Und alle in der Dienststelle haben mitgezogen? Ich weiß, dass damals vieles noch etwas straffer organisiert war, aber so straff, dass keiner ausgeschert ist?«

»Einer schon.« Barswick gab einen Laut von sich, der halb Grollen, halb Lachen war. »Ein Kerl namens Reimers. Gerd Reimers. Frisch im Dienst bei der Kripo und nach allem, was ich über ihn gehört habe und was zugegebenermaßen aus eher voreingenommenen Quellen stammt, eine echte Nervensäge. Wenn er sich in etwas verbissen hatte, ließ er nicht mehr locker. Und in diesen Fall mit den Kindern hat er sich verbissen. In gewisser Weise ehrt ihn das sogar. Als man ihm überdeutlich machte, dass die offiziellen Ermittlungen endgültig auf Eis zu legen waren, setzte er sie auf eigene Faust in seiner Freizeit fort. Bis zu einer Nacht in einem Sommer in den Endsiebzigern, in dem eine fiese Grippewelle in der Region dafür sorgte, dass gefühlt jeder Dritte hier mit Fieber und verschleimten Atemwegen unterwegs war.«

»Reimers wurde von der Grippe erwischt?«

»Ja und nein. Er steckte sich an, aber er starb nicht daran.« Barswick zuckte die Achseln. »Wenn dem so gewesen wäre, würden wir dieses Gespräch wahrscheinlich nicht führen. Reimers stattete Haus Halbersgrund einen nächtlichen Besuch ab. Vollständig im Fieberwahn, wie sich später herausstellen sollte. Es wurde nie geklärt, was genau er dort getrieben hat. Jedenfalls wankte er plötzlich um drei Uhr morgens die Hauptstraße in Tachin hinunter. Blutüberströmt, mit Schnittwunden an den Händen und an den Unterarmen. Er erzählte etwas von schwarzen Männern, die ihn angegriffen hätten. So weit, so gut. Psychisch und physisch angeknackster junger Bulle beschäftigt sich zu intensiv mit einem seiner ersten Fälle und knallt richtig durch. Nichts wirklich Ungewöhnliches, hm?«

Möhrs rutschte unruhig auf seinem Stuhl hin und her. Die Erwähnung schwarzer Männer gefiel ihm gar nicht. »Aber die Pointe kommt noch, oder?«

»Gleich zwei davon.« In Barswicks Stimme schwang inzwischen ein fernes Amüsement mit, wie wenn alte Männer mit Schlägereien aus ihrer Jugend prahlten. »Erstens stellte sich im Nachgang heraus, dass Reimers besonderes Engagement in diesem Fall zumindest in Teilen einen sehr banalen Grund hatte: Er hatte eine Affäre mit der Mutter eines verschwundenen Jungen. Als das rauskam, war der Vater verständlicherweise nur wenig begeistert und reichte prompt die Scheidung ein. Reimers hatte gegen eine der obersten Regeln anständiger Kripoarbeit verstoßen: Im Dienst bleibt das dicke Kaliber gefälligst in der Hose.«

»Und zweitens?«

»Und zweitens …« Sämtliche Belustigung verschwand aus

Barswicks Tonfall. »Zweitens wurde genau zu dem Zeitpunkt, da man Reimers in seinem desolaten Zustand aufgriff, ein Brand gemeldet. Reimers' Wohnung brannte völlig aus, und mit ihr alle Unterlagen zu seinen privaten Ermittlungen im Fall der verschwundenen Kinder. Eine Zeugin – eine Nachbarin, die damals schon weit über neunzig war – hat eine sehr interessante Aussage gemacht. Weißt du, was sie gesehen hat?«

Draußen musste sich gerade eine düstere Wolke vor die Sonne schieben, so rasch wurde ein Großteil des Lichts im Raum verschluckt. »Nein. Was hat diese Frau gesehen?«

»Einen Mann, der sich rasch vom Ort des Brandes entfernte.« Barswick beugte sich ein Stückchen vor und flüsterte: »Einen Mann ganz in Schwarz.«

29

Eines hatte Katja schon früh in ihrer Karriere gelernt: Recherchen konnten etwas sehr Frustrierendes sein. Ihre Nachforschungen im Anschluss an das Gespräch mit Dietmar hatten in dieser Hinsicht jedoch eine ganz eigene Qualität.

Zuerst beschäftigte sich Katja mit der Jacke, die eine unbekannte Person nachts in die alte Mühle geschmuggelt hatte. Bei näherer Betrachtung handelte es sich offenbar um ein Kleidungsstück, das nie getragen worden war. Die Jacke roch nirgendwo nach Schweiß, Deo, Waschmittel oder Weichspüler. Sie hatte keine leicht abgewetzten Stellen an den Ellenbogen. Die Bündchen waren straff und wiesen keinen einzigen losen Faden auf. Am Reißverschluss sah jeder einzelne Zahn absolut fabrikneu aus. Der oder die Unbekannte hatte die Jacke wohl eigens nur zu dem Zweck gekauft, sie Katja auf diese höchst unkonventionelle Weise zukommen zu lassen.

Was sie anschließend auf ihrem Laptop im Internet über als vermisst gemeldete Kinder herausfand, hob ihre Stimmung auch nicht gerade. Jährlich wurden in Deutschland etwa einhunderttausend Kinder und Jugendliche als vermisst gemeldet. Über neunundneunzig Prozent tauchten zwar binnen kürzester Zeit wieder auf. Das hieß jedoch, dass knapp tausend von ihnen das eben nicht taten. Jeden Tag verschwanden drei Kinder oder Jugendliche aus ihrer gewohnten Umgebung und blieben danach längerfristig unauffindbar. Den Löwenanteil machten dabei tatsächlich Ausreißer aus. Der Rest war eine verschwindend geringe Minderheit. Je nach Quelle wurde sie mit gerade einmal einem oder zwei von hundert Vermissten angegeben.

Ausgehend von diesen Zahlen beschloss Katja, auch noch die Zeit zu berücksichtigen, in der Tachin von seiner Schwemme an solchen Fällen heimgesucht worden war. Rasch stellte sich heraus, wie sehr all die Leute danebenlagen, die hartnäckig behaupteten, früher wäre alles besser gewesen. Dass in den siebziger Jahren in deutschen Metropolen wie Hamburg und Berlin Straßenkinder lebten – vielfach suchtkrank und sich regelmäßig prostituierend –, passte vermutlich nicht zur schönen Geschichte von der Bundesrepublik als gesellschaftliches Erfolgsmodell. Hier konnte es doch angeblich jeder zu etwas bringen, wenn er denn nur wollte. Selbst das 1978 vom *Stern* veröffentlichte *Wir Kinder vom Bahnhof Zoo* hatte anscheinend nur an der Oberfläche gekratzt. Es gab zu jener Zeit genügend Kinder, die zwar nicht auf der Straße, aber dafür bei Pädosexuellen lebten. Bei Nachfragen seitens Nachbarn, Behörden oder Fremder gaben sich diese einfach als Verwandte ihrer »Schützlinge« aus. So bitter diese Erkenntnis sein mochte: Auch und gerade in den Siebzigern war es allem Anschein nach keine epochale Seltenheit, dass ein Minderjähriger von zu Hause ausriss und am Ende auf der Straße landete. Womöglich war der Wald von Tachin doch einfach nur ein ganz gewöhnlicher Wald. Die Kinder, die angeblich darin verschwunden waren, hatten nur die Dummheit begangen, davonzulaufen. Aus Langeweile, aus einem Gefühl der Unterdrückung oder sogar auch aus echter Bedrängnis heraus. Einfach fort, irgendwo in die nächste große Stadt, wo sie dann in die Fänge zwielichtiger Typen geraten waren.

Katja empfand es als gewisse Erleichterung, als Dagmar sie von unten zum Essen rief. Die Geschwister Jung waren nicht allein: Katja wurde erst von Heinrich begrüßt, der freundlich kläffte, und dann mit einem kräftigen Handschlag von Jörn Krämer.

Dagmar hatte kaum das Essen aufgetan – Kürbissuppe, mit Schmand, Balsamico und gerösteten Kürbiskernen verfeinert –, da echauffierte sich der alte Lehrer auch schon heftig. »Dagmar war so freundlich, mir alles zu erzählen. Was für eine dreiste

Unverschämtheit! Ihnen so nachzustellen, das entbehrt doch sämtlichen Anstands. So etwas gehört sich einfach nicht. Wenn man so jemanden auf frischer Tat ertappt, muss man sofort zu den richtigen Maßnahmen greifen. Das hat es zu meiner Zeit noch nicht gegeben. Da konnte man sich als Frau in den eigenen vier Wänden noch sicher fühlen.«

»Ich bin hier ja nur zu Gast«, versuchte Katja die Situation mit einem kleinen Scherz aufzulockern.

»Noch schlimmer.« Krämer rührte missmutig in seinem Teller herum. »Noch schlimmer.«

Dietmar nahm sich ein Stück Weißbrot und tunkte es in seine Suppe. »Hast du denn schon eine Ahnung, wie lange du noch bleiben möchtest?«

»Am Samstag müsste ich definitiv erst mal nach Hamburg zurück. Da feiert meine Mutter ihren Sechzigsten. Wenn ich bei einem ihrer runden Geburtstage fehle, kann ich mir das für den Rest ihres Lebens anhören.«

Dagmar, die Schöpfkelle tief in den großen Topf in der Mitte des Tischs getaucht, sah sie betroffen an. »Aber du kommst danach doch wieder, oder? Wegen deiner Nachforschungen.«

»Vermutlich schon. Es wäre natürlich besser, wenn es noch eine konkrete Spur gäbe, der ich nachgehen könnte.«

»Was genau meinst du damit?«

»Zum Beispiel noch einen Namen einer der Familien, die damals betroffen waren.«

Krämer blickte von seiner Suppe auf. »Ich bin mir nicht sicher, ob das allen Leuten so recht ist, wenn hier ständig alte Wunden aufgerissen werden.«

»Da hat Jörn nicht ganz unrecht«, pflichtete ihm Dietmar bei. »Ich weiß, diese Sache ist dir wichtig, Dagmar, aber darüber sollte man die Gebote der Höflichkeit nicht vergessen.«

»Das lasst mal am besten meine Sorge sein«, sagte Dagmar und schaute Katja herausfordernd an. »Du brauchst einen Namen? Du sollst einen Namen haben.«

30

Katja begriff nun endgültig, dass Dagmar Jung einer einfachen Devise folgte: Frechheit siegt. Anders ließ sich nicht erklären, wie sie sich hatte überreden lassen können, Dagmar zu ihrem nächsten Gespräch mit einem der Opfer der Vermisstenwelle aus den siebziger Jahren mitzunehmen. Da es schon so weit gekommen war, hatte sie sich auch nicht mehr dagegen gewehrt, als Jörn Krämer angekündigt hatte, ein paar Schritte mit ihnen zu gehen.

Die eigentliche Überraschung auf diesem kurzen Spaziergang stand ihr aber erst noch bevor: Auf dem Parkplatz des *Alten Bauern* – des ersten und einzigen Gasthauses in ganz Tachin – stand ein Jaguar, den Katja überall auf der Welt wiedererkannt hätte. Farbe und Modell hätten Zufall sein können, das Kennzeichen jedoch nicht: *HH-BB 175*. BB. Bernd Bauer. Und der 17.5. war laut Bernds Angaben das Datum, an dem Bernd seinen großen Lottogewinn gemacht hatte. Aber was in drei Teufels Namen hatte Bernd in Tachin verloren? Und warum hatte er ihr bei einem seiner Anrufe nicht erzählt, dass er hierherkommen würde?

»Entschuldigt mich bitte einen kleinen Augenblick.« Sie ließ ihre beiden Begleiter nebst Hund einfach stehen und ging entschlossen auf die Eingangstür des Gasthauses zu. »Ich bin in fünf Minuten wieder da, ja?«

Im erstaunlich modern eingerichteten und offenbar erst vor Kurzem renovierten Schankraum suchte Katja unter den Gästen nach Bernds vertrautem Gesicht – nur um ein anderes zu erspähen, das ihr ebenfalls bestens bekannt war.

Sie trat an den Tisch in einer Nische neben dem Tresen heran. »Hallo, Evelyn.«

Evelyn von Borstel blickte verdutzt von ihrem Essen – Scholle mit Kartoffelsalat – auf. »Katja?« Sie war wie immer perfekt gekleidet, diesmal offenbar nach dem Motto »Safari aus dem reichen West-Hamburg in die Kolonien im Osten der Metropole«: Haarband und weites Oberteil mit Zebramuster, ein schwarzer Wildlederrock, braune und gelbe Holzreifen um die Handgelenke. »Jetzt wird mir so einiges klar«, seufzte sie. »Dieser verlogene Hund.«

»Wo ist er denn abgeblieben?«, erkundigte sich Katja nach Bernds Verbleib.

»Er ist dort, wo der Kaiser zu Fuß hingeht.« Evelyn deutete auf einen Stuhl. »Magst du dich nicht setzen?«

»Ich bin auf dem Sprung. Ich habe nur das Auto draußen stehen sehen. Seid ihr schon lange hier?«

»Seit gestern Morgen.« Evelyn machte mit ihrem Tonfall keinen Hehl daraus, dass es ihr offenbar schon viel, viel zu lange vorkam. Dann wurde ihre Stimme mit einem Mal sehr ernst. »Verrat mir bitte eines, Schatz: Was genau ist los mit ihm? Er benimmt sich ausgesprochen merkwürdig.« Sie beugte sich in ihrem Stuhl ein Stück nach vorn, als wollte sie sich versichern, dass Bernd nicht ausgerechnet jetzt zurückkehrte. »Schon seit … seit er weiß, dass du dieses Waldstück geerbt hast.«

»Stimmt. Am Telefon war er auch schon ziemlich merkwürdig.«

»Mäuschen, du machst dir kein Bild.« Evelyn schüttelte sich ein wenig. »Erst habe ich mich ja noch gefreut, dass er mich auf einen Kurzurlaub einlädt. Auch wenn ich es natürlich komisch fand, dass ihm das erst einfällt, nachdem er etwas über die Frackinganlage hier und deren Eröffnung auf seinem Handy gegoogelt hat. Und ja, ich habe das nachgeschaut, als er schon auf dem Sofa eingenickt war, aber ich habe mir eben Sorgen gemacht, verstehst du?«

Katja nickte. »Er hat sich über die Frackinganlage hier informiert?«

»Wir sind sogar als Allererstes dort vorbeigefahren«, präzisierte Evelyn. »Er hat Fotos davon gemacht, bis das Rolltor aufgegangen und so ein Schlägertyp rausgekommen ist. Der wollte ihm verbieten, weiter zu knipsen. Aber dem hat er's gegeben: Als er ins Auto greifen wollte, um sich die Kamera zu schnappen, hat Bernd die Scheibe hochfahren lassen und ihm den Arm eingeklemmt. Danach ist er tatsächlich losgefahren und hat den Riesenkerl ein kleines Stück mitgeschleift. Er hat ihm gesagt, er soll seinem Chef einen schönen Gruß von ihm ausrichten, ehe wir mit Vollgas die Flucht angetreten haben. Das fand ich sogar noch ... abenteuerlich. Aber inzwischen ...«

Katja runzelte die Stirn. »Das klingt für mich ganz und gar nicht nach Bernd. Das ist eigentlich nicht sein Ding, sich auf solche Auseinandersetzungen einzulassen.«

»Ich weiß, ich weiß. Ich sagte ja: Er verhält sich merkwürdig.« Sie nahm einen raschen Schluck aus ihrem Weißweinglas. »Als Nächstes hat er mich auf einen halb verfallenen Abenteuerspielplatz mitten im Wald verschleppt. Einen *Abenteuerspielplatz*. Unfassbar. Und es kommt noch besser: Er ist auf das morsche Dach von einem Rutschenhäuschen gekraxelt und wäre fast eingebrochen. Seine Schuhe sind jedenfalls hinüber. Seine hübschen Semi-Brogues in Chamois, weißt du?«

»Warum ist er da hochgeklettert?«

»Angeblich, weil er von da oben Panoramaaufnahmen vom Wald machen wollte. So ein Blödsinn. Als ob er sich je für Bäume interessiert hätte, geschweige denn gleich einen ganzen Wald.« Sie ächzte schwer. »Und vor dem Essen waren wir auch noch beim Bürgermeister dieser reizenden kleinen Gemeinde. Die beiden haben sich eine geschlagene Stunde über Autos, Investmentmöglichkeiten, die Zukunft dieses Dorfes und den Hauptsponsor dieser Anlage im Wald unterhalten. Ich habe mich zu Tode gelangweilt. Obwohl ...«

»Was?«

»Immer wenn es um diesen Geldgeber ging, wurde Bernd richtig nervös. Er hat versucht, es sich nicht anmerken zu lassen, aber dafür kenne ich ihn zu gut. Wenn ich es nicht besser wüsste, hätte ich gesagt, ihm wäre ein wenig unwohl bei diesem Thema.« Sie schaute Katja fest in die Augen. »Hältst du es für möglich, dass … na ja … dass er womöglich in das Alter gekommen ist, wo ihm die Verdrahtung im Hirn ein wenig durcheinandergerät?«

»Das wollen wir nun mal nicht hoffen.« Katja legte Evelyn kurz die Hand auf die Schulter. »Ich glaube eher, er macht sich aus irgendwelchen Gründen Sorgen um mich.«

»Aber warum? Ich sage ihm seit Jahren, dass du alt genug bist, um deine eigenen Entscheidungen zu treffen. Manchmal habe ich den Eindruck, ich könnte genauso gut mit der nächstbesten Wand reden.«

»Stur war er schon immer. Ich kenne ihn gar nicht anders.«

»Wo du recht hast …« Evelyn winkte geziert ab.

»Katja?«, hallte Dagmars Stimme durch den Schankraum. »Brauchst du noch lange?«

»Ich muss los.« Katja beugte sich rasch nach vorn und hauchte Evelyn einen Kuss auf die erstklassig geliftete Wange. »Sei schön tapfer, ja? Und grüß ihn von mir. Und sag ihm, dass er sich keine Sorgen um mich zu machen braucht.«

»Dein Wort in Gottes Gehör«, seufzte Evelyn. »Dein Wort in Gottes Gehör.«

31

Das wahre Ausmaß von Dagmars Unerschrockenheit offenbarte sich Katja erst, als sie am Haus der Familie Quandt ankamen. Dort spritzte in der Einfahrt ein älterer Herr in Jeans und Kurzarmhemd mit einem Schlauch Berge von Schaum von einem metallicblauen VW Touran.

Dagmar ging schnurstracks zum Wasserhahn an der Garageneinfahrt und drehte ihn zu. Als der Autowäscher bemerkte, dass das Wasser versiegte, rief sie: »Moin, Hans. Wir müssen reden. Über die Sache mit Bettina damals.«

»Und das ist der Augenblick, in dem ich mich empfehle«, raunte Jörn Krämer Katja mit störrisch vorgeschobenem Unterkiefer zu. »Und im Grunde würde ich Ihnen ja das Gleiche raten, wenn Dagmar Sie nicht so fest in ihren Klauen hätte.«

Katja war zu gebannt von den weiteren Vorgängen zwischen Hans Quandt und Dagmar, um Krämer etwas zu erwidern.

Quandts kantiges Gesicht hatte binnen Sekundenbruchteilen die Farbe eines Feuerwehrautos angenommen. »Stell sofort das Wasser wieder an, du Miststück.«

Dagmar ließ die Hand am Hahn, drehte ihn aber nicht auf. »Erst, wenn du mir versprichst, dass du mit uns redest.«

Quandt warf einen Blick zur Eingangstür seines Hauses, eine extrem geräumig wirkende, reetgedeckte Kate. »Nur, wenn du mir versprichst, Karin damit in Ruhe zu lassen.«

»Versprochen. Karin lassen wir in Ruhe.«

»Gut.«

Das Wasser floss wieder. Quandt begann, den restlichen Schaum von seinem Wagen zu spülen.

»Das ist Katja«, stellte Dagmar sie dann dem überrumpelten Mann vor. »Sie ist Journalistin, und sie will herausfinden, was aus den Kindern von damals geworden ist.«

»Jakobs.« Katja schob die Hände in die Gesäßtaschen ihrer Jeans, damit Quandt nicht auch noch irgendwelche Verrenkungen mit dem Schlauch anstellen musste, um ihr die Hand zu schütteln. Das Gespräch hatte schon mit genug Peinlichkeiten begonnen. »Danke, dass Sie mit uns sprechen.«

»Auch wenn ich nicht weiß, was es da überhaupt zu besprechen gibt.« Quandt säuberte die vordere Stoßstange. »Dagmar hat doch sehr genaue Vorstellungen, wo Bettina ist, und ich habe meine. Das war damals so, und das ist bis heute so geblieben.«

»Damals?«

»Bettina und ich waren Freundinnen«, sagte Dagmar mit einem Hauch von Trauer in der Stimme. »Gut, sie war ein paar Jahre jünger als ich, aber wir haben immer über alles geredet. Sie hat sich oft Rat bei mir geholt, wenn sie Probleme hatte. Deshalb kann ich ja auch nicht glauben, wie Hans hier sich ihr Verschwinden erklärt.«

Quandt hatte den sprudelnden Schlauch beiseitegelegt, um mit einem feinen Lappen über die Scheinwerfer zu wischen. »Meine Tochter ist von zu Hause weggelaufen und nie wieder zurückgekommen.« Es war eine nüchterne Feststellung ohne Reue oder Schmerz. »Ich sage das nicht gern, aber es gibt nichts, was ich daran ändern könnte.«

»Sie klingen absolut überzeugt davon«, sagte Katja. »Darf ich fragen, woher diese feste Überzeugung kommt?«

»Dürfen Sie.« Erneut warf er einen raschen Blick zum Haus. »Meine Überzeugung kommt daher, dass ich für ihr Ausreißen verantwortlich bin.«

»Inwiefern?«

»Bevor sie verschwand, hatten wir eine Menge Ärger miteinander.« Er wischte so intensiv, als wollte er, dass die Scheinwerfer in Zukunft noch heller strahlten. »Die Pubertät. Verstehen Sie? Keine leichte Zeit für Eltern. Ich weiß, wovon ich rede. Ich habe noch zwei Kinder. Zu Bettina war in dieser Phase für mich kaum noch ein Durchkommen. Ständig wollte sie allein oder mit Freundinnen nach Hamburg fahren, weil irgendein Fuzzi aus der *Bravo* dort ein Konzert oder eine Autogrammstunde gab. Oder bis zwölf auf die Party von irgendeinem Jungen zwei Dörfer weiter, dessen Namen sie vorher noch nie erwähnt hatte. Oder sie bettelte um Geld für Kleider oder Schminksachen oder Schallplatten.«

Katja war erschüttert, mit welcher Ruhe Quandt erzählte. Als ob das alles nicht ihm, sondern einem Fremden zugestoßen wäre – und in gewisser Weise war dem ja auch so, denn Quandt war nicht mehr derselbe Mann wie vor vierzig Jahren. »Hat Bettina denn damit gedroht, dass sie weglaufen würde?«

»Mehr als einmal. Das wird Ihnen Dagmar sicher bestätigen können.«

»Das stimmt.« Dagmar nickte. »Sie hat mir gegenüber oft erwähnt, wie eingesperrt sie sich in Tachin vorkommt. Wie sehr es sie ärgert, dass sie nichts darf und ihr Vater ihr alles verbietet. Ich habe ihr dann immer geraten, sie müsste einfach nur Geduld haben und dass sie in ein paar Jahren ja selbst entscheiden könnte, wo sie gerne leben möchte. Sonst hat sie immer auf mich gehört.«

»Nur eben nicht dann, als es mal wirklich darauf ankam.« Quandt nahm den Schlauch wieder in die Hand und kümmerte sich um die hintere Stoßstange. »Aber es ist nicht so, dass ich Dagmar irgendeine Schuld geben würde, und das weiß sie auch. Das alles habe ich am Ende ganz allein mir selbst zuzuschreiben.« Er machte eine lange Pause. »Ich bin nicht stolz darauf, aber zwei oder drei Wochen vor ihrem Verschwinden ist mir die Hand ausgerutscht. Ich hatte ihr verboten, abends nach Lauenburg ins Kino zu gehen. Sie hätten hören sollen, was sie mir da alles an den Kopf warf. Sie hat sich völlig in Rage geredet. Sie wäre alt genug, um ihre eigenen Entscheidungen zu treffen. Ich sei doch nur ein blöder Spießer. Sie könnte sich gar nicht vorstellen, dass ich wirklich ihr Vater bin, sondern ihre Mutter müsse da wohl noch einen anderen gehabt haben. Da habe ich rotgesehen.«

Wieder einmal wurde Katja bewusst, wie viel Zeit seit den Vorgängen verstrichen war, die Quandt da schilderte. Was er getan hatte, wäre unter heutigen Voraussetzungen strafbar gewesen, doch damals hatte eine Ohrfeige noch zu den probaten Erziehungsmethoden bei störrischem Nachwuchs gezählt. »Sie konnten nicht wissen, was dann passiert.«

»Nein, und was hätte ich auch schon dagegen tun sollen?« Er hielt den Schlauch in einem schrägen Winkel, sodass das Wasser wie ein starker Regenschauer auf das Dach des Vans prasselte. »Hätte ich ihr etwa ausgerechnet für das Schützenfest Hausarrest erteilen sollen? Das hätte sie mir so oder so nicht verziehen.«

»Dann wäre sie erst recht ausgebüxt«, stimmte ihm Dagmar zu. »Sie war immer schon ein Wildfang.«

»Warum ist das mit dem Schützenfest wichtig?«

»Das ist einer der wenigen Tage im Jahr, in dem sich eine Menge Leute aus der ganzen Umgebung und teilweise auch von weiter weg hier in Tachin aufhalten.« Quandt zögerte. Er ging zum Hahn, drehte ihn zu und rollte den Schlauch zurück auf die Trommel. »Sie kann einfach bei jemandem ins Auto gestiegen sein, der sie weiß Gott wohin mitgenommen hat. Wahrscheinlich nach Hamburg. Das hat zumindest auch die Polizei vermutet.«

»Ich verstehe.« Katja beobachtete mit halbem Auge, wie sauber und rückstandslos das Wasser vom Lack des Tourans perlte. »Ich nehme stark an, Sie haben sich nicht sofort damit abgefunden, dass Ihre Tochter fort ist.«

»Natürlich nicht.« Quandt drehte das Wasser am Hahn noch einmal auf, um sich die Hände zu waschen. »Am Anfang sind Karin und ich jeden Abend kreuz und quer durch die Gegend gefahren und haben nach ihr gesucht. Sie können sich wahrscheinlich nicht vorstellen, wie oft wir ein Mädchen sahen, von dem wir dachten, es wäre sie. Irgendwann haben wir unsere Fahrten eingestellt. Es hatte keinen Sinn mehr. Bettina hatte ihre Entscheidung getroffen, und sie hatte sich eben gegen uns entschieden. Es war verdammt schwer, das zu akzeptieren.«

»Was wäre, falls sie doch noch zurückkäme?«

»Sie kommt nicht zurück«, antworteten Quandt und Dagmar wie aus einem Mund.

»Ich habe mich vor langer Zeit damit abgefunden«, fuhr Quandt fort. »Meiner Frau fällt das schwerer. Aber warum sollte sie jetzt noch zurückkommen? Nach so langer Zeit? Und was, wenn die Wiedersehensfreude verflogen wäre? Wenn uns bewusst werden würde, was wir alles verpasst haben? Nein, es ist besser, manche Träume sterben zu lassen, anstatt sie zwanghaft am Leben zu erhalten.«

»Hat sich Ihre Tochter in all der Zeit noch einmal bei Ihnen gemeldet?«

»Einmal«, bestätigte Quandt. »Mit einer Postkarte. Vier Jahre, nachdem sie von uns fortging. Aus Rom.«

Katja machte ein paar Schritte in den Schatten der Garage, weil die drückende Hitze langsam unerträglich wurde. »Was hat Sie Ihnen denn geschrieben?«

Quandt winkte müde ab, als hätte er gerade den Anfang eines sehr alten Witzes gehört. »Belanglosen Quatsch. Dass wir uns keine Sorgen machen sollten. Dass sie genug zu essen hätte und dass das Wetter gar nicht so schlecht wäre. Entweder sie hatte Drogen genommen oder sie wollte uns absichtlich quälen, als sie das geschrieben hat.«

»Das hast du mir nie erzählt«, beschwerte sich Dagmar. »Bist du sicher, dass die Karte von ihr ist?«

Quandt ignorierte sie. »Ohne diese Karte hätte ich mir vielleicht mehr Hoffnungen gemacht, dass sie zurückkommt und sich alles wieder einrenkt. Aber danach war mir klar, dass das Ding durch ist. Ich hatte noch zwei andere, um die ich mich kümmern musste. Drei, wenn man meine Frau mitzählt.«

»Haben Sie diese Karte noch?«

»Ganz ehrlich: Ich weiß es nicht.« Er entdeckte einen Fleck auf dem hinteren Nummernschild seines Wagens, befeuchtete den Daumen und machte sich daran, den Makel zu entfernen. »Ich wollte sie wegwerfen, aber es ist gut möglich, dass meine Frau sie behalten hat.«

»Könnten Sie bei Gelegenheit vielleicht einmal nachschauen und mir die Karte unter Umständen über Dagmar zukommen lassen?«

»Warum? Was wollen Sie damit?«

»Mich würde der genaue Wortlaut der Nachricht interessieren.« Katja wollte den Gedanken nicht zu Ende denken, was es bedeuten würde, wenn sie mit der Theorie, die sie eben für sich entwickelt hatte, richtiglag. »Mir würde auch eine Kopie reichen, wenn Sie mir das Original nicht anvertrauen wollen.«

»Ich werde sehen, was sich machen lässt«, sagte Quandt in jenem betont neutralen Tonfall, der Katja verriet, dass er ihr gerade eine Abfuhr erteilte. Ungeachtet dessen verabschiedete sie sich freundlich und machte sich mit Dagmar auf den Heimweg zur alten Mühle.

»Tja, das war wohl nichts«, seufzte Dagmar. »Dieser Bock ist so stur wie eh und je.«

»Da kannst du ja nichts dafür.«

»Ist auch völlig egal.« Sie hakte sich unvermittelt bei Katja ein. »Sag mal, hast du heute noch was vor?«

»Nein. Bis jetzt noch nicht.«

»Wie gut«, sagte Dagmar fröhlich. »Dann weiß ich schon, wo wir uns heute Abend zum Essen einladen.«

32

Lukas Möhrs befand sich in einer Situation, wie er sie bisher nur von Pornoseiten im Internet kannte: Eine schöne Frau drängte ihn in der Damentoilette eines edlen Restaurants in eine der Kabinen, verriegelte sie und begann an seinem Jackett zu zerren. »Los, jetzt mal runter mit dem Ding!«, flüsterte sie mit rauchiger Stimme.

Drei Dinge taten der erotischen Atmosphäre einen gewissen Abbruch: Erstens hatte besagte schöne Frau eine große Tüte von einem der führenden Herrenausstatter Lübecks auf dem Toilettendeckel abgestellt. Zweitens hatte Aysels Ziehen an seiner Oberbekleidung mehr von dem einer ungeduldigen Mutter beim Umgang mit ihrem störrischen Nachwuchs. Und drittens waren Toilettenkabinen bei einem Mann mit seinen Ausmaßen kein sonderlich geeigneter Ort, um *irgendwas* in Anwesenheit einer zweiten Person zu treiben.

»Ich schaffe das schon allein, danke«, entfuhr es ihm.

Als er sich endlich aus dem Jackett gequält hatte, hängte sie es an einen Haken an der Kabinenwand. »Jetzt die Hosen!«, schnarrte sie in einem Befehlston, der völlig unerwartet doch noch dafür sorgte, dass ihm das Blut im Körper abwärts wanderte.

Erst jetzt fiel Möhrs auf, wie sehr Aysel sich für dieses Treffen mit ihrem Vater in Schale geworfen hatte: Sie trug die Haare hochgesteckt, eine schlanke Silberkette, einen schwarzen Hosenanzug mit der schärfsten Bügelfalte der Welt und Perlenapplikationen am Revers sowie schmale Schuhe mit Pfennigabsätzen, die sie bestimmt eine volle Handbreit größer machten. Bis er endlich auch seine Hosen los war, hatte er in seinen Boxershorts ein kleines Zelt gebaut, über das sie großzügig hinwegsah.

Sie nahm die Hose mit spitzen Fingern entgegen. »Was ist denn da los? Was sind das für Haare? Hast du dich irgendwo auf dem Teppich gewälzt?«

»Nein, nein«, beteuerte Möhrs in gedämpftem Ton. »Das ist von dem Köter von Schäfer. Dem Bürgermeister, bei dem ich gestern mit Smolski war. Das Vieh haart wie der Teufel. Hatte ich das nicht erzählt?«

Sie schüttelte den Kopf und machte sich an der Tasche mit dem Logo des Herrenausstatters zu schaffen.

»Jedenfalls habe ich wirklich versucht, alles wegzubürsten«, flüsterte Möhrs. »Aber die Haare sind echt hartnäckig, und auf dem dunklen Stoff sieht man das Grau auch noch so gut.«

»Hier.« Sie drückte ihm ein Paar neue Hosen in Schwarz in die Hand. »Ich hoffe mal, die passen. Ich musste deine Größe schätzen.« Sie deutete zwischen seine Beine. »Und das würde ich an deiner Stelle lieber wieder einziehen, bevor ich den Reißverschluss zumache.«

»Du hast mir einen neuen Anzug gekauft!«

»Ja, eben gerade noch. Ich habe extra im Institut eine Stunde früher Schluss gemacht. Mir war doch klar, dass du das selbst nicht mehr hinkriegst.« Sie lächelte schief, während sie seinen Gürtel aus den Schlaufen seiner alten Hose zog. »Zum Glück habe ich Smolski erreicht. Der hat wenigstens die Jackengröße ausgespäht.«

»Smolski wusste davon?« Diese Nachricht half Möhrs dabei, dass die neue Hose, in die er inzwischen geschlüpft war, im Schritt nun nicht mehr spannte. »Dieser Hund! Warum hast du nicht einfach mich gefragt?«

»Weil du dich als verstockter Kavalier standhaft geweigert hättest, dir von mir einen Anzug kaufen zu lassen, weißt du?« Sie griff noch einmal in die Tüte. »Und jetzt noch das Jackett.«

»Keine Krawatte?«

»Wir wollen es mal nicht übertreiben. Wer gleich da draußen

auf uns warten muss, wenn du nicht ein bisschen Gas gibst, ist schließlich nur mein Vater und nicht der Kaiser von China oder so.«

»Oh, *jetzt* versuchst du, mir Mut zu machen.« Er streifte sich das Jackett über, das den typischen, trockenen Geruch von frisch gekaufter Kleidung verströmte. »Findest du das nicht ein bisschen spät? Und das Geld für den Anzug kriegst du übrigens zurück.«

Sie stopfte seine alten Sachen unzeremoniell in die leere Tüte. »Du trägst das. Wir stellen es gleich an der Garderobe ab«, ordnete sie an.

Aysel entriegelte die Kabinentür und sie traten hinaus. Möhrs hätte sein eigenes Spiegelbild, das ihm da über dem edlen Marmorwaschbecken entgegenblickte, fast nicht erkannt. Er hatte in seinem Leben noch keinen schickeren Anzug besessen. Wenn er noch eine Fliege getragen hätte, wäre er sich glatt vorgekommen wie James Bond im Smoking.

»Wir haben einen der Tische hinten, mit Blick auf die Trave.« Zum ersten Mal war eine Spur echter Aufregung in Aysels Stimme zu hören. »Wir sollten noch rasch klären, wie wir sitzen wollen. Nebeneinander? Gegenüber? Ich finde, wir –«

Er schloss ihr die Lippen mit einem langen, fordernden Kuss. Er wurde erst unterbrochen, als eine junge Frau mit einer weißen Schürze um die Hüften unbedarft die Tür öffnete.

»Oh, *perdono*!«, machte die Bedienung und klappte die Tür sofort wieder zu.

»So, jetzt reicht's«, legte Aysel fest. »Sonst ist mein Lippenstift endgültig ruiniert.« Sie richtete ihm noch rasch das Jackett. Dann sah sie ihm tief in die Augen und fragte: »Bereit?«

»Bereit«, antwortete Möhrs, und es war eine der dreisteren Lügen, die er sich in jüngster Zeit erlaubt hatte.

33

Katja wäre es im Leben nicht eingefallen, sich einfach selbst bei einer Tachiner Familie zum Abendessen einzuladen – geschweige denn einer, die vom Verlust eines Kindes betroffen war. Dagmar vollbrachte dieses Kunststück jedoch, ohne mit der Wimper zu zucken.

Sie klingelte mit Katja im Schlepptau um zehn vor sechs an der Tür der Gabillons. Das Ehepaar wohnte in einem Häuschen mit rot-weiß gestrichenen Fensterrahmen und von Efeu überwucherten Wänden. Im Garten stritten sich zwitschernde Vögel um die besten Plätze in den eigens für sie aufgestellten Bädern. Simone Gabillon – eine zupackende Mittsiebzigerin, die sich praktisch, aber modisch kleidete – bestritt den Großteil des anfänglichen Small Talks auf der Terrasse mit den hochwertigen Gartenmöbeln aus dunkelbraunem Rattan.

»Gabillon ist ein interessanter Name. Hat er französische Wurzeln?«

»Die Vorfahren meines Mannes waren Hugenotten, die vor über dreihundert Jahren vor der Verfolgung durch ihre Landsleute hierher geflüchtet sind.«

»Darf man fragen, was Sie beruflich machen?«

»Mein Mann war Manager in der Textilbranche, er ist inzwischen im Ruhestand. Ich habe Kunstgeschichte studiert und mich nach der Geburt meiner Kinder in der Gemeindearbeit engagiert.«

»Kommen Sie denn aus Tachin?«

»Achim ist hier geboren, ich stamme ursprünglich aus der Nähe von Hannover.«

So ging das eine kleine Weile, bis Simone Gabillon ihren Gästen um Punkt sechs einen Lammbraten mit Reis servierte, bei dessen Duft einem das Wasser im Munde zusammenlief. Dagmar nutzte diese Gelegenheit, um den Austausch von Floskeln für beendet zu erklären. »Du musst nicht um den heißen Brei herumreden, meine Liebe. Die beiden wissen ganz genau, warum wir hier sind. Und die Zeit drängt.«

»Was du nicht sagst, Dagmar.« Achim – ein feingliedriger distinguierter Herr mit welligem, silbergrauem Haar – sezierte mit zügigen Schnitten das Fleisch auf seinem Teller. »Die Zeit drängt also. Haben dir das deine Geister aus dem Wald verraten?«

Katja befürchtete eine plötzliche Eskalation der Lage, doch erneut hatte Dagmar eine Überraschung für sie parat. »Achim ist nicht gut auf mich zu sprechen«, stellte sie in entwaffnender Offenheit klar. »Weil wir unterschiedliche Ansichten darüber haben, was das Schicksal seiner Tochter angeht. Aber ansonsten hat er ein gutes Herz.«

Katja beschloss, die Sache nun einfach durchzuziehen. »Ich würde mich gerne mit Ihnen über das Verschwinden Ihrer Tochter unterhalten.«

»Nur zu«, sagte Simone. »Was möchten Sie wissen?«

Von dieser Auskunftsfreude fühlte sich Katja fast überrumpelt. »Also … warum erzählen Sie mir nicht für den Anfang, was damals passiert ist?«

»Heike war gerade vierzehn«, begann Simone. »Sie hatte aber schon eine sehr klare Vorstellung, was sie werden wollte. Biologin.«

»Botanikerin«, ergänzte Achim. »Um ganz genau zu sein, wollte sie sich auf heimische Gewächse spezialisieren.«

»Sie hatte ihr neues Bestimmungsbuch dabei, das sie von uns zur Konfirmation geschenkt bekommen hatte, als sie verschwand«, fuhr Simone fort. »Das war am 14. Juli 1977. Einem Donnerstag. Sie verließ unser Haus gegen halb vier. Sie sagte, sie wolle schauen gehen, ob sie nicht ein paar Pflanzen findet, die ihr bislang noch nicht untergekommen sind. Sie war zu diesem Zeitpunkt einen Meter sechzig groß und von ihrer Figur her noch sehr zierlich. Sie hatte langes blondes Haar, mit einem schwarzen Band zu einem Pferdeschwanz gebunden, und auffällige Sommersprossen um die Nase. Sie trug ein hellblau-gelb gestreiftes Langarmshirt, eine dunkelblaue Jeans der Marke Jinglers und feste Wanderschuhe in Braun und Schwarz von Salamander.«

»Zwei Zeugen – ein junges Ehepaar auf einem Spaziergang mit dem Kinderwagen – gaben an, sie kurz vor sechzehn Uhr gesehen zu haben, wie sie sich aus Tachin kommend dem Wald in Richtung von Haus Halbersgrund näherte«, ergriff Achim wieder das Wort. »Sie sind die letzten Menschen, die unsere Tochter gesehen haben.«

»Wir aßen gegen sechs zu Abend, wie jeden Tag«, setzte Simone diesen makabren, in zwei Stimmen vorgetragenen Monolog fort. »Als Heike gegen halb sieben noch nicht wieder zurück war, begannen wir, uns Sorgen zu machen. Wir telefonierten Freunde und Nachbarn ab. Ohne Erfolg. Um zwanzig Uhr beschlossen wir, die Polizei zu verständigen. Eine groß angelegte Suche noch in der Nacht und am darauffolgenden Tag unter Unterstützung durch Spürhunde wurde ergebnislos eingestellt.«

Der Vortrag der Gabillons dauerte noch fast eine geschlagene Stunde. Sie berichteten von den zahlreichen Maßnahmen, die sie ergriffen hatten, um zu klären, was aus ihrer Tochter geworden war. Sie hatten regelmäßig Bilder von Heike anfertigen lassen, wie sie zum jeweiligen Zeitpunkt ausgesehen haben könnte. Sie besuchten immer wieder die bekannten Treffpunkte von Straßenkindern in Hamburg und Berlin. Sie brachten regionale und überregionale Zeitungen dazu, gelegentlich in kleineren Artikeln über Heikes Verschwinden zu berichten. Fast vier Jahrzehnte lang.

Die Gabillons hatten die Hoffnung nie aufgegeben, ihre Tochter wiederzusehen. Für sie schien es nur eine Frage der Zeit zu sein – und der Intensität ihrer eigenen, unerschütterlichen

Bemühungen. Die Suche nach Heike war ganz offenkundig ihr Lebenszweck, der blutrote Faden ihres Daseins. »Jetzt kennen Sie unsere Geschichte ein bisschen«, schloss Simone die Ausführungen ab. »Jetzt können Sie sich ein klein wenig in uns hineindenken.«

»Vielen Dank für Ihr großes Vertrauen«, sagte Katja. »Sie können sich absolut sicher sein, dass ich es nicht enttäuschen werde.«

»Worum soll sich denn Ihr Artikel im Einzelnen drehen?«, wollte Achim wissen.

»Das steht für mich noch nicht endgültig fest.« Katja brachte es nicht übers Herz, den Gabillons zu gestehen, dass es unter Umständen gar keinen Artikel geben würde. Es sei denn, sie fand einen guten Aufhänger. Etwas Berichtenswertes. Obwohl … »Ich könnte mir vorstellen, dass es darum geht, wie viele Leute glauben, dass Straßenkinder ein relativ modernes Phänomen sind und dass es in erster Linie Kinder betrifft, die in Städten geboren sind.«

Simone, die Dagmar gerade aus einem hohen Glaskrug selbst gemachten Eistee nachschenkte, schaute Katja an. Sie hatte ein feines Lächeln auf den Lippen, wie man es eigentlich nur von Heiligenbildern kannte. »Dann halten Sie es auch für möglich, dass Heike noch am Leben ist? Ich meine, wenn der Artikel sich mit Straßenkindern befassen soll, dann müssen Sie ja der Auffassung sein, dass sie als Straßenkind gelebt hat.«

Katja erlaubte sich einen raschen Seitenblick zu Dagmar. Die war jedoch damit beschäftigt, mit ihrer Serviette an einem Soßenfleck auf ihrem bunten Rock herumzutupfen. »Ich halte es zumindest nicht für völlig ausgeschlossen. Aber woran könnte es denn Ihrer Meinung nach liegen, dass sie weggelaufen ist und sich nie wieder bei Ihnen gemeldet hat?«

»Na ja.« Simone strich sich eine Haarsträhne aus der Stirn, die sich aus ihrem strengen, aschblonden Zopf gelöst hatte. »Um den ersten Teil Ihrer Frage zu beantworten: So sehr man sich das als Mutter auch wünschen mag, kann man nie in den Kopf seines Kindes hineinschauen. Ich hatte in Heikes Alter auch einige Geheimnisse, bei denen ich lieber gestorben wäre, als sie meinen Eltern preiszugeben. Welchen Jungen ich süß fand. Mit wem ich mich in der Schule gestritten und den Kürzeren gezogen hatte. Dass ich darüber nachdachte, im nächsten Sommer einfach mein Sparbuch zu plündern und mit dem Zug nach Paris zu fahren, um mir die vielen schönen Gemälde anzuschauen, die ich nur aus Büchern kannte. Ich malte mir stundenlang aus, wie ich vor der Mona Lisa stehen und jeden Quadratmillimeter von ihr genauestens unter die Lupe nehmen würde.«

»Mir ging das früher nicht anders«, stützte Achim ihre Position. »Nur, dass ich dringend Goldschürfer in Alaska werden wollte, weil ich zu viel Jack London gelesen hatte. Das heißt nicht, dass wir in dieser Sache resigniert hätten. Meine Frau und ich sind relativ rasch auf den Gedanken gekommen, dass es sich lohnen könnte, mit ein paar jener Leute zu sprechen, mit denen Heike in der Schule viel Zeit verbracht hatte, um zu sehen, ob denen etwas an ihrem Verhalten aufgefallen war.«

»Mit ihren Klassenkameraden?«

»Nein.« Achim schüttelte den Kopf. »Natürlich haben wir uns auch mit denen intensiv auseinandergesetzt – so intensiv, wie das die Eltern zugelassen haben. Es gab die auffällige Tendenz seitens anderer Eltern, diese unangenehme Angelegenheit möglichst schnell zu vergessen. Nein, ich meine ihre Lehrer. Vor allem ihren Klassenlehrer, denn dem hätte ja auffallen müssen, wenn da etwas so Schwerwiegendes wie Mobbing vorgelegen hätte.« Er seufzte. »Aber es zeigte sich, dass es selbst dem guten Herrn Krämer ein Rätsel war, aus welchen Gründen unsere Heike hätte davonlaufen sollen.«

»Und der zweite Teil meiner Frage?«

Simones Lächeln wurde mutiger. »Heike hat sich bei uns gemeldet. Einmal. Im Frühjahr 1980.«

Katja hielt den Atem an, weil sie ahnte, was sie gleich hören würde.

»Sie hat uns eine Postkarte geschrieben.«

34

Den gesamten Rückweg vom Italiener zu Aysels Wohnung am Rand der Lübecker Altstadt, wo das Wasser der Trave ob der drückenden Hitze einen leicht fauligen Geruch verströmte, versuchte Lukas Möhrs, die Miene seiner Freundin zu deuten. War sie sauer auf ihn? Auf ihren Vater? Oder war sie einfach nur müde? Schließlich ging es auf Mitternacht zu. Möhrs wertete die späte Stunde insgeheim als kleinen Erfolg. Onur Özen hatte zumindest nicht vorzeitig schreiend das Weite gesucht, weil er fand, dass Lukas als Mann in Aysels Leben völlig untragbar war.

Nach der Ankunft in Aysels kleinem Apartment direkt unter dem Dach quälte Möhrs sich aus seinem neuen Jackett und verlangte eine Manöverkritik. »Und? Wie ist es deiner Meinung nach gelaufen?«

Aysel begann, den verstrichenen Abend mit derselben Präzision zu analysieren, mit der sie die Leichen behandelte, wenn sie bei ihr im Institut auf dem Metalltisch lagen. Sie fand einiges an Positivem. »Der Anzug steht dir ausgezeichnet.«

»Vielen Dank für die Blumen … und für den Anzug.« Möhrs bedeutete ihr, sich zu ihm aufs Sofa zu setzen und die Füße in seinen Schoß zu legen, damit er sie massieren konnte.

Sie gab seinem Drängen nach. »Was auch gut war, ist, dass du nicht darauf angesprungen bist, als er anfing, von Leuten zu erzählen, die von sich glauben, ihre Arbeit wäre wichtiger als die der anderen.«

»Damit hat er mich gemeint?« Möhrs war ehrlich überrascht und gleichzeitig erleichtert, dass seine gelegentliche Begriffsstutzigkeit im zwischenmenschlichen Bereich auch nützliche

Begleiterscheinungen aufwies. »Ich dachte, er hätte da nur so ganz allgemein gesprochen.«

»Nein, das war seine Profilneurose. Er hatte im Grunde Angst, dass du deinen Job wichtiger finden könntest als seinen. Und das wäre unerträglich für ihn gewesen. Am Ende hätte er dir vorgerechnet, wie viele Leben er schon gerettet hat, während du ja nur eingreifst, wenn es schon längst zu spät ist.«

»Ganz schön kindisch. Und ungerecht noch dazu. Sagt er so was öfter?«

»Ich habe das schon am eigenen Leib erfahren müssen, weißt du?« Aysel seufzte. »Ich habe dir ja erzählt, dass er findet, Rechtsmediziner wären keine echten Ärzte, weil sie niemanden heilen. Aber so ist er nun mal: Ein alter Esel wie er schreit so oft iah, wie er nur kann.« Sie wackelte genüsslich mit den Zehen. »Ich glaube auch, es war ein gutes Zeichen, dass er unbedingt die Rechnung übernehmen wollte.«

»Findest du?« Möhrs schob den Unterkiefer vor, bis ihm einfiel, dass das eine der schrägen Angewohnheiten seines Chefs war, über die sich ein Großteil seiner Untergebenen hinter seinem Rücken lustig machte. »Ich habe mich gefragt, ob er mir damit nicht durch die Blume sagen wollte, dass ich nicht genug verdiene, um in so einem Laden essen zu gehen.«

»Ach Quatsch! Er gibt gerne mit seinem Geld an, und bei Leuten, die er mag, kann er ausgesprochen großzügig sein.«

Dann kamen sie zu den Dingen, die Aysels Ansicht nach nicht gerade optimal gelaufen waren. »Ich hätte keine zweite Flasche Rotwein bestellen dürfen. Das sah aus, als würden wir regelmäßig so viel Alkohol trinken, und wie ich ihn kenne, geht er bestimmt davon aus, dass du mich dazu animierst.«

»Ich?« Der Vorwurf erschien Möhrs regelrecht grotesk. Er trank nur, wenn es sich nicht vermeiden ließ – also meistens dann, wenn seine Kollegen feuchtfröhlich feierten. »Ich habe den Wein doch überhaupt nur angerührt, weil ich dachte, das gehört sich so. Weil es unhöflich gewesen wäre, nichts zu trinken, wenn du was trinkst.«

»Mir brauchst du das nicht zu erklären.« Sie entzog ihm ihre Füße, setzte sich halb auf und versetzte ihm einen spielerischen Knuff gegen den Oberarm. »Aber du könntest mir mal erklären, warum du so mit dieser kleinen Kellnerin flirten musstest.«

»Was heißt denn flirten?« Möhrs spürte, wie seine Ohren zu glühen begannen. »Ich wollte nur nett sein. Immerhin hat sie doch gesehen, wie wir uns auf dem Damenklo geküsst haben. Ich dachte, wenn ich freundlich zu ihr bin, spricht sie uns nicht vor deinem Vater darauf an.«

»Das ergibt keinerlei Sinn. Und noch ein Tipp: ›Sie sprechen aber sehr gut Deutsch‹ hört niemand gern, der hier geboren und aufgewachsen ist.«

»Ich weiß, ich weiß.« Er legte den Kopf in den Nacken und wischte sich mit dem Handrücken den Schweiß von der Stirn. »Aber wenn ich nervös bin, liefere ich schon mal so eine bekloppte Nummer ab.«

»Bekloppte Nummer ist genau das richtige Stichwort.« Ein gefährliches Funkeln blitzte in ihren Augen. »Wie kommst du darauf, dass Religion ein geeignetes Thema für eine nette Plauderei beim Essen wäre? Es hat bloß noch gefehlt, dass du meinem Vater erzählst, dass du beschnitten bist und er sich zumindest deswegen keine Sorgen machen muss.«

»Ich dachte eben, ich zeige ihm ganz deutlich, dass es mir egal ist, woran Leute glauben, weil das ihre Privatsache ist.«

»Da erzählt man einem überzeugten Kemalisten und Humanisten wie meinem Vater aber nun wirklich nichts Neues.« Sie beugte sich vor und küsste ihn auf die Wange. »Was soll's? Du kennst ihn eben nicht. Dafür sind solche Treffen ja da.«

»Was für ein überflüssiger Tag!«, stöhnte Möhrs. »Der einzige Pluspunkt ist mein neuer, toller Anzug, in dem ich tatsächlich mal nicht aussehe wie ein Kartoffelsack mit Beinen. Oder kannst du mir vielleicht inzwischen bestätigen, dass Grieß Opfer eines Tötungsdelikts wurde? Das wär wenigstens was.«

»Leider nein.« Sie stand auf und fing an, sich ihres Hosenanzugs zu entledigen. »Wenn ich dieses Handy nicht gefunden hätte, wäre sogar der ganze Ausflug für die Katz gewesen, weißt du? Aber sag mal, was hast du denn eigentlich den ganzen Tag getrieben? Irgendwas muss doch dabei rumgekommen sein. Du hast hoffentlich nicht nur in deinem Büro herumgesessen und Nägel gekaut, weil du Schiss vor meinem Vater hattest, oder?« Sie zog sich das Bustier aus. »Ich springe eben noch mal unter die Dusche.«

»Okay«, sagte er gedehnt. Sie hatte ihn da unabsichtlich auf eine Idee gebracht. Er fuhr sich hastig mit der Hand in die Hosentasche. »Gute Idee.«

»Was wird das denn, wenn es fertig ist?«

»Was?«

»Das Rumgewühle an den Kronjuwelen.«

»Ich suche mein Smartphone. Ich wollte rasch noch einen Namen googeln.«

»Schade.«

Er stellte seine Suche vorübergehend ein. »Wieso schade?«

»Weil ich eben gesagt habe, dass ich noch unter die Dusche springe.« Sie zuckte die Schultern und perlte sich auch noch aus ihrem Slip. »Und ich habe gehofft, dass ich das nicht allein tun muss.«

Möhrs ließ sein Smartphone Smartphone sein. Google und der Mann, dem er damit nachspüren wollte, konnten gut noch eine Weile warten.

Aus den Erinnerungen des Einen und des Anderen

Sie lernten viel von Herrn Heydrich. Nicht nur über die Unterirdischen und die anderen alten Bewohner dieser Welt und der anderen Welt dahinter. Nicht nur darüber, wann und wie man diesen Kreaturen Opfer darbrachte, um sie zu besänftigen und ihnen Respekt zu zollen. Sie lernten von ihm auch, Recht von Unrecht zu unterscheiden und wie man jemanden angemessen bestrafte, wenn er etwas Böses tat.

Sie unterhielten sich in dieser Zeit oft darüber, wie sehr sie Herrn Heydrich mochten. Sie mochten ihn mehr als Vater. Der war ja kaum zu Hause, und wenn er zu Hause war, war er streng zu ihnen. Oder Mutter sagte immerzu, sie müssten leise sein und ganz brav, damit Vater sich nicht aufregte. Vater regte sich sehr schnell auf. Dann schrie er so laut, dass das Geschirr in den Schränken klirrte. Manchmal warf er auch einen seiner Schuhe nach ihnen.

Sie führten diese Unterhaltungen in ihrer eigenen Sprache. Sie sprachen sie schon, solange sie sich zurückerinnern konnten. Sie fanden sie fast schöner als die Sprache, die alle anderen miteinander sprachen. Wenn sie in ihrer eigenen Sprache sprachen, war es beinahe, als wären sie so dicht beieinander, dass sie sich eine Haut und eine Seele teilten. Das war das schönste Gefühl, das sie kannten. Bis sie Herrn Heydrich begegnet waren, hatten sie auch geglaubt, dass das wohl nie jemand verstehen würde.

Vater jedenfalls verstand es nicht. Er hasste es, wenn sie in ihrer Sprache miteinander sprachen. Wahrscheinlich weil er dann nicht wissen konnte, worüber sie sich austauschten.

Wahrscheinlich weil er befürchtete, sie könnten schlecht über ihn reden. Damit lag er nicht einmal falsch. Wenn er sie manches Mal verstanden hätte, wäre bestimmt ein echter Hagel aus Schuhen auf sie niedergegangen.

Über Herrn Heydrich redeten sie damals nie schlecht. Warum auch? Niemand redete schlecht über Herrn Heydrich. Das gehörte sich nicht. Gut, Mutter sagte immer, es würde sich auch nicht gehören, schlecht über den eigenen Vater zu sprechen. Doch das war etwas völlig anderes. Vater wusste ja auch nicht einmal halb so viel wie Herr Heydrich. Herr Heydrich war auch kein Maulheld, wie Vater einer war. Mutter sagte manchmal, Vater wäre ein Maulheld. Anfangs hatten sie sich darunter nicht wirklich etwas vorstellen können. Dank Karl May wussten sie, was ein Maultier war. Worum es sich bei einem Maulhelden handelte, mussten sie sich erst von Oma erklären lassen. Jedenfalls war Herr Heydrich ganz sicher keiner.

Das erfuhren sie spätestens, als der schlimme Mann im Dorf umging. Was den schlimmen Mann so schlimm machte, war, dass er Frauen und Mädchen nachstellte und dann böse Dinge mit ihnen tat. Sie hatten nur eine vage Vorstellung davon, was der schlimme Mann den Frauen und Mädchen genau antat. Das wollte ihnen nicht einmal Oma erklären. Sie trauten sich auch nicht, bei Herrn Heydrich weiter nachzufragen, der dazu nur sagte: »Was dieser Kerl treibt, ist eine Schande! Man vergreift sich nicht an Schwächeren. Schon gar nicht aus so niederen Trieben heraus! Die schwächsten Mitglieder unserer Gemeinschaft verdienen den größten Schutz!«

Sie hatten Herrn Heydrich selten so aufgebracht gesehen. Es war eine Wut, die ganz anders war als die, die sie von Vater kannten. Herr Heydrich knackte viel mit den Fingern und schaute zum Horizont, als wartete er darauf, dass dort etwas auftauchte, dessen Ankunft unmittelbar bevorstand.

Eines Abends, als Vater wieder einmal unterwegs war, stand Herr Heydrich dann bei ihnen in der Stube und fragte Mutter, ob sie etwas gegen einen weiteren Ausflug in den Wald hätte. Das hatte sie natürlich nicht. Herr Heydrich war nun einmal jemand, dem man keinen Wunsch ausschlagen konnte.

Sie freuten sich sehr darüber, dass Herr Heydrich sie holte. Sie dachten, es ginge darum, den Unterirdischen einmal mehr die Ehre zu erweisen. Doch diesmal hatte Herr Heydrich keinen Eimer dabei.

Auf dem Weg in den Wald erklärte Herr Heydrich ihnen noch einmal, dass die Unterirdischen und die anderen Wesen, die waren wie sie, es gerne sahen, wenn die Menschen Unrecht bestraften. »Viele unserer Gesetze gehen vom Ursprung her auf sie zurück«, sagte Herr Heydrich. »Sie sind um so vieles älter als wir und daher auch um so vieles weiser. Wir dürfen uns glücklich schätzen, dass sie uns an ihrer Weisheit teilhaben lassen. Sie haben verstanden, dass alle Welten aus den Fugen geraten, wenn man Missetäter schalten und walten lässt, wie es ihnen beliebt. Strafen halten die Welt im Gleichgewicht.«

»Könnten die Unterirdischen denn nicht auch die Missetäter unter uns selbst bestrafen?«, wollten sie wissen.

»Das könnten sie wohl«, antwortete Herr Heydrich. »Aber was wären wir für jämmerliche Kreaturen, wenn wir die Missgeburten unter uns nicht selbst mit Stumpf und Stiel ausrotten könnten?«

Er führte sie an einen Ort tief im dunklen Wald, wo die spärlichen Lichter des Dorfes nur noch eine ferne Erinnerung waren. Dorthin, wo der Wald den Schatten gehörte.

Der schlimme Mann stand aufrecht an einem Baum, mit einem dicken Knebel im Mund. Als er sie herannahen sah, stieß er verzweifelte, erstickte Grunzlaute aus und stemmte sich gegen den groben Strick, mit dem er an den Baum gefesselt war.

Herr Heydrich schenkte ihm keine Beachtung. Er zog seinen Mantel aus, knöpfte seine Manschetten auf und krempelte sich die Ärmel bis über die Ellenbogen hoch. Dann zog er das lange Messer, das er stets am Gürtel trug, und schritt entschlossen auf den schlimmen Mann zu.

»Passt gut auf!«, mahnte er sie, während er dem Gefesselten mit einer raschen Bewegung den Knebel aus dem Mund riss. »Jetzt lernt ihr, wie man mit denen umzugehen hat, die keinen Respekt vor Gesetz, Sitte und Anstand besitzen!«

Und sie passten gut auf, bis der schlimme Mann gerichtet und seine viehischen Schreie verstummt waren.

35

Der Wind fauchte durch die Wipfel des finsteren Waldes. Falk Ewert war dankbar für zwei Dinge. Erstens dafür, dass er sich an der nächsten Tankstelle einen Ersatz für seine defekte Stabtaschenlampe besorgt hatte. Und zweitens dafür, dass er sie in dieser Nacht ganz ohne Hemmungen einsetzen konnte. Die nächste menschliche Behausung war weit genug weg, als dass er Aufsehen erregt hätte.

Grundsätzlich machte es ihm nichts aus, sich an Orten zu bewegen, an die sich höchstens Penner und andere gescheiterte Existenzen verirrten – zumindest in der Stadt. Mit der richtigen Ausrüstung erhielt man von den erstaunlichsten Orten – leer stehenden Fabrikgebäuden, heruntergekommenen Plattenbauten, Gleisanlagen, überwucherten Grundstücken – tiefe Einblicke in so manches Wohnzimmer. Hier draußen im Nirgendwo war das anders. Wen hätte man von hier aus observieren wollen? Fuchs und Hase, wie sie sich »Komm, wir bringen uns um« sagten?

Wenigstens musste er sich im Moment nicht durchs Unterholz schlagen, um an sein Ziel zu gelangen. Ein Schotterweg, den sich die Vegetation noch nicht vollständig zurückerobert hatte, führte auf das Gelände. Danach wurde der Boden allerdings wieder so weich und uneben wie in der vergangenen Nacht. Ewert richtete den Strahl der Taschenlampe dicht vor seine Füße, um Fehltritte in Schlammpfützen zu vermeiden. Dieser Auftrag sollte ab jetzt so glatt wie nur irgend möglich laufen.

Vielleicht war er auch viel zu kritisch mit sich. Ehrlich gesagt hatte es problemlos geklappt, in die alte Mühle einzusteigen, um die Jacke zu deponieren. Eines der Fenster im Erdgeschoss war wegen der drückenden Hitze gekippt gewesen. Wenn man wusste, wie man es anzustellen hatte, war das fast so einladend wie eine offen stehende Tür. Er war keinem der Bewohner über den Weg gelaufen. Er hatte sogar der Versuchung widerstanden, nach dem Zimmer zu suchen, in dem die Jakobs schlief, um ein Video von ihr für seinen Privatgebrauch zu drehen. Er kannte Leute, die es langweilig fanden, untreuen Eheleuten hinterherzuspionieren, um belastende Fotos zu schießen, wie sie in flagranti ihre Sekretärin oder ihren Fitnesstrainer vögelten. Für Ewert hingegen waren das höchst anregende Aufträge. Man hätte fast von erotischen Abenteuern sprechen können, wenn er der Typ für Erotik gewesen wäre.

Er hatte auf den Abstecher zu Jakobs verzichtet, weil ihm letzte Nacht schon genug Missgeschicke unterlaufen waren. Nach seiner wenig ruhmreichen Begegnung mit dem Reh hatte er feststellen müssen, dass ihm die Jacke, die er hinterlegen sollte, in den Dreck gefallen war. Er hatte sie zwar notdürftig ausgeschüttelt, doch der größte Teil des Schlamms, der nun an ihr geklebt hatte, war durch diese hilflose Maßnahme nicht zu beseitigen gewesen. Ob es ein Problem war, dass er die Jacke wie sie war in der Mühle platziert hatte?

Bis zur jüngsten Nachricht Hanssens – eine SMS mit der knappen Anweisung *Bitte sofort zum Parkplatz neben der Bäckerei* – war Ewert seiner Zielperson kreuz und quer durch Tachin von einem sonderbaren Termin zum nächsten gefolgt. Sie war ganz schön viel unterwegs gewesen.

Er verlangsamte seine Schritte und spähte jenseits des Lichtkegels der Taschenlampe. Ein kleines Bauwerk schälte sich vor ihm aus der Dunkelheit. Er hatte sein Ziel erreicht. Er griff in die Innentasche seines Jacketts, um den Gegenstand hervorzuholen, den ihm der Handlanger Hanssens vorhin auf dem Bäckereiparkplatz ausgehändigt hatte. Zusammen mit den Anweisungen, wo er zu hinterlegen war, und einem schlichten Handy, dessen Zweck ihm der Mann aus dem schwarzen Wagen ebenfalls mitgeteilt hatte. Zum Glück war beides nicht schwer zu transportieren gewesen. Jetzt musste er es nur noch schaffen, nichts davon auf den letzten Metern in den Dreck fallen zu lassen.

Er trat in die Mitte der steinernen Gartenlaube oder was immer dieses Teil mit den Säulen und dem Kuppeldach sein sollte. Er leuchtete einem Reflex folgend die Wölbung aus und fühlte sich dabei ein wenig wie ein Tourist, der sich nachts in eine berühmte Kirche geschlichen hatte. Er zuckte zusammen. War das eine Teufelsfratze, die ihn von dort oben anstarrte? Nein, ein Hammelkopf, dessen Hörner ihn erschreckt hatten. Sehr merkwürdig, was sich manche Leute früher in den Garten gestellt hatten. Wenn er so viel Knete gehabt hätte wie der Erbauer dieser Anlage, hätte er sich auf jeden Fall einen fetten Pool gegönnt. Einen mit so einer Bar in der Mitte, wie es sie in den All-inclusive-Ferienclubs gab, in denen er am liebsten Urlaub machte. Die Weiber standen auf so was. Und außerdem –

Ein unheimliches Gefühl tastete sich auf leisen Sohlen in sein Bewusstsein vor. Unbehagen. Die dumpfe Ahnung, dass ihn jeden Augenblick etwas aus seinem Rücken anspringen konnte. Er drehte sich um. Das Licht der Taschenlampe tanzte über Bäume, hohes Gras und etwas, was wie verrostete Streben eines Baugerüsts aussah. Verdammt! Seit wann war er so ein Weichei geworden? Das war bestimmt wieder nur irgendein bescheuertes Vieh. So wie vergangene Nacht.

Er bückte sich und legte den Gegenstand einfach mitten in der Laube ab. Ein neuerliches Fauchen des Winds in den Baumkronen deutete an, dass das womöglich nicht die klügste aller Ideen war. Er seufzte erst und fluchte dann leise vor sich hin. Es musste etwas her, womit sich das Objekt ausreichend beschweren ließ, um nicht von einer Bö fortgeweht zu werden. Er fand einen abgebrochenen Ast, der sich hervorragend dazu eignete, und nickte zufrieden. Nun gab es nur noch eines zu tun.

Er knipste die Taschenlampe aus und beeilte sich, das Handy anzuschalten, das er von Hanssens Schergen bekommen hatte.

Selbst die winzige, bläuliche Lichtinsel war besser als die Finsternis des Waldes. Er tippte die Botschaft, die ihm aufgetragen worden war, und sendete sie an die einzige Nummer im Speicher des Geräts. Das Handy tat sich ein bisschen schwer mit der Verbindung. Nachdem er jedoch wie ein Idiot mit weit nach oben gereckter Hand durch die Gegend getapst war, wurde die Nachricht gesendet. Zum Glück hatte ihn keiner bei seinem Affentanz sehen können. Er schlug innerlich drei Kreuze, endlich verduften zu können. Er steckte das Handy weg, schaltete die Taschenlampe wieder an und machte sich auf den Rückweg. Es ärgerte ihn wirklich maßlos, dass er so schreckhaft gewesen war. Am Ende wurde er langsam zu alt für diesen ganzen Quatsch. Er zog sich daran hoch, sich vorzustellen, was für ein Gesicht diese Jakobs machen würde, wenn sie die SMS bekam. Und erst recht, wenn sie dann das kleine Geschenk für sich fand. Schade, dass er das nicht sehen konnte. Ob er sich vielleicht irgendwo in der Nähe auf die Lauer legen sollte, um sich das nicht entgehen zu lassen? Nein. Blödsinn. Er konnte nicht riskieren, dass sie ihn noch mal zu Gesicht bekam. Er wollte lieber nicht daran denken, welchen geschmacklosen Ring sich Hanssen wohl zulegen würde, wenn er das hier vermasselte. Noch dazu hatte er schlichtweg keinen Bock, sich hier im Wald sinnlos ein paar lange Stunden um die Ohren zu schlagen. Da konnte er genauso gut nachschauen, ob der Laden im Nachbarort mit dem klangvollen Namen *Bar Sonata* und dem Zusatz *Netter Treffpunkt* auf dem Schild das war, was er vermutete. Nutten gingen ja nun eigentlich nie früh schlafen, und eine schnelle Nummer würde ihn bestimmt auf andere Gedanken bringen.

Trotz seiner Taschenlampe stolperte er fast über eine in der Gegend liegende Steinfliese, weil er sich fragte, wie viel er in der *Bar Sonata* extra drauflegen musste, damit Französisch bis zum Schluss ohne Gummi lief. Er zischte genervt. Dann fiel ihm auf, dass um ihn herum völlige Stille herrschte. Selbst der Wind war abgeflaut. Da meldeten sich seine Instinkte wieder. »Lauf! Lauf, du Idiot! Lauf!«, drängten sie ihn.

Er biss die Zähne zusammen. Nein, er würde sich nicht noch mal von etwas einschüchtern lassen, was er am liebsten mit einer guten Soße aß. Nein, dieses Mal würde er die Oberhand behalten.

»Verpiss dich!« Er begann, sich mit der Lampe einmal um die eigene Achse zu drehen. »Verpiss dich, du Drecksvieh!« Der Lichtstrahl durchschnitt die Dunkelheit wie eine gleißende Klinge. »Oder muss ich dich abknallen?«

Das Licht fing etwas ein. Er nahm kaum mehr als einen schwarzen Schemen wahr. Dann war es, als würde das Licht in einem grellen Blitz zurückgeworfen. Er hörte einen trockenen Knall, wie ein scharfes Husten. Ein harter Druck in der Brust raubte ihm den Atem. Sein Hirn kam gerade noch dazu, einen Gedanken an seinen Revolver zu verschwenden, und seine Finger zuckten. Da schlug der nächste Blitz ein. Dann spielte es keine Rolle mehr, wie schnell er seine Waffe aus dem Achselholster ziehen konnte. Oder welches Gesicht Katja Jakobs machen würde, sobald sie die SMS erhielt. Oder ob er sich mit dem Schmutz auf der Jacke wirklich den Zorn seines Auftraggebers zugezogen hatte. Von nun an spielte für Falk Ewert nichts mehr eine Rolle.

In den Sommern des Schwarzen Manns

Trixi und Lulu hatten sich vor dem Nieselregen in einen Hauseingang zurückgezogen und teilten sich eine Zigarette, während sie auf den nächsten Mann warteten, der bereit war, für ihre Dienste zu bezahlen. Den letzten hatte Lulu weggeschickt – barsch, aber mit einem Zittern in der Stimme, das Trixi so von ihrer neuen Freundin noch nie gehört hatte.

»Was war los?« Trixi reichte die glimmende Kippe zurück an Lulu. »Der Kerl sah doch einigermaßen sauber aus.«

Lulu kniff die großen Rehaugen zusammen, als sie einen gierigen Zug nahm. »Mir hat nicht gefallen, wie er aussah.«

»Hm.« Trixi hatte Lulu bis jetzt eher so kennengelernt, dass sie richtig hart im Nehmen war – sie war das einzige Pferdchen aus Hannos Stall, das ihm die Stirn bot, obwohl Hanno mit Schlägen sehr schnell zur Hand war. Wie letzten Winter, als Lulu darauf bestanden hatte, dass endlich die Heizung in der Bude repariert wurde, die sie sich mit dem Rest der Mädchen teilte. »Was hat dir denn daran nicht gefallen, wie er aussah?«

»Das Haar.« Lulu gab die Zigarette zurück. »Und die Klamotten.«

Trixi schlang die Arme eng um sich, rieb sich die nackten Schultern und versuchte, sich den Mann in dem grünen Auto ins Gedächtnis zu rufen. »Der war schon echt richtig blond, ne? Fand ich jetzt aber nicht schlimm? Und was meintest du mit den Klamotten?«

Lulu schaute starr zu dem Anker, der über der Tür der Kiezkneipe auf der anderen Straßenseite hing. »Er hatte nur schwarze Sachen an.«

»Und?«

»Ich ...« Lulu zuckte die Achseln. »Ich kann das eben nicht leiden.«

Trixi drückte die Kippe auf der Sohle ihres Plateauschuhs aus. »Hat das was damit zu tun, was bei dir zu Hause los war? In Tachow?«

»Tachin.« Lulu kramte in ihrer Paillettenhandtasche. »Ja, kann man so sagen.«

»Hat dein Vater immer nur schwarze Sachen angehabt?«, fragte Trixi vorsichtig.

»Nö.« Ein Feuerzeug produzierte ein zaghaft flackerndes Flämmchen. »Der Kerl war schlimmer als mein Vater.«

»Aber hast du nicht gesagt, du wärst wegen deinem Vater aus Talchow fort?«

Lulu reichte ihr die neu angezündete Zigarette weiter. »Ja, schon.«

»Hä? Jetzt kapier ich gar nix mehr.«

Lulu schaute wieder starr auf den Anker. »Ich bin wegen meinem Vater aus Tachin fort. Aber der Mann in Schwarz ist der Grund, warum ich nie wieder dorthin zurückwill.«

Trixi lachte schrill auf. »Jetzt machst du mir Angst.«

»Du weißt nicht, was Angst ist«, murmelte Lulu. »Glaub mir, du hast keine Ahnung.«

»So?« Trixi blies mit voller Absicht einen Mundvoll Rauch in Lulus Richtung. »Was hat dieser Mann in Schwarz dir denn so Schlimmes getan?«

»Nichts.« Lulu drückte sich ein Stück tiefer in den Hauseingang hinein. »Mir hat er gar nichts getan. Aber Tanja.«

»Wer ist Tanja?«

»Das Mädchen, mit dem ich zusammen aus Tachin abhauen wollte.« Lulu nahm sich die Kippe von Trixi zurück. »Sie hatte das gleiche Problem mit ihrem Onkel, das ich mit meinem Vater hatte. Ihr hat auch keiner geglaubt. Also haben wir uns gesagt. ›Hauen wir eben nach Hamburg ab.‹«

»Daraus ist nix geworden?«

Lulu schüttelte den Kopf. »Wir hatten alles genau geplant, wollten mit dem Rad nach Büchen fahren.«

»Büchen?«

»Da war der nächste Bahnhof.« Lulu hielt Trixi die Kippe hin. Trixi winkte ab. »Unser Treffpunkt war auf einem Waldweg. Den wollten wir nehmen, damit uns weniger Leute sehen.« Lulu schnitt eine Grimasse. »Eine Scheißidee. Auf dem Weg dahin ist mir ein paarmal die Kette runtergesprungen. Ich habe sie jedes Mal wieder draufgefummelt gekriegt, aber ich sah aus wie ein Schwein. Ich habe mir die ganze Zeit Sorgen gemacht, Tanja würde am Ende ohne mich fahren, weil ich nicht nachkam.«

»Wie ätzend.« Trixi bemühte sich um Mitgefühl. »Voll der Horrortrip.«

»Der kommt erst noch.« Lulu schniefte und wischte sich mit dem Handballen über die Nase. »Tanja war noch da. Also ich meine, sie war nicht ohne mich gefahren. Aber sie war nicht allein.«

»Hat sie sich's anders überlegt und euch verpfiffen?«

»Nein, hat sie nicht. Sie lag neben ihrem Rad. Der Vorderreifen drehte sich noch. Sie rührte sich nicht mehr. Sie sah … Sie sah aus wie eine Schaufensterpuppe, mit verrenkten Armen und Beinen. Ihr Rock war ganz nach oben gerutscht. Er stand über sie gebeugt. Er muss ihr im Unterholz aufgelauert und sie dann vom Rad runtergestoßen haben.«

»Ihr Onkel?«, fragte Trixi atemlos.

»Nein.« Lulu zog hastig an der Zigarette. »O Gott, ich wünschte, es wäre nur ihr Onkel gewesen.«

»Wer war es dann?«

»Der Mann in Schwarz.«

Trixi runzelte die Stirn. »Willst du mir erzählen, dieser Typ wäre über deine Freundin hergefallen und du hättest nichts dagegen getan?«

»Du hast ihn nicht gesehen«, flüsterte Lulu. »Du hast nicht gehört, was er zu mir gesagt hat.«

»Was hat er denn gesagt?«

»Er hat gesagt: ›Fahr weiter, Mädchen. Fahr nur, so schnell du kannst. Oder du bist die Nächste.‹«

»Und was hast du gemacht?«

»Genau das. Ich bin weitergefahren, so schnell ich nur konnte. Ich war nur froh, dass er mich verschonte. Dass ich mich fühlte wie eine Verräterin, das kam erst viel später.«

»Du hast dir das einfach so von diesem Kerl gefallen lassen?« Jetzt brauchte Trixi die Kippe doch noch zurück. »So kenn ich dich gar nicht.«

Lulu taxierte ein Auto, das sich ihnen im Schritttempo näherte. »Mir hätte niemand geglaubt, wer das war. Niemand. Eher hätten sie mir geglaubt, dass mein Vater seine dreckigen Finger nicht bei sich behalten kann.«

»Moment.« Trixi fiel um ein Haar die Zigarette aus der Hand. »Du meinst, du weißt, wer dieser Typ war?«

Lulu nickte nur und zog den Ausschnitt ihres T-Shirts ein Stück nach unten.

»Aber wer denn?«, bedrängte Trixi sie.

»Später, ja?« Lulu trat mit wiegenden Hüften aus dem Hauseingang auf den Wagen zu, dessen Fahrer – ein leicht bieder wirkender Mann von der Sorte »langweiliger Erdkundelehrer« – inzwischen die Scheibe heruntergedreht hatte. »Guten Abend, der Herr. Wollen Sie so ein armes Mädchen wie mich hier einfach im Regen stehen lassen?«

36

Die ersten zwei Anrufe ignorierte Katja. Draußen war es noch dunkel. Sollte die Mailbox doch übernehmen. Als sich ihr Smartphone zum dritten Mal meldete, erbarmte sich Katja. Was, wenn es etwas Wichtiges war? Sie meldete sich mit einem schlaftrunkenen »Ja?«

»Ich bin's.« Es war Bernd. Und wichtig konnte es nicht sein, denn dafür war sein Tonfall zu heiter. »Ich wollte nur hören, wie's dir so geht. Bist du immer noch in Tachin?«

»Ja.«

»Gut. Na ja, eigentlich nicht. Ich hoffe, du denkst noch an den Geburtstag deiner Mutter.«

Katja holte nur tief und genervt Luft.

»Du, ich habe mich mal ein bisschen umgehört«, redete er ungerührt weiter. »Was Fracking angeht. Du weißt doch, dass ich um zwei, drei Ecken ein paar Leute kenne, die in der Bürgerschaft und im Bundestag sitzen. Und die meinen alle das Gleiche: Im derzeitigen politischen Klima ist es sehr unwahrscheinlich, dass neuere Frackingmethoden wie die, die gerade in Tachin zum Einsatz kommt, je eine echte Zulassung über zeitlich befristete Probeläufe hinaus erhalten. Will meinen: Je schneller du dein Grundstück dort loswirst, desto besser. Wenn du dich beeilst, kriegst du im Moment wahrscheinlich noch einen ziemlich guten Preis. Ich kann das auch gerne für dich in die Wege leiten. Ich bräuchte dann im Grunde nur eine Vollmacht von dir, und –«

»Bernd?«

»Ja?«

»Weißt du, wie spät es ist?«, knurrte Katja. »Oder besser gefragt: Wie früh? Hast du noch alle Latten am Zaun?«

»Ich –«

»Ruf mich an, sobald du wieder alle Latten am Zaun hast«, verlangte sie und legte auf.

Was war nur mit ihm los? Am Ende war Evelyns Sorge um ihn berechtigt, und er war wirklich dabei, ein wenig absonderlich zu werden. Darüber konnte und wollte sie jetzt allerdings nicht länger nachdenken. Sie hatte genug um die Ohren. Die beiden Postkarten der verschwundenen Kinder stellten ein Rätsel dar, das sie bis in den Schlaf hinein verfolgt hatte. Eine Dusche würde ihr guttun.

Katja stapfte mit ihrem Kulturbeutel hinunter ins Bad und zog sich aus. Sie stieg in die Wanne und drehte das heiße Wasser so weit auf, wie es nur auszuhalten war. Es war eine Angewohnheit, die sie schon in den Tagen unmittelbar nach dem Tod ihres Vaters zum ersten Mal an sich festgestellt hatte: Andere Leute schworen darauf, dass ihnen eine eiskalte Dusche dabei half, einen klaren Kopf zu bekommen. Nicht bei ihr. Für sie musste das Wasser eine so hohe Temperatur haben, dass ihre Haut sich binnen weniger Minuten so anfühlte, als wäre sie fest in eine warme Decke eingeschlagen, damit sie ihre wirr umherschwirrenden Gedanken bändigen konnte.

Heute schien sie dieser alte Trick jedoch schmählich im Stich zu lassen. Während das Wasser gegen ihre Schädeldecke prasselte, drehte sich darunter alles immer noch um die Postkarten.

Die eine Karte, die Jutta Kersting ihr gezeigt hatte und die angeblich von ihrem Sohn Jens stammte, war in Hamburg aufgegeben worden. Die andere, die bei den Gabillons eingegangen war und die Unterschrift ihrer Tochter Heike trug, zeigte auf der Seite mit dem Bild einen großen Big Ben und war mit einer englischen Briefmarke mit dem Konterfei der Queen sowie einem englischen Poststempel versehen. Allem Anschein nach hatte sie jemand in London auf den Weg gebracht.

Was Katja so sehr ins Grübeln brachte, war nicht die bloße

Existenz dieser Postkarten. Es wäre emotional völlig nachvollziehbar gewesen, wenn die beiden Kinder – ungeachtet aller noch so schweren etwaigen Spannungen daheim – den Wunsch verspürt hätten, ihre Eltern wissen zu lassen, dass sie noch am Leben waren. Das Unheimliche war die Botschaft selbst:

Liebe Mama, lieber Papa,
mir geht es gut. Es ist sehr schön hier. Das Essen ist gut, das Wetter nicht. Bitte macht euch keine Sorgen.

In Bezug auf die Handschrift und die Unterschrift hatten die beiden Karten allerdings nichts gemein: Die von Jens war in der krakeligen Schrift eines Jungen, die von Heike in der schnörkeligen Schrift eines Mädchens unterschrieben worden. Konnte es Zufall sein, dass der Text übereinstimmte? Oder war es eine Art morbider paralleler Evolution, dass beide exakt die gleichen Worte gewählt hatten?

Doch was war die Alternative? Dass jemand anders diese Nachrichten verfasst und dann eigens nach Hamburg beziehungsweise London gefahren war, um sie loszuschicken? Das war doch Wahnsinn. Wer sollte so etwas tun? Ein Mörder hätte doch sicherlich mehr Interesse daran gehabt, dass möglichst viel Gras über seine Taten wuchs. Und wer blieb dann noch übrig? Irgendein Kranker, der die Eltern der verschwundenen Kinder absichtlich quälen wollte? Oder jemand, der mehr über diese Vorfälle wusste und der wollte, dass sie eben nicht in Vergessenheit gerieten? Aber warum dann dieser ungewöhnliche Weg über Postkarten, die er im Namen der Kinder schrieb? Warum ging er nicht einfach zur Polizei?

Trotzdem blieben die Postkarten eine Spur, der Katja nachgehen konnte, und mochte sie auch noch so klein sein. Sie hoffte inständig darauf, dass Hans Quandt wie versprochen nachschaute, ob er die Postkarte fand, die er und seine Frau damals erhalten hatten. Mit drei Postkarten ließ sich zumindest die These prüfen, ob der identische Text der ersten beiden Karten am Ende doch nur Zufall war. Zwei ähnliche Karten hätte Katja noch für ein Produkt desselbigen halten können, aber drei?

Sie stieg aus der Dusche und genoss es, wie der heiße Wasserdampf das gesamte Bad in eine warme Tropfsteinhöhle verwandelt hatte. In aller Ruhe trocknete sie sich ab. Sie trug gerade Deo unter den Achseln auf, als sie ihr Smartphone brummen hörte, das sie vor dem Duschgang auf die Konsole über dem Waschbecken gelegt hatte.

Der Einzige, dem sie abgesehen von Bernd zutraute, ihr zu dieser frühen Stunde eine Nachricht zu schicken, war Enzo. Der war im Gegensatz zu ihr ein echter Morgenmensch gewesen. Das stellte durchaus einen der Gründe dar, warum aus ihnen nie etwas Ernstes geworden war. Brauchte er sein Auto doch schon früher zurück?

Das Display des Handys war angelaufen. Katja wischte es mit dem Handtuch ab und sah, dass sie eine SMS von einer unbekannten Nummer erhalten hatte.

Katja rief die Nachricht auf. Der Dampf in der Luft, der ihr eben noch solche Freude bereitet hatte, kam ihr nun wie ein nasses Tuch vor, das man ihr gegen das Gesicht presste, um sie zu ersticken.

Die SMS lautete: *Haus Halbersgrund kennt Antworten. Man findet sie im Tempel des Wissens.*

Aus den Erinnerungen des Einen und des Anderen

Nachdem Herr Heydrich den schlimmen Mann bestraft hatte, herrschte eine Weile Ruhe in ihrem Leben. Vater warf ab und zu einen Schuh nach ihnen, wenn er sich zu sehr über sie aufregte. Er fand aber auch, dass sie nun alt genug waren, um einmal an seiner Pfeife zu ziehen. Es schmeckte grässlich, doch sie waren trotzdem stolz wie Bolle.

Mutter kochte viele leckere Dinge, auch wenn sie immer öfter darüber klagte, wie schwer es wurde, etwas Leckeres zu kochen.

Mia und Leonie spielten mit ihren Puppen und lernten, wie man aus alten Kissenbezügen hübsche Kleider für sie nähte.

Minka fing Mäuse, die sie ihnen als Geschenk vor die Hintertür legte.

Oma saß in der Ecke, legte Geschirrtücher zusammen und erzählte ihre Geschichten von den Unterirdischen und vom Bluthannes.

Henry bekam das beste Zeugnis, das er je bekommen hatte, mit lauter Einsen außer einer einzigen Vier in Schönschrift.

Peer lernte erst krabbeln und dann gehen, ohne dass sein Gesichtchen darüber auch nur einen Deut weniger speckig geworden wäre.

Es war die Zeit, in der ihnen neben Herrn Heydrich auch noch das Schicksal selbst eine wichtige Lektion erteilte: Sie lernten nämlich, warum die Erwachsenen oft von einer Ruhe vor dem Sturm sprachen.

Für sie brach der Sturm an jenem Tag los, als es an der Tür klopfte und draußen ein Mann stand, der Mutter sprechen wollte. Er trug eine schöne Uniform, roch nach feinem Rasierwasser und lächelte, doch seine Augen waren ganz traurig. Sie holten Mutter, die sie zurück in die Küche schickte, als sie sah, wer sie da besuchte. Mutter bat den Mann nicht herein, und er blieb auch nicht lange. Danach kam Mutter in die Küche. Ihre Hände zitterten und ihre Stimme klang, als würde ihr jemand die Luft abschnüren. »Ihr müsst jetzt alle ganz stark sein«, sagte sie. »Ihr wisst doch, dass Vater gestern nach Büchen gefahren ist, weil er einem Freund helfen wollte, bei dem eine Kuh sich mit dem Kalben schwertut. Wisst ihr noch, wie ihr gestern Nacht ganz aufgeregt gewesen wart, weil ihr dachtet, es würde donnern und ein Gewitter würde aufziehen? Das war kein Gewitter. Vater kommt nicht mehr nach Hause.«

Sie stellten Mutter die erste Frage, die ihnen einfiel: »Was ist mit dem Kalb? Ist es tot?«

Dann fing Mutter zu weinen an. Und weil sie das nicht aushielten, liefen sie fort. So schnell sie konnten, rannten sie zu dem großen Haus im Wald, wo Herr Heydrich wohnte. Sie berichteten ihm alles. Er nahm sie mit auf einen Spaziergang zu einem der Orte, wo die Unterirdischen wohnten. Dort sagte er ihnen, ihr Vater sei ein Opfer für eine größere Sache gewesen, so wie man auch den Unterirdischen und ihren Verwandten manchmal Dinge opfern musste, die einem lieb und teuer waren.

Herr Heydrich erzählte davon, wie die Leute es früher oft gemacht hatten: Wenn sie die Unterstützung der alten Wesen brauchten und nicht nur dafür sorgen wollten, dass sie friedlich blieben, dann suchten die Menschen jemanden aus ihrer Mitte aus und brachten ihn als Opfer dar. Das hörte sich grausam an, doch der Tod eines Einzelnen konnte so die ganze Gruppe retten. Außerdem behandelte man die Opfer wie Könige, denn man schmückte sie mit Kronen aus Blumen und gedachte ihrer bis ans Ende aller Zeiten.

All das erzählte ihnen Herr Heydrich, ehe er sie wieder nach Hause schickte, damit sie ihrer Mutter in dieser schweren Stunde beistanden. Unterwegs gerieten sie in Streit miteinander, was an sich schon sehr komisch war, weil sie sich so gut wie nie stritten. Mal darum, wer das letzte Stück Wurst bekam, oder darüber, wer gerade an der Reihe war, den Hof zu fegen, aber nie über etwas Ernstes. Wenn sie sich doch einmal zankten, sprachen sie einfach in ihrer eigenen Sprache miteinander, bis sie ihren Zwist aus der Welt geschafft hatten. Das war ihnen bisher immer irgendwie gelungen. Doch nun nicht mehr. Nicht an jenem Tag, als der Sturm losbrach, der sich nie mehr legen sollte.

»Wir müssen jemanden dafür bestrafen, dass Vater nie mehr nach Hause kommt«, verlangte der Eine.

»So geht das nicht«, wandte der Andere ein. »Vater war ein Opfer. Er ist gestorben, damit wir leben können.«

»Ich will aber jemanden bestrafen«, beharrte der Eine. »So wie Herr Heydrich den schlimmen Mann bestraft hat.«

»Aber wen willst du dafür bestrafen?«, fragte der Andere. »Es muss doch derjenige sein, der auch Schuld hat. Und wir wissen nicht, wer schuld daran ist. Wenn wir jemand anderen bestrafen, verstoßen wir gegen die Gesetze, die uns die Unterirdischen gegeben haben.«

»Das ist mir völlig gleich!«, schrie da der Eine. »Wo waren denn die Unterirdischen und ihre Gesetze, als unser Vater sterben musste?«

»Sag das nicht so laut!«, flüsterte der Andere entsetzt und hielt dem Einen den Mund zu. »Oder willst du etwa, dass sie dich hören und zornig auf uns werden?«

Da besann sich der Eine und schwieg, doch es war bereits zu spät. Die Unterirdischen hatten scharfe Ohren. Und ihre Rache sollte fürchterlich sein.

37

Die Adresse, zu der Möhrs' Google-Suche der vergangenen Nacht ihn und Smolski führte, war alles andere als vielversprechend. Gerd Reimers, der vierzig Jahre zuvor Ermittlungen über die vermissten Kinder aus Tachin angestellt hatte, wohnte über einer Lauenburger Kneipe.

Nun gab es solche und solche Kneipen. Eine, die sich stolz *Trinkerklause* nannte und auf ins Fenster gehängten Zetteln dafür warb, dass es jeden Abend eine Happy Hour mit Jägermeister und Korn für einen Euro gab, war allerdings schon eine ganz spezielle Variante von Spelunke.

Smolski warf einen Blick auf seine Armbanduhr. »Glaubst du, das lohnt sich? Ich bin mir nicht sicher, ob er schon auf den Beinen ist.«

»Du ziehst voreilige Schlüsse.« Möhrs schritt beherzt auf das Klingelbrett am Seiteneingang des Hauses zu. »Woher nimmst du die Sicherheit, dass der Mann ein Alkoholproblem hat?«

Smolski zeigte auf einen der Zettel, die die Happy Hour anpriesen. »Wollen wir wetten?«

»Wollen wir nicht lieber erst mal abwarten, wie unsere erste Wette läuft?«

»Meinetwegen.« Smolski ging zu Möhrs an die Tür. »Aber die hier hätte ich gewonnen.«

Möhrs rechnete tatsächlich damit, nach dem Klingeln etwas Geduld aufbringen zu müssen, ehe man ihnen öffnete. Umso erfreuter zeigte er sich, als der Türöffner schon summte, kaum dass er den Daumen vom Klingelknopf genommen hatte.

Der Mann, der in der ersten Etage auf sie wartete, trug eine schwarze Jeans und ein rosafarbenes Polohemd. Der Scheitel seines schlohweißen Haars war wie mit dem Lineal gezogen. Sein Alter ließ sich allein aufgrund seiner Haarfarbe schlecht verhehlen, doch er hatte die Statur eines Mittsechzigers, der penibel auf sein Gewicht achtete und viel mit dem Rad fuhr oder Nordic Walking betrieb. Sein Lächeln zeigte strahlend weiße Zähne. »Guten Morgen, die Herren!«, begrüßte er sie zackig.

Möhrs stellte sich und Smolski vor und schob dann rasch nach: »Wir würden uns gerne mit Ihnen über einen Ihrer alten Fälle unterhalten.«

Reimers musterte sie eindringlich. »Geht es um die Kinder von Tachin?«

»Können Sie Gedanken lesen?« Möhrs versuchte, es wie einen Scherz klingen zu lassen, auch wenn es keiner war.

Reimers fasste mit einer Hand nach dem Türrahmen. Es war schwer zu sagen, ob er eine Stütze brauchte oder ob er Möhrs und Smolski den Weg in die Wohnung versperren wollte. »Ich war nicht lange genug im aktiven Dienst, als dass Sie wegen etwas anderem hier sein könnten.«

»Es tut mir leid, dass wir Sie so unangekündigt überfallen.« Möhrs empfand ein leises Unbehagen in Reimers' Gegenwart. Ein bisschen so, als würde jemand direkt neben seinem Ohr ständig mit einem Nagel über eine Schiefertafel kratzen. »Ich verstehe, dass das ein heikles Thema für Sie sein muss.«

Reimers hob spöttisch eine Augenbraue. »Ach, tun Sie das?«

»Lass mich mal.« Smolski schob sich mit einem raschen Schritt zwischen Möhrs und den alten Ex-Bullen. »Hören Sie mir jetzt mal gut zu: Es ist ja wirklich sehr, sehr schade, dass Sie damals nichts Besseres zu tun hatten, als sich über diese arme Mutter herzumachen, und dass Ihnen die Bude abgefackelt wurde.« Smolski erwiderte Reimers' starren Blick unbeirrt. »Aber Selbstmitleid bringt uns alle kein Stück weiter. Wenn Sie also die Freundlichkeit hätten, uns eine halbe Stunde Ihrer kostbaren Zeit zu schenken, würden Sie unter Umständen dazu beitragen, nicht nur bei der Aufklärung unseres Falls zu helfen. Vielmehr würden Sie am Ende auch noch was für Ihren eigenen Seelenfrieden tun. Wäre das nicht was?«

Möhrs war sicher, dass Reimers ihnen nach diesem Auftritt die Tür vor der Nase zuschlagen würde. Stattdessen nickte er knapp und machte ihnen den Weg frei. Möhrs und Smolski folgten ihm ins Wohnzimmer.

Wahrscheinlich lag es an dem verblüffend raschen Erfolg, weshalb Möhrs nicht sofort zuordnen konnte, was ihn an der Einrichtung der Wohnung störte. Schmutzig war sie nicht, und sie roch auch nicht nach Kippen und Fusel, wie Smolski indirekt prophezeit hatte. Der im Übrigen heilfroh sein konnte, dass Möhrs die angebotene Wette ausgeschlagen hatte. Wenn Reimers Trinker war, fraß er eine ganze Besenkammer. Das Merkwürdige an Reimers' Wohnung war auch nicht das Mobiliar: Es waren mehrheitlich praktische, preisgünstige Stücke von IKEA, vermischt mit einer Handvoll leicht ramponierter Antiquitäten. Der Fernseher war zwar noch ein Modell mit Röhre, doch Möhrs war in Technikdingen kein Snob. Lag es vielleicht an der Tatsache, dass es kaum eine Wand gab, an der nicht mindestens ein Bild hing?

»Ich kann Ihnen einen Kaffee anbieten, falls Sie nichts gegen Instantkaffee haben«, bot Reimers an.

Smolski und Möhrs lehnten ab und quetschten sich nebeneinander auf eine sehr schmal geschnittene Zweisitzercouch. Reimers nahm ihnen gegenüber im passenden Sessel Platz. Er hatte ein plötzliches Funkeln in den vorher so kühl wirkenden Augen, das Möhrs nicht einzuordnen wusste. »Womit wollen Sie anfangen?«

»Machen wir's kurz.« Smolski wollte ein Stück von Möhrs wegrücken, was die Sofalehne jedoch nicht hergab. »Haben Ihre damaligen Bemühungen irgendeinen Hinweis darauf geliefert, was mit den Kindern damals tatsächlich geschehen ist?«

Möhrs erkannte mit einem Mal, dass es wirklich die Bilder waren, die ihn in diese merkwürdige Stimmung versetzten. Ob nun Gemälde oder Fotografie: Es waren allesamt Landschaften. Auf keinem war auch nur ein einziger Mensch zu sehen.

»Sie beruhigen mich«, sagte Reimers, anstatt Smolskis Frage zu beantworten. »Wissen Sie, manchmal male ich mir aus, wie es wäre, der letzte Mensch auf der ganzen Welt zu sein, und ehrlich gesagt ist das ziemlich oft eine sehr verlockende Vorstellung.« Sein Blick wanderte zu Smolski. »Und genauso ehrlich gesagt würde es mich schwer überraschen, wenn Sie nicht ab und an auch zu dieser Einschätzung gelangen würden. Stimmt's?«

Smolski schwieg, doch Möhrs sah, wie sich seine Kiefermuskeln anspannten.

»Was war es denn bei Ihnen?«, erkundigte sich Reimers im Plauderton. »Alkohol? Drogen? Eine schwere Verletzung im Dienst? Der Anblick einer besonders übel zugerichteten Leiche? Ein Trauerfall in der Familie?«

»Herr Reimers, ich denke nicht, dass –«, hob Möhrs an.

»Letzteres, wenn Sie so wollen«, sagte Smolski ruhig. »Merkt man das so deutlich?«

»Nur dann, wenn man selbst etwas Vergleichbares durchgemacht hat.« Reimers wandte sich an Möhrs. »Ich hoffe, Sie haben nichts dagegen, dass ich so indiskret bin. Aber Menschen mit solchen Problemen, unter denen Ihr Kollege und ich leiden, haben die Angewohnheit, einander aufzufallen. Ohne jetzt zu esoterisch werden zu wollen, aber es gibt da eine … einzigartige Ausstrahlung.«

»Sie wollen also von mir wissen, warum mich dieser Fall so mitnimmt, hm?« Smolski beugte sich Reimers entgegen. »Ich sag's Ihnen.«

Möhrs blieb stocksteif sitzen. Ihm war bislang nicht aufgefallen, dass Smolski besonders emotional auf ihren aktuellen Fall reagiert hätte. Andererseits war es ja auch ihr erster gemeinsamer Fall. Was wusste er schon über Smolski? Eigentlich nichts.

»Das Ganze nimmt mich erst so sehr mit, seit ich von den

vermissten Kindern gehört habe«, erklärte Smolski. »Das erinnert mich an etwas, was ich am liebsten komplett vergessen würde, aber die Chancen darauf stehen nicht sehr gut. Vor einigen Jahren ist meine damalige Frau ...« Er zögerte. »Nein, ich nehme besser die offizielle Variante und nicht die, die meinen ... Problemen geschuldet ist. Vor einigen Jahren also hat mich meine damalige Frau verlassen. Von einem Tag auf den anderen. Ohne Abschiedsbrief. Ohne irgendetwas von sich aus unserer Wohnung mitzunehmen. Ohne sich je wieder bei mir zu melden.«

Möhrs lauschte der bitteren Geschichte ebenso gebannt wie Reimers.

»Ich könnte anfangen, Ihnen jetzt was darüber vorzulügen, dass wir die perfekte Ehe geführt hätten«, fuhr Smolski fort. »Sie waren selbst Bulle. Sie wissen, was es heißt, mit einem Bullen verbandelt zu sein.«

Reimers nickte. »Mein Bruder sagte immer: ›Es gehen nur die verdammten Bastarde zur Polizei, die zu feige sind, sich als Verbrecher durchzuschlagen.‹«

Smolski nickte zurück. »Trotzdem wollte und konnte ich schlecht akzeptieren, dass Rita einfach beschlossen hatte, sich von mir zu trennen, und sich dabei so sehr vor mir fürchtete, dass sie diesen Weg wählte.«

»Und inzwischen akzeptieren Sie das?«

Smolski lächelte sein wölfischstes Grinsen. »Wollen Sie die offizielle oder die inoffizielle Antwort?«

»Das überlasse ich Ihnen.«

»Dann kriegen Sie beide«, kündigte Smolski an. »Offiziell – und das ist die Antwort, mit der ich mir meine Entlassung aus der Klinik verdient habe – habe ich eingesehen, dass es Ritas freie Entscheidung war und es keinen Zweck hat, mich verzweifelt an der Idee festzuklammern, ich würde jemals eine tiefer gehende Klärung in dieser Sache erhalten. Inoffiziell wünsche ich mir nichts sehnlicher, als endlich Gewissheit zu haben – auf die eine oder die andere Art und Weise.« Er sah zu einem der

Bilder an der Wand, einer weiten, von Lavaasche bedeckten Einöde. »Ich habe zwar eine neue Partnerin, wie ich sie im Grunde gar nicht verdient habe, und ich bin auch nach wie vor echt verrückt nach ihr. Aber Rita war eben meine erste große Liebe. Und wer könnte seine erste große Liebe je vergessen?«

Einen Moment lang herrschte ein bedrückendes Schweigen.

»So, jetzt habe ich Ihnen mein Herz ausgeschüttet. Nun sind Sie an der Reihe«, verlangte Smolski dann. »Wie früher bei den Doktorspielchen. Zeig ich dir meins, zeigst du mir deins.«

»Das wird jetzt wahrscheinlich eine herbe Enttäuschung für Sie.« Das gefährliche Funkeln in Reimers' Augen war wieder zurück. »Ich hatte wirklich ordnerweise Material angesammelt, aber der Großteil davon ist dem Brand zum Opfer gefallen, von dem Sie sicher gehört haben.«

»Der, bei dem eine Zeugin eine schwarze Gestalt am Tatort gesehen haben will?«, fragte Smolski eine Information ab, die ihm Möhrs erst auf der Fahrt zu Reimers gesteckt hatte.

»Genau der.«

»Der Großteil ist verbrannt?« Möhrs weigerte sich, die Hoffnung auf eine heiße Spur aufzugeben, auch wenn ihm nun dämmerte, was es mit dem Funkeln auf sich hatte: Dieser alte Hund spielte mit ihnen wie mit einem schönen Knochen. »Was ist mit dem Rest?«

»Den habe ich anschließend selbst verbrannt, als ich wieder aus der Klapse raus war«, gestand Reimers ohne jeden Anflug von Reue. »Ich hatte die Botschaft verstanden, die man mir zukommen lassen wollte.«

»Ich hoffe, sie war es wert«, sagte Smolski unvermittelt. »Die Frau, für die Sie alles riskiert haben.«

»Jutta?« Reimers lachte auf. »Als ich ihr klarmachte, dass ich nicht mehr weiter ermitteln würde, hat sie mir den Laufpass gegeben. Kurz und schmerzlos. Wollen Sie das Beste daran wissen?«

»Nur heraus damit.«

»Es hieß hinterher immer, ich hätte was mit ihr angefangen,

während ich an den offiziellen Ermittlungen wegen des Verschwindens ihrer Tochter beteiligt war.« Reimers grinste schief. »In Wahrheit lief da schon eine ganze Weile vorher was zwischen uns.«

»Aber warum haben Sie das nie gesagt?« Möhrs gab sich selbst die Antwort, noch ehe Reimers Gelegenheit für eine Antwort hatte. »Natürlich! Dann hätte es so ausgesehen, als könnten Sie etwas mit dem Verschwinden der Tochter zu tun haben. Wenn man besonders bösartig gewesen wäre, hätte man behaupten können, Sie hätten die Kleine aus dem Weg geschafft, damit es der Mutter leichterfällt, ihren Mann zu verlassen.«

»Sie haben eine ebenso perverse wie blühende Fantasie«, lobte ihn Reimers. »Ich wette, das hat Ihnen die alte Bulldogge nicht erzählt.« Er lachte erneut auf. »Jetzt schauen Sie doch nicht so überrascht. Selbstverständlich ist mir klar, wie Sie überhaupt auf mich gekommen sind. Ich mag lange nicht mehr im Dienst sein, aber ich habe noch so meine Leute, mit denen ich mich regelmäßig austausche. Ich kriege wenig Besuch, aber wenn mal jemand kommt, dann sind erstaunlich viele Polizisten darunter, wissen Sie? Ich glaube, die meisten schauen vorbei, um sich zu vergewissern, dass sie nicht verrückt sind – so wie ich.«

Möhrs beschloss, nicht weiter auf Reimers' Ausführungen über die zweifelhafte Moral seiner ehemaligen Kollegen einzugehen. »Sie sprachen eben von einer Botschaft. Meinen Sie damit den Angriff im Wald? Als Ihnen dieser Mann in Schwarz aufgelauert hat?«

»Sie glauben wirklich, Sie wüssten alles, oder?«, fragte Reimers schneidend scharf. »Sitzen hier fett und selbstgerecht und dabei haben Sie nicht den blassesten Schimmer, was damals wirklich los war.«

»Da können Sie jetzt Abhilfe schaffen«, erinnerte ihn Smolski. »Was wissen wir nicht?«

»Dass es nicht ein Mann in Schwarz war, damals im Wald, sondern zwei«, zischte Reimers. »Ich war im Wald, weil ich unbedingt aus meiner Bude rauswollte. Es war alles so eng. Ich bekam kaum Luft, mir platzte schier der Kopf, und mir war abwechselnd heiß und kalt. Ich dachte, es hinge damit zusammen, dass ich mich zu sehr in meine Ermittlungen hineingesteigert hatte, aber in Wahrheit …« Er winkte ab. »Jedenfalls hörte ich Schritte hinter mir. Bei Haus Halbersgrund. Ich drehte mich um, und da wollte er mich auch schon abstechen.«

»Der Mann in Schwarz?«, hakte Möhrs nach.

»Nein, der Weihnachtsmann im Osterhasenkostüm«, knurrte Reimers. »Logisch war es der Mann in Schwarz. Ich hatte Glück im Unglück. Ich war damals noch im Training. Ich komme aus einer alten Familie von Preisboxern, die erst in der Generation meines Vaters halbwegs seriös geworden ist, müssen Sie wissen. Den meisten seiner Stiche konnte ich ausweichen, und bei denen, wo ich das nicht schaffte, schrammte die Klinge am Knochen ab.« Er präsentierte ihnen die Unterseite seiner Unterarme. Die Jahre hatten die Narben zwar stark verblassen lassen. Wenn man jedoch wusste, dass sie da waren, war ihr feines Netz noch immer gut zu erkennen. »Früher oder später wäre er durchgekommen. Allein schon, weil ich ja blutete wie ein Schwein. Und dann passierte es.« In Reimers' Worten lag mit einem Mal der Geist eines Unglaubens, als könnte er bis heute nicht begreifen, wie er dem Wald in jener Nacht lebend entkommen war. »Dann tauchte der Zweite aus der Dunkelheit auf, warf sich auf den Ersten und schrie immer nur: ›Bist du verrückt? Bist du verrückt?‹ Sie sind auf dem Boden herumgerollt und haben wie irr aufeinander eingebrüllt. ›Ich muss es tun! Ich muss es tun!‹ und ›Das darfst du nicht! Das darfst du nicht!‹. Da habe ich meine Chance gesehen. Und ich habe sie genutzt.«

Möhrs konnte sich beim besten Willen nicht gegen eine gewisse Skepsis wehren. »Wollen Sie mir sagen, dass diese zweite Person Ihnen das Leben gerettet hat?«

»Nein, ich glaube, meine Rettung war gewissermaßen nur ein glücklicher Nebeneffekt. Die beiden hatten ihr ganz eigenes Hühnchen zu rupfen.« Reimers schenkte ihm einen verächtlichen Blick. »Ich will Ihnen noch gern verraten, dass die Ärzte bei mir eine Hirnhautentzündung diagnostizierten, nachdem sie meine Arme wieder geflickt hatten. Deshalb bin ich durch den Wald geirrt. Und nachdem sie das geklärt hatten, ließen sie die Seelenklempner auf mich los, und die attestierten mir einen akuten Verfolgungswahn. Das alles heißt auch, dass da vielleicht überhaupt niemand war. Dass das alles Halluzinationen waren. Dass ich mir meine Verletzungen selbst zugefügt habe. *Das* ist nämlich die höchst offizielle Variante. Die inoffizielle habe ich Ihnen ja gerade schon erzählt.«

»Und welche ist die richtige?«, wollte Möhrs wissen.

Smolski stand auf. »Lass uns gehen.«

»Was?« Reflexartig schoss auch Möhrs in die Höhe. »Wieso denn?«

Smolski sah zu Reimers. »Weil er uns keine klarere Antwort geben kann. Er weiß nämlich selbst nicht mehr, was die Wahrheit ist. Denn wenn er es wüsste, hätte er diesen Fall damals vor vierzig Jahren gelöst. Aber das kann er nicht, weil er bis heute nicht weiß, ob er sich das alles nicht nur eingebildet hat. Weil er Angst davor hat, heute noch genauso irr zu sein wie damals. Habe ich recht?«

Reimers' zerknirschtes Schweigen war Antwort genug.

In den Sommern des Schwarzen Manns

Es ärgerte Heike, dass sie die Prüfung nicht schaffte, die sie sich selbst auferlegt hatte. Sehr sogar. Sie hockte im Schneidersitz vor der Blume und beugte sich nun noch tiefer hinunter, um die Blüte diesmal ganz genau zu mustern. Sie hätte einfach in dem Bestimmungsbuch nachschauen können, das sie unter ihren Arm geklemmt hielt. Das wäre aber geschummelt gewesen. Sie wollte unbedingt selbst herausfinden, um welche Pflanze es sich hier genau handelte.

Wahrscheinlich lag es an der Hitze, dass sie sich so schlecht konzentrieren konnte. Ihre Mutter sagte immer, sie wäre ein Herbstkind, weil sie diese Jahreszeit am liebsten mochte. Das stimmte auch. Sie hatte eben schon immer gerne Laub gesammelt, seit ihr von ihrer Mutter zum ersten Mal gezeigt worden war, wie man die bunten Blätter so auf ein großes Stück Papier kleben konnte, dass sie zusammen ein Bild ergaben. Erst hatte sie mit Vorliebe neue Bäume aus Blättern gelegt. In den letzten zwei, drei Jahren hatte sie sich jedoch an neue Herausforderungen gewagt: Sie machte jetzt Gesichter aus dem Laub. Ihre Mutter fand diese Fratzen, wie sie sie nannte, durch und durch scheußlich. Ihre Mutter verstand ja aber auch nicht, warum sie unbedingt Botanikerin werden wollte und nicht etwas so Langweiliges wie Malerin oder Dichterin. Ihr Vater war da anders. Er verstand sie eigentlich immer. Außer wenn es darum ging, bei wem sie übernachten durfte und bei wem nicht.

Ihre Eltern wären allerdings beide ausgeflippt, wenn sie ihnen erzählt hätte, wo sie sich gerade herumtrieb. Doch was sollte ihr denn hier schon passieren? Am helllichten Tag?

Denn sie war ja nicht so doof, allein in einem verfallenen Haus herumzuturnen. Sie blieb hübsch im völlig verwilderten Garten. Das war ohnehin viel spannender.

Die Blumen hier in den Überresten eines Gewächshauses wuchsen so schön in Reih und Glied, dass sie sich schon bei einem ihrer letzten Besuche gefragt hatte, ob es wohl jemanden gab, der sie genau so anpflanzte. Sie rümpfte die Nase und versuchte, ihre gesamte Aufmerksamkeit auf die Blütenblätter vor sich zu bündeln. Was für eine alberne Idee! Wer sollte denn bitte hier ein Blumenbeet anlegen?

»Sie sind schön, nicht wahr?«, fragte jemand hinter ihr.

Sie wandte sich um. Fünf, sechs Schritte entfernt stand ein groß gewachsener Mann mit hellblondem Haar. Es fiel ihm so weit über die Ohren, dass Vater sich bestimmt über einen so ungepflegten Haarschnitt aufgeregt hätte. Sie fand seinen dichten Schnurrbart viel schlimmer: Seine Oberlippe verschwand völlig darunter. Er trug ein schwarzes Hemd und eine schwarze Hose, an deren breiten Schlägen allerlei Dreck klebte, als wäre er querfeldein durch den Wald gelaufen. Das Komischste an ihm aber war die große Sonnenbrille, hinter der er seine Augen verbarg. Er sah ein bisschen aus wie Heino. Sie war sich nicht sicher, wie sie das finden sollte. Heino war was für alte Leute wie ihre Eltern.

»Ja, sie sind schon schön, aber wenn ich aus dem Kopf wüsste, was für Blumen das sind, fände ich sie noch schöner«, sagte sie.

Der Mann kam einen Schritt näher. »Vielleicht ist es gar nicht so wichtig, wie sie genau heißen. Vielleicht ist es wichtiger, dass man weiß, wozu man sie braucht.«

»Wozu man sie braucht?« Sie hatte den merkwürdigen Eindruck, seine Stimme schon viele, viele Male gehört zu haben. »Sie meinen als Heilpflanze oder zum Kochen als Küchenkraut?«

»Nein, nein.« Der Mann machte einen weiteren Schritt auf sie zu. »Weißt du, was die Unterirdischen sind?«

»Na klar.« Was für eine doofe Frage. »Das weiß doch hier jeder. Die sind aus dieser alten Geschichte mit Jesus.«

Der Mann schürzte kurz die Lippen, als wäre er wegen irgendetwas sauer. Auch diese Miene kam ihr von irgendwoher sehr bekannt vor. »Was würdest du sagen, wenn ich dir verrate, dass die Unterirdischen noch viel, viel älter sind als Jesus?«

»Ist das so?« Nicht, dass sie das brennend interessierte, doch es lenkte sie von ihrer Schmach ab, die Blume nicht bestimmen zu können. »Warum kommt dann aber Jesus in dieser Geschichte vor?«

»Weil die Leute sich gern Lügen erzählen lassen. Es ist nämlich oft bequemer, mit einer Lüge zu leben, anstatt sich der Wahrheit zu stellen. Vor allem dann, wenn die Wahrheit wehtut.« Der Mann kam noch einen Schritt auf sie zu. »Sie glauben meistens, dass diese Täuschungen keine größeren Konsequenzen hätten, doch da irren sie sich.« Er schüttelte traurig den Kopf. »Sie irren sich so sehr.«

»Das verstehe ich nicht.« Der Mann hatte sie so weit, dass sie die Blumen Blumen sein ließ. Sie stützte sich mit ihrem Bestimmungsbuch auf dem Schoß nach hinten auf die Ellenbogen, um ihm genau zuzuhören.

»Lass es mich dir an einem Beispiel erklären.« Er breitete die Arme aus. »Nehmen wir an, in diesem Wald lebte ein Rudel Wölfe, das viel schlauer ist als gewöhnliche Wölfe. So schlau, dass man mit ihnen verhandeln kann. Nein, sogar so schlau, dass man sich von ihrem Verhalten ein paar nützliche Dinge abschauen könnte. Diese Wölfe wären in der Lage, ganz Tachin in ein paar Wochen komplett leer zu fressen. Sie sagen jedoch, sie würden lieber auf Tachin achtgeben, damit ihm nichts Schlimmes zustößt. Alles, was sie für ihren Schutz verlangen, ist, dass sie ab und an …« Er stockte und fasste sich mit einem Finger unter die Brille. »Sie verlangen nur, dass wir Menschen ihnen ab und zu einen aus unserer Mitte überlassen. Was würdest du in einem solchen Fall tun?«

»Die Wölfe würden alle töten, wenn man ihnen den Wunsch nicht erfüllt?«, fragte Heike nach.

Der Mann nickte nur.

»Und könnte man sich auch freiwillig opfern? Damit andere Menschen, die man gern hat, nicht sterben müssen?«

»O ja«, sagte der Mann mit rauer Stimme. »Das wäre sicher am besten.«

»Dann«, entschied sich Heike, »wäre es wohl richtig, dass man den Wölfen gibt, was sie verlangen.«

»Richtig.« Mit einem raschen Satz überbrückte er die letzte Distanz zwischen ihnen, packte sie an den Schultern und presste sie zu Boden. »Und deshalb ist es auch richtig, dass man den Unterirdischen gibt, was sie verlangen«, schluchzte er, ehe seine Hände sich um ihren Hals schlossen.

Das Letzte, was sie aus den Augenwinkeln wahrnahm, war eine der Blumen, deren Namen sie nun nie erfahren sollte.

38

Katja hatte weder Dagmar noch deren Bruder verraten, wohin sie wollte. Genauer gesagt hatte sie sich regelrecht aus dem Haus geschlichen. Sie rechnete eigentlich jeden Moment mit einem besorgten Anruf, doch bislang war ihr Smartphone stumm geblieben. Auf dem Parkplatz in der Nähe von Haus Halbersgrund, den sie auf Google Earth gefunden hatte, stieg sie aus dem Wagen. Sie suchte nach dem Schotterweg, den es hier geben sollte, fand ihn und folgte ihm in den Wald hinein.

Die Nachricht, die sie hierhergeführt hatte, mochte ein wenig ominös sein. Trotzdem stellte Katja fest, dass sie dem Wald bei ihrem letzten Besuch Unrecht getan hatte. Dass man in ihm in Panik verfallen konnte, wenn gerade ein Gewittersturm tobte, war nichts wirklich Ungewöhnliches. Sie konnte sich eine Menge Gegenden ausmalen, wo sie in einer ähnlichen Situation auch ähnlich reagiert hätte.

An diesem Morgen jedoch war alles anders. Die Luft war frisch, mit einer feinen Note von Blüten und taufeuchter Erde. Angenehm gedämpftes Licht umfing die Szenerie. Wo die Sonne die Kraft hatte, durch das Blätterdach zu stoßen, sprenkelte sie den Boden in hellen Tupfern. Vögel zwitscherten, die Stämme ächzten und seufzten leise in der zarten Brise.

Katja versuchte, die idyllische Stimmung zu genießen. In ihr keimte die Hoffnung, dass der unbekannte Absender der kryptischen SMS Wort hielt und sie in Kürze Antworten auf einige ihrer drängenderen Fragen fand.

Sosehr sich der Wald auch von seiner besten Seite zeigen mochte, blieb Haus Halbersgrund dennoch ein Anblick, auf den Katja gut hätte verzichten können. Nachdem sie die Grenze zum Garten des Guts passiert hatte, zog sie den Reißverschluss ihrer Jacke zu und schlug die Kapuze hoch wie eine Tarnkappe.

Sie war sich zu neunundneunzig Prozent sicher, dass sie zumindest das alte Gemäuer selbst heute nicht würde betreten müssen. Die SMS hatte sie vor kein allzu großes Rätsel gestellt: Der »Tempel des Wissens« konnte nur diese steinerne Gartenlaube mit den Freimaurersymbolen sein, die ihr bei ihrem ersten Besuch auf dem Gut als Allererstes etwas Schutz vor dem Unwetter geboten hatte.

Auf ihrem Weg über das Grundstück färbte das nasse Gras die Säume ihrer Jeans dunkler und dunkler. Wie würde sie darauf reagieren, wenn sie nun unter Umständen gleich jener Person gegenüberstand, die schon über das Modellauto und die Trainingsjacke mit ihr Kontakt aufgenommen hatte? Vieles hing davon ab, wie diese Person sich selbst verhielt. Falls sie auf eine offene Konfrontation aus sein sollte, hatte Katja vor, mindestens genauso viel auszuteilen, wie sie einstecken musste. Falls es eher ein scheues Abtasten werden sollte, hoffte sie, ihre Ungeduld lange genug im Zaum halten zu können.

Die Laube kam in Sicht. Katjas Strategien, die sie sich zurechtgelegt hatte, liefen zunächst ins Leere: In dem kleinen Bauwerk aus der Zeit des Bluthannes war niemand zu sehen. Katja machte ihrer Enttäuschung mit einem Knurren Luft. Was sollte das? Ihr erst so eine SMS zu schicken und dann nicht aufzutauchen? War sie zu früh? Unwahrscheinlich. Zu spät? Das vielleicht schon eher, doch dann hatte sie sich nichts vorzuwerfen. Sie hatte auf ihrem Weg hierher schließlich nicht getrödelt.

Als Katja näher an der Laube war, rückten all diese Gedankenspielchen in den Hintergrund. Sie entdeckte einen armlangen Ast, der ohne jeden Zweifel absichtlich dazu benutzt worden war, ein großformatiges Foto zu beschweren. Sie bückte sich, hob den Ast an und holte das Bild vorsichtig darunter hervor. Ihre Finger zitterten mit einem Mal derart heftig, dass sie das Foto mit beiden Händen festhalten musste, um Genaueres zu erkennen.

Auf der Aufnahme waren vier Personen zu sehen. Drei junge Erwachsene und ein Kind. Zwei Männer halfen einem Mädchen, auf ein Pony zu steigen. Eine Frau sah ihnen aus nächster Nähe dabei zu. Katja kannte sie alle. Der schlanke Mann mit der prominenten Nase und dem Bundeswehrparka, der das Mädchen unter den Achseln hielt, war niemand anderes als Thomas Jakobs. Der dämlich grinsende Kerl daneben in einem geschmacklosen lachsfarbenen Blouson mit viel zu breiten Schulterpolstern, der dem Mädchen offenbar zeigen wollte, wie man sich am besten am Sattelknauf festhielt, war unverkennbar ihr Patenonkel Bernd. Bei der Frau mit dem glatten blonden Haar und dem leicht gehetzten Blick, der sie wie eine gesuchte RAF-Angehörige der zweiten Generation wirken ließ, handelte es sich um ihre Mutter Susanne. Und das kleine Mädchen in einer Latzhose aus grünem Cord mit ungefähr einem Dutzend Aufnähern, aus dessen rotwangigem Gesicht eine Mischung aus Angst vor dem Pony und Lust, auf seinem Rücken zu sitzen, sprach – das war sie selbst!

Katja fühlte sich betrogen. Ihr waren Antworten versprochen worden. Keine neuen Rätsel. »Sehr komisch«, sagte sie laut. Wie kam überhaupt irgendjemand an so ein Foto? Hatte man doch bei ihr eingebrochen? Bei ihrer Mutter? Oder vielleicht bei Bernd? Verhielt er sich deswegen so auffällig? »Wirklich sehr, sehr komisch!«

Der Wald gab ihr Antwort: ein feuchtes Grunzen, neugierig und empört zugleich. Ein bisschen, wie wenn ein alter Mann aus dem Fenster keifte, wer da auf seinem frisch gemähten Rasen unerlaubt Fußball spielte. Nur, dass dieses Geräusch hier unmöglich von einem Menschen stammen konnte.

Rasch bückte sie sich erneut, packte den Ast und hob ihn wie eine Keule zum Schlag. Noch weigerte sie sich, dass ausgerechnet jetzt eine aus nackter Panik hervorgegangene Vorstellung wahr werden sollte, die sie schon bei ihrem ersten Besuch hier so stark verunsichert hatte. Das durfte einfach kein Wildschwein sein, das den Laut – nein, diese Laute, denn nun wiederholte sich das Grunzen – von sich gegeben hatte.

Ihr Widerwille, sich der Realität zu stellen, wurde hinweggefegt: Keine zehn Meter von ihr entfernt tauchte das Tier aus einer kleinen Kuhle auf, die durch das umstehende Gebüsch gut vor Blicken geschützt war. Was Katja am meisten schockierte war nicht die Größe des Schweins, dessen borstiger Widerrist locker an die Schulterhöhe eines Schäferhunds heranreichte. Es war auch nicht die nass glänzende Schnauze mit den dunklen Spritzern bis unter die Augen. Und es war nicht der Umstand, dass diese Kreatur deutlich erkennbare Hauer aufwies. Es war das, was dem furchteinflößenden Waldbewohner auf einer Seite aus dem Maul hing wie eine bizarre zweite Zunge: ein langer blutgetränkter Streifen Stoff.

Gerade als Katja sich bewusst wurde, dass sie nur mit dem Ast in der Hand wahrscheinlich sehr schlechte Karten gegen diesen Gegner hatte, wenn er denn tatsächlich zum Angriff überging, grunzte das Wildschwein noch einmal und peitschte nervös mit dem Schwanz. Dann zuckte es jämmerlich quiekend zusammen und suchte in rasender Geschwindigkeit das Weite.

Katja verharrte atemlos. Das Knacken von Zweigen, das die Flucht des Schweins durch das Unterholz begleitete, wanderte weiter und weiter in die Ferne. Hatte sie das Tier derart verängstigt? Womöglich hatte es schlechte Erfahrungen mit zweibeinigen Jägern gesammelt. Das konnte ihr auch herzlich egal sein. Nicht egal war ihr, woher dieser Stofffetzen stammte, den es im Maul gehabt hatte.

Den Ast nach wie vor zum Schlag erhoben, näherte sich Katja vorsichtig der Kuhle, aus der das Tier aufgetaucht war. An ihrem Rand angekommen, packte sie den Ast fester, damit er ihr nicht aus den Fingern rutschte. Der Leiche am Grund der Kuhle war von dem gefräßigen Schwein derart zugesetzt worden, dass von ihrem Hals kaum mehr übrig war als die großflächig abgenagten Wirbel. Der Tote lag auf dem Rücken, das eine Auge offen und anklagend in ihre Richtung starrend, das andere ein klaffendes rot-weißes Loch.

Erst dachte sie, es wäre nur eine körperliche Reaktion auf den Schock, der sie angesichts dieses erneuten Leichenfunds ereilte, dass ihr die Beine kribbelten. Dann wurde das Gefühl immer stärker, gepaart mit der kuriosen Empfindung, wenn man von einem sich schnell drehenden Karussell herunter auf festen Erdboden trat und glaubte, dieser würde sich unter einem wegbewegen. Endlich kapierte sie, was hier vor sich ging.

Sie fiel auf die Knie. Die Bäume vor ihr schwangen wie in einer leichten Bö sachte hin und her. Die Laube in ihrem Rücken knirschte und kratzte, als die Steine, aus denen sie errichtet war, sich millimeterweise gegeneinander verschoben. Durch die Leiche schien ein Zittern zu gehen, als versuchte die Erde selbst, sie wiederzubeleben. Katja ballte die Fäuste, versuchte verzweifelt, an ihrem Verstand festzuhalten, und wartete darauf, dass der Zorn der Naturgewalten ein Ende fand.

39

Irgendwann beruhigte sich die Erde und Katja war wieder in der Lage, einen klaren Gedanken zu fassen. Rasch wandte sie sich von der Leiche in der Kuhle ab. Sie ertrug den einäugigen Blick nicht mehr. Was, wenn Dagmar doch recht hatte? Was, wenn dieser Wald verflucht war? Und sie mit ihm. Denn wie grausam musste der Zufall sein, dass sie dieses alte Gut zweimal besuchte, nur um zweimal einen Toten dort zu finden?

Katja sah zum Haupthaus mit seiner wie zum Hohn offen stehenden Eingangstür. Wollte das Haus sie anlocken? Womöglich brauchte sie nur in seine Schatten zu treten, um sich von ihm verschlingen und all dieses Grauen endgültig hinter sich zu lassen.

Katja fror mit einem Mal, als hätte jemand sie mit Eiswasser übergossen. Das Böse, das diese beiden Männer geholt hatte, hätte nun auch sie holen können, ohne dass je jemand davon erfuhr. Niemand wusste, wo sie war. Nicht Dagmar und Dietmar, die vielleicht sogar noch beim Frühstück saßen und Katja schlafend oben in ihrem Gästezimmer wähnten. Nicht Thilo, der in Marburg über seiner Abschlussarbeit hockte und sich bestimmt schlaue Gedanken über Religion und Glaube machte. Nicht Enzo, dem wahrscheinlich nur wichtig war, dass er am Wochenende seinen Wagen unversehrt zurückbekam und er bei dieser neuen Kollegin aus dem Layout landen konnte. Nicht einmal Bernd, der es sich irgendwo mit Evelyn oder einer anderen seiner Gespielinnen gut gehen ließ und bestenfalls später noch einmal anrufen würde, um sie dazu zu drängen, ihr gerade geerbtes Grundstück sofort wieder zu verkaufen.

Ihr fiel das Foto ein, das sie erst vor wenigen Minuten gefunden hatte. Daran musste sie denken. An Dinge *vor* der Leiche. Weil die Leiche nämlich eine Leiche bleiben würde, ganz egal, wie lange sie hier noch saß und sich vor dem angeblichen Fluch dieses Waldes ängstigte.

Sie tastete in der Jackentasche nach ihrem Smartphone. Sie schaute auf das Display, suchte nach dem Symbol für die Signalstärke. Sie glaubte, den Ansatz eines einzelnen Balkens zu erkennen und hoffte inständig, dass sie sich nicht täuschte. Sie *durfte* sich nicht täuschen. Sie wusste nicht, ob sie dieses Mal die Kraft finden würde, nach einer Stelle mit besserem Empfang zu suchen. Und wenn ihr das nicht gelang, lief sie am Ende doch Gefahr, nie mehr aus diesem Wald zurückzukehren.

Aus den Erinnerungen des Einen und des Anderen

Sie waren im Wald, als die Rache der Unterirdischen sie ereilte. Damals waren sie oft im Wald, weil sie Herrn Heydrich so sehr vermissten. Er hatte dringend fortgemusst, doch er hatte sich die Zeit genommen, sich von ihnen zu verabschieden. Sie hatten nicht geweint, obwohl sie doch so furchtbar traurig gewesen waren. Herr Heydrich mochte es lieber, wenn man tapfer war.

Er trug ihnen auf, nie zu vergessen, was er ihnen beigebracht hatte. Sie versprachen es ihm hoch und heilig. Er machte ihnen auch ein Geschenk, das ihr gemeinsames Geheimnis bleiben musste. Andere Leute hätten nicht verstanden, warum er ihnen gab, was er ihnen gab. Sie hätten es für viel zu gefährlich gehalten. Sie hätten gesagt, damit würden sie sich am Ende nur umbringen.

Herr Heydrich trug ihnen außerdem auf, stark zu sein, weil eine schlimme Zeit auf sie alle wartete. Doch solange sie die Unterirdischen und die anderen alten Kreaturen mit dem nötigen Respekt behandelten, könne ihnen nichts zustoßen.

Oh, wenn sie doch nur gewusst hätten, dass sie sich den Groll der Unterirdischen durch die im Streit gesagten Dinge bereits zugezogen hatten! Dann hätten sie Herrn Heydrich vor seinem Weggang angefleht, ihnen zu zeigen, welche Opfer man in einem solchen Fall bringen musste, um die Unterirdischen wieder zu besänftigen. So aber ahnten sie nicht einmal etwas von dem Grauen, das über sie hereinzubrechen drohte.

Sie trieben sich oft in der Nähe des großen alten Hauses herum, in dem Herr Heydrich gelebt hatte. Seine große Tür war nun verschlossen und verriegelt. Mutter wollte eigentlich nicht, dass sie allein im Wald spielten. Seit Vater nicht mehr nach Hause gekommen war, weinte sie viel. Manchmal hörten sie Oma und Mutter auch sehr laut in der Küche miteinander reden – fast so, als ob sie sich über etwas stritten. Doch wenn sie dann dazukamen, taten die beiden so, als wäre nichts gewesen. Selbst wenn sie sie belauschten, verstanden sie das meiste nicht wirklich. Anscheinend fürchteten sie sich vor fremden Feinden, die bald kommen würden, wenn die Dinge so weiterliefen wie bisher.

Sie beschlossen, sich über all das keine Sorgen zu machen. Sie dachten, die Unterirdischen würden sie schon beschützen.

An jenem Tag, als alles anders werden sollte, spielten sie gerade im Garten des Hauses im Wald. Da hörten sie aus ganz weiter Ferne – wie von jenseits des Flusses – einen Knall. Er war nicht so schrecklich laut, dass man sich davon die Ohren hätte zuhalten müssen. Nein, er war eher so leise, dass man ihn fast überhört hätte. Wie wenn jemand zwei Zimmer weiter eine Papiertüte aufpustete und mit einem Klatschen zum Platzen brachte. Oder wenn in der Silvesternacht draußen auf der Straße ein Böller gezündet wurde, während man sich selbst schon drinnen im Haus dick in seine Decke eingemummelt hatte.

Erst dachten sie sich nichts dabei. Dann wiederholte sich der Knall. Einmal, zweimal, dreimal. Nach dem dritten Knall heulte die Sirene des Dorfes. Selbst da glaubten sie noch, es wäre nur eine Übung. So eine, wie sie sie in der Schule manchmal durchführen mussten.

Doch die Sirene heulte und heulte, als gäbe es kein Morgen mehr. Da sahen sie einander lange an und bekamen es nun doch mit der Angst zu tun. Sie rannten zum Dorf zurück, quer durch den Wald, über die Wiesen und Felder. Als sie die dichten Rauchwolken über dem Dorf stehen sahen, stockte ihnen das Blut in den Adern.

Schon von Weitem sahen sie, dass viele der Häuser brannten

oder Löcher in den Dächern hatten oder dass ihnen Wände weggebrochen waren. Trotzdem hofften sie noch, ihr Haus könnte verschont geblieben sein.

Doch die Unterirdischen kannten keine Gnade.

Als sie an ihrem Haus ankamen, wollten einige der Männer aus dem Dorf, die gerade versuchten, die Brände zu löschen, sie einfangen und festhalten. »Geht nicht hin!«, sagten die Männer. »Schaut euch das nicht an!«

Sie schafften es jedoch, den nach ihnen ausgestreckten Armen zu entwischen. Und so gingen sie hin. Und sie schauten es sich an. Die Unsichtbaren hatten sie alle geholt: Mutter und Oma und Leonie und Mia und Henry und Peer. An ihrer Stelle hatten sie tote Vertreter ihres eigenen Volkes zurückgelassen: schwarze, verschrumpelte Leichen, haarlos und noch rauchend, weil auch sie Feuer gefangen hatten.

Nur Minka hatten sie dagelassen, aber sie hatten ihr ein Hinterbein gebrochen. Es schlackerte nur noch lose an ihrem Leib, als sie sich kläglich maunzend durch die angerichtete Zerstörung schleppte.

Da schnappte sich der Eine einen Stein und hieb damit auf die arme Minka ein, bis sie sich nicht mehr rührte. Als er fertig war, schleuderte er den blutigen Stein in die Trümmer, das Gesicht von Tränen und Asche gezeichnet, und er schrie: »Habt ihr jetzt, was ihr wollt? Habt ihr jetzt, was ihr wollt?«

Doch es kam keine Antwort, und der Andere konnte nur hingehen und ihn in die Arme schließen, um mit ihm zu weinen, bis ihnen die Augen wund waren.

40

»Es kommt mir fast so vor, als wären wir erst vor ein paar Tagen schon mal hier gewesen.«

Keiner der Umstehenden quittierte Gabriel Smolskis dummen Spruch mit mehr als einem halb unterdrückten Stöhnen. Möhrs musste sich zusammenreißen, um ihm nicht seinen Kaffee ins Gesicht zu schütten.

Er, Smolski, Aysel und Borowski standen vor einer hohen Pumpkanne im Kofferraum eines Streifenwagens herum, die einer der netten Kollegen in Uniform organisiert hatte. Sie hatten sich eine Pause verdient. Außerdem wollten sie auch der Spurensicherung nicht ständig im Weg herumstehen, die über das gesamte Grundstück ausgeschwärmt war.

Borowski wischte sich Kaffeeschaum aus seinem prächtigen Schnauzbart. »War das eigentlich der Chef, den du da am Rohr hattest?«

»Ja«, sagte Möhrs kurz angebunden.

»Er war wahrscheinlich nicht so begeistert, oder?«

»Nein.«

»Ich meine, es ist ja auch total komisch, dass hier in so kurzer Zeit gleich zwei Leichen gefunden werden.«

»Total komisch.«

»Also jetzt nicht komisch in dem Sinne, dass das irgendwie lustig wäre. Eher so im Sinne von ungewöhnlich.«

»An dir ist wirklich ein Philosoph verloren gegangen, Alter«, murmelte Möhrs.

»Diesmal ist es aber auf jeden Fall ein Mord?«, wandte sich Borowski an Aysel.

Das war noch so eine dämliche Frage, weil sie die Leiche alle gesehen hatten. Ja, ein Wildschwein hatte ihm fast den Hals durchgefressen, doch daran war der Mann nicht gestorben. Da war er nämlich schon längst tot gewesen. »Hier liegt definitiv ein Tötungsdelikt vor«, sagte Aysel mit einer Engelsgeduld. Sie hielt ihren Pappbecher umklammert, als müsste sie sich die Finger daran wärmen. Dabei waren die Temperaturen bereits wieder so hoch, dass Möhrs in seinem neuen Anzug schwitzte. »Es sei denn, wir müssen uns jetzt auch noch Gedanken darüber machen, dass das Wild hier gelernt hat, wie man zurückschießt.«

»Könnte er sich nicht selbst erschossen haben?«, hakte Smolski nach.

»Ins Auge? Eher unwahrscheinlich«, antwortete Aysel. »Und selbst wenn es ein Unfall gewesen sein sollte, wo ist dann die Waffe abgeblieben?«

»Okay, ich gebe mich geschlagen.« Smolski atmete einmal tief durch und sagte dann zu Möhrs: »Ich sehe es ein. Du hast die Wette gewonnen. Das mit Grieß war auch kein Unfall. Wir kriegen spätestens nach der Obduktion eine Soko, und ich nehme dir den Schreibkram ab. Alles klar?«

»Ihr hattet eine Wette laufen?«, erkundigte sich Borowski. »Warum durfte ich denn da nicht einsteigen?«

»Lange Geschichte«, log Möhrs.

»Jetzt spekuliert ihr«, sagte Aysel. »Wir haben bis jetzt immer noch keinen eindeutigen Beweis, dass der Tod von Grieß nicht doch ein Unglücksfall gewesen ist.«

»Zwei Leichenfunde am selben Ort binnen so kurzer Zeit. Am selben *abgelegenen* Ort.« Möhrs schüttelte den Kopf. »Da ist was buchstäblich mordsmäßig faul.«

»Wo siehst du die klare Verbindung zwischen den beiden Vorfällen?«, fragte Aysel.

»Im Moment sehe ich noch gar nichts, außer dass Barswick mir so richtig die Hölle heiß macht, wenn ich nicht schleunigst Ergebnisse liefere.« Möhrs trank seinen Kaffee aus, der mittlerweile kalt und bitter schmeckte. »Aber wenn diese zweite Leiche hier quasi nur abgelegt wurde und das wirklich nicht das Geringste mit Grieß zu tun hat, dann hat hier jemand so richtig nicht aufgepasst. Ich jedenfalls würde meine Opfer nicht irgendwo notdürftig verstecken, wo man ein, zwei Tage vorher gerade einen Toten gefunden hat.«

»Nur so interessehalber ...« Smolski grinste. »Wo würdest du denn deine Opfer verstecken?«

»In deiner Wohnung«, brummte Möhrs.

»Was ist eigentlich mit dieser Jakobs?«, meldete sich Borowski zu Wort, in dessen Bart schon wieder Kaffeeschaum hing. »Ist es nicht komisch, dass sie die beiden Leichen gefunden hat?«

»Meinst du komisch in dem Sinne, dass das irgendwie lustig wäre?«, konnte sich Möhrs eine kleine Retourkutsche nicht verkneifen.

»Willst du mich verarschen?«

»Katja Jakobs kann eine Nervensäge sein, aber eine Doppelmörderin ist sie nicht.« Möhrs winkte ab. »Wir sollten uns lieber nach brauchbaren Spuren umtun, anstatt uns in wilden Vermutungen zu ergehen.« Er entdeckte hinter dem Absperrband, das ein fleißiger Schupo zwischen den Bäumen am Rand des Schotterwegs zum Gut gespannt hatte, zwei neugierige Beobachter. »Ich bin gleich wieder da.«

Er ging auf die beiden Männer zu. Den einen – den in den überteuerten Klamotten und mit dem hübsch ondulierten Haar – kannte er. Schäfer, der Bürgermeister von Tachin und Besitzer der Ruine. Den anderen – einen eher hageren Mann um die siebzig in der patentierten deutschen Übergangsjacke, für die es mindestens zehn Grad zu warm war – hatte er noch nie bewusst gesehen. Was beide gemeinsam hatten, waren die Hunde, die sie an der Leine führten. Beide Vierbeiner waren der unumstößliche und hässliche Beweis, dass es Hundesorten gab, die der Mensch besser nicht miteinander kreuzte. Wie hatte Schäfer diese Neuzüchtung genannt? Boxster? Nein, das war ein Auto.

»Kommissar Möhrs«, grüßte ihn Schäfer. »Ich habe es schon gehört. Schrecklich. Ganz schrecklich.«

Die Hunde, die man auf den ersten Blick als Wurfgeschwister erkannte, tapsten hechelnd auf Möhrs zu, der ihnen in weitem Bogen auszuweichen versuchte. »Würde es Ihnen was ausmachen, Ihre Bestien zu bändigen. Wenn ich mir diesen Anzug versaue, kriege ich zu Hause Ärger.« Er warf einen Blick über die Schulter: Aysel behielt ihn tatsächlich genau im Auge. »Aber so richtigen Ärger, sage ich Ihnen.«

»Das ist aber auch ein feines Stöffchen«, lobte ihn Schäfer, ehe er seinen Hund mit einem herrischen »Adam!« und einem beherzten Ruck an der Leine zurückrief. Der andere Mann brauchte nur zu pfeifen, und schon trottete der Hund schwanzwedelnd an seine Seite.

Möhrs stellte sich dem Mann mit dem bestens erzogenen Tier vor.

»Jörn Krämer«, gab dieser zurück. »Können wir etwas für Sie tun, Herr Kommissar?«

Möhrs beschloss, diesmal auf irgendwelche Spielchen zu verzichten. Was hatten die ihm bisher auch schon genutzt? »Sie können mir verraten, ob Ihnen der Name Falk Ewert etwas sagt.«

»Ist das der Name des Toten?« Schäfer roch auch an diesem Morgen viel zu sehr nach Aftershave.

»Das ist zumindest der Name auf seinem Personalausweis, seinem Führerschein und seiner Krankenversichertenkarte.«

»Sagt mir leider gar nichts«, gab Schäfer mit betroffener Miene zurück.

»Und Ihnen?«, hakte Möhrs bei Krämer nach.

»Nie gehört.« Der Alte zuckte die Schultern. »Stimmt es, dass dieses nette Mädchen aus Hamburg ihn gefunden hat?«

Möhrs musste einen Augenblick darüber nachdenken, ob Krämer auch wirklich Katja Jakobs meinte. »Ja, so ist es. Warum fragen Sie?«

»Ach, ich habe Sie neulich kennengelernt.« Krämer ging erstaunlich geschmeidig in die Knie und tätschelte seinem Hund den Kopf. »Wo ist sie jetzt? Geht es ihr gut?«

»Ich habe keine Ahnung, wo sie jetzt ist. Ich habe mir angehört, was sie zu sagen hatte, und danach habe ich sie gehen lassen. Ich wollte sie nicht unnötig festhalten. Sie hat ja das große Los gezogen, hier binnen kürzester Zeit gleich zwei Leichen zu finden.«

»Schon komisch, oder?«, fragte Schäfer in einem verschwörerischen Tonfall.

»Ja, komisch.« Möhrs wandte sich grußlos um und legte einen stummen Schwur ab: Wer ihm gegenüber als Nächster das Wort *komisch* verwendete, konnte sich auf einen so richtig gepflegten Anpfiff einstellen.

41

Katja wusste nicht, woraus der Tee gemacht war, den sie trank. Vermutlich irgendeine Mischung aus selbst gesammelten Kräutern. Nachdem Dagmar gehört hatte, was ihr zugestoßen war, war sie nicht davon abzubringen gewesen, Katja diesen Trank einflößen zu dürfen. »Der Wald ruft dich, um dir zu zeigen, was er ist«, hatte Dagmar geflüstert, während sie ihr den Becher mit der dampfenden, grünbraunen Flüssigkeit in die Hände gedrückt hatte. »Schon zweimal hat er das jetzt getan. Wann siehst du es endlich ein, dass du neue Wege beschreiten musst, um die Rätsel zu lösen, vor denen du stehst?« Dann war sie in die Küche verschwunden, um Nachschub zu brauen. Noch ehe Dagmar zurück war, tauchte ihr Bruder auf, das Telefon in der Brusttasche seines Karohemds.

»Ich habe gerade etwas herumtelefoniert.« Dietmar deutete auf eines der Modelle in den Schaukästen an der Wand. »Der Vorsitzende des Konnekt-Stammtischs in Lauenburg hat einen Neffen bei der örtlichen Polizei. Wie es aussieht, wurde auch dieser neue Tote, den du gefunden hast, bereits identifiziert. Den Namen konnte er mir aber leider nicht sagen. Sonst würde sein Neffe Ärger kriegen.« Er setzte sich in den Sessel der Sitzgruppe und legte Katja sachte die Hand auf den Arm. »Ich dachte mir trotzdem, dass du das wissen solltest.«

»Danke.« Katja stellte fest, dass diese winzige Information tatsächlich etwas Tröstendes hatte. »Um mich muss man sich keine Sorgen machen. Ich war nur ein wenig aufgewühlt. Das ist alles.«

»Das ist auch absolut verständlich.« Die zwischenzeitlich ins

Zimmer zurückgekehrte Dagmar stellte Dietmar ein Glas Mineralwasser hin und setzte sich dann zu ihnen auf die Dreiercouch. »Wen würde so was nicht mitnehmen?«

»Ist dir eigentlich klar, was das bedeuten könnte, Katja?«, fragte Dietmar mit tiefen Falten um die Nasenwurzel.

»Ich weiß, ich weiß.« Sie hob abwehrend die Hände. »Das könnte heißen, dass ich mittlerweile zwei Beinahe-Begegnungen mit einem Mörder gehabt habe.«

»Und das beunruhigt dich nicht?«

»Da er es bisher nur auf Männer abgesehen zu haben scheint, fühle ich mich ehrlich gesagt höchstens indirekt bedroht.« Sie begegnete trotzig Dietmars skeptischem Blick. »Ich hätte da außerdem mal noch eine andere Frage: Gab es vorhin schon wieder ein Erdbeben oder war das nur in meiner Fantasie, weil ich mich doch schlimmer vor dieser Leiche erschreckt habe, als ich dachte?«

»Nein, nein. Das hast du dir beileibe nicht nur eingebildet.« Dagmar tätschelte ihr zärtlich das Knie. »Es war genauso stark wie das davor. Und du weißt ja, wem ich die Schuld dafür gebe.«

»Dagmar! Nun verschon uns doch bitte einmal mit deinen Ammenmärchen«, fuhr Dietmar sie an.

Katja warf einen unsicheren Blick zur Decke. »Wie sieht es denn mit der Belastbarkeit der Mühle aus?«

»Die Mühle steht noch hundert Jahre, wenn die Erdstöße nicht stärker werden.« Dietmar nahm seine bunte Brille ab und massierte sich die von den Bügeln verursachten Druckstellen an den Schläfen. »Natürlich werden jetzt noch mehr Leute im Ort davon überzeugt sein, das alles läge am Fracking, mit dem man in der Gegend begonnen hat.«

»Und wie siehst du das?«

»Ich bin Realist, kein Idealist«, sagte Dietmar. »Selbst wenn das Fracking diese schwachen Erdstöße auslösen sollte, würde das von offizieller Seite ohnehin nicht so schnell eingeräumt werden. Falls sie in diesem Rahmen bleiben, sind sie nüchtern betrachtet etwas, woran man sich mit der Zeit gewöhnen könnte. So wie man sich an Fluglärm gewöhnt, wenn du verstehst.«

»Ich werde mich nie daran gewöhnen«, behauptete Dagmar entschieden. »Und jeder, der glaubt, die Leute würden sich so etwas gefallen lassen, ist schiefgewickelt. Und falls die Leute so dumm sind, die Natur würde sich trotzdem dagegen wehren.«

Katja musste bei Dagmars warnenden Worten an das Wildschwein mit dem blutigen Stoff im Maul denken. »Ist es eigentlich normal, dass man einem einzelnen Wildschwein begegnet? Ich dachte, die leben in Rotten.«

»Grundsätzlich schon«, sagte Dagmar. »Die Männchen sind aber in den meisten Fällen Einzelgänger, sobald sie von ihren Muttertieren verstoßen werden. Für mich hört sich deine Geschichte an, als wärst du einem Keiler begegnet. Und du solltest wissen, dass das Wildschwein in vielen alten Kulturen auf spiritueller Ebene mit dem Tod verknüpft war.«

Katja fiel etwas ein. Sie griff in die Seitentasche ihrer Kapuzenjacke und zog das Foto aus der Gartenlaube daraus hervor. »Würdest du dir das einmal für mich anschauen?«

Sie reichte Dietmar das Bild. Er faltete es auf und studierte es nachdenklich. »Woher hast du das?«

Katja atmete durch. »Okay. Ich habe nicht zufällig einen Spaziergang zum Grundstück gemacht. Ich bekam heute Morgen eine SMS, in der mich jemand dazu aufforderte, mich dort einzufinden. Dachte ich. In Wahrheit ging es wohl nur um dieses Foto. Es tut mir leid, dass ich das nicht früher erwähnt habe. Aber ich hatte wirklich gedacht, ich werde damit alleine fertig.«

»Das seid ihr, oder?«, fragte Dietmar. »Du und deine Familie, meine ich. Und … Bernd heißt er?«

»Bei Hagenbecks, ja«, bestätigte sie. »Ich kann mich sogar noch dunkel daran erinnern. Meine Mutter hatte keine Lust auf den Tierpark, kam aber trotzdem mit. Wahrscheinlich um darauf aufzupassen, dass Bernd und mein Vater keine Dummheiten machen. Das ist hinten in der Nähe von den Tapiren. Ich wollte unbedingt Ponyreiten.«

»Wie kommt die Person, die dir die SMS geschrieben hat, an dieses Bild?«, wollte Dietmar wissen.

»Tja.« Katja leerte ihren Becher. »Das wäre jetzt genau die richtige Zeit für den Publikumsjoker.«

Dietmar drehte das Bild um. »Kein Datum. Ich tippe darauf, dass das privat entwickelt wurde.«

»Aber …« Dagmar nahm die Hand vor den Mund. »Das würde ja bedeuten, dass euch da jemand beobachtet hat. Wie in einem Spionagefilm.«

»Katjas Vater war Journalist«, sagte Dietmar. »Ein richtig guter sogar, auch wenn Frieder sich das nie eingestehen wollte. Ein Spürhund. Ein Schnüffler. Da macht man sich nicht nur Freunde.« Er gab Katja das Bild zurück. »Aber wahrscheinlich hat es mehr Sinn, deiner Mutter oder Bernd dieses Foto zu zeigen. Vielleicht haben sie ja eine Ahnung, wer es gemacht haben könnte.«

Katja steckte das Foto weg. Dietmar hatte recht. Diese Sache würde warten müssen. Mindestens bis Samstag. Für den Moment konzentrierte sie sich besser auf die Situation vor Ort. »Diese Erdstöße … Wie oft kommen sie denn nun wirklich vor?«

»Ich bin kein Experte auf diesem Gebiet«, sagte Dietmar. »Wenn es jemand weiß, dann Jörn. Also abgesehen von irgendwelchen geografischen Instituten, obwohl ich doch stark bezweifle, dass deren Daten so detailliert ausfallen, um etwas für die Situation in Tachin daraus abzuleiten.«

»Jörn? Du meinst Jörn Krämer, oder?«, hakte Katja nach.

»Genau. Du solltest unbedingt mit ihm sprechen, wenn du dich für die Geschichte Tachins interessierst.«

Das war schon das zweite Mal, dass sie diese Empfehlung erhielt. Dieses Mal wollte sie sich unbedingt daran halten. Nicht nur der Erdbeben wegen.

42

Jörn Krämer wohnte auf einem alten Bauernhof am Rande Tachins. Dessen herausragendstes Merkmal war eine Scheune von imposanten Ausmaßen. Sie war in kräftigem Rot und reinem Weiß gestrichen und wirkte besser in Schuss gehalten als das eigentliche Haupthaus. Vor der Scheune, über deren offen stehendem Tor ein Schild mit der Aufschrift *Heimatmuseum* prangte, parkte zwischen Blumenkübeln ein blauer Renault Espace mit offener Heckklappe. Bienen summten um die überbordende Pracht aus weißen und violetten Blüten. Katja hatte zu Fuß gerade einmal eine Viertelstunde hierher gebraucht. Unter den kritischen Blicken völlig verwitterter Gartenzwerge mit Pickelhauben klingelte sie an der Eingangstür zum Haupthaus. Sie hörte gedämpft Heinrich bellen. Das blieb aber auch schon die einzige Reaktion.

Sie beschloss, nachzusehen, ob Krämer in der Scheune war. Dort herrschte eine äußerst angenehme Kühle. In der Luft hing die ferne Ahnung von Heuduft. Durch feine Ritzen zwischen den Latten der Wand fielen schmale Lichtstreifen, in denen Staubkörnchen tanzten. Der gesamte Raum war mit größeren und kleineren Schaukästen vollgestellt. Die Exponate waren augenscheinlich thematisch gruppiert: In einer Ecke entdeckte Katja jede Menge Werkzeug, in einer anderen Dutzende von Aquarellen und Ölbildern, die Landschaften und Gebäude aus der Umgebung zeigten, wie es den Anschein machte. Wieder andere Kästen enthielten altes feines Porzellan, recht verblasste Diagramme über die Wirtschafts- und Bevölkerungsentwicklung und diverse Uniformteile. Es gab weder eine Kasse noch einen festen Eintrittspreis, sondern nur eine kleine Kiste mit der Bitte um eine Spende.

»Herr Krämer?«, rief Katja in die Stille hinein. Nichts rührte sich. Wo sie schon mal hier war, dachte sie, konnte sie sich auch im hiesigen Louvre umschauen, und so schritt sie auf den erstbesten Schaukasten zu.

Sie sah sich zahlreichen Fotos gegenüber, die mit der örtlichen Schule zu tun hatten. Auf einer gelbstichigen Aufnahme, die den Schlaghosen der Jungen und den Pullundern der Mädchen nach zu urteilen aus den siebziger Jahren zu stammen schien, glaubte Katja, Jörn Krämer zu erspähen. Sein vierzig Jahre jüngeres Ich – mit vollem Haar, extrem breitem Hemdkragen und einer Lederkrawatte – lächelte stolz. Links hatte er den Arm um ein Mädchen gelegt, rechts um einen Jungen. Beide hatte man mittels erstaunlich kunstvoller Maskenbildnerei und kluger Kostümwahl um einige Jahrzehnte älter gemacht. Man hätte sie auf den ersten Blick für Erwachsene halten können, wenn nicht beide ein Programmheft in Händen gehabt hätten, auf dem Katja mit zusammengekniffenen Augen den Titel *Der Besuch der alten Dame* und den Namen *Dürrenmatt* entzifferte.

Ihr Blick wanderte ein Bild weiter und sie machte einen Schritt näher an den Schaukasten heran, um es noch besser studieren zu können. Es war eine andere Klasse und auch ein anderer Raum, doch der junge Lehrer, der da zwischen seinen Eleven stand, war unverkennbar Krämer.

»Das ist mein Bruder Jörg«, sagte eine Stimme hinter ihr. Sie wandte sich um. Im Gegenlicht war Krämer kaum mehr als eine Silhouette. »Wir haben an derselben Schule unterrichtet.«

»Tut mir leid, dass ich mich hier so reingeschlichen habe.« Katja ging ihm entgegen, um ihm die Hand zu schütteln. »Ich hatte geklingelt, aber –«

»Das Tor stand ja offen«, sagte Krämer sanft. »Geht es Ihnen gut? Ich habe gehört, dass …«

Katja wunderte sich nicht mehr darüber, dass Krämer schon über ihren grauenhaften Morgen Bescheid wusste. Entweder hatte Dagmar ihr Erscheinen telefonisch angekündigt oder er hatte über einen anderen Bekannten schon von dem Vorfall erfahren. »Mir schlottern noch ein bisschen die Knie, aber ansonsten fehlt mir nichts.«

»Das beruhigt mich sehr.« Krämer widmete seine Aufmerksamkeit dem Schaukasten, vor dem Katja gestanden hatte. »Interessieren Sie sich für die Schule?«

Katja redete nicht lange um den heißen Brei herum. »Um genau zu sein, interessiere ich mich eher für Ihre Schüler. Sie wissen doch, dass Dagmar mich auf diese Vermisstenfälle angesetzt hat. Ich habe mich gefragt, ob Ihnen irgendetwas am Verhalten eines der Kinder, das bei Ihnen in der Klasse war, im Vorfeld seines Verschwindens komisch vorgekommen ist.«

»Uh.« Krämer rieb sich das Kinn und betrachtete die Fotos, auf denen er und sein Bruder als junge Männer zu sehen waren. »Sie verlangen da ganz schön viel, wissen Sie? Ich möchte ehrlich zu Ihnen sein: Manchmal weiß ich mittags nicht mehr, was ich morgens zum Frühstück hatte. Alles, was ich sage, ist gewissermaßen ohne Gewähr.« Er sah ihr in die Augen. »Ach, wem mache ich etwas vor: Ich müsste lügen, wenn ich behaupten würde, mich da an irgendetwas Auffälliges zu erinnern. Haben Sie nicht vielleicht die Möglichkeit, die alten Polizeiakten einzusehen? Woran ich mich nämlich noch erinnere, ist, dass die Polizei damals natürlich auch bei uns an der Schule gewesen ist. Das war ja traurige Routine. Falls mir damals doch etwas aufgefallen sein sollte, ist es bestimmt irgendwo festgehalten.«

Katja fühlte jene bittere Enttäuschung, die sie immer verspürte, wenn sie bei ihren Recherchen in einer Sackgasse steckte. Ihr einziger Kontakt bei der örtlichen Polizei war Möhrs. Der würde sich kaum darum bemühen, irgendwelche alten Akten für sie zu beschaffen, während er gerade einem Mörder auf den Fersen war. Falls diese Akten, von denen Krämer da redete, nach so langer Zeit überhaupt noch existierten und nicht schon längst einem hungrigen Reißwolf zum Opfer gefallen waren. »Vielleicht können Sie mir trotzdem weiterhelfen«, sagte sie. »Wissen Sie zufällig, wie häufig es in dieser Gegend zu wahrnehmbaren Erdstößen kommt?«

Krämer bekam keine Chance, Katja zu antworten, weil ihr Smartphone klingelte. Aus Respekt vor dem alten Lehrer huschte sie aus der Scheune, ehe sie den Anruf entgegennahm. »Jakobs.«

»Hallo Katja. Hier ist Gitte.«

Katja konnte den Namen im ersten Moment rein gar nicht zuordnen. Zum Glück fügte die Frau nun an: »Vom *Lauenburger Kurier*.«

»Ach, richtig.« Jetzt erinnerte Katja sich an die nette Kollegin, durch deren Hilfe sie im digitalen Archiv der kleinen Zeitung zum ersten Mal auf den Namen Krämer gestoßen war. »Entschuldige bitte. Ich stand total auf dem Schlauch. Was kann ich für dich tun?«

Zwei Minuten später beschloss Katja, dass ihr Glück sie wohl doch nicht ganz verlassen hatte und selbst aus Sackgassen manchmal ein Weg hinausführte.

43

Manchmal fühlte Lukas Möhrs sich von den jüngsten technischen Entwicklungen einfach nur überrollt. In etwa so wie eine nichtsahnende Kröte, die auf ihrer Wanderung der Route ihrer Urahnen folgte, nur um dann im Reifenprofil eines Vierzigtonners zu enden.

Manchmal hingegen freute er sich über die neuesten Entwicklungssprünge. So wie heute. Ein Forensiker aus Lübeck hatte ihm mitgeteilt, dass es ihm gelungen war, die auf Christian Grieß' Handy abgespeicherten Daten teilweise zu retten. Das war eine gute Nachricht. Schlamm und moderne Hightechgeräte vertrugen sich nur sehr bedingt miteinander. Zwischenzeitlich hatte es sogar danach ausgesehen, als wären sämtliche Daten verloren. Der schlaue Computermensch wies Möhrs außerdem darauf hin, dass sich ein paar ganz bestimmte Videodateien als besonders wertvoll für die Ermittlungen herausstellen könnten. Sie stammten laut Datum aus jener Nacht, in der Grieß gestorben war. Es gab auch schon eine Fassung, in der diese Schnipsel zu einem langen Video zusammengesetzt waren.

Nun hockte Möhrs mit Smolski hinten in dem Bulli, den seine Dienststelle sonst für Verkehrskontrollen einsetzte, und schaute sich die Aufnahmen auf dem Laptop eines jungen Kollegen von der Spurensicherung an, mit dem man auf den Server des Rechtsinstituts zugreifen konnte.

Sie begannen mit einer Einstellung, in der Grieß offenbar ein Selfie von sich hatte machen wollen. Das Bild schwankte jedoch, als stünde er auf einer kleinen Nussschale in einem tobenden Orkan. In den kurzen Sekunden, in denen sein Gesicht einmal ganz zu sehen war, lieferte er selbst die Erklärung dafür: Er hatte den unfokussierten Blick und die hängenden Lippen eines Sturzbetrunkenen. Um ihn herum war es zwar dunkel, doch offenbar wankte er über einen Waldweg. Ab und zu gerieten Äste und Zweige in den winzigen Lichtkegel der Leuchte an seiner Kamera. Er war sichtlich verärgert, denn er wedelte wild mit seiner freien Hand und lallte vor sich hin: »So ein Kack, den der da erzählt … Gut fürs Dorf … Am Arsch … Dem werde ich zeigen, wie gut das fürs Dorf ist …«

»Das ist ziemlich unmittelbar nach dem Streit mit dem Bürgermeister, oder?«, fragte Smolski.

»Würde ich schon sagen«, meinte Möhrs. »Er hat echt miese Laune. Die Art von Laune, in der man sich zum Affen macht und Scheiße baut.« Er lugte aus den Augenwinkeln zu Smolski hinüber. »Bist du dir sicher, dass du dir das mit der Wette nicht noch mal überlegen willst?«

»Ach was.« Smolski schüttelte den Kopf. »Ich weiß schon, wann ich einen Kampf verloren habe.«

Sie sahen sich das Video weiter an. Die Aufnahme brach nach einigen weiteren Beschimpfungen, die an Bürgermeister Schäfer gerichtet waren, unvermittelt ab und setzte an einem neuen Schauplatz wieder ein.

»Da … Das soll also gut sein … Wie kann das gut sein?« Grieß selbst war nicht zu sehen. Er hielt die Kamera auf ein gut ausgeleuchtetes Areal gerichtet. Anhand des Förderturms, der in den Nachthimmel aufragte, war es unschwer als die Frackinganlage zu erkennen. Zu dieser späten Stunde war dort jedoch keine Menschenseele zu sehen. Das Bild war nun insgesamt etwas stabiler. Anscheinend war doch etwas an der alten Binsenweisheit dran, dass Bewegung und frische Luft Besoffenen dabei halfen, wieder einen klareren Kopf zu bekommen. »Ich muss da rein … Dann sieht er, wie dumm er ist … Wie die ihn verarschen …«

»Oh-oh«, machte Möhrs.

»Jetzt bin ich gespannt, ob uns dieser Wickede einen Bären aufgebunden hat, als wir bei ihm in der Anlage waren.« Smolski beugte sich dichter an den Monitor. »Falls der Typ uns was vom Pferd erzählt hat, knöpfe ich ihn mir so richtig vor – Rechtsabteilung hin oder her.«

Das Bild setzte erneut einen Moment aus. Dann hörte man Grieß freudig glucksen. »Ich fasse es nicht ... ein Wink des Schicksals.« Er sprach von einem Baum, der, vom jüngsten Sturm gefällt, genau so umgestürzt war, dass er den Zaun um die Anlage niedergedrückt hatte. Vermutlich hatte Grieß in jener Nacht exakt jene Stelle gefunden, die Möhrs und Smolski vom Bürocontainer des Anlagenleiters aus notdürftig instand gesetzt gesehen hatten. »Wie geil!« Grieß klang wie ein Kind, das im Schlafzimmerschrank seiner Eltern ein dort verstecktes Geschenk gefunden hatte. »Wie unfassbar geil!«

»Was für ein Idiot«, murmelte Smolski.

»Was für ein unvorsichtiger Idiot«, korrigierte ihn Möhrs.

Wie um ihm recht zu geben, stand Grieß bei seiner nächsten Aufnahme anscheinend mitten in der hell erleuchteten Anlage. Er hatte die Kamera diesmal wieder auf sich gerichtet und grinste wie ein Honigkuchenpferd. »Der Wahnsinn! Der absolute Wahnsinn!«, wiederholte er immer wieder halblaut schreiend, wie es Besoffene so gern taten, während er sich leicht torkelnd um die eigene Achse drehte. »Ich bin drin! Ich bin drin!«

Seine Begeisterung währte nicht lange. Ganz in seiner Nähe knallte eine Tür. Dann ertönte lautes Hundegebell, das definitiv nicht von der freundlichen Sorte war. An einem schwindelerregenden Perspektivwechsel merkten Möhrs und Smolski, dass Grieß die Beine in die Hand nahm. Mal sahen sie den dunklen Nachthimmel, dann wieder die Gebäude der Anlage als verwischende, helle Schemen, dann wieder den Himmel, dann wieder die Anlage. Offenbar hatte Grieß sein Handy bei seinem Spurt mit laufender Kamera in der Hand gehalten. An Geräuschen waren nur das andauernde Gebell und ein gelegentliches »Halt! Bleiben Sie stehen!« aufgezeichnet worden.

Erneut wechselte die Perspektive und erneut wurde das Bild kurz schwarz. Dann drang ein gehetztes Keuchen dröhnend laut aus den kleinen Lautsprechern des Laptops. Möhrs brauchte einen Moment, bis er verstand, dass Grieß sein Telefon nun quer mit den Zähnen festhielt, um die Hände frei zu haben. Schon schlossen diese sich um einen Strang Stacheldraht. Mit einem Schmerzenslaut wuchtete sich der nicht gerade leicht gebaute Grieß ganz über den Zaun.

»Autsch«, zischte Smolski.

»Das erklärt die Wunden, die Aysel aufgefallen waren. Sie hat völlig richtig gelegen.«

Das Video stotterte danach gewissermaßen, weil Grieß durch den Wald hetzte und die Aufnahme immer wieder stoppte und neu startete. Das Handy schien er inzwischen wieder in der Hand zu halten, da sich der rasche Wechsel zwischen Hell und Dunkel wiederholte – nur, dass diesmal der Himmel oben heller war als der finstere Wald unten. Grieß blieb wie durch ein Wunder auf den Beinen, klang aber immer kurzatmiger. Zugleich wurde das Gebell leiser und verstummte irgendwann ganz.

»Also wenn ihm der Wachmann nicht ohne seinen Hund so im Ninjastil nachgeschlichen ist, ist er wohl kaum der Schuldige.« Smolski lehnte sich wieder auf der Sitzbank zurück, die er sich nur aufgrund seiner schmalen Hüften mit Möhrs teilen konnte.

»Nicht so voreilig.« Möhrs deutete auf den unteren Rand des Bildschirms, wo ein kleiner Pfeil auf der Zeitleiste entlangkroch. »Da kommt noch was.«

So war es.

Grieß stolperte auf eine Lichtung. Das war daran zu erkennen, dass das tintige Schwarzblau um ihn herum nun einem gewöhnlichen Dunkelblau wich. Er passierte eine Stelle, wo rechts von ihm schmale tiefschwarze Objekte in die Höhe wuchsen. Sie sahen wie die Spanten eines Schiffsrumpfs aus, der auf mysteriöse Weise mitten in den Wald gelangt war.

»Ist das nicht das Treibhaus?«, bot Smolski eine Erklärung an.

»Sieht ganz danach aus.« Möhrs nickte. Ihm wurde schlagartig etwas bewusst: Sie schauten Grieß gerade dabei zu, wie er in seiner Todesnacht nur einen Steinwurf von diesem Bulli entfernt über das Grundstück lief. Ihm wurde etwas mulmig. So musste es sich anfühlen, wenn man einen Geist sah. Dann wurde ihm noch mulmiger: Grieß hielt einen Wimpernschlag inne, um dann die Richtung zu wechseln und direkt auf das Treibhaus zuzugehen. Sein Publikum bekam nun leider wieder nur dunklen Wald zu sehen. »Was macht er da?«

»Er redet mit wem.« Smolski fuhr mit dem Touchpad des Laptops eilig die Lautstärke hoch.

»Das sieht schwer aus«, hörten sie Grieß in einer Mischung aus Erschöpfung und aus Trunkenheit geborener Freundlichkeit schnaufen. »Brauchen Sie Hilfe?«

Grieß erhielt zwar eine Antwort, aber sie war nicht zu verstehen. Möhrs stellten sich die Nackenhaare auf. Er war froh, den Platz außen auf der Sitzbank zu haben. Andernfalls wäre er ob der Beengtheit jetzt sicherlich aufgesprungen. Smolski spulte ein Stück zurück. Die unheimliche Antwort blieb jedoch genau das, was sie für sie nun einmal war: eine Art heiseres Flüstern, das Möhrs an Gruselgeschichten denken ließ, wie man sie sich zu später Stunde am Lagerfeuer erzählte. »Lass es weiterlaufen«, forderte er Smolski auf.

Grieß hatte seines Zustands wegen wohl immer noch nicht so recht begriffen, dass er sein Handy noch in der Hand hielt und damit das Geschehen aufzeichnete. Er machte ein paar Schritte und man hörte schmatzende Geräusche. Schlamm unter seinen Sohlen? »Wie viele sind denn das?«, wollte er von der unbekannten Person wissen, die sein Hilfsangebot angenommen zu haben schien.

Dieses Mal war die einzige Antwort eine Art sattes Klatschen, gefolgt von einem Ächzen von Grieß. Man nahm auf dem Bildschirm noch eine Art huschende Bewegung wahr, dann endete das Video.

»Was war das am Schluss da?«, fragte Smolski leise.

»Meinst du das Geräusch? Keine Ahnung.« Möhrs schluckte trocken. »Ich würde fast tippen, das war der Schlag, der ihn umgebracht hat. Und danach hat er das Handy fallen lassen.«

Sie sahen einander schweigend an.

»Scheiße«, murmelte Möhrs. Er stand auf und stieg aus der geöffneten Schiebetür des Bullis. Er merkte erst jetzt, dass ihm das Herz bis zum Hals schlug. Rasch knöpfte er sein Hemd etwas weiter auf. Er war als Kripomann zwar einiges gewohnt, doch das war harter Tobak.

Möhrs blickte zurück ins Wageninnere. Smolski hing nun so dicht über dem Laptop, dass seine Nase fast den Monitor berührte. Möhrs wandte sich um. Sollte Smolski sich das ruhig noch mal anschauen, wenn ihn so schnell nichts schockieren konnte. Er jedenfalls brauchte erst einmal eine Pause.

Umso erleichterter war er, als er Aysel in ihrem weißen Overall quer über den Parkplatz auf sich zukommen sah. Sie hielt einen durchsichtigen Plastikbeutel in die Höhe und grinste triumphierend. »Rate mal, was ich da habe!«

Der Gegenstand im Beutel war selbst auf die Entfernung leicht zu identifizieren. »Ein Handy?«

»Bingo!«

»Noch eins? Wirst du jetzt unser Spürhund für Elektronik, oder wie?«

»Ach, hör auf.« Sie erlaubte sich eine flüchtige Berührung seiner Hand, als sie bei ihm angekommen war. »Das erste war doch purer Zufall. Und das hier war nicht schwer zu finden, weißt du? Ewert hatte es in seinem Jackett.« Sie wandte ihm den Rücken zu und ließ ihn über ihre Schulter schauen. Bei dem Handy handelte es sich um ein sehr schlichtes Modell, das weit davon entfernt war, ein Smartphone zu sein. Dieses altmodische Teil sah zwar neu aus, war allerdings nicht einmal mit einer Kamera ausgestattet. Dafür besaß es anstelle eines Touchscreens noch eine richtige Tastatur. »Der Akku hat sogar noch Saft. Ist aber nicht viel drauf.« Sie drückte durch die Tüte hindurch ein paar Tasten und zeigte ihm das Display. »Keine eingespeicherten Nummern. Nur diese SMS. ›Haus Halbersgrund kennt Antworten. Man findet sie im Tempel des Wissens.‹ Ich wüsste zu gern, was das bedeuten soll.« Sie drückte sich zurück ins Hauptmenü. »Und sonst ist das Teil anscheinend wirklich komplett leer.«

Möhrs blinzelte. »Zeig noch mal die Nummer, an die das gesendet wurde.«

Aysel tat ihm den Gefallen.

»O Gott!«, entfuhr es ihm. Er hatte diese Nummer erst vor wenigen Stunden gesehen – als er geprüft hatte, ob die Kontaktdaten für seine wichtigste Zeugin noch aktuell waren. »Weißt du, wem die gehört?«

Aysel schüttelte den Kopf.

Möhrs seufzte. »Ich verrate dir das aber nur, wenn du mir versprichst, nicht wieder eifersüchtig zu werden. In Ordnung?«

In den Sommern des Schwarzen Manns

Karsten war stolz auf sich: Sein Korb war randvoll mit Pilzen und er hatte noch vor dem Ausbruch des Gewitters Unterschlupf gefunden. Sobald die ersten kräftigen Böen durch die Baumwipfel gerauscht waren und der Himmel sich verfinstert hatte, hatte er sich schnurstracks zu dem einzigen Ort in der näheren Umgebung aufgemacht, den er für sicher hielt. Viele seiner Freunde hätten ihm bestimmt den Vogel dafür gezeigt, dass er ausgerechnet Haus Halbersgrund als sicheren Ort erachtete. Doch wohin sonst hätte er sich flüchten sollen?

Er hatte nie verstanden, was die ganze Aufregung um das Gut sollte. Ein Haus war ein Haus. Mehr nicht. Alles, was einem dort Angst einflößen konnte, entsprang doch nur der eigenen Fantasie. Zumindest hielt er sich trotzig an diesem Gedanken fest, während er durch eine zersplitterte Fensterscheibe dabei zusah, wie draußen die Welt unterging. In dicken Fäden fiel der Regen, und mit schier jedem Wimpernschlag donnerte und blitzte es. Seine Oma hätte ihm jetzt bestimmt gesagt, er solle von dem Fenster zurücktreten, aber seine Oma war nicht da und dieses Schauspiel wollte er sich auf keinen Fall entgehen lassen.

Seine größte Sorge war, dass es den ganzen Abend und die ganze Nacht durchregnete. Er konnte unmöglich hier schlafen. Nicht wegen dem Bluthannes oder irgendeiner anderen Spukgestalt. Wegen seiner Mutter. Die würde nämlich ein Riesentheater machen, sobald sie herausfand, dass er nicht bei Uli zu Besuch war, wie er es ihr erzählt hatte. Verdammt! Dabei hatte er das nur gemacht, weil er sie mit seinen Pilzen überraschen wollte. Weil sie doch nicht mehr die Zeit hatte, selbst welche zu sammeln, seit Gesa auf der Welt war.

Ein weiterer Blitz zerriss die Luft. Karsten kniff die Augen zusammen. Sah er das gerade wirklich? Stand da etwa zwanzig Meter vor dem Haus ein Mann unter einem Baum? Nein, das konnte nicht sein. Jedes Kind wusste, dass man sich bei einem Gewitter nicht unter einen Baum stellte. Karsten putzte sich die dicke Brille an seinem Pullunder, um auf Nummer sicher zu gehen. Doch. Doch. Da stand jemand. Er bot einen beinahe komischen Anblick: Mit einer Hand hielt er sich das strohblonde Haar, als befürchtete er, es könnte ihm bei der nächsten Bö vom Kopf geweht werden. Und irgendetwas stimmte mit seinem Gesicht nicht, aber auf diese Entfernung konnte Karsten nicht genau sagen, was es war. Es wirkte irgendwie verschwommen.

Vielleicht war der Mann krank. In jedem Fall brauchte er Hilfe.

»Hallo! Hierher!« Karsten winkte mit beiden Armen. »Hier drüben!«

Der Mann verharrte einen Augenblick reglos.

»Hier!«, rief Karsten noch einmal gegen das Grollen des Donners und das Prasseln des Regens an. »Hier bin ich! Hier ist es trocken!«

Der Mann rannte los, geradewegs auf die große Doppeltür zu, deren einer Flügel weit offen stand.

»Schnell! Schnell!«, feuerte Karsten ihn an. Das dritte »Schnell!« blieb ihm jedoch im Hals stecken. Träumte er? Eben war das Haar des Mannes, der von Kopf bis Fuß Schwarz trug, doch tatsächlich fortgeweht. So stark konnte doch kein Sturm sein. Dann breitete sich Erleichterung in Karsten aus. Es war eine Perücke! Der Mann hatte bloß eine Perücke getragen.

Er war nun bis auf zehn Schritte herangeeilt und Karsten konnte besser erkennen, was mit seinem Gesicht los war. Große hautfarbene Schlieren machten sich auf den Wangen und der Stirn breit, als würden seine gesamten Züge sich gerade auflösen. Und darunter kam offenbar ein anderes Gesicht zum Vorschein.

Karsten wollte in seinem Korb nach seinem Pilzmesser suchen, doch es war zu spät. Schon war der Mann durch die Tür gehetzt. Er verströmte einen seifigen Geruch, wie von dem klebrigen Puder, das sich Karstens Oma zu besonderen Anlässen großzügig vom Kinn bis zur Stirn verteilte.

Er ging zielstrebig auf Karsten zu. Sein Bart, der so hell wie seine Perücke war, rutschte ihm von der Oberlippe wie eine pelzige Raupe. Er wischte ihn sich komplett vom Mund, ehe er beide Arme ausstreckte.

Gerade als Karsten laut aufschreien wollte, erkannte er das neue Gesicht, das unter dem alten verborgen gelegen hatte. Er lachte auf, denn er hatte nichts zu befürchten. »O Mann! Sie haben mich aber ganz schön erschreckt, Herr –!«

Ein harter Stoß riss ihm das Wort von den Lippen und schickte ihn zu Boden. Seine Brille ging irgendwo in dem dichten Laubteppich verloren. Die letzte Lektion, die Karsten in seinem Leben lernte, war eine bittere, menschenfeindliche: Man durfte auf dieser Welt nichts und niemandem trauen, denn hinter allem und jedem lauerte am Ende nur das Böse.

44

Das Kreisarchiv in Ratzeburg lag in der Altstadt, auf einer Halbinsel in einem See, die nur über einen schmalen Streifen Land zu erreichen war. Zu beiden Seiten nutzten Touristen wie Einheimische das herrliche Wetter für allerlei vergnügliche Aktivitäten am oder auf dem Wasser. Ein altehrwürdiges, hell gestrichenes Gebäude mit großem Wappen am Giebel über der grünen Eingangstür beherbergte das Archiv. Drinnen herrschte die zu erwartende, leicht muffige Atmosphäre, wie sie sich bei solchen Einrichtungen wohl nicht vermeiden ließ.

Gittes Schwägerin Christina war auf Katjas Besuch im Archiv bestens vorbereitet. Sie hatte bereits einige Bände herausgesucht, die ihrer Meinung für Katjas Recherchethema – Sagen und Legenden aus der Region – am ertragreichsten sein würden.

Katja bekam einen eigenen kleinen Raum zugewiesen, wo sie die von der Archivarin bereitgelegten Materialien in aller Ruhe sichten konnte. Nichts Großes – eher eine Art überdimensionierte Abstellkammer mit einem Tisch, zwei Stühlen und einem schmalen Fenster.

Ein kleiner Stapel aus einem halben Dutzend Büchern und Schriftensammlungen wartete darauf, durchgeackert zu werden. Ein rascher Blick auf die Titel und ins Inhalts- und Schlagwortverzeichnis ließ erkennen, dass in diesen Werken bestimmt die eine oder andere Information über Tachin zu finden sein würde, was die ungeklärten Vermisstenfälle und andere ungewöhnliche Ereignisse anging.

Und so saß Katja dann bald am Tisch und blätterte mit dünnen weißen Stoffhandschuhen vorsichtig vergilbte Seite um vergilbte Seite weiter. Anfangs fand sie sogar noch etwas Beruhigendes darin, die immer gleichen Bewegungen auszuführen und nach den immer gleichen Wörtern Ausschau zu halten. Dies änderte sich jedoch rasch, als sich mehr und mehr herauszukristallisieren begann, dass Dagmar Jung in einem Punkt durchaus richtig lag: Die Geschichten, die man sich über den Wald bei Tachin erzählte, reichten sehr, sehr weit zurück.

In einem offenkundig vom Wirken der Gebrüder Grimm als Sammler alter Sagen und Legenden beeinflussten Büchlein mit dem schlichten Titel *Von jenen alten Mären* stieß sie auf die Überlieferung eines Vorfalls, der sich angeblich bereits im Spätmittelalter zugetragen hatte – und damit noch lange vor der Zeit des Freimaurers mit dem Beinamen Bluthannes. Die Kurzfassung war, dass eine junge Maid aus dem Dorf sich zum Beerenpflücken in den Wald aufgemacht hatte, nur um abends nicht zu gebotener Stunde heimzukehren. Die Männer, die daraufhin die Suche nach ihr aufnahmen, fanden zwar keine Spur mehr von ihr, dafür jedoch ein Erdloch tief im Wald, das jemandem als Behausung diente – samt einer Feuerstelle mit abgenagten Knochen und einem Band, das die Maid im Haar getragen hatte.

Die nächste Begebenheit mit dem Wald ohne Wiederkehr entdeckte Katja in einem Buch vom Ende des 19. Jahrhunderts, das sich hervorragend als Bettlektüre für Horrorfans geeignet hätte: *Geister, Gespenster und Totenkulte des Nordens* von einem Autor namens Salomon Sachse – eines der schlechtesten Pseudonyme, die Katja jemals untergekommen waren. Sachse schilderte eine Begebenheit, die sich angeblich in einer Walpurgisnacht zugetragen haben sollte. Im Mittelpunkt des Geschehens stand eine Gruppe junger Studenten aus Göttingen, die sich für mehrere Tage im Tachiner Gasthaus eingemietet hatte. Einer von ihnen plauderte gegenüber einer Bediensteten unvorsichtigerweise aus, dass sie vorhatten, sich in der Walpurgisnacht in einer alten Ruine im Wald mit einem ganz besonderen Gast zu treffen. Als die Studenten dorthin aufbrachen, schlich ihnen die Frau nach und wurde laut eigenen Angaben Zeugin unaussprechlicher Taten. So wollte sie gesehen haben, wie die Studenten allesamt Unzucht mit einem kleinen schwarzen Mann in greller Kleidung trieben und einem Ziegenbock den Hintern küssten. Obwohl die Frau in höchst angegriffener geistiger Gesundheit ins Dorf zurückkehrte, beschloss der Bürgermeister, die Studenten bis auf Weiteres in einer Scheune festzusetzen. Dies hing wohl maßgeblich mit dem Ort dieser angeblichen Teufelsbeschwörung zusammen: Bei der genannten Ruine handelte es sich augenscheinlich um den ausgebrannten Turm des Erbauers von Haus Halbersgrund. Die Studenten ließen nach einem Fürsprecher schicken – einem äußerst gut situierten Kaufmann und ehemaligen Absolventen ihrer Alma Mater. Diesem gelang es, die Tachiner von der Unschuld der Bezichtigten zu überzeugen. Wenn Katja die Worte des Autors richtig deutete, war dabei die Zahlung einer größeren Summe in die Gemeindekasse das Argument, das letzten Endes den Ausschlag zur Freilassung gab. Diese Geschichte erklärte zudem, warum heute niemand mehr so recht wusste, wo der Turm des Bluthannes genau gestanden hatte: Mutige Dörfler zogen nach der Abreise der Studenten los und rissen das Gemäuer nieder, um eine etwaige Wiederholung der schwarzen Messe zu verhindern.

Eine alte Regionalzeitung lieferte schließlich auch noch etwas, was gut ins Bild vom hungrigen Wald passte, der ständig neue Opfer forderte: In der Endphase des Dritten Reichs war ein in der ganzen Gegend bekannter, aber den Fängen der Justiz bis dahin stets entwischter Sittenstrolch tot an einen Baum gefesselt aufgefunden worden. Der Bericht nannte zwar keine tiefer gehenden Details, deutete allerdings sehr unverhohlen an, dass der oder die Täter den Mann im Verlauf mehrerer Stunden regelrecht zu Tode gequält haben mussten.

Aus einer Ausgabe derselben Zeitung einige Monate später erfuhr Katja zudem etwas, was sie bislang noch nicht über Tachin gewusst hatte: Als die britischen Befreier mehr oder minder unmittelbar vor Ende des Krieges über die Elbe vorrückten, nahm ein letztes und mit Freiwilligen aufgestocktes Aufgebot der Wehrmacht die feindlichen Schiffe mit einem verbliebenen Artilleriegeschütz unter Beschuss. Eine schlechte Idee, da das Feuer umgehend erwidert wurde. Mehrere Häuser wurden in Schutt und Asche gelegt, und es gab zahlreiche Opfer unter der Zivilbevölkerung zu beklagen.

Nach so vielen tristen Erzählungen war Katja heilfroh, als ihr Smartphone brummte. Sie verließ raschen Schrittes das Kämmerchen und nahm den Anruf auf dem Flur an.

»Ja?«, sagte sie halblaut, als sie raschen Schrittes durch den Flur in Richtung Ausgang eilte.

»Störe ich?«, fragte eine sanfte Männerstimme.

Thilo! Katja stellte fest, dass ihr Herz ein bisschen schneller schlug – und zum ersten Mal seit Tagen nicht deshalb, weil sich ihr ein grauenhafter Anblick bot oder jemand versuchte, ihr Angst einzujagen.

»Ich dachte nur, ich melde mich mal eben, weil wir uns ein paar Tage nicht gesprochen haben und ich gerade eine Pause vom Schreiben mache. Wenn es dir nicht passt, reden wir später. Kein Problem.«

Sie trat aus der Kühle des Gebäudes hinaus in die Wärme des Sommers, die sich fast wie eine Umarmung anfühlte. »Nein, nein. Geht schon klar. Ich habe Zeit.« Katja fragte sich wieder einmal, warum sie sich immerzu klammheimlich einzureden versuchte, warum aus Thilo und ihr eigentlich nichts richtig Festes werden konnte. Er gehörte zum Besten, was ihr in diesem ansonsten so furchtbaren Jahr bis jetzt passiert war. In diesem Augenblick hätte sie einiges dafür getan, ihn bei sich zu haben. Thilo vermittelte einem das Gefühl, als wäre jedes Problem nur halb so schlimm und die Welt im Grunde doch ein ganz passabler Ort, um sein Dasein in ihr zu fristen. »Ich war nur gerade am Recherchieren.«

»Oh, spannend. Worüber denn?«

Sie setzte sich auf eine Bank und erklärte ihm alles. Sie teilte ihm auch mit, dass ihr Wühlen im Archiv tatsächlich Dagmars

Theorie von einem verfluchten Wald zumindest nicht mehr ganz so absurd erscheinen ließ. »Ich möchte damit nicht sagen, dass da ein Dämon haust oder so, aber komisch kommt mir das schon vor, dass es da so viele unheimliche Geschichten gibt.«

»Ich widerspreche dieser Dagmar ja nur ungern.« Thilos leichtes Vibrato in der Stimme verriet sofort, dass genau das Gegenteil zutraf. »So was fällt allerdings halbwegs in mein Fachgebiet. Wir haben es im Grunde mit etwas zu tun, was einem Volksglauben nicht ganz unähnlich ist. Auf den Punkt gebracht: Solche Geschichten gibt es quasi überall, wo Menschen längere Zeit an ein und demselben Ort leben. Und natürlich findet man dann auch dementsprechend alte Geschichten.«

»Hm«, machte Katja. Da war was dran. »Und wie gehe ich jetzt mit dieser Erkenntnis um?«

Thilo zögerte keine Sekunde. »Ganz einfacher Vorschlag: Du suchst dir stichprobenartig zwei andere Orte in der Gegend, die ungefähr genauso alt sind wie Tachin, und du überprüfst, welche Sagen und Legenden es dort gibt.«

»Das …« Sie schaute zum Postkartenhimmel hinauf, mit seinem satten Blau und den weißen Wolkentupfern. »Das ist mit Abstand das Vernünftigste, was ich seit Langem gehört habe. Ich glaube, ich hätte dich einfach bitten sollen, mir hier ein bisschen unter die Arme zu greifen.«

»Das könnte ich ja immer noch tun«, bot er an. »Wenn du mich brauchst, komme ich sofort.«

»Das ist lieb, aber …« Sie befürchtete, ihn vor den Kopf zu stoßen, doch sie hatte keine andere Wahl. Sie hatte diese Sache alleine angefangen und sie würde sie auch alleine zu Ende bringen. »Wir sehen uns ja übermorgen. Hast du schon Fahrkarten gebucht?«

»Liegen hier ausgedruckt neben mir.« Sie freute sich, keine Spur von Kränkung, sondern nur Vorfreude zu hören. »Holst du mich vom Bahnhof ab?«

»Klar.« Sie lächelte. »Woran erkenne ich Sie denn, mein Herr? Tragen Sie eine Rose im Knopfloch?«

»Nein, nur einen schweren Koffer mit einem Geschenk für Ihre werte Frau Mama.«

»Oh, was wird es denn?«

»Wirst du schon sehen.« Er klang nun ein wenig abgelenkter. Sie schloss daraus, dass er an seinen Rechner und damit an seine Abschlussarbeit zurückgekehrt war. »Ich schicke dir meine Verbindungsdaten. Bis übermorgen, ja?«

»Ja, bis dann.«

»Und pass auf dich auf.«

»Mach ich.«

Obwohl es sich nach dem Gespräch angeboten hätte, noch einen Moment auf der Bank zu verweilen und daran zu denken, wie es sein würde, Thilo wiederzusehen, riss sich Katja zusammen. Sie wollte unbedingt seinen Vorschlag in die Tat umsetzen.

Ehe sie ihr Smartphone wegsteckte, stellte sie fest, dass Möhrs versucht hatte, sie anzurufen. Der würde warten müssen. Unter Garantie wollte er sowieso nur irgendetwas Nerviges – höchstwahrscheinlich eine Warnung, auf gar keinen Fall eigene Nachforschungen anzustellen. Ja, genau. Auf solche Ermahnungen konnte sie verzichten.

Sie kehrte ins Archiv zurück und wählte mit Christinas Unterstützung zwei Orte im Umkreis von zwanzig Kilometern um Tachin, die die nötigen Kriterien in Sachen Einwohnerzahl und Alter erfüllten. Dann hieß es erneut, Bücher wälzen und die Augen nach passenden Sagen und Legenden offenhalten.

Draußen erwachten bereits flackernd die Laternen zum Leben und die offiziellen Öffnungszeiten des Archivs waren längst vorüber, als Katja für sich befand, nun ein brauchbares Ergebnis vorweisen zu können: Thilo hatte absolut recht. Offenkundig waren Legenden wie die vom verfluchten Wald in Tachin bei näherer Betrachtung nichts Ungewöhnliches. So besaß die eine Ortschaft einen nahen Weiher, in dem über die Jahre, Jahrzehnte und Jahrhunderte zahlreiche Menschen ertrunken waren. Das wurde so unterschiedlichen Ursachen wie Wassermännern,

Nixen, den Geistern der in dem Gewässer umgekommenen Menschen und sogar einer Art Wasserdrache zugeschrieben, der angeblich in einer Höhle am Grund des kleinen Sees hauste. Die andere Ortschaft wurde anscheinend mehr oder minder Zeit ihres Bestehens immer wieder von mysteriösen Bränden heimgesucht, die mal die Kirche, mal einen Stall und mal einen halben Straßenzug in Schutt und Asche legten. Auch hier waren je nach Quellenlage böse Geister, Hexen oder gar der Leibhaftige höchstpersönlich am Werk.

Offenbar hatte Katja gut daran getan, nicht sofort jegliche Rationalität über Bord zu werfen, als sie zum ersten Mal vom unheimlichen Wald in Tachin gehört hatte.

Sie verabschiedete sich von der Archivarin, stieg in den Smart und machte sich auf den Rückweg zur alten Mühle.

Während sie über die schmale Straße zurück zum Festland fuhr und sich den Wind, der sachte durch das einen Spaltbreit geöffnete Fenster hereinwehte, durchs Haar streichen ließ, befasste sie sich mit der Frage, wie es nun wohl am besten weiterging.

Die Geschichten, die Dagmar vom Wald erzählt hatte, entbehrten jeglicher wissenschaftlichen Grundlage. Sie beschrieben eigentlich nur das Phänomen, dass Menschen zur Legendenbildung neigten. Im Fall von Tachin drehten sich diese Legenden eben um den Wald. Das unheimliche Phänomen – die Annahme, dass sich irgendetwas im Wald herumtrieb, was großen Hunger auf Menschen oder Seelen hatte – war nur durch die jüngsten Ereignisse in den Fokus ihrer Aufmerksamkeit gerückt. Oder anders ausgedrückt: Hätte es diesen ersten Toten nicht gegeben, den sie gefunden hatte, hätte Dagmar ihr wahrscheinlich nie etwas von ihren schrägen Auffassungen über den Wald erzählt.

Katja fuhr nun etwas langsamer, weil vor ihr eine Gruppe junger Ruderer ihr Boot aus dem Wasser hievte. Ihr Anblick lenkte ihre Gedanken in eine neue Bahn. Diese Kinder, von denen Dagmar immerzu redete, waren damals ja tatsächlich verschwunden. *Das* war kein Hirngespinst. Es *waren* nachweislich mindestens drei Kinder aus dem Ort spurlos verschwunden. Und zwar nicht heute oder irgendwann im Mittelalter, sondern in den siebziger Jahren. Und dann? Dann hatte es einfach keine weiteren Vermisstenfälle mehr gegeben. Ohne nachvollziehbaren Grund. Ohne dass man einen Schuldigen gefasst oder sonst irgendeine Erklärung gefunden hätte.

Katja ließ den Blick über das dunkle Wasser des Sees schweifen, der dalag wie schwarzes Glas. Es musste irgendetwas geben, was sie noch nicht über diese Zeit wusste. Irgendetwas musste damals … *anders* gewesen sein.

Sie kannte jemanden, der ihr da vermutlich auf die Sprünge helfen konnte. Auch auf die Gefahr hin, dazustehen wie ein kopfloses Huhn, wenn sie sich noch einmal an ihn wandte. Katja beschloss, sich diese Peinlichkeit für den nächsten Morgen aufzusparen.

45

Kennet Hanssen saß hinter seinem Schreibtisch und dachte darüber nach, welche Form von Ring angemessen wäre, um als Erinnerungsstück für die Bestrafung von Falk Ewert für dessen Dreistigkeit zu dienen. Wie immer, wenn Hanssen sich solchen Gedanken hingab, hielt er den Rücken kerzengerade und die Augen geschlossen. Millimeter für Millimeter strich er mit den Fingerspitzen seiner Linken über die Ringe an seiner Rechten, ehe er dann die Rollen seiner Hände vertauschte. Er bemühte sich stets darum, dass ein neuer Ring zum Wesen der Verfehlung passte, die seine Anschaffung nötig machte.

Falls Ewert untergetaucht war, anstatt seiner Zielperson den nächsten Gegenstand zukommen zu lassen, war das ein höchst feiges Verhalten. Ratten waren feige. Ein Rattenschädel war sicher auch ein schönes Motiv für den alten Silberschmied aus Augsburg, mit dem Hanssen inzwischen fast ein halbes Jahrhundert lang zusammenarbeitete – schon seit dieser Mann die Werkstatt seines Vaters übernommen hatte. Oder gab es vielleicht noch ein anderes Motiv, das Ewert eher gerecht wurde? Ein Kriechtier wie eine Schlange vielleicht?

Hanssen nahm hinter seinen geschlossenen Lidern eine minimale Änderung der Helligkeit wahr. Da er die Fenster seines Büros auf die dunkelste Blaustufe heruntergedimmt hatte, konnte dieser Lichteffekt nur eine Ursache haben. Eine Leuchte auf seinem Tisch pulsierte. Klara versuchte, einen Anruf zu ihm durchzustellen. Er lächelte. Früher, kurz nach ihrer Einstellung, war Klara in manchen Fällen noch in sein Büro geplatzt, wenn sie meinte, dass ein Anruf besonders wichtig war. Das gute

Mädchen hatte rasch gelernt, dass allein er darüber entschied, wann und wie er mit anderen sprach. Ohne die Augen aufzuschlagen, wischte er an der Stelle über die Schreibtischplatte, wo sich neben der integrierten Tastatur das Annahmefeld für Anrufe befand. Er hatte nie verstanden, warum so viele seiner Altersgenossen sich den Errungenschaften neuester Technologien verschlossen. Als wäre es ein Prädikat oder ein Ausweis besonderer Intelligenz, sich verfrüht und ohne äußeren Anlass in eine Art intellektuelle Totenstarre zu begeben. Als könnte man so länger an jener Art von Leben festhalten, die einem vertraut war. Töricht. Höchst töricht sogar. Er war der Überzeugung, dass man in einem solchen Fall lieber gleich die ordentlichste Lösung wählte und sich selbst entleibte. Er wollte keine Sekunde der zahlreichen Freuden missen, die ihm die vielen Innovationen ermöglicht hatten, deren Zeuge er im Verlauf seines langen Lebens geworden war. Im Gegenteil: Er plante, noch möglichst viele davon mit eigenen Augen zu sehen.

»Ja, Klara?«

»Herr Dorn aus der Anlage in Tachin«, kam Klaras Stimme aus den im Raum verteilten, optimal platzierten Lautsprechern. Als Siebenbürger Schwäbin hatte sie einen interessanten Zungenschlag mit einem Hauch eines gerollten Rs. Es war der Grund, warum er sich damals für sie entschieden hatte, in einem seltenen Anflug von Nostalgie. Ihre Sprachmelodie erinnerte ihn an Zarah Leander und Marika Rökk, die sein Vater so sehr geschätzt hatte.

»Stellen Sie ihn durch.« Er spürte einen Anflug leiser Neugier, was ihm sein in Tachin stationierter Berater für Sicherheitsfragen mitzuteilen hatte. So lautete zumindest sein offizieller Titel in den Bilanzen. Seine tatsächlichen Aufgaben waren etwas weiter gefasst. »Ich höre, Herr Dorn.«

»Ewert ist tot. Erschossen. Letzte Nacht.« Dorn sprach in präzisen Informationspaketen, wie Hanssen es so sehr an ihm gefiel. »An der Stelle, wo er den Gegenstand hinterlassen sollte. Das habe ich von der örtlichen Polizei. Ein Beamter hat eine Schwäche für teure Motorräder und steckte tief in den Schulden. Jetzt tut er das nicht mehr.«

Hanssen nickte zufrieden. Es lohnte sich stets, möglichst viel über die Lage vor Ort in Erfahrung zu bringen – und zwar schon lange bevor ein neues Projekt auch nur in die Planungsphase ging. »Ich nehme an, Sie haben Ihr persönliches Spesenkonto belastet.«

»Jawohl.«

»Sehr gut.« Hanssen empfand ein gewisses Bedauern, dass Ewert sich nun doch keinen Ring verdient hatte. Nun ja, es würde früher oder später noch andere Bauern geben, die ihn enttäuschten. Das war so sicher wie das Amen in der Kirche. »Gibt es Verdächtige?«

»Bislang nicht.« Man hörte Dorns Zähne mahlen. »Ich gehe davon aus, dass für die Anlage keinerlei Risiko einer Gefährdung besteht.«

»Schön.« Es scherte Hanssen nicht sonderlich, was aus der Anlage wurde. Das war nur eine von vielen Möglichkeiten, sein Vermögen in Zukunft noch etwas auszuweiten. Er rechnete damit, dass es bei einigen von ihnen zu gewissen Ausfällen kommen würde. »Was ich gerne wüsste, wäre, ob Ewert es noch geschafft hat, seinen letzten Auftrag zu erfüllen.«

»Laut meiner Quelle gab es kein Foto am Tatort«, sagte Dorn. »Gefunden hat ihn aber die Zielperson.«

»Dann hat sie auch das Foto.« Hanssen legte sich einen Finger ans Kinn. Ob sie Ewert umgebracht hatte? Unwahrscheinlich. Sie war nicht die Art von Frau, die mit einer Schusswaffe loszog, um irgendwelche Leute zu beseitigen. Bis vor einigen Wochen war er sich unschlüssig gewesen, ob er ihr überhaupt noch viel Aufmerksamkeit schenken sollte. Dann hatten seine Angestellten, die für ihn die allmorgendliche Medienschau übernahmen, ihn auf einen Artikel aufmerksam gemacht, den sie veröffentlicht hatte. Er befasste sich mit einem recht abscheulichen Verbrechen an Bord eines Schiffes. Nichts Bemerkenswertes. Nur eine aus niedersten Trieben begangene Schandtat, wie sie ihm immer zuwider gewesen war. Die Art von Verbrechen, wie sie auch Tiere begehen konnten. Nichtsdestominder war dem Artikel zu entnehmen, dass sie dadurch einen echten Vorgeschmack darauf erhalten hatte, wozu Menschen fähig waren, wenn sie in ganz bestimmte Situationen gerieten. Und nun reizte es ihn, herauszufinden, in welche Situationen sie sich wohl manövrieren ließ, um ihr die eine oder andere spannende Reaktion zu entlocken. »Hält sie sich noch in Tachin auf?«

»Definitiv. Soll ich die Operation fortsetzen?«

Hanssen lächelte. Bis zu einem gewissen Grad schätzte er ein gerüttelt Maß an Eigeninitiative bei seinen Mitarbeitern. »Das ist nicht nötig, Herr Dorn. Sehen Sie diese Operation als beendet an. Kümmern Sie sich vorrangig um die weitere Sicherheit der Anlage. Apropos: Wie steht es um den Mann, der Ihnen da vor ein paar Tagen solche Sorgen bereitet hat?«

»Er hält sich noch immer in Tachin auf. Inzwischen allein. Seine Begleitung ist abgereist. Wie verfahre ich mit ihm?«

»Ignorieren Sie ihn. Ich lasse es Sie umgehend wissen, falls er nicht mehr ignoriert werden kann und Schadensbegrenzung betrieben werden muss.«

»Verstanden.«

»Ich danke Ihnen, Herr Dorn«, beendete Hanssen das Gespräch. Heute war ein schöner Tag, das spürte er. Ein Experiment ging zu Ende, ein weiteres musste vorangetrieben werden. Er tippte zweimal auf das Bedienfeld neben der Tastatur. »Klara?«

»Ja?«

Er lehnte sich genüsslich in seinem Sessel zurück und öffnete die Augen. »Klara, ich müsste jemanden in Tachin sprechen. Wenn Sie so freundlich wären, die Verbindung herzustellen …«

46

Außenstehende mochte es schockieren oder sie empfanden es gar als Zeichen mangelnder Pietät, doch Aysel Özen wusste, dass es alles andere als eine Seltenheit war, wenn sich Mediziner während einer Obduktion über Alltagsthemen unterhielten. Sie entwickelten eben ihre eigenen Methoden zum Stressabbau. Dazu zählte auch, sich über der Leiche eines Mannes, dem man mit großer Sorgfalt den Schädel geöffnet und eine Kugel aus dem Kopf geholt hatte, mit seinem Kollegen darüber auszutauschen, wie man in einer dringenden Privatangelegenheit wohl am besten weiter verfuhr.

»Jetzt bin ich mir nicht mehr sicher, ob es eine gute Idee wäre, ihn einfach anzurufen und bei ihm nachzuhaken, wie er den Abend fand«, erklärte sie Rudi, der hinter seinem Mundschutz sichtlich die Lippen geschürzt hielt. »Ich käme mir vor wie ein kleines Mädchen, das dringend seine Zustimmung braucht, weißt du? So als ob ich nachfragen müsste, ob es okay ist, wenn ich ins Kino gehe oder eine halbe Stunde länger auf einer Party bleibe.«

»Ist das denn so? Suchst du seine Zustimmung? Geht es dir darum, dass Papi dir schön den Kopf tätschelt und sagt: ›Das hast du aber fein gemacht, mein Püppchen.‹?«

Sie musste nicht lange über ihre Antwort nachdenken. »Nein, darum geht es mir kein Stück. Ich bin einfach nur neugierig. Mir ist es egal, was er über Lukas sagt. Ich weiß, was ich an ihm habe.«

»Dann ruf ihn eben an. Neugier befriedigt, alles paletti.« Er wackelte ein wenig mit dem Kopf. »Und wenn dir der alte

Pascha zu krummkommt, sagst du: ›Papi, ich bin eine stolze, schöne Frau, die ihren eigenen Weg im Leben geht – notfalls auch mit einem übergroßen sprechenden Teddybären an ihrer Seite.‹«

»Wahrscheinlich hast du recht«, seufzte sie.

»Wahrscheinlich hast du recht«, äffte er sie nach. »*Natürlich* habe ich recht.«

Aysel schmunzelte und rief sich dann selbst zur Räson. Sie wollte noch etwas zu ihrer Arbeit klären. Der Tote – von dem sie mittlerweile wusste, dass er Falk Ewert hieß, aus Hamburg stammte und als Privatermittler tätig gewesen war – besaß ein auffälliges Kennzeichen in Form einer Tätowierung am Unterarm. Man musste genauer hinschauen, weil der Körperschmuck schlecht gestochen war – vermutlich unter Zuhilfenahme einer Kugelschreibermine im Knast, denn Ewert hatte eine verhältnismäßig kurze Freiheitsstrafe für schwere Körperverletzung abgesessen. Das Tattoo, dessen blassblaue Konturen völlig verwaschen waren, zeigte einen kruden Skorpion mit erhobenem Stachel. Abgesehen davon hatten der Zustand von Lunge und Leber – die eine grau vom Rauchen, die andere merklich geschrumpft und runzelig – eindeutig darauf schließen lassen, dass Ewert seinen Körper zu Lebzeiten nicht gerade pfleglich behandelt hatte. Auch daran, was ihn umgebracht hatte, konnte kaum ein Zweifel bestehen: Der Schusskanal ins Hirn war trotz des ausgelaufenen Augapfels noch sehr gut nachzuvollziehen. Es war etwas am Hals, wo die Spuren des Tierfraßes unübersehbar waren, was Aysels Aufmerksamkeit auf sich gezogen hatte.

»Wo wir gerade beim Thema Rechthaben sind: Schau mal.« Sie deutete auf eine Stelle an einem der freiliegenden, abgenagten Halswirbel. »Diese Furche da. Findest du nicht auch, dass das verdächtig nach einer Kugel aussieht, die da am Knochen entlanggeschrammt ist?«

Rudi beugte sich näher heran. »Möglich. Könnte aber auch vom Zahn der Wildsau herrühren. Müsste man sich wohl mit einer Sichthilfe anschauen. Aber prinzipiell …« Er schnaufte, dass sein Mundschutz sich straffte. »Zu achtzig Prozent würde ich sagen, du hast recht.« Er warf einen sehnsüchtigen Blick auf die Uhr an der Wand. »Findest du nicht, wir sollten unser Bündel hier mal langsam schnüren? Überstunden sind ja gut und schön. Doch ich gehe jede Wette ein, dass wir zwei Hübschen die letzten beiden lebenden Personen in diesem Gebäude sind.«

»Angst?«, spöttelte sie.

»Nein, aber gleich noch einen Skypetermin.«

»Mit deiner Klemmschwester aus Hamburg?«

»Nenn ihn nicht so.«

»Wenn's doch aber die Wahrheit ist.«

Ihre Kabbelei verebbte.

»Wir machen gleich Schluss.« Sie traf die entsprechenden Vorbereitungen, indem sie Nadel und Faden bereitlegte. »Ich fand das eben nur auffällig. Dass der Täter zwei Schuss brauchte. Nach allem, wie es dort aussah, musste er Ewert aufgelauert haben. Immerhin war der ja selbst bewaffnet gewesen. Was mich dabei wundert, ist, dass die Schüsse von vorne kamen. Wenn ich jemanden so überrumple, gehe ich doch von hinten an ihn heran.«

»Oh, dafür kann es doch tausend Gründe geben.« Rudi wedelte in einer abschätzigen Geste mit der Hand. »Der erste Schuss in den Nacken könnte doch durchaus von hinten gekommen sein. So wie bei einer Hinrichtung. Ich stehe im Dunkeln hinter einem Baum, warte, bis er an mir vorbei ist, trete hinter dem Baum vor, strecke den Arm aus und peng! Der zweite Schuss von vorn ist dann nur noch zur Sicherheit. Vielleicht kannten sie sich auch und das war ein abgesprochenes Treffen. So hätte sich der Täter nicht einmal verstecken müssen. Unser Mann kommt an dem Haus an, sieht den anderen, ahnt nichts Böses, geht auf ihn zu, und das war's dann für ihn. Unter Umständen war das Ganze auch eine Art Unfall bei so einem Treffen. Erst waren sie noch ganz freundlich, aber irgendwann gerieten sie in Streit.« Er forderte mit einer herrischen Geste eine Nadel an. »Was natürlich auch immer sein kann, ist, dass es zwei Täter waren. Der eine hat eventuell nur schlechter gezielt als der andere.«

Aysel war wie immer fasziniert davon, wenn jemand Gedankengänge einfach aussprach, die sie meistens für sich behielt, bis sie zu einem endgültigen Schluss gekommen war. »Wow. Nicht schlecht.«

»Ich habe sämtliche Folgen *Quincy* und *Bones* gesehen«, sagte er bescheiden. »Selbstverständlich nur aus rein beruflichem Interesse.« Er setzte die Nadel an einem breiten Hautlappen an, ehe er wieder zu ihr hochsah. »Aber das ist doch nicht das, was dich wirklich umtreibt? Warum sagst du Doktor Rudi nicht, wo der Schuh drückt?«

»Eigentlich geht es mir um Lukas. Ich mache mir Sorgen.«

»Und warum?«

»Ich habe den Eindruck, er geht in beiden Todesfällen von demselben Täter aus.« Sie musterte noch einmal Ewerts zerschundene Halswirbel. »Was, wenn er damit falschliegt und er es mit zwei Leuten zu tun hat, die irgendein krankes Spiel spielen?«

Aus den Erinnerungen des Einen und des Anderen

Viel Zeit verging, nachdem die Unterirdischen ihre Familie geholt hatten. Am Anfang merkten sie kaum, wie die Zeit verstrich. Es war, als hätte sie jemand in ein Glas gesteckt wie einen Frosch oder aufgespießt wie einen Schmetterling. Sie waren noch da, aber ihnen fehlte etwas, was ihnen niemand je wieder zurückgeben konnte.

Nicht einmal Onkel Lars, in dessen Haus sie wohnten, bis sie fortgingen, um zu lernen, wie man wurde wie Herr Heydrich. Mutter hatte früher viel über, aber nie mit Onkel Lars geredet. Ihr hatte nicht gefallen, dass er ganz allein lebte, doch damit war es ja nun vorbei. Onkel Lars kümmerte sich gut um sie. Er gab ihnen zu essen, er nahm sie in den Arm, er las ihnen Geschichten vor. Stück für Stück schraubte er das Glas auf, in dem sie gefangen waren, und Stück für Stück zog er ihnen die Nadel aus dem Leib.

Sie vergaßen viel, doch der Eine vergaß mehr als der Andere. Gerade als der Eine schon dachte, der Andere hätte es verwunden, was er angerichtet hatte, veränderte er sich. Es war kein richtiger Streit. Deshalb gab es auch nichts, was sie tun konnten, um etwas gegen diese Veränderung zu unternehmen.

Es war nur so, dass der Andere von der Angst gepackt wurde, es könnte sich nun alles wiederholen. Dass ein neuer Feind käme. Dass die Leute aus dem Dorf nicht mehr wussten, wie man die Unterirdischen um Hilfe bat. Dass die Unterirdischen ihnen nun auch noch Onkel Lars wegnehmen würden.

Eine Weile schaffte der Eine es noch, den Anderen zu beruhigen. Aber eben nur eine Weile. Dann starb Onkel Lars –

er lag einfach eines Morgens tot in der Scheune, und die Ärzte sagten, er wäre eben schon alt gewesen und habe ein schwaches Herz gehabt. Der Andere sah sich jedoch in seiner Furcht bestätigt. Er glaubte, es gäbe nur einen Ausweg. Zum allerersten Mal hatten sie Geheimnisse voreinander. Sie, die einander sonst bedingungslos alles anvertraut hatten, was in ihnen vorging, wurden auf eine Weise in zwei Hälften geteilt, wie es ihnen vorher noch nie widerfahren war.

Der Eine bemerkte zwar, dass sich der Andere ein Stück von ihm entfernte, doch er wusste nicht, was er tun sollte, um das Band zwischen ihnen wieder fester zu knüpfen. Der Andere wiederum liebte den Einen keinen Deut weniger als zuvor, aber er konnte ihm nicht erzählen, welchen Entschluss er gefasst hatte. Dann hätte er nur versucht, ihn davon abzuhalten. Das wäre eine Katastrophe gewesen. Die alten Wesen, mit denen sie sich die Welt teilten, hatten ihnen schon einmal gezeigt, zu welcher Grausamkeit sie fähig waren, wenn man ihren Zorn weckte. Ein zweites Mal wollte der Andere das nicht erleben. Es hätte ihn den Verstand gekostet. Also begann er damit, das zu tun, was nötig war, um zu schützen, was ihm am Herzen lag. Die Unterirdischen brauchten Opfer, und er war bereit, sie ihnen darzubringen.

47

Als sie vom Schnurren ihres Smartphones geweckt wurde, dachte Katja im ersten Augenblick, Bernd hätte aus ihrer Rüge vom Vortag nichts gelernt. Wer sonst hätte die Unverschämtheit besessen, sie so früh zu stören? Laut Wecker auf dem Nachttisch war es gerade mal halb acht.

Nach einem Blick aufs Display war Katja versucht, den eingehenden Anruf einfach zu ignorieren. Sie entschied sich jedoch dagegen. Sie konnte nicht ewig vor diesem Mann davonlaufen. »Was kann ich für Sie tun, Möhrs?«, meldete sie sich. »Ich hoffe doch sehr, Sie wollen mir nur sagen, dass Sie den Mörder haben.«

»Leider nein.« Der dicke Kommissar klang unverschämt ausgeschlafen. »Mir sitzt nur mein Chef ein bisschen im Nacken, weil sich so langsam auch die Medien stärker für diese ganze Angelegenheit interessieren. Also tut es mir leid, dass ich Sie so früh stören muss, aber das ließ sich einfach nicht ändern. Ich hatte schon gestern versucht, Sie zu erreichen.«

»Muss ich übersehen haben«, log Katja. Sie schlug die Decke zurück, schlüpfte aus dem Bett und machte sich auf den Weg ins Bad. »Jetzt haben wir ja zusammengefunden, nicht wahr?«

»Richtig, richtig.« Möhrs raschelte mit einem Stück Papier. »Sagt Ihnen der Name Falk Ewert etwas?«

»Nein. Wieso?« Verdammt! Sie schlief noch halb. »Warten Sie. Das ist der zweite Tote, oder?«

»Sind Sie sich ganz sicher, dass Sie diesen Mann nicht kennen? Er kam auch aus Hamburg.«

»Wie über anderthalb Millionen andere Leute«, schnaubte

sie gereizt. »Das wird Sie jetzt vielleicht schockieren, aber ich kenne nicht jeden Einzelnen von denen.«

»Er war Privatdetektiv, soweit wir wissen.« Möhrs' Stimme nahm einen leicht fordernden Ton an. »Klingelt's jetzt vielleicht?«

Katja ließ sich auf den Klodeckel plumpsen. »Nein. Ehrlich nicht.« Das war aber sehr wohl eine interessante Information. Jemand hatte einen Detektiv auf sie angesetzt. Das hieß, er hatte im Wald auf sie gewartet. Und das bedeutete ... »Sie haben sein Handy gefunden, oder?«

»Nicht schlecht, Frau Jakobs. Nicht schlecht. Dann wissen Sie auch, dass er Ihnen eine SMS geschickt hat.«

»Schon.« Sie zog die Beine an und kniff sich leicht in den linken großen Zeh. »Sind Sie jetzt sauer?«

»Warum haben Sie mir das nicht erzählt? Warum haben Sie mir diesen Bären von einem unschuldigen Morgenspaziergang aufgebunden?«

»Ehrlich gesagt stand ich unter Schock.« Das war immerhin die halbe Wahrheit. »Und außerdem wusste ich nicht mit Sicherheit, von wem diese SMS war.«

»Mal angenommen, ich glaube Ihnen das, weil ich so ein guter Mensch bin und wir beim letzten Mal so gut miteinander ausgekommen sind. Wollen Sie behaupten, Sie haben wirklich nicht die geringste Ahnung, warum er Ihnen das geschrieben hat?«

Katja zählte ruhig bis zehn. »Möhrs?«

»Ja?«

»Versprechen Sie mir, nicht böse zu werden, wenn ...« Sie zögerte. »Sagen wir mal, wenn mein Schock gestern noch tiefer saß, als wir beide dachten?«

Er atmete zweimal sehr tief und sehr laut aus und ein. »Dann würde ich mir jetzt gern die Zeit nehmen, mir alles anzuhören, was Sie gestern wegen Ihres ... Schocks kurzzeitig vergessen hatten.«

Nun war es an Katja, tief Luft zu holen. »Okay, aber falls sie noch nicht sitzen, empfehle ich Ihnen, einen Stuhl zu suchen. Das wird nämlich eine längere Geschichte.«

48

Aysel hockte bereits wieder hinter ihrem Schreibtisch und studierte Unterlagen, als Rudi am Freitagmorgen durch die Tür ihres gemeinsamen Büros im Keller des Lübecker Instituts für Rechtsmedizin trat.

»Guten Morgen, Sonnenschein.« Er stellte seine Tasche ab, ehe er hinter sie trat, um zu sehen, was ihre Aufmerksamkeit fesselte. »Das sind aber keine Akten von uns.«

»Nein, die sind von den Kollegen aus der Forensik.« Sie legte die linke Hand auf eine rote Kladde. »Das sind die bisherigen Daten und Ergebnisse zu Christian Grieß.« Ihre Rechte landete auf einer wesentlich dünneren Akte. »Das hier sind die ersten Einschätzungen und Voranalysen zu Ewert.«

»Warum tust du dir das an?« Rudi schüttelte den Kopf. »Das ist nicht unser Fachgebiet, und wir haben echt schon genug getan? Oder willst du deinen Freund arbeitslos machen?«

»Mich hat dieser Fall irgendwie völlig in seinen Bann geschlagen.« Aysels Blick blieb auf die Faseranalyse geheftet, die sie gerade vor sich hatte. »Zwei Tote, die binnen so kurzer Zeit am selben Ort auftauchen. Das muss einen faszinieren.«

Rudi ging neben ihr in die Hocke und versuchte, ihr von seiner neuen Position aus in die Augen zu schauen. »Und du bist dir hundertprozentig sicher, dass das rein gar nichts damit zu tun hat, dass du Lukas unterstützen willst, weil sein Chef bestimmt wieder extrem Druck macht?«

Sie warf die Hände in die Luft. »Gut, klar. Natürlich würde ich Lukas gerne ein bisschen unter die Arme greifen. Ist das etwa ein Verbrechen?«

»Ha!« Rudi schoss grinsend in die Höhe. »Ihr hattet gestern Sex! Und offenbar auch noch recht guten, wenn du dich jetzt so für ihn reinhängst.«

Aysel hatte sich daran gewöhnt, dass es Rudi bisweilen an Respekt für die Intimsphäre anderer mangelte – und sie hatte gelernt, dass es das Beste war, Gleiches mit Gleichem zu vergelten. »Spricht da der Neid aus dir?«

»Nun mach dich mal bitte nicht lächerlich, ja? Ich hatte auch in dieser Hinsicht einen unglaublich erfüllenden Abend.«

»So?« Sie rümpfte die Nase. »Hattest du nicht nur einen Termin auf Skype?«

»Oh, die jungen Dinger heutzutage.« Er schnitt eine enttäuschte Grimasse. »So viele ungeahnte Möglichkeiten, so wenig Fantasie.« Er ging wieder in die Hocke und lugte auf das Blatt, das sie in der Mitte zwischen den beiden Akten abgelegt hatte. »Ist da wenigstens was Spannendes dabei?«

»Ich bin mir noch nicht so recht sicher. Ich schaue mir gerade an, was für Haare und Fasern am Tatort gefunden wurden. Wenig überraschend gibt es da jede Menge.«

»Kunststück. Das Haus steht ja auch mitten im Wald. Da läuft doch unter Garantie nachts ein halber Wildpark durch.«

»Kann man so sagen, aber ...« Aysel tippte auf mehrere Stellen des Analyseberichts. »Es gibt eine Sorte Haar, die an fast allen Stellen auftaucht, und zwar im Haus und auch draußen.«

»Von welcher Sorte reden wir genau?«

»Hier steht, es wären Hundehaare, auch wenn nicht ganz klar ist, zu welcher Rasse sie gehören.« Aysels Finger juckten, und sie kratzte sie abwesend. »Das ist an sich auch nichts Bemerkenswertes, befürchte ich. Das ist ja wahrscheinlich auch ein Jagdrevier. Und dann gibt es noch Spaziergänger im Wald. Ich glaube, ich habe sogar Schaulustige mit Hunden gesehen, als wir dort gearbeitet haben.«

»Aber?«

»Was aber?«

»Das klang für mich, als käme da noch mehr.«

»Na ja …« Sie schlug die dünnere Akte auf. »Hier steht, es habe diese Haare auch auf der Kleidung von Ewert gegeben. Verstehst du?«

»Und was für Haare waren da sonst noch?«

»Nur diese Hundehaare. Und wie nicht anders zu erwarten welche von dem Wildschwein, das Teile der Leiche gefressen hat. Was sagst du? Bilde ich mir da was ein? Was würdest du tun?«

»Ich würde es Lukas auf alle Fälle mitteilen«, sagte Rudi entschieden. »Kann sein, dass da rein gar nichts dran ist. Aber stell dir mal vor, das stellt sich später noch als wichtig heraus. Willst du dann diejenige sein, die ihrem Mann nichts davon erzählt hat, wie er seinen Fall viel früher hätte lösen können?«

Rudi ahnte es nicht, doch seine Worte brachten Aysel völlig unvermittelt auf eine Idee – eine Idee, die die Sprengkraft besaß, ihr gesamtes Leben von Grund auf zu verändern.

49

Dagmar hatte sich fest vorgenommen, Katja an ihrem letzten Tag in der Mühle so richtig zu verwöhnen. Das Rührei mit Krabben zum Frühstück, das sie gemeinsam auf der Terrasse zu sich nahmen, war anscheinend ein guter Einstieg. Katja aß nun schon das dritte Brötchen, auf das sie die köstliche Masse dick aufschichtete.

Kläffen durchbrach die Idylle aus Sonnenschein, Kaffeeduft und munter umherflatternden Schmetterlingen. Der Bürgermeister tauchte von links auf, wo er sich das kleine Tor zum Vorgarten an der Seite der Mühle einfach selbst geöffnet hatte. Das machte er immer so. Er glaubte wohl, sein Titel verliehe ihm irgendwelche Sonderrechte und Anspruch auf sämtlichen Grund und Boden des Dorfes. Früher hatte Dagmar Horst Schäfer eigentlich ganz gut leiden können. Damit war es jedoch vorbei, seit er Werbung für die Frackinganlage machte, anstatt sich dem Raubbau an der Natur mit allen Mitteln entgegenzustemmen, wie es sich für einen ordentlichen Bürgermeister gehört hätte.

»Guten Morgen miteinander«, grüßte Schäfer.

Den Gepflogenheiten ländlicher Höflichkeit folgend deutete Dagmar auf den leeren Stuhl am Tisch. »Magst du dich setzen?«

»Warum nicht? Eine Tasse Kaffee kann ja nicht schaden.« Er erklomm die Terrasse und bedeutete seinem Hund, sich unter dem Tisch zusammenzurollen. Adam war in seiner absurden Hässlichkeit beinahe schon wieder niedlich – fast wie ein frisch geschlüpftes Vogelküken. »Mein Arzt meint, ich hätte das Herz eines Dreißigjährigen.« Schäfer klopfte sich stolz mit der flachen Hand auf die Brust, setzte sich und schenkte sich einen Kaffee ein. »Wo ist überhaupt Dietmar?«

»Der Hausherr thront«, antwortete Dagmar ehrlich. »Er braucht immer ewig. Er behauptet, dass wären die einzigen zwanzig Minuten am Tag, wo er vor allem und jedem seine Ruhe hat.«

»Und deshalb bin ich Junggeselle geblieben«, sagte Schäfer fröhlich. »Da bleiben mir wenigstens solche Sorgen erspart.«

»Was verschafft uns denn die Ehre, Herr Bürgermeister? Hast du mein gutes Rührei gerochen und dir gedacht, du schaust mal auf einen Sprung rein?«, spöttelte Dagmar.

»Oh, nein. Das hatte andere Gründe.« Er nickte Katja zu. »Ich bin wegen der jungen Dame hier.«

Katja stellte laut ihren Kaffeebecher ab. »Reden Sie gerade von mir?«

»Selbstverständlich.« Er zwinkerte in Dagmars Richtung. »Du weißt ja, wie die Leute hier im Dorf sind. Dem Herrn Bürgermeister erzählt man alles.«

Dagmar legte stumm eine Liste mit Menschen an, mit denen sie dringend ein, zwei Takte zum Thema Diskretion zu besprechen hatte. Zugleich dachte sie darüber nach, ob sie Schäfer zur Strafe für seine Neugier und seinen Verrat an der Dorfgemeinschaft zugunsten fremder, profitgeiler Investoren irgendwie ein bisschen von der abführenden Schwertlilie in den Kaffee mischen konnte.

»Mir ist da etwas zu Ohren gekommen«, fuhr Schäfer an Katja gewandt fort. »Sie haben unlängst ein Grundstück auf Tachiner Gemarkung geerbt, und ich wollte einmal bei Ihnen anfragen, ob Sie sich vorstellen könnten, dieses Grundstück eventuell zu verkaufen.«

Bestürzt griff Dagmar nach Katjas Unterarm. »Du willst deinen Teil des Waldes verkaufen? An ihn? Damit sie die Bäume roden und den Boden mit ihren Rohren durchbohren und aussaugen können?«

»So weit ist es ja noch lange nicht.« Katja schob ihre Finger sachte beiseite. »Warum sollte ich mein Grundstück verkaufen wollen, Herr …?«

»Schäfer.« Er lächelte. »Lassen Sie mich Ihnen dazu vielleicht am besten eine kleine Geschichte erzählen, ja? Mein Bruder war ein Mann mit vielen Träumen und wenig Entschlussfreude. Er wollte immer eine Weltreise machen, aber wenn ich ihn fragte: ›Wann gehst du mal ins Reisebüro und buchst?‹, lautete die Antwort: ›Dazu ist später noch Zeit.‹ Er wollte sich immer ein Motorrad zulegen, aber wenn ich ihn fragte: ›Wann schaust du mal bei einem Händler vorbei und unternimmst eine Probefahrt?‹, lautete die Antwort: ›Später irgendwann.‹ Er wollte immer in so einem schönen Holzhaus im schwedischen Stil wohnen, aber wenn ich ihn fragte: ›Wann gehst du mal auf die Bank und klärst die Finanzierung?‹, lautete die Antwort: ›Bei Gelegenheit.‹ So ging das über Jahre. So lange, bis er eines schönen Tages an die Ostsee zum Baden fuhr, ein Stückchen zu weit rausschwamm, es nicht mehr ans Ufer zurückschaffte und ertrank.«

»Musst du so was Grauenhaftes erzählen?«, empörte sich Dagmar. »Manche von uns essen noch.«

»Ich bin fertig.« Katja legte ihr angebissenes Brötchen auf den Teller.

»Da siehst du, was du angerichtet hast«, zischte Dagmar.

»Ich wollte niemandem den Appetit verderben«, verteidigte sich Schäfer. »Ich wollte ihr nur verdeutlichen, dass man seine Chancen im Leben nutzen muss. Weil manche von ihnen nicht wiederkommen und weil das Leben manchmal völlig unerwartet vorbei sein kann, noch ehe man eine dieser günstigen Gelegenheiten ergreifen konnte. Mit dieser Meinung stehe ich nicht alleine da.« Er suchte Katjas Blick. »Der Hauptinvestor unserer neuen Anlage hier – Herr Hanssen – hat dazu auch ein sehr interessantes Sprüchlein: Es lohnt sich immer, auf die richtige Zeit zu warten, aber wer zu lange wartet, der verschwendet nur seine Zeit. Ich finde, dass –«

Katja stand auf. Sie tippte mit dem Zeigefinger auf ihr Handgelenk. »Zeit ist wirklich ein sehr gutes Stichwort. Mir läuft die Zeit davon. Ich würde meine restlichen Angelegenheiten hier gerne heute noch erledigen, wenn es irgendwie geht.«

»Sie wollen mich hier einfach so sitzen lassen?« Schäfer wirkte leicht verdattert. »Was ist so furchtbar wichtig, dass Sie nicht –«

»Ich denke darüber nach und melde mich bei Ihnen, ja? Hat mich sehr gefreut, Ihre Bekanntschaft zu machen, Herr Schäfer.«

Und dann hatte dieser grässliche Geselle Katja auch schon vergrault. Dagmar sah ihn vorwurfsvoll an. »Bist du jetzt zufrieden, du Troll?«

Schäfer schüttelte den Kopf. »Bin ich nicht. Ganz und gar nicht.«

Dagmar begann, den Tisch abzuräumen, und hoffte darauf, dass er dieses Signal verstand. Ansonsten hatte sie nämlich auch noch das eine oder andere Mittelchen in ihrer Küche, das für mehr sorgte als nur ein wenig Durchfall.

50

Kennet Hanssen betrachtete sein liebstes Konnekt-Modell. Eine Nachstellung jenes Augenblicks, in dem die Schlange Eva im Paradies dazu überredete, von der Frucht vom Baum der Erkenntnis zu kosten. Er schätzte es besonders, weil sich damit zeigen ließ, dass man alles mit den Steinen bauen konnte. Man musste nur genügend Zielstrebigkeit und Einfallsreichtum mitbringen – wie der inzwischen leider verstorbene dänische Künstler, der ihm dieses Werk vor über einem Vierteljahrhundert vermacht hatte.

Er spürte einen feinen Luftzug über seine Nackenhaare fahren und hörte das leise Schaben von Absätzen auf dem Teppich. »Was kann ich für Sie tun, Klara?«

»Ich hätte nur eine kurze Frage.« Seine persönliche Sekretärin erschrak sich schon lange nicht mehr darüber, wenn er in solchen Situationen ihre Anwesenheit bereits bemerkte, noch bevor sie auf sich aufmerksam gemacht hatte. »Möchten Sie heute noch selbst nach Tachin reisen, und falls ja, möchten Sie dann den Helikopter oder die Limousine nehmen?«

Er hatte sich weder umgewandt noch ihr eine Antwort gegeben, als sie leise »Entschuldigen Sie bitte!« sagte und es damit endgültig schaffte, seine Aufmerksamkeit auf sich zu ziehen. Sie hatte einen Finger an dem Bluetooth-Gerät in ihrem Ohr. »Ja?«, meldete sie sich knapp, aber freundlich. Einige Wimpernschläge lang lauschte sie schweigend und mit leicht nach unten gerichtetem Blick der Person am anderen Ende der Leitung. »Ich werde schauen, was ich für Sie tun kann.« Sie betätigte einen winzigen Knopf an der Seite des Bluetooth-Geräts. »Ein

Kommissar Möhrs von der Kriminalpolizei, der gerade einen Fall in Tachin bearbeitet.« Ihre Stimme verriet keinerlei Verwunderung oder Anspannung. »Was darf ich ihm sagen?«

Hanssen forderte sie mit einem Wink auf, den Anruf auf die große Freisprechanlage des Büros umzuleiten. Als er ein schweres Atmen überall um sich herum hörte, das einen gewissen Grundekel in ihm weckte, sagte er: »Herr Möhrs. Sie wollten mich sprechen.«

»Ja, Herr Hanssen. Das ist völlig richtig.« Der Kommissar räusperte sich. »Darf ich Ihnen zuerst sagen, dass ich schon von Kindesbeinen an ein Riesenfan Ihrer Bausteine bin? Sie haben mir wirklich viel Freude bereitet, vor allem die große Weltraumstation mit dem Drehmotor für die Außenmodule.«

Hanssen beobachtete, wie sich Klara diskret zurückzog, während er dem hastig vorgetragenen Lob dieses Mannes lauschte. Ein Schwätzer, wie es den Anschein hatte. »Danke. Genau dafür sind unsere Produkte auch gedacht. Aber Sie rufen mich doch bestimmt nicht an, um mir ein verspätetes Kundenfeedback zu geben.«

»Nein, leider nicht.« Noch ein schwerer Atemzug. »Kennen Sie einen Mann namens Falk Ewert?«

Hanssen schaltete schnell. Falls dieser Kommissar kein vollkommener Idiot war, hätte er ihm diese Frage nicht gestellt, wenn er nicht schon längst gewusst hätte, dass es da eine Verbindung gab. Möhrs prüfte nur ab, inwiefern Hanssens eigene Aussagen glaubwürdig waren. »Ja, ich bin Herrn Ewert einmal persönlich begegnet. Wir stehen in einer Geschäftsbeziehung zueinander.«

»Ich weiß.« Möhrs klang zufrieden. »Das hat die Arbeit meiner Hamburger Kollegen schon nahegelegt. Bei der Durchsuchung des Büros von Herrn Ewert stellten sie fest, dass er in jüngerer Zeit mehrfach Telefonate mit Nummern in Ihrem Unternehmen geführt hat.«

»Richtig. Herr Ewert arbeitet für mich. Als Privatdetektiv. Halt, nein. Verzeihen Sie bitte. Privat*ermittler*. Darauf besteht er immer. Als wäre ein Detektiv etwas Vulgäres. Ich hoffe, er hat nichts Schlimmes angestellt.«

»Herr Ewert wurde gestern tot in einem Waldstück bei Tachin aufgefunden«, machte Möhrs eine Eröffnung, die für Hanssen keine mehr war.

»Das ist ja … furchtbar.« Hanssen spulte eine Reaktion ab, die er ob einer solchen Mitteilung für angemessen hielt. »Er ist tot? Aber … Ich verstehe nicht ganz. Ich …«

»Wir müssen nach dem derzeitigen Stand davon ausgehen, dass er einem Gewaltverbrechen zum Opfer gefallen ist«, lieferte Möhrs die nächste vermeintlich überraschende Information.

»Sie meinen … er wurde ermordet?«

»Ich muss leider ein paar Dinge klären, Herr Hanssen. Verraten Sie mir doch bitte, wie genau Herrn Ewerts Arbeit für Sie aussah.«

»Nun, das will ich gerne tun.« Es fiel Hanssen leicht, einen servilen Ton anzuschlagen. »Wie Sie sicher wissen, tätige ich derzeit gewisse Investitionen auf dem Feld der fossilen Brennstoffförderung in Tachin. Bei solchen Geschäften ist viel Geld im Spiel. Auf einem langfristigen Zeitstrahl gerechnet sprechen wir hier über einige Milliarden.« Hanssen hatte nicht die geringste Ahnung, ob das in Tachin vermutete Vorkommen tatsächlich derart gewaltig war, doch einfach gestrickte Menschen ließen sich oft durch die Nennung hoher Zahlen beeindrucken. »Um diese Investitionen zu schützen, beschaffe ich mir Informationen über die Gegend und ihre Bewohner. Und ich möchte ganz ehrlich zu Ihnen sein, Herr Kommissar: Dazu gehören auch persönliche Details. Dies dient jedoch nur dazu, jemandem einen zusätzlichen Anreiz bieten zu können, falls er oder sie sich noch nicht ganz zu einer Entscheidung durchringen kann, ob er nun sein Grundstück zwecks einer Ausweitung unserer Anlage veräußern möchte oder nicht. Wissen Sie, wenn ich im Vorfeld Kenntnis davon habe, dass jemand schon immer unbedingt einmal einen Tauchurlaub auf den Seychellen machen wollte, kann ich ihm sehr viel gezieltere Angebote unterbreiten.«

»Ich verstehe.« Möhrs klang entgegen seiner Aussage ein wenig verwirrt. »Machen Sie viele solcher Geschäfte? Ich dachte, Sie stellen Spielzeug her.«

»Das Spielzeug bildet gewissermaßen nur den Grundstock meines Vermögens«, räumte Hanssen freimütig ein, auch wenn er nicht wusste, woher dieser plötzliche Themensprung seitens Möhrs rührte. »Ich muss mein Geld für mich arbeiten lassen, wenn ich weiterhin darüber bestimmen möchte, was damit geschieht, anstatt dabei zuzusehen, wie es in Abgaben fließt, mit denen dann allerlei fragwürdige Vorhaben des Staates finanziert werden. Und damit meine ich ganz bestimmt nicht die Arbeit von Ihnen und Ihren Kollegen.«

»Kennen Sie eine Katja Jakobs?«, fragte Möhrs unvermittelt.

»Jakobs ...« Nun verstand Hanssen, was es mit dem Schlenker im Gesprächsverlauf auf sich hatte. Möhrs hatte ihn in Sicherheit wiegen wollen, um ihn mit der Erwähnung dieses Namens zu überrumpeln. »Ja, Katja Jakobs. Das müsste eine Abteilungsleiterin in unserem Werk in Güster gewesen sein. In den frühen achtziger Jahren. Eine ganz kompetente, resolute Frau. Wirklich bewundernswert, und ich war auch bei ihrer Entlassungsfeier, als sie dann in Ruhestand ging. Sie –«

»Tut mir leid, Herr Hanssen. Die Katja Jakobs, die ich meine, ist wesentlich jünger.«

»Ach so«, gab Hanssen weiter den Opa, der vom Krieg erzählte. »Wissen Sie, Herr Kommissar, wenn man erst einmal so viele Jahre auf dem Buckel hat, ist man wahrscheinlich Tausenden von Leuten begegnet. Und Katja Jakobs ist ja nun kein wirklich ausgefallener Name, würde ich sagen. Aber warum fragen Sie mich eigentlich nach ihr? Ich dachte, Sie rufen wegen Herrn Ewert an.«

»Tue ich auch, tue ich auch. Es ist nur so, dass ...« Möhrs stockte. »Nach allem, was wir wissen, hat er Frau Jakobs in der Nacht seines Todes eine SMS geschrieben, und da Katja Jakobs sich derzeit in Tachin aufhält, hielt ich es für möglich, dass Sie ihn vielleicht gebeten haben könnten, die Frau zu observieren.

Wie gesagt: Ich komme nur darauf, weil diese Nachricht an sie auf seinem Handy war.«

»Hm.« Hanssen schritt zur abgedimmten Fensterfront hinüber und musterte sein Spiegelbild im dunkelblauen Glas. Er sah heute müder aus als in den letzten Tagen. »Hm. Herr Möhrs?«

»Ja?«

»Vielleicht ist es unhöflich, sich in Ihre Arbeit einzumischen, aber … ich hätte da eine Überlegung.«

»Und zwar?«

»Was, wenn das gar nicht Herrn Ewerts Handy war, das Sie gefunden haben? Was, wenn es nur so aussehen sollte, als hätte er dieser Frau irgendwelche Nachrichten geschickt? Was, wenn jemand Herrn Ewert dieses Telefon gewissermaßen als – wie sagt man bei Ihnen? – belastendes Material untergeschoben hat?«

»Was bringt Sie denn auf die Idee?«

Hanssen lächelte vor sich hin. Gut. Der Mann hatte Blut geleckt. Jetzt ging es nur noch darum, die richtige Spur für ihn auszulegen. »Ich bin eigentlich nicht die Sorte Mensch, die … andere anschwärzt, aber …«, sagte er in angemessen gedämpfter Lautstärke. »Nun, es gab da so eine Begebenheit, wissen Sie?«

»Was für eine Begebenheit?«

»Bei meinen ersten Sondierungsgesprächen in Tachin, was unsere Anlage dort angeht. Es war schon zu recht später Stunde, und ich saß allein mit dem Bürgermeister am Tisch. Sie können sich sicher vorstellen, dass ein solches Vorhaben vor Ort nicht immer nur Begeisterung auslöst. Man stößt oft auf große Vorbehalte, die zwar meist jeder nachvollziehbaren Grundlage entbehren, aber ein derartiges Projekt ins Kippen bringen können. Selbst noch zu einem Zeitpunkt, da es bereits sehr weit fortgeschritten ist. Ich habe diese Dinge beim Bürgermeister angesprochen – Schäfer heißt er, Horst Schäfer –, und …« Hanssen legte aus Gründen der Dramaturgie eine Pause ein, in der er feststellte, dass Möhrs' Atem nicht mehr durch die Lautsprecher rauschte. Anscheinend hielt er gerade tatsächlich die Luft an.

»Ich möchte noch einmal betonen, dass Herr Schäfer in diesem Moment deutlich angetrunken war, aber er sagte: ›Bleiben Sie da mal bitte völlig unbesorgt, Herr Hanssen. Wer hier Ärger macht, den schaffe ich aus dem Weg, und zwar notfalls mit Gewalt.‹« Hanssen gönnte sich eine weitere Pause. »Ich fürchte, vielleicht ist Herr Schäfer zu der Auffassung gelangt, diese Frau Jakobs würde zu viel Ärger machen.«

Möhrs atmete schnaubend aus. »Und dann setzt er sie mit irgendwelchen Psychospielchen unter Druck. Das kaufe ich ja noch. Aber warum sollte er den Privatdetektiv umbringen, den Sie angeheuert haben?«

»Woher sollte er wissen, für wen Herr Ewert gearbeitet hat?«, hielt Hanssen dagegen. Das war die alles entscheidende Phase in diesem Gespräch. »Vielleicht hat Herr Ewert nur bei einer unverbindlichen Plauderei in diesem Landgasthof aus taktischen Gründen einmal Partei für die Gegner der Anlage ergriffen. Damit könnte er schon auf Schäfers Liste gelandet sein.«

»Na schön.« Möhrs sog Luft durch die Zähne. »Mir gefällt das alles nicht, aber das ist ja nicht Ihr Problem.«

»Das war auch nur so eine Idee von mir«, spielte Hanssen nun den Abwiegler. »Manchmal verirre ich mich auch in meinen Gedankengängen, und ich muss sagen, das wird mit den Jahren nicht wirklich besser.«

»Ich kann mich ja bei Gelegenheit noch einmal mit dem Bürgermeister unterhalten.« Möhrs räusperte sich. »Das wäre es dann auch schon von meiner Seite. Vielen Dank für Ihre Zeit.«

»Jederzeit gerne wieder. Auf Wiederhören, Herr Kommissar.«

Hanssen kehrte vor sein Lieblingsmodell zurück, in der ruhigen Gewissheit, eine Saat ausgebracht zu haben, die mit sehr hoher Wahrscheinlichkeit aufgehen würde. Der Künstler, der das Modell mit Eva und der Schlange geschaffen hatte, hatte tatsächlich eine ewige Wahrheit eingefangen: Wenn man wusste, welche Knöpfchen man bei einem Menschen zu drücken hatte, konnte man ihn zu jedem Verhalten verleiten, das man für ihn vorgesehen hatte.

51

Katja hatte Glück. Jörn Krämer war zu Hause, und schon wie beim letzten Mal schien er sich über den Besuch aufrichtig zu freuen. »Nur herein, nur herein«, sagte er freundlich lächelnd.

Krämers Hund warf sich vor Katja auf den Rücken und verlangte, dass man ihm den Bauch kraulte. Dabei leckte er sich genüsslich schmatzend die Lefzen.

Krämer führte sie in seine gute Stube und versorgte sie mit Gläsern und einer Flasche Mineralwasser. Seine Wohnung war genau so eingerichtet, wie Katja sich das bei einem alten Deutschlehrer vorgestellt hatte: viele Bücherregale, geschmackvoll ausgewählte Antiquitäten, keine grellen Farben, hier und da ein Hauch von Chaos, wie zum Beweis, dass man sich hier eben nicht in einem Museum aufhielt, sondern in einem Haus, in dem ein aktiver, quicklebendiger Mensch daheim war. Ihr Blick blieb an einem Bord über einem grünen Kachelofen hängen, auf dem gerahmte Bilder aufgereiht waren. Eines zeigte Krämer und seinen Bruder als junge Männer. Das Spannende an der Aufnahme war nicht die Tatsache, dass Katja zu keinem der beiden Nein gesagt hätte, wenn ihr nach einem One-Night-Stand gewesen wäre. Es war auch nicht der wildromantische Hintergrund einer Berglandschaft. An diesem Ganzkörperporträt war so bemerkenswert, dass es fast wie in der Mitte gespiegelt wirkte: Jörn Krämer und sein Bruder machten das gleiche Gesicht, hatten die gleiche Haltung eingenommen und trugen sogar die gleiche Kleidung. »Konnte Sie überhaupt irgendwer auseinanderhalten?«

Krämer lachte auf. »Das war wirklich manchmal gar nicht so

leicht. Sogar unsere Eltern taten sich damit gelegentlich schwer. Ich glaube, am leichtesten war es für unsere Lehrer.«

»Lassen Sie mich raten.« Sie kniff die Augen zusammen. »Sie waren eindeutig der Schlauere, oder?«

»Iwo.« Krämer schüttelte den Kopf. »Aber Jörg hatte so seine Probleme mit der Rechtschreibung. Nichts Dramatisches. Er verwechselte gerne *das* und *dass*. Und er schrieb hier und da mal etwas groß, was eigentlich hätte klein sein sollen. Außerdem hatte er so seine Eigenheiten beim Zahlenschreiben. Bei der Sieben machte er immer einen schrägen Querstrich. Wie bei der Vier auch. Und die Drei und die Fünf hatten in der Mitte so winzige Kringelchen. Sah gar nicht mal schlecht aus. Ich habe ihn später immer damit aufgezogen, dass er mit einer solchen Vernarrtheit in Zahlen ja gar nichts anderes hatte werden können als Mathematiklehrer.« Er verstummte kurz, als würde er sich einen Wimpernschlag in seinen Erinnerungen verlieren. »Also ja, man konnte uns auseinanderhalten. Doch ich nehme an, Sie beehren mich aus anderen Gründen.«

Sie legte ihm dar, was ihre Recherchen im Kreisarchiv in Ratzeburg am Vortag ergeben hatten. »Und jetzt«, schloss Katja ihre Ausführungen, »mache ich mir Hoffnungen darauf, dass Sie mir sagen können, ob Mitte der siebziger Jahre irgendetwas Größeres …« Sie suchte nach den passenden Worten. »Ob es irgendwelche Umwälzungen oder Veränderungen gab, die erklären könnten, warum diese Vermisstenfälle sich erst häufen und dann einfach wieder enden.«

»Sie sind zu jung, um diese Zeit miterlebt zu haben.« Es lag kein Vorwurf in dieser freundlichen Feststellung. »Für mich hingegen ist da sicher noch vieles sehr präsent. Wissen Sie, die Leute jammern heutzutage gern, alles wäre so furchtbar schlimm und die Welt stünde kurz vor dem Untergang. Das ist Unfug. Wenn Sie vierzig, fünfundvierzig Jahre zurückblicken, treffen Sie auch auf zahlreiche Krisen, die damals unbewältigbar schienen. Die Ölkrise. Der Vietnamkrieg. Willy Brandts Rücktritt wegen einer Spionageaffäre. Der Deutsche Herbst mit dem

Terror der RAF. Ich könnte noch eine Weile weitermachen, aber wozu?« Er begann, einzelne Punkte an den Fingern abzuzählen. »Technologische Innovationen machen uns immer unabhängiger von Erdöl. Die USA und Vietnam sind heute wieder ganz gewöhnliche Handelspartner. Die Ostpolitik trug am Ende auch ohne Brandt Früchte, und Deutschland ist wiedervereinigt. Linker Terror wurde durch die NSU und Anschläge von Islamisten ersetzt. Sie sehen also: Auch damals standen die Leute gefühlt schon unter viel zu viel Druck. Doch noch ist uns allen der Himmel nicht auf den Kopf gefallen.«

Katja legte unschlüssig die Hände um ihr Wasserglas und sah mit halbem Auge zu, wie Heinrich nach einer Fliege schnappte, die ihm frech um den Kopf schwirrte. »Heißt das, da war nichts Besonderes?«

»Ja und nein«, sagte Krämer. »Erstens machten hier vor Ort in den Phasen, in denen der Kalte Krieg zu einem heißen zu werden drohte, immer wieder unangenehme Gerüchte die Runde. Vergessen Sie nicht: Die Grenze zwischen den beiden großen Machtblöcken verlief nur einen Katzensprung von der Stelle, an der wir gerade sitzen. Das brachte manche Leute auf die sonderbarsten Ideen. Die einen wollten die Grenze mit nuklearen Sprengköpfen verminen. Die anderen setzten sich für den Bau gewaltiger Bunkeranlagen ein – geheime Abschussbasen für noch geheimer stationierte Langstreckenraketen. Wieder andere kamen auf die glorreiche Idee, wo wir im Kriegsfall doch sowieso verloren wären, könne man bei uns in ein paar alten Salzstöcken doch gleich sämtlichen Atommüll aus der gesamten Republik loswerden.« Er faltete die Hände wie ein Pfarrer. »So etwas schafft natürlich eine Atmosphäre der Angst, mit der nicht jeder dauerhaft umgehen kann. Manche Leute sehen dann einfach keinen vernünftigen Ausweg mehr.«

»Was meinen Sie damit?«

»In gewisser Weise sind diese Kinder nicht die Einzigen, die damals von hier verschwunden sind.« Sein Gesicht wurde sehr ernst, und seine Lippen zuckten, als kostete es ihn große Überwindung etwas preiszugeben, was er lange für sich behalten hatte. »Jeder im Dorf spricht immer nur von einem tragischen Unfall, wenn es darum geht, wie der Bruder des Bürgermeisters ums Leben gekommen ist. Er …«

»Ist in der Ostsee ertrunken, weil er zu weit hinausgeschwommen ist«, sagte Katja. »Ob Sie's glauben oder nicht: Das habe ich gerade heute Morgen erst gehört.«

»Dann wissen Sie ja Bescheid«, sagte Krämer trocken. »Nur ein Unglück, wie es jeden Tag passieren kann.«

»Wollen Sie andeuten, es wäre ein Mord gewesen?«

»Selbstmord.« Krämer beugte sich nach unten, um die Fliege zu verscheuchen, die den armen Heinrich noch immer quälte. »Es war im Dorf kein großes Geheimnis, dass er unter Angstzuständen litt. Manchmal ging er tagelang nicht aus dem Haus, weil er glaubte, sowjetische Spionageflugzeuge würden aus Abertausenden Metern Höhe Fotos von ihm schießen. Oder er weigerte sich, irgendetwas anderes als Konserven zu essen, weil in dem frischen Obst und Gemüse aus der Gegend zu viele radioaktive Stoffe waren, mit denen die NATO biologische Waffen testen wollte. Lauter solche Sachen.« Er lächelte traurig. »Und Horsts Bruder war mit solchen Ängsten nicht unbedingt allein.«

»Gehörte Ihr Bruder auch zu den Leuten mit diesen Ängsten?«, fragte Katja leise.

Krämer sah sie verdutzt an, ehe er lächelnd den Kopf schüttelte. »Auch auf die Gefahr hin, wie jemand zu klingen, der sich nicht festlegen kann: ja und nein. Ihm wurde hier auch zunehmend unwohler, aber er hat eine andere Form der Flucht gewählt. Er ist nach Australien gegangen. Das volle Aussteigerklischee: Buschlehrer im Outback in Down Under. Wenn wir miteinander sprechen – was inzwischen ja, dem Internet sei Dank, kein Vermögen mehr kostet –, hört er sich nach wie vor sehr, sehr glücklich an. Er sieht nur wegen der vielen Sonne langsam aus wie ein alter Sattel. Alle paar Jahre fragt er nach, ob ich nicht zu ihm kommen will.«

»Und? Waren Sie nie versucht, es zu tun?«

»Ach, mich kriegt hier niemand mehr weg«, sagte Krämer zufrieden. »Ich gehöre hierher. Ich bin hier geboren, und hier werde ich auch sterben. Vielleicht schicke ich ihm meine Asche, damit er weiß, dass ich ihn nicht vergessen habe.«

Katjas Handy surrte. Sie schaute aufs Display, dann zu Krämer. »Tut mir leid, aber da müsste ich rangehen«, sagte sie entschuldigend.

»Ist es was Schlimmes?«, erkundigte sich Krämer besorgt.

Katja zuckte die Schultern. »Wahrscheinlich nur, wenn ich mich noch mal vor diesem Telefonat drücke.«

52

Ehe sie vor Horst Schäfers Tempel an die Stillosigkeit aus dem Wagen stiegen, wandte Gabriel Smolski sich mit einer Frage an seinen dicken Kommissarskollegen, die ihm nun schon den ganzen Morgen auf der Seele brannte: »Sehe ich das richtig, dass wir nur hier sind, weil dir deine süße Verlobte eine SMS geschrieben hat, in der Schäfers Hund schlecht wegkommt?«

Möhrs verdrehte die Schweinsäuglein. »Erstens ist sie nicht meine Verlobte – schön wär's, aber an ihren Alten traue ich mich da im Leben noch nicht ran –, und zweitens ist ihre SMS beileibe nicht der einzige Anhaltspunkt, wie du weißt. Dieser Hanssen hat sich auch ziemlich kritisch über unseren feinen Herrn Bürgermeister geäußert.«

Smolski schälte sich umständlich aus seiner Jacke, die er angesichts der tropischen Temperaturen draußen im Auto lassen wollte. »Bist du dir sicher, dass du Schäfer nicht nur deshalb auf dem Kieker hast, weil er so ein Schleimbolzen ist? Nicht, dass ich dir das vorwerfen würde. Ich will nur mit der passenden Einstellung in dieses Gespräch gehen.«

»Noch mal, du Scherzkeks: Ja, Schäfer ist eine schwierige Person, und ja, natürlich würden wir diesem Ort einen Gefallen tun, wenn wir ihn einbuchten. Aber – und das ist ein großes Aber – hier geht es nicht nur um meine persönliche Abneigung ihm gegenüber. Stell dir mal vor, was los wäre, wenn Hanssen mir durch die Blume sagt, dass er Schäfer einen Mord zutraut, ich das ignoriere und Schäfer es am Ende doch gewesen ist. Dann kann ich mich auf eine Hallig versetzen lassen und Fischdiebstähle unter Möwen aufklären.«

»Okay, guter Punkt.« Smolski öffnete die Tür einen Spalt und setzte einen Fuß ins Freie. »Moment, eine Sache noch.«

Möhrs, der gerade seinen Sicherheitsgurt löste, schenkte ihm einen Blick, der Gras zum Verdorren hätte bringen können. »Ja?«

»Kommt es dir kein bisschen spanisch vor, dass uns dieser Wickede in der Anlage alle zwei Minuten mit der Rechtsabteilung seines Ladens gedroht hat, während der Besitzer dir dann einen Hauptverdächtigen auf dem Silbertablett serviert?«

»Doch.« Möhrs wuchtete sich aus dem Wagen und steckte dann nur den stiernackigen Kopf zurück ins Innere. »Aber trotzdem greift da weiterhin genau das, was ich dir eben erklärt habe.« Er schlug die Tür zu.

Schäfer öffnete ihnen in einem Aufzug, der Smolski noch absurder erschien als der beim letzten Mal: Er trug tatsächlich Golfshorts in Lindgrün, ein knallgelbes Polohemd und Mokassins mit aufgenähten Holzperlen als Verzierung. Er machte ein absolut erinnerungswürdiges Gesicht, als er sah, wer ihm da einen Besuch abstattete: Ihm klappte der Kiefer herunter, während er gleichzeitig die Augenbrauen so weit hob, dass man Angst haben musste, sie könnten sich in seinem hohen Haaransatz verfangen. »Ah … die … die Herren Kommissare«, stammelte er schließlich und bat sie herein.

Er führte sie ins Wohnzimmer und scheuchte Adam von einem der Sessel auf den Platz mit der Decke auf der Couch. Smolski entging nicht, wie Schäfer immer wieder heimlich zu ihm schielte. Wahrscheinlich befürchtete er, Smolski könnte jeden Augenblick wieder ausrasten. Smolski redete sich ein, dass die Chancen dafür eher schlecht standen. Er hasste Vermisstenfälle, und er fand, dass er dazu auch einen ausgezeichneten Grund hatte. Doch nun war der Druck aus dem Kessel.

»Setzen Sie sich doch.« Schäfer schob unbeholfen eine Unterhose und ein Paar Socken mit dem Fuß unter das Sofa und schichtete einige aufgeschlagene Zeitschriften auf dem Couchtisch zu einem mehr oder minderen sauberen Stapel auf. »Entschuldigen Sie bitte die Unordnung. Meine Zugehfrau war noch nicht hier. Wollen Sie noch einmal über die verschwundenen Kinder reden? Oder über die Anlage im Wald?«

»Letzteres gewissermaßen schon.« Möhrs war stehen geblieben. Seine Wangen waren leicht gerötet, und er saugte viel an seiner Unterlippe herum, wenn er gerade schwieg. »Hören Sie, Herr Schäfer. Mich interessieren im Wesentlichen zwei Dinge.« Er zückte sein Notizbuch und blätterte darin hin und her. »Wo waren Sie in der Nacht von Sonntag auf Montag? Und wo haben Sie sich in der Nacht von Mittwoch auf Donnerstag aufgehalten?«

»Aber Sie wissen doch, wo ich am Sonntagabend war.« Schäfers Stimme bekam etwas leicht Winselndes, was seinen Hund dazu verführte, es seinem Herrchen gleichzutun. »Ich war beim alten Grieß und seinem Enkel. Auf der Terrasse. Und am Mittwoch ...« Die Erkenntnis, die ihm nun offenbar dämmerte, ließ ihn auf den freien Sessel sinken. Er schlug eine Hand vor den Mund. »O mein Gott! Sie halten mich für den Mörder! Immer noch ...« Er stützte sich auf den Lehnen ab, fand aber nicht die Kraft zum Aufstehen. »Ich würde gern mit meinem Anwalt telefonieren«, sagte er schwach.

Smolski setzte sich betont lässig neben ihn. »Dürfen wir das als Geständnis verstehen?«

»Ich sage nichts mehr«, erwiderte Schäfer. »Kein Wort.«

Smolski wechselte einen raschen Blick mit Möhrs, der ihm kaum merklich zunickte. »Schön«, meinte Smolski dann. »Das steht Ihnen natürlich frei. Aber wenn Sie unschuldig sind und jetzt so einen Aufstand machen – was Ihr gutes Recht ist, verstehen Sie mich nicht falsch –, dann kann ich natürlich nicht dafür garantieren, dass von unserer Seite aus alles mit einem Maß an Diskretion abläuft, wie Sie sich das vielleicht wünschen. Ich will mal so sagen: Eine kleine Pressekonferenz, in der wir mitteilen, dass wir uns mit Ihnen näher unterhalten, aber dass das selbstverständlich nicht als irgendeine Form von Schuldzuweisung an Sie zu sehen ist, ist schnell organisiert.«

Schäfer schwieg, doch Smolski konnte es hinter seiner Stirn

arbeiten sehen. Er schätzte, dass es maximal zwanzig Sekunden dauern würde, bis Schäfer klar wurde, was das sinnvollste Verhalten in seiner Situation war. Smolski zählte stumm mit. Ein Teil von ihm hoffte, dass Schäfer gleich ein vollumfängliches Geständnis ablegte. Das hätte nämlich bedeutet, dass die Schreibarbeit, die ihm noch drohte, endlich so etwas wie ein absehbares Ende hatte.

»Ich bin *nicht* der Mörder«, sagte Schäfer nach siebzehn Sekunden.

»Und was verschweigen Sie uns dann?«, fragte Möhrs. »Oder haben Sie einfach kein anderes Alibi als ›Ich war hier zu Hause mit meinem Hund.‹?«

»Doch.« Schäfer rieb sich mit beiden Händen über das ganze Gesicht, als wollte er so überprüfen, ob er sich vor Scham schon in Luft aufgelöst hatte. »Aber können Sie mir versprechen, dass unter uns bleibt, was ich Ihnen jetzt erzähle?«

»Selbstverständlich«, beruhigte ihn Möhrs.

Schäfer schaute konzentriert auf seine Schuhspitzen. »Ich war in beiden Nächten bis in die frühen Morgenstunden im *Kasino Royal.*«

»O Mann.« Möhrs verdrehte die Augen, klappte sein Notizbuch zu und steckte es weg. »Und wegen so einer Lappalie tun Sie hier so, als wüssten Sie, wo das Bernsteinzimmer versteckt ist. Wer hatte denn Schicht an der Bar, der uns das bestätigen kann? Cindy? Natalja?«

»Cindy«, sagte Schäfer leise. »An beiden Abenden. Und … ich war im Klinikzimmer.«

»Ich brauche keine weiteren Details.« Möhrs wich einen Schritt zurück, streifte mit dem rechten Bein die Couch und wäre um ein Haar der Länge nach über den Tisch gestürzt, fing sich dann aber im letzten Moment. »Vielen Dank. Ich habe keine weiteren Fragen.«

»Ich nehme an, dieses *Kasino Royal* ist weder ein richtiges Kasino, noch geht es dort sonderlich royal zu«, sagte Smolski auf dem Weg zum Auto.

»Es ist ein Puff in Büchen«, sagte Möhrs. »Sogar einer von der besseren Sorte hier in der Gegend.«

»Aha. Und wenn rauskäme, dass er dort Stammgast ist, kann er sich seine politische Karriere sonst wo hinstecken.«

»Die Männer hätten damit wahrscheinlich nicht mal ein riesiges Problem«, relativierte Möhrs. »Aber die Frauen. Und noch dazu so Fetischkram. So was kommt nicht gut an.«

»Wieso denn nicht? Kann doch Spaß machen, wenn man weiß, was man tut«, erwiderte Smolski und rieb sich innerlich in diebischer Freude die Hände über Möhrs' erschrockene Miene. »Jedem Tierchen sein Pläsierchen.«

53

Gerd Reimers stand in seiner Wohnung am Küchenfenster und beobachtete die Passanten in der Fußgängerzone. Er fragte sich nicht, warum die einen sich hetzten, als wäre der Teufel hinter ihnen her. Oder warum die anderen so langsam dahinschlenderten, als käme das Wort Eile in ihrer Welt nicht vor. Es kümmerte ihn nicht, was genau sie in ihren Einkaufstüten hatten oder aus welchen Gründen manche von ihnen im Gehen telefonierten. Es scherte ihn auch nicht, weshalb die junge Frau mit dem Kleinkind an ihrer Hand schimpfte oder was dem alten Mann widerfahren sein musste, dass seine komplette rechte Gesichtshälfte blau und grün angelaufen war.

Ihn interessierten im Wesentlichen nur noch zwei Fragen. Eine davon lautete: Sollte er nach unten in die Kneipe gehen und sich besaufen, wie er es seit Jahren nicht mehr getan hatte? Alkohol vertrug sich nicht mit seinen Medikamenten. Doch was für eine Rolle spielte das denn noch? Er hatte nicht den Eindruck, dass die Pillen ihm im Moment weiterhalfen. Der Besuch seiner beiden jungen Kollegen hatte eine tiefe, wenn auch überwucherte Narbe in seiner Seele wieder in eine klaffende, eiternde verwandelt.

Kollegen. Wem machte er da eigentlich etwas vor? Das waren nicht seine Kollegen. Seine echten Kollegen waren entweder alle längst tot oder hatten sich seit Jahren oder gar Jahrzehnten nicht mehr bei ihm blicken lassen. Eigentlich war es ein grotesker Witz, um wie vieles länger er schon in Frühpension war, als er je in seinem Beruf gearbeitet hatte. Darüber sollte er am besten gar nicht allzu lange nachdenken. Es löste nur diese sonderbare, einzigartige Mischung aus Wut und Trauer in ihm aus, die er in irgendeinem Reservoir in sich anstaute, von wo sie dann bei jeder sich bietenden Gelegenheit herausflutete und jeden normalen Gedanken unmöglich machte. Er musste sich im Zaum halten. Der Damm war auch so schon löcherig genug. All die Fragen der beiden Jungspunde hatten in ihm gebohrt. Mehr, als er es sich zunächst hatte eingestehen wollen.

Dann war der Moment gekommen, wo er die Tür zu seiner winzigen Vorratskammer geöffnet hatte und der Mann in Schwarz daraus hervorgesprungen war. Wieder und wieder hatte dieser Eindringling mit dem Messer auf ihn eingestochen, bis er in einer Lache seines eigenen Blutes gelegen war, hilflos dem schwächer werdenden Pochen seines Herzens lauschend. Er hatte erst begriffen, dass sein Hirn ihm einen Streich gespielt hatte, als das Honigglas ihm aus den Fingern gerutscht und auf dem Linoleum zerschellt war.

Seitdem hatte er den Mann in Schwarz noch zweimal gesehen. Das eine Mal im Bad. Er tauchte hinter ihm im Spiegel auf, kaum mehr als ein Schatten. Ein Schemen. Ein Huschen. Trotzdem war es sicher klug gewesen, den Spiegel abzuhängen. Nur um seine Nerven zu beruhigen. Das zweite Mal war der Mann in Schwarz im Fernsehen zu sehen gewesen. In einer Dokumentation über die schönsten Strände des Baltikums, über die Volker Lechtenbrink in seiner sonoren Stimme nur Gutes zu sagen hatte. Und dann hatte er ihn entdeckt. Nicht vorne, nah an der Kamera. Ganz weit hinten, zwischen zwei windgepeitschten Sträuchern. Seine Kleidung hatte sich nicht bewegt, obwohl der Sturmwind vom Meer her heftig genug war, den Sand in dichten Schleiern aufzuwirbeln. Wahrscheinlich war es gut gewesen, nicht in Panik zu verfallen und sich nichts anmerken zu lassen, sondern ganz kontrolliert nach der Fernbedienung zu greifen und den großen roten Knopf zu drücken, der das Bild zum Erlöschen brachte.

Noch besser wäre es womöglich sogar, seinen Therapeuten anzurufen. Das brachte er aber nicht über sich. Er hätte es nicht ertragen, der milden Stimme zu lauschen, die ihm versicherte, dass es das Beste für ihn wäre, eine Weile in die Klinik zu gehen. Oder die Medikamente zu wechseln. Oder an einer Reihe von Gruppensitzungen teilzunehmen. Alles nur Gewäsch. Der Therapeut konnte tun, als wüsste er, wie es um Gerds innere Welt bestellt war, solange er wollte. Die Wahrheit war, dass er keine Ahnung davon hatte. Es war wie der Unterschied, ob man vor einem Höllenbild von Hieronymus Bosch stand und mit leichtem Grusel die Dämonen darauf betrachtete oder ob man in einem solchen Gemälde lebte und mit seinen anderen Bewohnern auf Du und Du war.

Es gab durchaus Menschen, von denen er glaubte, dass sie ihn verstehen konnten, weil sie ähnliche Erfahrungen gemacht hatten. Er war gerade erst einem von ihnen begegnet. Um ihn drehte sich auch die zweite Frage, die ihn umtrieb: Sollte er ihm anvertrauen, dass in ihm hochgekommen war, was er so viele Jahre lang in die äußersten Winkel seines Bewusstseins verdrängt hatte? Dorthin, wo Wahn und Wirklichkeit aufeinanderprallten?

Er sah unten auf der Straße einen kleinen Jungen auf einem Tretroller heranbrausen. Das Vorderrad verfing sich in einem breiten Spalt zwischen den Pflastersteinen. Das Kind wurde von seinem Gefährt heruntergeschleudert und landete unsanft auf den Knien. Gerd erwartete ein sirenenartiges Geheul und ein Meer an Tränen. Der Junge jedoch rappelte sich hoch, hob seinen Roller auf und fuhr mit blutigen Schrammen weiter.

Gerd presste die Stirn gegen die Scheibe, spürte ihre Kühle sich über seine Stirn ausbreiten und traf seine Entscheidung.

Aus den Erinnerungen des Einen und des Anderen

Es kam, wie es kommen musste: Der Andere konnte vor dem Einen nicht ewig geheim halten, dass er seinen treuen Dienst an den Unterirdischen wieder aufgenommen hatte.

Über lange Zeit hinweg gelang es ihm. Wie in den Jahren, die sie fern der Heimat verbrachten, um so zu werden wie Herr Heydrich. Sie sahen ihn nie wieder, doch im Geiste war er oft bei ihnen. Es war, als hätte er einen Weg für sie vorgezeichnet, den sie nun auch tatsächlich beschritten – der Andere nur etwas forscher als der Eine.

Womöglich war der Andere nach ihrer Rückkehr ins Dorf auch unvorsichtiger geworden. Oder seine Angst war gewachsen, dass der nahe Feind schon sehr bald zuschlagen würde. So oder so machte er sich nun noch häufiger daran, die Unterirdischen mithilfe von Opfern gnädig zu stimmen und sich ihre Unterstützung für den schlimmsten aller Fälle zu sichern.

Und so war es wohl nur eine Frage der Zeit gewesen, bis ihm der Eine auf die Schliche kam. Er folgte dem Anderen zu jenem Ort, wo die Unterirdischen sich holten, was er ihnen angedeihen ließ. Der Eine blickte lang auf das, was der Andere angerichtet hatte. Der Andere fürchtete schon, der Eine würde einfach gehen und nie wieder ein Wort mit ihm wechseln. Das wäre die fürchterlichste Strafe gewesen, die der Andere sich hätte vorstellen können. Er hätte es ertragen, wenn der Eine auf ihn eingeschlagen hätte. Wenn er ihn beschimpft und einen Verräter genannt hätte. Wenn er losgegangen wäre, um den Leuten im Dorf zu erzählen, was der Andere getan hatte. All das hätte der Andere schon irgendwie verwinden können. Doch vom Einen für immer getrennt zu sein? Das wäre schlimmer als der Tod gewesen.

»Das muss aufhören«, sagte der Eine schließlich, ganz ruhig und gefasst. »Du musst mir versprechen, dass das das letzte Mal war.«

Der Andere versprach es, und er meinte es sogar ernst. Er liebte den Einen mehr als sich selbst. Er wollte ihm gefallen. Er wollte nicht, dass sie uneins waren. Manchmal zwang einen das Schicksal jedoch dazu, ein Versprechen abzulegen, das man unmöglich halten konnte.

54

Das Treffen zwecks eines Informationsaustauschs, um das Möhrs Katja bei seinem Anruf gebeten hatte, fand an einem Ort statt, der allen Beteiligten opportun erschien: im Tachiner Gasthof *Zum Alten Bauern*. Sie hatten sich zur Mittagszeit verabredet, und der Schankraum war entsprechend voll. Dass mit Labskaus und Lamm gleich zwei regionale Spezialitäten auf der Tageskarte standen, schadete dem Zulauf gewiss auch nicht.

Die Begrüßung zwischen ihnen fiel überraschend herzlich aus, was wohl größtenteils darauf zurückzuführen war, dass Möhrs sich hier anders als an einem Tatort nicht in einem Zustand permanenter Anspannung befand. Seine erste Frage galt sogar Katjas Händen, die sie ihm nicht ohne Stolz auf die guten Heilungserfolge präsentierte, nachdem sie ihre Getränke bestellt hatten.

»Haben Sie nicht einen neuen Kollegen?«, versuchte sie, sich für seine Freundlichkeit zu revanchieren. Sie erinnerte sich an einen Mann, der ihr bei ihren beiden Besuchen in Haus Halbersgrund aufgefallen war: ein paar Jährchen zu alt, um in ihr Beuteschema zu fallen, aber durchaus kein hässlicher Typ. Mit einem Bärtchen wie D'Artagnan von den Drei Musketieren. »Ich erinnere mich doch, dass ich Sie da mit wem aus Ihrem Team habe reden sehen, der vorher noch nicht dabei war, oder?«

»Ja, den gibt es tatsächlich. Sie haben scharfe Augen. Sie hätten eine gute Polizistin abgegeben.«

»Hilft mir aber auch in meinem jetzigen Beruf weiter. Wo steckt denn Ihr Kollege?«

»Der erledigt Schreibarbeit.« Möhrs brach in ein kurzes heiteres Gelächter aus. Es verschaffte ihr einen überraschenden Eindruck davon, wie er an diese süße kleine Pathologin gekommen war, mit der sie ihn auf der Beerdigung ihres Onkels gesehen hatte. »Aber das hat man davon, wenn man sich auf schräge Wetten einlässt. Wie auch immer. Kommen wir doch als Erstes zu den ernsteren Dingen. Dann ist das Plaudern hinterher umso angenehmer.«

Es stellte sich heraus, dass Möhrs als Prophet nur sehr bedingt zu gebrauchen war. Noch bevor ihr Essen am Tisch war, wurde klar, dass sie noch gar nicht so viel neue Erkenntnisse gewonnen hatten, als dass dieses Treffen als Erfolg hätte gewertet werden können.

»Ich glaube, er hat sehr tiefe Einblicke in das Seelenleben Tachins, wenn Sie so wollen«, beendete Katja die Ausführungen über ihre Abstecher zu Jörn Krämer. »Er kennt sich mit der Geschichte des Ortes bestens aus, aber ich befürchte, das hilft uns alles nicht viel weiter. Ich schätze, diese Vermisstenfälle sind einfach zu lange her.«

»Ja, schade.« Möhrs kratzte sich das Kinn. »Alles, was ich zu bieten habe, ist, dass ich den Bürgermeister wohl von meiner Liste der Verdächtigen streichen kann. Er hat ein wasserdichtes Alibi. Das habe ich persönlich überprüft. Ich habe ihm allerdings versprochen, die ganze Sache diskret zu behandeln. Es ist ohnehin nichts, worüber man bei Tisch spricht, und schon gar nicht in Gegenwart einer Dame.«

»Wie sind Sie denn überhaupt auf den Bürgermeister gekommen?«

Die Antwort musste warten, bis das Essen serviert war: Lamm für Katja, Labskaus für Möhrs.

»Der Auftraggeber von Herrn Ewert hat mich auf ihn aufmerksam gemacht.« Möhrs stach den Dotter des Spiegeleis auf seinem Brei aus Kartoffeln, Fisch und Fleisch an. »Er hätte Schäfer einen Mord zugetraut.«

»Ewerts Auftraggeber?« Katja horchte auf. »Dann haben Sie herausgefunden, wer ihn auf mich angesetzt hat?«

»So würde ich das nicht sagen.« Möhrs zuckte die breiten, runden Schultern. »Dieser Hanssen meinte, er hätte Ewert nur damit beauftragt, sich inkognito ein Bild von der Lage in Tachin zu machen, was die Zustimmung zu diesem Frackingprojekt angeht. Er hat die These in den Raum geworfen, dass der Mörder von Ewert ihm dieses Handy mit der SMS an Sie quasi untergeschoben hat, um den Verdacht auf Ewert umzulenken.«

»Und das glauben Sie ihm? So eine an den Haaren herbeigezogene Theorie?«

»Das mit dem Handy nicht zwingend, auch wenn es nicht vollkommen unmöglich ist. Aber der Rest ... Nun, was halten Sie denn für glaubwürdiger? Dass ein Großindustrieller wie Hanssen einen Privatdetektiv dazu anheuert, seine nicht unerheblichen Investitionen zu schützen? Oder dass er diesen Mann ausgerechnet hierher ins Nirgendwo schickt, um einer Journalistin mit bösen Erinnerungen an ihre Vergangenheit Angst einzujagen?«

Katja kostete das Lamm. Es schmeckte hervorragend, und sie hatte das Gefühl, seine kräftige Würze würde ihr sofort neue Tatkraft schenken. »Wenn Sie nichts dagegen haben, würde ich mich hier im Ort gern ein wenig umhören, ob vielleicht jemand Kontakt zu diesem Ewert hatte und ob er sich in irgendeiner Weise speziell nach mir erkundigt hat.«

»Also eines kann ich Ihnen verraten: Er hat hier in diesem Gasthaus gewohnt.«

»Dann steht für mich wohl ein Gespräch mit dem Wirt an.« Katja schüttelte den Kopf. »Aber das wird alles warten müssen. Ich muss morgen Nachmittag erst einmal zum Geburtstag meiner Mutter zurück in Hamburg sein. Andernfalls werde ich meines Lebens nicht mehr froh. Und falls sie herausfinden sollte, dass das Ihre Schuld ist, Möhrs, weil Sie ihre Tochter gewissermaßen auf den letzten Drücker noch auf eine neue heiße Spur angesetzt haben, gilt das auch für Sie.«

55

Eine Wolke zog vor die Sonne und warf einen dunklen Schatten auf den Rosenstrauch, den Dagmar gerade im Vorgarten der Mühle goss. Sie wusste solche Zeichen der Natur zu deuten. Dieses hier bestätigte ihr nur, was sie bereits geahnt hatte: Der Einfluss finsterer Mächte auf ihr Leben und das einiger Menschen in ihrer unmittelbaren Umgebung war noch lange nicht abgewendet.

Sie sah zu, wie der Boden das Wasser aus der Kanne aufsaugte. Wann hatte das Böse im Wald endlich genug? Wann war sein Hunger gestillt?

»Alles in Ordnung?«, hörte sie jemanden hinter sich rufen, gefolgt von einem hellen Japsen.

Sie wandte sich halb zur Straße um. Jörn Krämer stand am Gartentor, auf das sein Hund Heinrich in einem seltenen Anfall von Bewegungsdrang die Vorderpfoten gestützt hatte und dabei aufgeregt mit dem Schwanz wedelte. »Oh, hallo«, sagte Dagmar. »Schaust du mir schon lange zu?«

»Vielleicht eine halbe Minute.« Er deutete auf die Gießkanne in ihrer Hand. »Es ist nur so, dass du die Kanne die ganze Zeit schräg gehalten hast, ohne dass noch Wasser aus der Tülle gekommen wäre. Ich dachte schon, du bist im Stehen eingeschlafen.«

»Ach was.« Sie stellte die Gießkanne ab, ging ans Tor und streichelte Heinrich. »Ich bin nur in letzter Zeit öfter mal in Gedanken.« Sie seufzte und schaute zu der Wolke hinauf, die sich noch immer träge an der Sonne vorbeischob. »Ich denke im Moment viel an Bettina. Ob wir damals wirklich alles getan haben, was man hätte tun können.«

»Dich trifft keine Schuld. Du warst noch so jung. Weißt du …« Er hatte den Gesichtsausdruck eines Mannes, der auf eine lang zurückliegende, aber nach wie vor schmerzliche Niederlage zurückschaute. »Man fragt sich natürlich, ob sie noch hier wäre, wenn man damals besser achtgegeben hätte. Wenn man wirklich verstanden hätte, was da vor sich ging. Wenn man auf sein Gespür vertraut hätte.« Er senkte den Blick und streckte die Hand aus, zog sie dann aber doch wieder zurück, ehe seine Finger ihre Schulter berühren konnten. »Lass uns nicht so viel über die Vergangenheit reden. Wir können sie nicht mehr ändern. Sprechen wir lieber über die Gegenwart. Wie geht es Frau Jakobs? Ist ihr denn noch einmal so etwas Schreckliches zugestoßen?«

»Nein. Nicht mehr, seit sie diese zweite Leiche gefunden hat.«

»Ja, das war wirklich … unschön.« Krämer schüttelte den Kopf. »Man wünscht sich, man hätte ihr das irgendwie ersparen können. Es ist schlimm, dass man selbst in meinem Alter, wo einem der Tod schon freundlich zuwinkt, solchen Dingen immer noch völlig machtlos gegenübersteht.«

Dagmar lächelte. Sie hatte nach der Schule nicht lange gebraucht, um in ihm etwas anderes zu sehen als den netten jungen Deutschlehrer, der ihnen immer mindestens drei Bücher zur Auswahl stellte, wenn es um die nächste Klassenlektüre ging. Es waren Momente totaler emotionaler Offenheit wie dieser, die es so leicht machten, einen Freund zu sehen, der einfach aufgrund seines Alters ein paar Erfahrungen mehr über die Welt gesammelt hatte. »Ich glaube, um Katja brauchen wir uns keine Sorgen zu machen.« Sie wusste, dass er nicht viel von ihren metaphysischen Überzeugungen hielt. Deshalb erwähnte sie auch nicht, dass Katja unter besonderem Schutz stand. »Sie ist sehr hart im Nehmen.«

»Aber bringt sie sich mit ihren Nachforschungen nicht in Gefahr? Setzt sie sich damit nicht unnötigen Risiken aus?«

»Ich schätze, das gehört nun einmal zu ihrem Beruf.« Dagmar dachte an die frische, glatte Haut auf Katjas Handrücken. Sie sah darin einen klaren Hinweis auf die Opferbereitschaft und die Furchtlosigkeit der jungen Frau. »Außerdem spielt das alles wahrscheinlich sowieso keine Rolle mehr. Sie fährt morgen früh nach Hamburg zurück. Ihre Mutter hat Geburtstag. Sie sagt zwar, sie käme so bald wie möglich wieder, um weitere Nachforschungen anzustellen, aber wer weiß schon …« Dagmar tat sich zwar noch schwer damit, doch vielleicht war es an der Zeit, einzusehen, dass Katja nicht die von ihr erhoffte Heldin war, die den verschwundenen Kindern von Tachin Gerechtigkeit brachte. »Ich meine, irgendwann kommt sie bestimmt noch mal hierher, aber nicht unbedingt wegen dieser ganzen traurigen Geschichte.«

»Das ist unter Umständen auch das Beste.« Er senkte die Stimme und überraschte sie mit einem Geständnis. »Ich fürchte, uns stehen noch harte Zeiten hier in Tachin bevor. Diese Anlage im Wald hat schon so viel Unruhe gebracht, dabei befindet sich das alles noch in der Testphase. Ich mag mir gar nicht vorstellen, wie es hier aussieht, wenn die Sache erst einmal richtig angelaufen ist. Diejenigen, die davon profitieren, weil sie Land haben, das sie verkaufen können, werden von denjenigen gehasst werden, die keines haben. Und sobald irgendeines der Szenarien eintritt, wie es die vehementesten Gegner des Frackings zeichnen, werden alle über alle herfallen.« Er seufzte. »Mit etwas Glück muss ich das aber vielleicht alles gar nicht mehr miterleben.«

»Sag so was nicht. Mit wem soll ich denn sonst hier am Gartentor klönen?«

»Na ja.« Er zuckte die Schultern. »Ich bin eben ein hoffnungsloser Schwarzseher.« Mit einem kleinen Ruck an der Leine holte er Heinrich bei Fuß. »Komm, mein Alter. Bestell Dietmar schöne Grüße, ja?«

»Mach ich.«

Sie schaute ihm noch lange nach, wie er mit Heinrich an seiner Seite davonging. Es war schockierend, wie leicht man hätte meinen können, sie wären die letzten Bewohner Tachins, nachdem eine verheerende Katastrophe es entvölkert hatte. Eine Frage von ihm ging ihr nicht mehr aus dem Kopf. Was, wenn sie auf eine List hereingefallen war? Was, wenn sie sich zu einem Werkzeug des Bösen gemacht hatte? Was, wenn Katja bei ihren Ermittlungen noch etwas viel Schrecklicheres zustieß als der Fund einer Leiche? Was, wenn Katja die nächste Leiche war?

Dagmar schlang die Arme um den Oberkörper und versuchte, Kraft aus den Energien zu schöpfen, die ihre Bernsteinkette in sich barg. Sie scheiterte und konnte sich nicht des unheimlichen Gefühls erwehren, dass ein dunkler Schatten auf ganz Tachin gefallen war, der sich nie wieder lüften würde.

56

Bernd Bauer steuerte seinen Jaguar mit exakt fünfzig Stundenkilometern über die kerzengerade Hauptstraße und bereute es, eine so folgenschwere Fehlentscheidung getroffen zu haben. Er hätte Kennet Hanssen niemals auf seine Anwesenheit in Tachin aufmerksam machen sollen. Es war falsch gewesen, ihn so zu provozieren.

Welcher Bock hatte ihn da nur geritten? Hatte er vor Evelyn den harten Mann markieren wollen, als er sich am Tor der Frackinganlage derart aufgeführt hatte? Oder war da etwas in ihm hervorgebrochen, was er seit Jahrzehnten mit sich herumgetragen hatte? Möglicherweise hatte beides eine Rolle gespielt.

Das Ergebnis blieb dasselbe: Er hatte den schlafenden Tiger angestupst, und noch dazu wahrscheinlich mit einem viel zu kurzen Stock. Wenn er jetzt nicht aufpasste, landete er in kleine Stücke zerrissen im Schlund der Bestie. Schlimmer noch: Hanssen würde sich auch noch Katja holen, falls ihm danach war. O Gott! Warum war er überhaupt je nach Tachin gekommen? Was, wenn erst seine Anwesenheit hier dafür sorgte, dass Hanssen Katja ins Visier nahm?

Manche Leute, die sich mit solchen Situationen nicht auskannten, aber mit guten Ratschlägen schnell bei der Hand waren, hätten ihm schon vor langer Zeit empfohlen, reinen Tisch mit Katja zu machen. Doch so einfach war das nicht. Er hatte nicht den kleinsten Beweis, dass Kennet Hanssen in irgendwelche kriminellen Machenschaften verstrickt war. Hätte es irgendeinen Beweis für das verbrecherische Treiben Hanssens gegeben, dann wäre Thomas Jakobs höchstwahrscheinlich noch am Leben.

Doch selbst dieser begnadete Spürhund hatte trotz umfangreicher Recherchen, vor denen Bernd ihn mehrfach gewarnt hatte, nie etwas gefunden, womit man Kennet Hanssen an den Karren fahren konnte. Gerüchte gab es zuhauf. Die meisten dieser Geschichten über Hanssen waren haarsträubend: Mal sollte er auf seinem vollkommen abgeschotteten Privatanwesen auf einer Nordseeinsel Menschenjagden abhalten, mal ließ er seine Konnekt-Blöcke in chinesischen Fabriken herstellen, die mit ihren Geschäftsmethoden und fehlenden Umweltstandards jährlich Hunderte von Anwohnern krank machten oder gar umbrachten. Besonders hartnäckig hielt sich das Gerücht, er habe schon als junger Mann damit angefangen, alle unliebsamen Rivalen oder Störenfriede notfalls mit Gewalt aus dem Weg zu schaffen – in der Geschäftswelt genauso wie in seinem direkten familiären Umfeld. Und das waren noch die rationaleren Theorien, die nicht davon handelten, dass er in Wahrheit mit dem Teufel im Bunde stand, wie es auch schon seit Jahrhunderten mit seinen Vorfahren der Fall gewesen war. Oder dass er gar einem Volk reptilienhafter Außerirdischer angehörte, die die oberen Schichten der Gesellschaft bereits in der Entstehungszeit der modernen Zivilisation unterwandert hatten.

Bernd wusste jedenfalls eines: Kennet Hanssen war gefährlich. Er musste zumindest Katja aus der Schusslinie bringen.

»Sie haben Ihr Ziel erreicht. Das Ziel liegt links«, meldete sein Navi.

Bernd parkte den Wagen, stieg aus und klingelte an der Tür. Schäfer trug einen gottverdammten Hausmantel aus Seide, als er öffnete. Der Bürgermeister gab eine geradezu bemitleidenswerte Erscheinung ab. Sein grau meliertes Haar stand ihm in alle Richtungen vom Kopf ab, er roch nicht nur nach Aftershave, sondern in erster Linie nach scharfem Alkohol, seine Wangen waren aufgequollen und seine Augen rot gerändert. »Oh. Hallo. Kann ich was für Sie tun?«

»Ich denke schon.« Bernd ging einfach an Schäfer vorbei in den Flur. Dort stieß er auf die Töle des Bürgermeisters: Das graue Fellbündel lag zusammengerollt in einem schwarzen Körbchen mit roter Fütterung und eingestickten Goldkrönchen und zuckte nur schwach mit den Ohren. »Braver Hund«, murmelte Bernd.

Er ging ein paar Schritte den Flur hinunter, erspähte das Wohnzimmer und betrat es. Auf dem Tisch stand eine offene, nicht ganz billige Flasche *Bushmills Malt 21*, aber kein Glas. Bernd schürzte die Lippen. Wer einen Hundert-Euro-Whiskey direkt aus der Flasche trank, war entweder ein Säufer oder absolut verzweifelt.

Darauf durfte er jetzt keine Rücksicht nehmen. Als er Schäfers Schritte hinter sich hörte, fuhr er herum und drückte den Mann gegen die nächste Wand. Eine Aktion, die ungefähr so viel Kraftaufwand bedeutete, wie einem Neugeborenen den Schnuller aus dem Mund zu ziehen. »Pass jetzt mal gut auf, du Kasper! Spätestens am Montag machst du Katja Jakobs ein Angebot, das sie nicht ausschlagen kann. Eines, wo sie sich sagt: ›Oh, schön. Da kann ich ja eine Weile die Füße hochlegen.‹ Verstanden?«

»Wie kommen Sie darauf, dass ich so viel Geld habe?« Schäfer stemmte sich schwach gegen den Arm, den ihm Bernd quer über die Brust drückte. »Wovon soll ich das bezahlen?«

»Das interessiert mich einen Scheißdreck.« Mit der freien Hand deutete Bernd hinter sich auf den Tisch. »Wer so was im Haus hat, ist kein armer Schlucker. Notfalls kannst du einen Kredit aufnehmen. Du verdienst doch bald Unsummen, wenn dieser tolle Investor recht hat. Oder du rufst ihn einfach an. Der leiht dir sicher auch was. Es gibt da wen, der hat meinen besten Freund auf dem Gewissen. Und ich war all die Jahre zu feige, ihn zu rächen. Zwing mich nicht, ausgerechnet bei dir damit anzufangen, obwohl du mit dieser alten Sache nicht das Geringste zu tun hast. Noch mal: Du kaufst Katja Jakobs dieses beschissene Stück Wald ab, und zwar zu einem Preis, der sich gewaschen hat. Haben wir uns verstanden?«

Schäfer nickte schwach. Bernd ließ ihn stehen und eilte

aus dem Haus. Am Wagen angekommen traf ihn die bittere Erkenntnis, dass er so tief gesunken war, nun zu genau den Mitteln zu greifen, mit denen Kennet Hanssen sich die Leute gefügig machte.

Er stieg ein und ließ den Motor an. Manchmal musste man mit den Wölfen heulen, wenn man nicht von ihnen gefressen werden wollte.

57

Lukas Möhrs war unschlüssig. War Aysel nun schon irgendwie komisch gewesen, seit er an diesem Abend einen Fuß in ihre Wohnung in Lübeck gesetzt hatte? Oder hatte er sie erst danach mit irgendetwas verärgert, was ihm beim besten Willen nicht einfallen wollte?

Er sah auf seinen leeren Teller. Eine Mischung aus Fleischsaft und Fett war zu braunen Flecken geronnen. Hatte er das Steak nicht ausreichend gelobt? Er lauschte, ob er vielleicht etwas von dem hörte, was sie gerade im Schlafzimmer trieb. Dorthin war sie nun bereits das vierte oder fünfte Mal verschwunden. Wenn sie sich so oft ins Bad zurückgezogen hätte, hätte Möhrs eine naheliegende Erklärung für ihr sonderbares Verhalten gehabt: Dann hätte ihr wahrscheinlich nur irgendetwas zu schwer im Magen gelegen, was ihr nun ein paar unschöne Probleme bereitete. Doch es war eben nicht das Bad, sondern das Schlafzimmer. Da! Hatte er nicht gehört, wie eine Schranktür oder eine Schublade geschlossen worden war?

Sein Blick fiel auf das zweite Geschenk, das sie ihm diese Woche gemacht hatte: eine Sammlerbox mit sämtlichen Staffeln der *Gilmore Girls* auf BluRay. Noch so eine Leidenschaft, die er mit ihr teilte, von der die echten Machos unter seinen Kollegen auf gar keinen Fall jemals etwas erfahren durften. Schlimm genug, dass sie ihn ab und zu Lucky Luke nannten, nur weil er bei seinen Ermittlungen manchmal das Glück auf seiner Seite hatte. Auch egal.

Jedenfalls hatte Aysel ihm die Box in die Hand gedrückt. Als er sie gefragt hatte, zu welchem Anlass das Präsent denn gedacht war, hatte sie geantwortet: »Einfach nur so. Ich war losgegangen, weil ich noch einen Kopfsalat kaufen wollte, habe sie im Angebot gesehen und zugeschlagen. Weil … weil ich dich eben liebe, weißt du?« Das war für seinen Geschmack alles viel zu schräg. Gut, vielleicht war das der Rest seiner Paranoia, die immer noch nicht ganz eingesehen hatte, dass Aysel es tatsächlich ernst mit ihm meinte. Das kam davon, wenn man ein paar Jahre vorher von der Frau, die man für die Liebe seines Lebens gehalten hatte, sitzengelassen worden war. Ihm fiel auf, dass das wohl noch eine kleine Gemeinsamkeit zwischen Smolski und ihm war. Mit dem feinen Unterschied, dass er sich zutiefst gekränkt in ein emotionales Schneckenhaus zurückgezogen hatte, wohingegen Smolski dazu übergegangen war, lautstark in die Welt hinauszuschreien, wie verletzt er war.

Aysel erschien wie aus dem Nichts im Türrahmen. »Woran denkst du gerade?«

Möhrs fuhr erschrocken zusammen. »Sag mal! Kann es sein, dass du in einem früheren Leben Ninja warst, dass du dich so an einen anschleichen kannst?«

»Keine Ahnung.« Sie hob spielerisch einen ihrer zierlichen Füße, der in schwarzen Strumpfhosen steckte. »Ich weiß nur, dass mein Vater einen sehr leichten Schlaf hatte und man sich schon ein bisschen Mühe geben musste, wenn man sich abends aus der Wohnung schleichen wollte, um noch auf die Piste zu gehen.«

»Ist zwischen euch alles in Ordnung?«

Sie sah ihn an, als hätte er sie gefragt, ob es nachts dunkel wird. »Natürlich. Wieso sollte es denn nicht in Ordnung sein?«

»Nur so.« Er schob den Teller von sich und streckte die Beine so weit aus, dass seine Hosenbeine auf der anderen Seite des Tisches hervorlugten. »Das war wirklich total lecker.«

»Das sagst du jetzt schon zum fünften Mal.« Sie runzelte die Stirn und deckte den Teller ab. Nachdem sie ihn ins Spülbecken gestellt hatte, wandte sie sich wieder zu ihm um, um ihn von Kopf bis Fuß zu mustern. »So langsam glaube ich, es hat dir nicht geschmeckt.«

»Doch, doch. Ich –«

»Was ist das denn?« Sie zeigte mit leichtem Ekel im Gesicht auf seine Schienbeine. »Das sehe ich ja eben erst. Hast du mit diesem Hund von Schäfer Fußball gespielt, oder was?«

Sie huschte hinaus in den Flur. Er hörte es vom Garderobenschränkchen her klappen, während er unsicher graue Haare von seinen Hosen zu pflücken begann. »Ich habe dir doch gesagt, dass das komplette Haus von Schäfer verhaart ist.«

Aysel kehrte mit einer Kleiderrolle in der Hand wieder zurück, die sie umgehend zum Einsatz brachte. »Wie die beiden Leichen aus Haus Halbersgrund …«

»Ja …« Es lenkte ihn durchaus ab, wie sie da vor ihm kniete und ihm mit der Rolle immer wieder kräftig von den Oberschenkeln bis hinunter zu den Knöcheln die Beine abrieb. »Aber er ist es eben nicht gewesen. Er hat ein Alibi.«

»Ich weiß, ich weiß.« Sie stellte ihre Bemühungen ein und brachte ihr Werkzeug zurück zur Garderobe, um danach schon wieder einen Abstecher ins Schlafzimmer zu unternehmen.

Möhrs machte derweil einen langen Arm nach ihrem Laptop, das auf einem Stapel Zeitungen und Zeitschriften am anderen Ende des Tischs stand. Er hegte inzwischen den leisen Verdacht, dass sie einen romantischen Abend mit irgendeiner sinnlichen Überraschung vorbereitete. Doch vor das Vergnügen hatten die Götter nun einmal die Arbeit gestellt. Auch wenn gewisse Körperteile von ihm das derzeit etwas anders sahen.

Er stöpselte den USB-Stick ein, mit dem er sich ein paar Dateien von dem Dienstrechner in seinem Büro gezogen hatte, und überspielte sie auf die Festplatte des Laptops. Während er dem Transferbalken beim Wachsen zuschaute, kehrte Aysel zurück.

»Geht's noch mal an die Arbeit?«

»Sonst finde ich keine Ruhe.«

»Okay.« Sie setzte sich auf den Stuhl neben ihm und starrte mit ihm auf den Bildschirm. »Ich habe übrigens mit Clemens gesprochen.«

Die Datenübertragung war abgeschlossen. Er begann seine selbst gewählte Spätschicht damit, sich noch einmal durch die Tatortfotos zu klicken. »Clemens? Wer oder was ist Clemens?«

»Der Ballistiker, der sich Ewert und die dazugehörige Kugel angeschaut hat.«

»Und?« Er klickte sich zwei Bilder zurück, weil er das Gefühl hatte, etwas darauf entdeckt zu haben, was ihm bisher entgangen war. Er wartete auf das entsprechende Kribbeln im Hinterkopf und an den Schläfen, das in solchen Fällen bei ihm einsetzte. Noch blieb es nur eine Ahnung. »Hat Clemens schon Ergebnisse?«

»Eine vorläufige Einschätzung. Mehr nicht. Er sagt, die Kugel käme aus einer Pistole 08.«

Er horchte leicht auf, studierte aber weiter die Aufnahme auf dem Monitor. Sie zeigte das Haupthaus von Halbersgrund in der Totalen. Der Kollege, der sie geschossen hatte, musste auf dem Weg gestanden haben, der vom nahen Parkplatz zu dem Anwesen führte, denn es waren auch einige der Schaulustigen zu sehen, die sich nach dem Fund der zweiten Leiche auf dem Gut herumgedrückt hatten. »Eine Pistole 08? Eine Luger? Hui, nicht schlecht.«

»Was soll das heißen?«

»Nichts.« Er beugte sich näher an den Bildschirm heran. »Die Nazis im ersten Teil und dritten Teil von *Indiana Jones* haben so welche. Das war eine typische Waffe der Wehrmacht und der SS.«

Sie lachte auf. »Du Nerd.«

»Da stehst du doch drauf«, erwiderte er halb abwesend. »Auf große, dicke Nerds. Wusstest du eigentlich, dass Indiana Jones nach dem Hund benannt ist, den er als Kind hatte?«

»Interessant. Dann müsste ich Kröti Özen heißen. War zwar kein Hund, sondern nur eine Schildkröte, aber ich finde das zählt.« Sie knuffte ihn in die Seite. »Hey, du könntest wenigstens aus reiner Höflichkeit lachen, auch wenn's jetzt nicht so schrecklich komisch war. Ich lache ja auch über deine Scherze, und –« Sie stockte. »He. Warum sagst du denn nichts mehr?«

»Weil ich mir vorkomme wie ein Idiot.« Er starrte weiter auf das Foto und wollte nicht fassen, was er vor sich sah. »Ich glaube, ich habe eben unseren Mörder gefunden.«

58

Es gab Tage, da hasste Gabriel Smolski es, Schreibarbeiten und Papierkram erledigen zu müssen. Und es gab Tage, an denen er sich sogar darüber freute, weil die Monotonie seinen aufgekratzten Geist beruhigte. Heute war eher einer der Tage aus der zweiten Kategorie. Er grinste stumm, als er daran dachte, dass Möhrs sich darüber bestimmt geärgert hätte. Der Dicke sah ihm zwar nicht unbedingt wie ein schlechter Verlierer aus, aber sehr wohl wie ein schlechter Gewinner.

Es gab allerdings Dinge, die ihn mehr beschäftigten. Zum Beispiel, dass Jule noch eine ganze Woche unterwegs sein würde, um sich irgendeinen neuen Windpark in norwegischen Gewässern anzuschauen und zu sehen, was sie daraus für die Umsetzung ihrer zukünftigen Projekte lernen konnte. Noch eine ganze Woche, in der er nach Dienstschluss in eine leere Wohnung kam. Noch eine ganze Woche, ohne ihre Haut berühren oder den Duft ihres Haars riechen zu können. Insofern machte es ihm gar nicht so viel aus, bei gedämpfter Beleuchtung im Großraumbüro zu sitzen und Überstunden zu schieben. Wenigstens telefonierten sie beide oft miteinander. So wie vorhin vor zwanzig Minuten, als sie ihm erst von einem Beinahezusammenstoß ihres Schiffs mit einem der Windmasten erzählt und ihm dann mehrfach geschworen hatte, sicher und unbeschadet wieder nach Hause zu kommen.

Er saß gerade an der Nachbesserung eines Berichts jenes Besuchs in der Frackinganlage, bei dem dieser unsympathische Ingenieur, der dort den Chefansager machen durfte, Möhrs und ihm irgendwelche Schauergeschichten über den Wald von Tachin hatte erzählen wollen. Das war etwas, wofür Smolski nicht das geringste Verständnis aufbrachte. Seiner Erfahrung nach hielt die Welt auch ohne ausgedachte Ungeheuer oder angeblich unerklärliche Phänomene schon mehr als genügend Schrecken bereit.

Er wehrte sich gegen die Erinnerungen, die in ihm hochstiegen. Wie dreckig Rita hatte lachen können, wenn wem anders ein Missgeschick passierte. Wie sie nie aus dem Haus gegangen war, ohne mindestens einen Ersatzlippenstift dabeizuhaben. Wie sie ihm erklärt hatte, dass Delfine ihre Lieblingstiere waren, weil die immer Sex im Meer haben konnten.

Es war verführerisch, seiner nostalgischen Sehnsucht einfach freien Lauf zu lassen und sich diesen schönen Erinnerungen hinzugeben. Das Problem war nur, dass auf sie unweigerlich immer die hässlichen Erinnerungen folgten. Wie er sich übel mit ihr gestritten hatte, nur weil sie den Badezimmermülleimer für seinen Geschmack viel zu selten ausleerte. Wie er immer das Gefühl hatte, sie würde ihn als den ungebildeten Bullen vorführen, wenn sie gemeinsam mit ihren Freunden von der Universität unterwegs waren. Wie er wieder und wieder nachts auf der Suche nach ihr durch die Wohnung geirrt war, bis er endlich eingesehen hatte, dass sie fort war.

Um sich all das zu ersparen, wählte Smolski eine Methode, die sich für ihn ausgesprochen gut bewährt hatte: Er dachte intensiv an Jule und versuchte, sich möglichst viele Details über sie ins Gedächtnis zu rufen. Die Farbe ihrer Wimpern, ihr Lieblingslied ihrer Lieblingsband, der Geschmack auf seinen Lippen, wenn er sie nach dem Sex küsste.

Als das Telefon auf seinem Schreibtisch klingelte, dachte Smolski im ersten Augenblick, vielleicht würde sich Jule noch einmal bei ihm melden, obwohl sie gerade erst miteinander gesprochen hatten. Aber sie hätte es mit Sicherheit auf seinem Smartphone und nicht auf seinem Dienstanschluss versucht. Das Display des Apparats zeigte auch tatsächlich eine ihm völlig unbekannte Nummer, die der Vorwahl nach allerdings hier aus der Gegend stammte.

»Smolski«, meldete er sich.

»Mir ist noch etwas eingefallen.« Es war eine Männerstimme – leise, fast flüsternd –, und er hatte Mühe, sie zuzuordnen. »Ich darf das nicht für mich behalten.«

»Reimers?«, prüfte er seinen ersten Verdacht.

»Ja.«

»Woher haben Sie die Nummer für diesen Anschluss?«

»Sie haben mir Ihre Karte gegeben, als Sie gegangen sind. Wissen Sie das nicht mehr?«

»Nein, das habe ich nicht. Daran würde ich mich erinnern.«

»Sicher?«

»Ganz sicher.«

Zwei, drei scharfe Atemzüge drangen aus dem Hörer, gefolgt von einem unverständlichen Gemurmel. Dann sprach Reimers wieder klarer: »Na schön. Sie haben mich erwischt. Ich habe bei einem meiner alten Freunde einen Gefallen eingefordert. Sie können mir glauben: Er hat sich kein Stück gefreut, von mir zu hören. Ich denke sogar, er hat mir Ihre Nummer nur so schnell verraten, damit er mich gleich wieder los ist.«

Falls der alte Mann nur angerufen hatte, weil er jemanden zum Plaudern suchte oder irgendwelche komischen Spielchen spielen wollte, würde Smolski ihn enttäuschen müssen. »Sie sagten etwas über eine Sache, die Sie nicht für sich behalten dürfen.«

»Erst würde ich Sie gerne noch …« Wieder war nur ein raunendes Zischen zu hören, als würde Reimers zur Seite gewandt vor sich hin wispern. »Ich würde Sie gerne erst noch etwas fragen.«

»Sind Sie allein?«

»Sind Sie es denn?«

»Ja.«

Ein Ächzen. »Schön. Schön.«

Es folgte ein längeres Schweigen, das Smolski schließlich brach. »Ihre Frage.«

»Ah, ja.« Reimers holte tief Luft. »Ihre Frau. Sehen Sie sie manchmal?«

Smolski wusste nicht, was schlimmer war: die Frage an sich oder dass er sofort begriff, worauf Reimers mit ihr hinauswollte. »Was geht Sie das an?«

»Also ja.« Reimers lachte, ganz leise, wie ein Kind, das sich im Schrank versteckt hatte und nun Zeuge eines Vorgangs unter Erwachsenen wurde, den es zwar nicht verstand, aber dennoch sehr komisch fand. »Ist es nicht seltsam?«

Smolski war kurz davor, aufzulegen. »Was?«

»Wie manche Menschen einen nie wieder loslassen und man andere einfach vergisst, als hätte es sie nie gegeben. Inzwischen glaube ich, es ist am besten, wenn man für andere zu denen zählt, die sich einfach in Nichts auflösen.« Reimers hustete, doch danach war seine Stimme erstaunlich stark und klar. »Hören Sie mir gut zu, Smolski. Eines wird ihnen klar sein. Wer immer diese Kinder umgebracht hat, muss heute schon sehr alt sein. Mindestens so alt wie ich, wenn nicht gar noch älter. Das ist Ihnen doch klar, oder?«

»Ich kann rechnen, ja.«

»Gut. Dann sage ich Ihnen jetzt etwas anderes, was ich noch keinem Menschen erzählt habe. Ich habe geschwiegen, weil ich dachte, ich bin dem, der mich damals gerettet hat, etwas schuldig. Mittlerweile glaube ich, er hätte mich lieber umbringen lassen. Wissen Sie noch, wie ich diesen Mann erwähnte, der mich im Wald mit dem Messer angegriffen hat?«

»Ja. Sie nannten ihn den Mann in Schwarz.«

»Ganz recht. Der Mann in Schwarz …« Reimers senkte wieder die Stimme. »Und erinnern Sie sich auch noch, dass ich sagte, ein zweiter Mann hätte mich gerettet?«

»Er hat den ersten zu Boden gerungen und Ihnen so das Leben gerettet.« Smolski spürte eine plötzliche Beklemmung, als hätte ihn jemand an den Schultern gepackt und würde nun versuchen, seinen Kopf mit aller Macht gegen die Tischplatte zu drücken. »So haben Sie es uns erzählt.«

»Ja, aber wissen Sie was?«

»Was?«

»Vielleicht hat mir mein Hirn wirklich einen Streich gespielt. Vielleicht gab es in jener Nacht nur einen Mann in Schwarz.«

»Ich verstehe nicht ganz. Wie kommen Sie darauf?«

»Die gleiche Kleidung, die gleiche Größe, die gleiche Stimme.« Reimers rang nun hörbar mit den Tränen. »Der eine und der andere waren vollkommen gleich. Verstehen Sie, Smolski? Verstehen Sie?«

59

Katja verbrachte ihren vorerst letzten Abend in Tachin mit einer interessanten Diskussion über das Für und Wider von Fracking. Sie schlüpfte dabei mehr oder weniger unbewusst in die Rolle einer Moderatorin, die den Geschwistern Jung deren Ansichten zu diesem Thema entlockte.

Wenig überraschend lehnte Dietmar Fracking nicht rundheraus ab. »Es würde die ganze Angelegenheit von vornherein schon einmal stark versachlichen, wenn sich die Leute die Mühe machen würden, sich genauer festzulegen, über welche Art von Fracking sie eigentlich reden wollen. Über konventionelles Fracking in Sandstein, wie es seit Jahrzehnten in Deutschland praktiziert wird, oder das relativ neue Fracking zur Förderung von Schiefergas. Sich einfach hinzustellen und zu sagen, ich bin gegen Fracking, ist ungefähr so, als würde ich sagen, ich bin prinzipiell gegen Bergbau. Und ja, manche der fürs Fracking nötigen Flüssigkeiten, die unter hohem Druck in den Boden gepumpt werden, würde ich auch nicht trinken wollen. Aber das Bundesumweltamt hat achtzig dieser Flüssigkeiten untersucht, und von ihnen wurden knapp vierzig als potenzielle Gefährdung für die Gesundheit des Menschen oder für die Umwelt eingestuft. Das stimmt schon, und das möchte ich auch gar nicht abstreiten. Das bedeutet aber auf der anderen Seite, dass vierzig der untersuchten Flüssigkeiten eben genau *nicht* so eingestuft wurden. Nun könnte man sich zwar auf den Standpunkt stellen, dass man diesen Ergebnissen nicht traut, aber irgendwann verlässt man dann nach und nach den Bereich berechtigter Bedenken und landet bei echter Paranoia. Und überhaupt ist Fracking in allen Varianten sowohl in Naturschutzgebieten als auch solchen zur Trinkwassergewinnung ohnehin verboten. Es gibt wirklich Momente, da kann ich die Aufregung übers Fracking einfach nicht nachvollziehen.«

Katja fand, dass Dietmar eine Position vertrat, die in Deutschland sicherlich nicht ganz unverbreitet war. Er hatte als Ingenieur eine Ausbildung genossen, die auf naturwissenschaftlichen Prinzipien, Rationalität sowie dem Glauben an technischen Fortschritt und eine grundlegende Machbarkeit in den allermeisten Dingen fußte. Damit stand er nicht alleine da, und ob sie es nun beabsichtigte oder nicht, schaffte es diese Gruppe, irgendwie immer so zu klingen wie die Streber von der vordersten Bank, die darüber kicherten, wenn wer von weiter hinten eine falsche Antwort auf die Frage des Lehrers vorne an der Tafel gab.

Auch Katjas Überraschung darüber, dass Dagmar sich diesem Komplex eher von der emotionalen Seite her näherte, hielt sich in deutlichen Grenzen. »Man braucht sich doch nicht zu wundern, dass so viele Leute dagegen sind. Mit der Technikgläubigkeit ist es spätestens seit Fukushima vorbei: Über Jahrzehnte hinweg haben auch und gerade diverse offizielle Stellen doch immer wieder betont, wie sicher und sauber die Atomkraft ist. Und jetzt stehen sie eben alle wie Lügner da, die die Bevölkerung absichtlich getäuscht haben.« Und ganz grundsätzlich sehe ich bei vielen eben einfach ein Umdenken. Jetzt, wo inzwischen nur noch sehr verwirrte Geister ernsthaft abstreiten, dass es so etwas wie die Klimaerwärmung tatsächlich gibt, wächst auch ein ganz bestimmtes Bewusstsein in den Köpfen. Dass es kein Wachstum ohne Grenzen gibt. Dass die Erde sich von uns nicht alles gefallen lässt. Dass sie sogar sehr gut, um nicht zu sagen besser ohne uns auskäme. Da ist es doch nur logisch, dass man die Vorstellung, immer tiefer in die Erde einzudringen, schrecklich findet. Die Leute haben schlicht und ergreifend Angst davor, dass wir bald alle den Preis dafür bezahlen müssen, völlig rücksichtslos mit dem gesamten Planeten umgegangen zu sein.

Du brauchst doch nur den Fernseher anzuschalten, und dann siehst du es: Brandrodungen im Regenwald, Überfischung der Meere, ölverklebte Vögel, aussterbende Tierarten. Irgendwann muss damit Schluss sein. Irgendwo muss man eine Grenze ziehen.«

Je länger sie diskutierten, desto mehr vermutete Katja, dass sie sich nicht so einfach durch einen Kompromiss oder das Finden eines Mittelwegs würde beenden lassen. Dazu waren die Fronten zu verhärtet und die Überzeugung in die eigenen Positionen viel zu tief. Schließlich erhob sich Dietmar und entschuldigte sich für einen Moment. Dagmar sah Katja mit einem traurigen Lächeln an. »Ich werde dich vermissen.«

»Ich bin ja nicht für ewig weg«, versuchte Katja, ihre Gastgeberin aufzumuntern. »Ich komme wieder. Ganz bestimmt.«

»Ich bin da übrigens nicht die Einzige«, fuhr Dagmar fort, als hätte sie Katja gar nicht gehört. »Habe ich dir erzählt, dass Jörn hier war und sich nach dir erkundigt hat?«

»Jörn Krämer?«

»Ja«, nickte Dagmar. »Er wollte wissen, ob du immer noch bedroht wirst.«

»Das ist aber nett.«

»Das ist er immer.« Ihr Lächeln fiel noch trauriger aus. »Aber ehrlich gesagt mache ich mir Sorgen um ihn.«

»Wieso?«

»So wie manche Leute eine Winterdepression kriegen, leidet er unter einer Sommerdepression. Ich weiß, wie das klingt. Das liegt bei ihm daran, dass der Sommer die Jahreszeit ist, in der sein Bruder fortgegangen ist.«

»Der, der jetzt in Australien lebt?«

»Angeblich.«

Katja, die gerade die Hand ausgestreckt hatte, um sich aus der Schüssel mit Knabberkram auf dem Tisch zu bedienen, schaute auf. »Was meinst du mit angeblich? Er skypt doch regelmäßig mit ihm.«

Dagmar zuckte die Achseln. »Es ist nur so, dass ich bei ihm

im Haus noch nie etwas gesehen habe, was ihm sein Bruder aus Australien geschenkt hätte. Irgendeine Kleinigkeit, wie man sie so um die Welt schickt, wenn man schon an ihrem anderen Ende wohnt. Einen Koalabären aus Plüsch. Oder eins von diesen Verkehrsschildern mit einem Känguru drauf. Oder wenigstens mal ein schönes Foto von sich.«

»Wo sollte sein Bruder denn sonst sein, wenn nicht in Australien?«

Dagmar zuckte die Achseln. »Da gibt es einige Möglichkeiten. Vielleicht wollte er aus dem Dorf weg, weil er hier nicht der Mann sein konnte, der er in Wirklichkeit war. Ich meine, Jörn hat ja auch nie geheiratet, und du hast selbst erlebt, wie mein Bruder und dein Onkel ihre Beziehung vor anderen verheimlicht haben.« Sie winkte ab. »Wahrscheinlich bilde ich mir das nur ein. Was ich mir aber nicht einbilde, ist, dass ich mir Sorgen um ihn mache. Es hörte sich vorhin ein paarmal fast so an, als wollte er sich von mir verabschieden.«

»Verabschieden ... Das habe ich vorhin nicht mehr geschafft.« Katja schaute auf die Uhr. »Es ist erst halb zehn. Ich könnte schnell noch bei ihm vorbeischauen.«

»Warum nicht?« Dagmar lächelte. »Er würde sich bestimmt freuen.«

60

Bernd Bauer war nicht sicher, ob er den Besuch bei Horst Schäfer als Erfolg werten sollte. Das würde sich erst zeigen, sobald er Katja tatsächlich ein Angebot für ihr Stück Wald machte – und wenn sie es danach verkaufte, ohne dass Kennet Hanssen Notiz davon nahm.

Was er hingegen ohne jeden Zweifel als wichtigen Sieg über seine eigene Sturheit feierte, war sein Entschluss, noch heute Abend nach Hamburg zurückzufahren und sich mit Evelyn auszusprechen. Nein, falsch. Sie um Entschuldigung für sein unmögliches Verhalten zu bitten. Das würde eine absolute Premiere werden, doch Evelyn hatte es verdient. Es war eine Binsenweisheit, dass man manche Dinge erst vermisste, wenn man sie verloren hatte. Auf Evelyn traf sie zu.

Ihre Abreise war kurz und schmerzlos, aber deshalb nicht weniger unschön gewesen. Sie waren in einen heftigen Streit geraten, als sie ihn zum wiederholten Mal dabei ertappt hatte, wie er mit Katja telefonierte. Evelyn hatte ihn ihren kühlen Zorn spüren lassen. »Das Schäbige ist, mich unter Vorspiegelungen falscher Tatsachen hierherzulocken«, hatte sie ihm vorgeworfen. »Damit du dir einreden kannst, wir wären nicht ihretwegen hier. Oder wegen irgendeines … Falles, oder wie auch immer ihr das nennt. Jedenfalls habe ich nicht vor, den Watson für dich zu spielen, du Aushilfssherlock! Du kannst dich ja melden, sobald du dich ausgetobt und wirklich Lust darauf hast, ein paar vergnügliche Tage zu verbringen.« Zehn Minuten später war sie in einem Taxi davongebraust. Er hoffte inständig, dass sie ihm verzeihen würde. Er hatte bereits versucht, ein wenig Vorarbeit zu leisten: So kultiviert sie sich auch nach außen immer geben mochte, wusste er, dass sie auch eine Ader für das Schlichte und Naiv-Romantische hatte.

Daher hatte er angehalten, als er auf dem Rückweg von Schäfers Haus eine Koppel entdeckt hatte, auf der eine Schimmelstute und ihr Fohlen standen. Die Tiere waren nahezu perfekt im Gegenlicht der untergehenden Sonne positioniert, als hätte sie ein großer, in symbolträchtigen Bildern denkender Regisseur für eine Aufnahme arrangiert. Also war Bernd ausgestiegen und vorsichtig zum Kofferraum geschlichen, um seine Fototasche zu holen, die dort nun schon seit ein paar Tagen sträflich ungenutzt gelegen hatte. Dann hatte er sich wieder in den Jaguar gesetzt, die Scheibe auf der Fahrerseite heruntergelassen und die Canon schussbereit vors Auge genommen. Nachdem ihm fast schon der Arm eingeschlafen war, war es dann schließlich passiert: Das Fohlen stakste an seine Mutter heran, um aus ihrem Euter zu trinken.

Bernd schoss eine Serie, die er noch vor Ort auf dem Kameradisplay begutachtete. Er war zufrieden. Nicht unbedingt seine beste Arbeit, aber auch nichts, wofür er sich hätte schämen müssen. Ob es reichen würde, Evelyns Herz ein wenig zu erweichen … Nun, das würde er dann ja sehen.

Er hatte sich ein paar knappe Worte zurechtgelegt, während er die Kamera in ihrer Tasche und diese dann im Fußraum auf der Beifahrerseite verstaute. Seine Ansprache begann mit einem ehrlichen »Ich weiß, ich bin ein Idiot«.

Während er gemütlich die Landstraße durch den Wald von Tachin hinunterfuhr, feilte er stumm an der Rede, mit der er sich an Evelyn wenden wollte. Er musste bei ihr auf dem schmalen Grat zwischen ehrlich vorgetragenem Gefühl und plattem, klischeebeladenem Kitsch wandeln. Er hätte sich gewiss Schöneres vorstellen können, aber –

Ihm fiel ein Paar Scheinwerfer im Rückspiegel auf. Es war ein wenig zu hoch eingestellt und blendete ihn, wenn er im falschen Winkel nach oben sah.

Der fremde Wagen schoss dichter heran. Bernd erkannte, dass es sich um einen schwarzen SUV handelte – eine Sorte von Auto, deren Sinn und Zweck er nie ganz verstanden hatte. Entweder fuhr man einen richtigen Geländewagen oder einen Sportwagen oder einen Van und nicht diese eierlegende Wollmilchsau der Automobilindustrie, die alles in einem sein wollte.

Näher und näher kamen die beiden gleißenden Lichtkegel. Bernd rechnete fest damit, dass der Verfolger gleich ausscheren und ihn überholen würde. Jeden Augenblick musste es so weit sein. Er begriff erst, dass dem nicht so sein würde, als die wuchtige Schnauze des SUVs gegen das Heck des Jaguars krachte.

»Verdammte –«, setzte Bernd noch zu einem Fluch an, den er nicht mehr zu Ende brachte. Sein Wagen geriet ins Schlingern. Er gab alles, um nicht von der Fahrbahn abzukommen und in den Wald hineinzurasen. Einen langen, schrecklichen Augenblick verengte sich seine Wahrnehmung auf den kleinen Ausschnitt des Asphalts vor ihm, der von den Scheinwerfern des Jaguars erhellt wurde und vor ihm wild von links nach rechts und wieder zurück zu tanzen schien.

Kaum hatte er durch knappe, konzentrierte Bewegungen des Lenkrads die Kontrolle über sein Auto halbwegs zurückgewonnen, kam es auch schon zum nächsten Zusammenprall. Dieser fiel nicht ganz so heftig aus, doch die Reifen auf der rechten Seite seines Jaguars hoppelten dennoch kurz über einen schmalen, unebenen Begrenzungsstreifen am Straßenrand. Das war kein aus Unachtsamkeit erfolgtes Unglück gewesen. Das war ein Mordanschlag auf ihn! Bernd hatte das Gefühl, als träfe die Zeit selbst auf eine Art zähen Widerstand, so lange dehnten sich nun die Sekunden.

Sein Blick huschte zum Rückspiegel. Er erhaschte einen kugelrunden, kahlen Kopf auf breiten Schultern. Kalt und nüchtern arbeiteten Bernds Sinne mit seinem Gedächtnis zusammen, um zu enthüllen, wer der Fahrer des anderen Wagens war. Es gab nur eine logische Erklärung: Es handelte sich um den Schläger, mit dem er sich vor der Frackinganlage angelegt hatte – und der offenbar einer der gedungenen Schergen Hanssens war.

»Ich werde sterben«, stellte Bernd fest, durchaus verblüfft, wie abstrakt ihm dieser Gedanke nach wie vor erschien. »Ich habe Hanssen provoziert, und jetzt bekomme ich die Quittung dafür.« Schäfer hatte offenbar sofort nach seinem Besuch beim Hauptinvestor der Anlage angerufen und diesem erzählt, wer ihm da auf die Pelle gerückt war – und Hanssen war kein Mann, der lange fackelte. »Ich werde sterben, weil ich mein Maul nicht halten konnte.«

Instinktiv ging er aufs Gas. Der kräftige Motor des Jaguars katapultierte ihn mit einem lauten Aufheulen ein weites Stück nach vorne. Ob er den Gorilla vielleicht einfach abhängen konnte? Nein, konnte er nicht. Das SUV schloss mühelos erneut zu ihm auf. Da waren eine so hohe Zahl an PS am Start, wie man sie nur bei einigen Modellen fand, die sich in der absolut obersten Preisklasse bewegten. Und ausgerechnet so ein Angebergefährt, mit dem blasse Gesellen aus dem mittleren Management ihre Ärsche zum Golfplatz kutschierten, würde ihm nun den Tod bringen! Er hätte glatt darüber gelacht, wenn er nicht so darauf konzentriert gewesen wäre, die Spur zu halten.

Wie ein einzelnes Blatt, das in einem wilden Sturm an einem vorbeiwehte, tauchte für einen Wimpernschlag Evelyns Gesicht vor seinem inneren Auge auf. Schade. Sie würde das Bild, das er eigens für sie geschossen hatte, nie zu Gesicht bekommen. Die Kamera würde in tausend Teile zerbersten, sobald er von der Straße gedrängt worden und gegen einen der Bäume gerast war. Die Kamera …

Bernd handelte, weil er wusste, dass ihm keine andere Wahl blieb. Mit einem wilden Knurren beschleunigte er ein weiteres Mal, um etwas Abstand zwischen sich und den Gorilla zu bringen. Es gelang ihm, eine Distanz von vielleicht drei Wagenlängen herauszufahren.

Er ließ die Scheibe auf der Fahrerseite herunter und griff mit der Rechten nach der Fototasche, um sie sich auf den Schoß zu holen. Hinter ihm schob sich der Wagen seines Rivalen röhrend wieder dichter an ihn heran.

Er öffnete den Reißverschluss an einem der Außenfächer, tastete hinein und suchte nach einem winzigen Schiebeschalter an der Seite eines kleinen Aufsatzes für seine Canon.

Der Gorilla holte weiter auf. Gut so. Bernd steckte den Aufsatz auf die Canon auf und schlang sich den Tragegurt mehrfach um die Hand, damit ihm die Kamera gleich auf keinen Fall entgleiten konnte. Er widersetzte sich dem heftigen Drang, seine improvisierte Waffe sofort einzusetzen. Aber je näher der Gegner war, desto größer würden seine Erfolgschancen sein.

Er wartete, bis er die über das Lenkrad gebeugte Gestalt des Gorillas wieder einigermaßen deutlich ausmachen konnte. Jede Sekunde stand das nächste Rammmanöver an. Jetzt!

Bernd hielt die Kamera aus dem Fenster und drückte den Auslöser. Der Stroboskopblitz feuerte in rascher Folge. In Bernds Augenwinkel lösten sich grelle Helligkeit und rasches Dunkel ab.

Der Effekt war stärker, als er vermutet hätte – und das, obwohl er auf das Blitzen vorbereitet war und nicht frontal in es hineinschaute wie sein Gegner. Reflexartig trat dieser auf die Bremse, sein Wagen geriet ins Schlingern.

Im Rückspiegel sah es für Bernd so aus, als würde der Lichtkreis des einen Scheinwerfers den des anderen verfolgen und in den Wald hineinjagen. Dann hörte er über dem Motorengeräusch seines Jaguars einen berstenden Knall, und die Lichter erloschen.

Bernd gönnte sich keinen Jubel. Er zog einfach nur den Arm zurück, legte die Kamera auf dem Beifahrersitz ab, packte das Lenkrad und gab Gas. Er wollte nur noch fort von hier. Weg von Tachin, weg von irgendwelchen Killern, die im Dienste Hanssens standen, und fort von diesem Wald, dessen Hunger nach menschlichem Fleisch und Blut schier unstillbar schien.

Aus den Erinnerungen des Einen und des Anderen

Nie zuvor hatte sich der Eine so betrogen gefühlt. Nicht einmal damals, als die Unterirdischen seine Familie geholt hatten. Die alten Wesen waren wie Naturgewalten, und man hatte kein Recht, sich betrogen zu fühlen, wenn der Blitz bei einem ins Haus einschlug oder ein Sturm das Scheunendach abdeckte.

Was der Andere getan hatte, war unverzeihlich. Es war Verrat. Ein Verrat am Gedenken an all das, was sie verloren hatten. Ein Verrat an dem besonderen Band, in dem ihre Seelen miteinander verflochten waren.

So war der Eine schier blind vor Zorn, als er durch den nächtlichen Wald hetzte, um den Anderen daran zu hindern, sein jüngstes Vorhaben in die Tat umzusetzen. Der Wald, in dem er sich sonst immer so geborgen und behütet fühlte, schien ihn zu verspotten. »Du hättest es wissen müssen«, wisperte der Wind in den Baumwipfeln. »Du bist schuld! Du bist schuld!«, rief ein Kauz unaufhörlich. »Zu spät … Zu spät …«, knarzten die Stämme.

Dann sah der Eine den Anderen. Der Andere hatte sich bereits auf sein Opfer gestürzt, das sich nach besten Kräften wehrte. Sie umkreisten einander in einem tödlichen Tanz, dessen Ausgang von vornherein feststand. Der Eine spürte, wie das besondere Band in ihm bis zum Zerreißen gespannt war.

Der Eine musste dafür sorgen, dass der Andere gebändigt wurde. Das war der einzige Ausweg, der ihnen noch blieb. Und der Eine wählte ihn, erst schreiend, dann weinend, bis sich eine Ruhe über den Wald legte, die so vollkommen war, dass der Eine beinahe glaubte, die Zeit stünde nun für immer still.

Danach musste der Eine die Geheimnisse des Anderen weiter schützen. Allein. Er hatte keine andere Wahl. Es waren nun auch endgültig seine Geheimnisse. Manchmal war er kurz davor, sich jemandem zu offenbaren. Sich einzureden, dass die Leute aus dem Dorf schon alles verstehen würden. Nein, dass sie schon längst alles wussten. Dass sie wussten, dass alles nur zum Guten geschehen war. Sonst, so wisperte er es sich in diesen Augenblicken der Schwäche selbst vor, hätten sie doch längst alles aufgedeckt und ihn aus ihrer Mitte gejagt.

Immer wenn der Eine diesen Gedanken zu sehr nachhing, sprach er mit dem Anderen, so wie er mit denen sprach, die der Andere zum Teil eines größeren Ganzen gemacht hatte. Und der Andere sagte ihm jedes Mal, dass er stark sein musste. So lange, bis sie sich eines Tages wiedersahen, um sich auszusöhnen.

Das waren schlimme Stunden. Manchmal fühlte sich der Eine, als wäre er selbst fort und der Andere noch da. Manchmal wünschte er sich nichts mehr, als dass endlich jemand kam und ihm dabei half, all das zu tun, was getan werden musste. Für die Unterirdischen, für das Dorf und für sich selbst.

61

Lukas Möhrs fragte sich, was Smolski wohl dazu zu sagen gehabt hätte, dass er ihn nie ans Steuer ihres Dienstwagens ließ, den Platz auf dem Fahrersitz nun aber sehr bereitwillig zugunsten von Aysel aufgegeben hatte. Wahrscheinlich hätte er wissen wollen, womit sie sich diese Ehre verdient hatte. Möhrs' Antwort hätte wohl gelautet: »Weil sie mir mit ihrem Augenmerk auf diese Hundehaare geholfen hat, unseren Mörder zu finden.« Nun, er konnte seine Theorie ja gleich auf die Probe stellen, sobald Smolski an sein Telefon ging.

»Ja?« Endlich. Im Hintergrund war die typische Geräuschkulisse aus dem Innern eines fahrenden Autos zu hören.

»Ich bin's«, sagte Möhrs. »Wo steckst du?«

»Auf der B 5 nach Lauenburg.«

»Pass auf.« Möhrs genoss das Adrenalin, das das Blut in seinen Adern zum Rauschen brachte. Er fühlte sich nun schon seit fast einer halben Stunde durchgängig so, als müsste er jeden Augenblick in den Boxring steigen, um um den Weltmeistertitel im Schwergewicht zu kämpfen. Er konnte es immer noch nicht ganz fassen, dass dieser Fall so gut wie gelöst war. Er konnte es kaum abwarten, Barswick zu informieren. Diese Geschichte war ein echter Hammer. »Ich weiß, wer unser Mörder ist.«

»Ich auch«, entgegnete Smolski trocken.

»Du auch?« Wollte er ihn verarschen? »Seit wann das denn?«

»Seit einer Viertelstunde, würde ich sagen.«

»Bist du dir sicher, dass wir denselben Mann meinen?«

»Meiner wohnt laut den Einwohnermeldedaten, die ich beim LKA angefragt habe, in der Töpfertwiete 1 in Tachin.«

»Treffer! Versenkt!« Möhrs lachte. »Aber ich habe die Adresse von Schäfer. Der feine Herr Bürgermeister war übrigens sternhagelvoll. Wollen wir mal hoffen, dass ihn die Reue über seine Abstecher ins *Kasino Royale* nicht vollends in den Suff treiben. Wie hast du's herausgefunden? Bei mir waren es die Hundehaare.« Er bemerkte den giftigen Blick seiner Fahrerin. »Pardon. Bei mir waren es meine Freundin und ihr besonderes Faible für Tierhaare.«

»Erzähle ich dir später.«

»Okay. Dann sehen wir uns also gleich in der Töpfertwiete, ja?«

»Ich komme nach.«

»Hä?« Möhrs glaubte ernsthaft, sich verhört zu haben. »Was?«

»Unser Mörder läuft uns nicht weg. Jemand anders vielleicht schon. Das kann ich nicht zulassen.«

»Könntest du bitte Klartext sprechen?«, verlangte Möhrs, doch er redete nur noch mit seinem eigenen Telefon.

Smolski hatte bereits aufgelegt.

62

Auf Krämers altem Bauernhof brannte nirgendwo Licht – weder im Haupthaus noch in der Scheune. Dennoch antwortete jemand auf Katjas Klingeln: Sie hörte hinter der Tür ein leises Japsen, gefolgt von einem Winseln und einem zaghaften Scharren. Heinrich hätte sie bestimmt hereingelassen, wenn der Hund irgendwie an die Türklinke gekommen wäre.

Sie klingelte noch einmal. Was, wenn Krämer an diesem Abend einfach sehr früh schlafen gegangen war? Dann lief sie Gefahr, ihn aus dem Bett zu holen, wenn sie jetzt Sturm klingelte. Sie dachte gerade darüber nach, es mit einem Anruf zu versuchen, als ein grauer, kniehoher Schemen um die Ecke des Hauses geflitzt kam. Vergnügt mit dem Schwanz wedelnd hüpfte Heinrich ein kleines Stück an ihr hoch und wollte ihr die Hände ablecken.

»Na, mein Feiner.« Sie kraulte den Hund zwischen den Ohren. »Wo kommst du denn her?«

Sie erwartete nicht, dass Heinrich nun loslief wie Lassie, die ihr zeigen wollte, wo der kleine Timmy in den Brunnen gefallen war. Trotzdem stand fest: Wenn Heinrich es aus dem Haus herausgeschafft hatte, schaffte sie es auch hinein – es sei denn, es gab auf der Rückseite des Hauses eine Hundeklappe.

Sie ging um das Haus herum. Der aufgeregt hechelnde Heinrich klebte an ihren Fersen. Sie entdeckte eine kleine Veranda, wo als Schattenspender ein Pavillonzelt aufgestellt war, wie man es auch für Gartenfeste verwendete. Die Terrassentür dahinter stand tatsächlich einen Spaltbreit offen. Um der Höflichkeit Genüge zu tun, rief sie durch den Spalt halblaut »Herr Krämer?« in das dunkle Wohnzimmer hinein. Heinrich schlüpfte an ihr vorbei ins Haus und beobachtete dann neugierig, wie sie in die Hocke ging und den Stopper entfernte, mit dem die Tür in ihrer derzeitigen Position festgeklemmt war.

Katja versuchte, sich von ihrem ersten Besuch her daran zu erinnern, wo sie irgendwelche Lichtschalter gesehen hatte, und tastete sich quer durch das Zimmer in die ungefähre Richtung. Ein schlimmer Gedanke quälte sie, den sie einfach nicht abschütteln konnte: Falls sich Krämer etwas angetan hatte, welche Art des Freitods hatte er dann gewählt? Hatte er sich mit einem Gürtel eine simple Schlinge angefertigt und sich daran an einem Bettpfosten erhängt? Besaß er eine alte Jagdflinte oder etwas Vergleichbares, mit dem er sich hätte erschießen können? Lag er oben in seinem eigenen Blut in der Badewanne? In seinem Bett, mit einer Überdosis Schlaftabletten?

Ihre Anspannung löste sich ein wenig, als sie den Lichtschalter fand. Der Umstand, dass sie erst vor Kurzem in diesem Raum gewesen war, hatte etwas Tröstliches. Mit einem Mal erschien es ihr nicht mehr ganz so furchtbar wahrscheinlich, dass Krämer hier und heute aus freien Stücken aus dem Leben getreten war.

»Wo ist denn nun dein Herrchen?«, wollte Katja Heinrich fragen, doch das Fellknäuel war nirgendwo mehr zu sehen. Hören konnte sie den Hund jedoch nach wie vor: Er kratzte an irgendeiner Tür tiefer im Haus. Sie folgte dem Geräusch und fand Heinrich vor einer einfachen Lattentür in der Querseite des Treppenaufgangs – einer Tür, die in den Keller des Hauses hinabführen musste.

Heinrich blickte sie bettelnd an und scharrte erneut an der Tür. Sie legte den Kopf schief. Hörte sie da eine Stimme? Doch, ja. Entweder war Krämer dort unten nicht allein oder er redete mit sich selbst. Oder es lief nur ein Radio oder etwas in der Art, das Krämer noch eingeschaltet hatte, bevor ihm etwas zugestoßen war. Katja bekam das unangenehme Gefühl, von allen Seiten beobachtet zu werden. Es war, als ob sie mitten in eine

Versammlung unsichtbarer Geschöpfe getreten wäre, von deren Existenz sie bislang nichts geahnt hatte. »Okay«, sagte sie leise. »Okay.« Sie lotste den Hund zurück ins Wohnzimmer, wo sie ihn einsperrte. Sie ertrug die Vorstellung nicht, dass Heinrich durch eine Lache von Blut stapfte, die aus dem zerschmetterten Schädel seines Herrchens gequollen war.

Nachdem sie sich um Heinrich gekümmert hatte, kehrte sie zur Kellertür zurück, legte die Hand auf die Klinke und zählte stumm bis drei. Dann betrat sie das Reich der Unterirdischen.

63

In einem der Fenster in der Wohnung über der schäbigen Kneipe brannte tatsächlich Licht. Gabriel Smolski wusste nicht, ob er seine schlimmsten Befürchtungen deshalb bestätigt oder abgemildert sehen sollte. Genauso wenig wusste er damit anzufangen, dass sich die Zugangstür zum Treppenhaus problemlos aufstoßen ließ. Der Schnapper war entriegelt. War Reimers das selbst gewesen, weil er wusste, dass Smolski bei ihm vorbeischauen würde?

Smolski hatte sich keine Gedanken darüber gemacht, wie er damit umgehen sollte, falls er mit seiner Einschätzung falschlag. Falls Reimers ihn gleich mit einem verwirrten »Was machen Sie denn hier? Ich habe Ihnen doch schon alles gesagt« begrüßte. Oder falls er gar nicht in seiner Wohnung war und nur vergessen hatte, das Licht auszuschalten. Nun, über diese Brücke würde Smolski gehen, sobald er vor ihr stand.

Er ging die Treppe zu Reimers' Wohnungstür hinauf und klingelte. Nichts. Er klopfte. Nichts. Er rief: »Reimers?« Nichts. Was nun? Die meisten Leute wären zu dem Urteil gelangt, er hätte seine Schuldigkeit getan. Er hatte bei Reimers vorbeigeschaut. Na ja, er hatte den Versuch unternommen. Genau das zählte doch, oder? Mehr konnte man von ihm beim besten Willen nicht erwarten.

Das Problem war Folgendes: Smolski musste sich wohl oder übel eingestehen, dass Reimers und er sich von ihrer Persönlichkeitsstruktur her ähnelten. Sie waren keine exakten Kopien voneinander, aber sie stammten aus derselben Gussform und waren nur hier und da etwas unterschiedlich zurechtgefeilt.

Wenn Smolski einem Fremden all das angedeutet hätte, was bei Reimers' Anruf in dessen Worten mitgeklungen war, hätte das nur einen Grund haben können: eine ganz konkrete Form von zynischer Entschlossenheit. Derselbe Wesenszug, der manche Leute noch auf dem Weg in den sicheren Tod dumme Sprüche klopfen oder orakelartige Andeutungen machen ließ. Es war die triste Poesie von Menschen, die am Leben gescheitert waren und die glaubten, dass sie rein gar nichts mehr zu verlieren hatten.

Und genau das war es, was Smolski so verunsicherte: Selbstverständlich stand es Reimers jederzeit frei, mit sich anzustellen, was immer er sich auch antun wollte. Doch falls Smolski hinterher erfahren sollte, dass er es hätte verhindern können, würde in Zukunft nicht nur Ritas Geist in seiner Gedankenwelt herumspuken, sondern auch der von Reimers.

»Scheiße«, murmelte Smolski. Er zog sein Handy aus der Jacke und traf rasch noch eine letzte Vorsichtsmaßname, die sich unter Umständen als vollkommen überzogen herausstellen würde. Dann machte er einen Schritt von der Tür zurück, peilte eine Stelle knapp unterhalb des Knaufs an und trat sie in zwei routinierten Anläufen ein. Er huschte in die Diele und von dort ins Wohnzimmer.

»Ich wusste, dass Sie kommen würden«, sagte Reimers mit tiefer Zufriedenheit in der Stimme. Er hatte sämtliche Möbel an die mit Landschaftsbildern behängten Wände geschoben. Aufgeschnittene schwarze Müllsäcke waren auf dem Boden ausgebreitet, auf denen er im Schneidersitz hockte. Er war splitternackt und hielt die Klinge eines langen Küchenmessers an die Pulsadern seines linken Handgelenks gepresst.

Smolski setzte sich auf eine Sessellehne. »Muss das wirklich sein?«

»Schauen Sie sich hier drin doch einmal um.« Reimers legte den Kopf in den Nacken und ließ den Blick über einige der menschenleeren Landschaften schweifen. »Das ist alles, was ich noch habe. Das ist alles, was ich jemals haben werde. Eine schäbige kleine Wohnung über einer miesen Kneipe. Außer Instantkaffee nicht viel im Schrank. Eine Nachttischschublade voller Tabletten. Monster aus der Vergangenheit, die mein krankes Hirn heimsuchen. Lohnt es sich da, noch weiterzumachen?«

»Warum sollte ich dabei sein, wenn Sie tun, was Sie nicht lassen können?«, fragte Smolski betont kühl, obwohl er das Gefühl hatte, winzige Würmer würden sich unter der Haut durch sein Fleisch fressen. »Warum haben Sie mir verraten, was Sie vorhaben?«

»Weil ich kein Tier bin. Weil ich nicht alleine sterben will.« Reimers zog die Klinge durch.

Smolski stürzte vor. Reimers kippte ihm stumm entgegen. In der Ferne heulte eine Sirene.

64

Aus dem Keller drang ein sanftes Licht nach oben. Alles um Katja herum, was nicht den Schatten gehörte, hatte zarte Sepiatöne. Es war, als würde sie auf unerklärliche Weise in ein altes Foto eintauchen. Eine Holztreppe mit ausgetretenen Stufen, von denen schon lange jede Farbe abgeblättert war, führte nach unten.

»Es tut mir leid«, hörte sie Krämer. »Ich kann euch nicht wieder zurückbringen. Jedenfalls nicht sofort.« Er hatte jenen singenden, aber entschlossenen Tonfall, den manche Erwachsenen gebrauchten, wenn sie mit quengelnden Kindern redeten. »Ihr werdet noch eine Weile bei mir bleiben müssen. Ich kann es nicht ändern. Es ist, wie es ist.« Eine kurze Pause folgte. »Ja, es kann sein, dass sie dann zornig werden. Ich weiß. Aber sie werden noch zorniger, wenn man euch ihnen endgültig abnehmen würde.«

Katja, die auf der zweiten Stufe innegehalten hatte, spürte eine Schreckensvision in sich aufsteigen: von Verschlägen, in denen verwahrloste, ausgemergelte Geschöpfe hockten, die ob ihrer vierzig Jahre langen Gefangenschaft in diesem Kerker das Sprechen verlernt hatten. »Nein, das darf nicht sein«, wisperte sie. Sie fand die Kraft, noch ein paar weitere Stufen hinunterzuschleichen. Der Keller war zum einen sehr niedrig. Zum anderen bestand der Boden nur aus festgestampfter Erde – auch das ein Hinweis auf sein hohes Alter. Stapel von Kartons mit zerlesenen Büchern, Heften, losen Blättern und anderen Schulunterlagen bildeten zusammen mit schweren Holzregalen eine Mischung aus Hindernisparcours und Irrgarten. Überall waren altes Geschirr, Töpfe, Aktenordner, Sportausrüstung, Elektroartikel und tausend andere abgelegte, aber nie entsorgte Dinge aus dem langen Leben eines Menschen zu sehen. Katja folgte dem Licht.

»Natürlich wäre es schöner, wenn ihr wieder dort sein könntet, wo ihr hingehört«, versicherte Krämer seinen für Katja nach wie vor unsichtbaren Zuhörern. »Natürlich würde ich euch lieber dort besuchen.«

In der stickigen, klammen Kühle fiel Katja das Atmen immer schwerer. Die Luft roch nach Moder und Fäulnis. Näher und näher tastete sie sich an das Licht heran. Sie zuckte jedes Mal zusammen, wenn ihr Fuß gegen einen Karton stieß oder ihr eine Spinnwebe wie in einer zarten Liebkosung über die Wange strich.

»Ja, es kann sein, dass sie nie wieder weggehen.« Krämer versuchte hörbar, seinen Zorn hinter Trauer und Enttäuschung zu verbergen. »Was wir dann machen? Tja, was werden wir dann wohl machen? Dann müsst ihr eben für immer hierbleiben.«

Katja lugte um ein Regal herum und erstarrte. Nun sah sie ihn. Er kniete vor einer breiten Nische in der Kellerwand, eine altmodische Öllaterne neben sich, die Hände im Schoß. Sieben blaue Plastikfässer – mit getrocknetem Schlamm bespritzt, die Deckel mit angerosteten Spannringen geschlossen – standen vor ihm aufgereiht. Vor jedem lag ein Strauß aus Blumen mit weißen und violetten Blüten – Blumen, wie sie auch in den großen Kübeln vor der Scheune wuchsen. Und nicht nur dort. Katjas Magen krampfte sich zusammen, als sie sich erinnerte, wo sie genau diese Blumen schon einmal gesehen hatte. Im verfallenen Gewächshaus von Halbersgrund. Doch wenn da sieben Fässer standen, hieß das dann, dass dieser Mann …? Der Gedanke war zu grauenhaft, um ihn ganz Gestalt annehmen zu lassen.

Katja trat aus den Schatten. »Die verschwundenen Kinder! Sie haben sie alle umgebracht!«

Er sah zu ihr auf. Das sanfte Licht der Laterne glättete die

Falten in seiner Haut und verlieh seinem Haar einen blonden Schimmer, was ihn um Jahrzehnte jünger erscheinen ließ. »Nein. Das habe ich nicht. Ich kümmere mich nur um sie, weil der, der getan hat, was Sie mir unterstellen, sich nicht mehr um sie kümmern kann«, sagte er, als stünde irgendeine Logik hinter diesem ganzen Wahnsinn, mit dem sich Katja hier konfrontiert sah.

Fassungslosigkeit und Zorn rangen in ihr miteinander. »Sie waren das also gar nicht, ja? Und wer hat es dann getan, wenn nicht Sie?«

»Mein Bruder.« Krämer senkte den Blick. »Mein armer kranker, völlig verrückter Bruder.«

Katja bemühte sich, ihr Hirn in jenen besonderen Modus zu zwingen, in den sie schaltete, wenn sie für ihre Artikel Informanten befragte. Nicht nur, weil sie endlich Antworten wollte. Es war auch das einzig probate Mittel, das ihr einfiel, um nicht entweder schreiend davonzulaufen oder mit beiden Händen auf Krämer einzuprügeln. »Meinen Sie den Bruder, der in Australien ist?«

»Er war nie in Australien, und er wird es auch niemals sein.« Er lächelte traurig und deutete auf die Fässer. »Mein Bruder ist fast so lange tot wie diese Kleinen.«

Katja schluckte. Dagmar hatte mit ihren Zweifeln an Krämers Geschichte recht behalten. »Und das ist nie jemandem aufgefallen, dass Ihr Bruder tot ist?«

Er schüttelte den Kopf. »Nein. Ich hatte ja eine Erklärung für die Leute parat, und ich denke, die meisten waren froh, dass er fort war. Jörg war immer der Unheimliche von uns beiden gewesen. Der, der kaum etwas redete, wenn er nicht musste. Der, der an manchen Tagen allen Menschen, denen er begegnete, hinterherschaute, als wollte er ihnen bis auf den Grund der Seele blicken. Der, der mehr an die alten Sagen und Legenden glaubte als jeder andere im Dorf. Wenn so jemand plötzlich fehlt, wird das als Erleichterung und nicht als Verlust empfunden.«

Katja fürchtete sich vor ihrer nächsten Frage, doch sie musste sie stellen: »Woran ist er gestorben?«

»Ich habe ihn getötet«, sagte Krämer knapp. »Ich musste es tun, um noch weitere Morde zu verhindern. Jörg hätte nicht aufgehört. Er konnte nicht aufhören. Er hielt das alles für seine Pflicht, die ihm das Schicksal auferlegt hatte.«

»Das war sein Motiv? Eine göttliche Mission?«

»Echte Götter waren da nie im Spiel.« Krämer streckte die Hand aus, um mit den Fingerspitzen über die Blüten eines der Blumensträuße vor den Fässern zu streicheln. Die andere behielt er im Schoß. »Sie kennen sicher die Legende von den Unterirdischen. Jörg war regelrecht besessen davon. Erinnern Sie sich noch daran, wie ich Ihnen erzählt habe, dass es in den siebziger Jahren viele Ideen gab, hier bei uns in Tachin etwas im Boden zu vergraben? Atomminen, Kommandobunker, Restmüll ... Als eines dieser Projekte konkreter zu werden drohte, war Jörg überzeugt, dass sich unser ganzes Dorf damit den Groll der Unterirdischen zuziehen würde. Es kam damals auch tatsächlich zu einer Reihe kleinerer Erdstöße. Nichts Ernstes, doch sie reichten, damit Jörg endgültig den Verstand verlor.«

Katja hätte am liebsten nicht daran gedacht, was in den Fässern war, doch es ließ sich nicht vermeiden. Nicht, wenn sie der Wahrheit ganz auf den Grund gehen wollte. »Dann hat er all diese Kinder umgebracht, um diese Wesen aus den alten Schauergeschichten zu besänftigen?«

»Ja. Und damit sie unsere Fürsprecher bei den Unterirdischen werden. Sehen Sie, er war der Auffassung, sie würden gar nicht wirklich sterben. Er glaubte, sie würden gewissermaßen nur eine andere Gestalt annehmen und danach bei den Unterirdischen weiterleben.«

»Es sind so viele Fässer ...«, flüsterte Katja. Wie konnte das sein? Sie wusste nur von drei Kindern.

»Wenn Jörg das Gefühl hatte, dass das Risiko hier zu hoch ist, wich er auf die umliegende Umgebung aus.«

»Und er konnte sich diese Kinder einfach so holen?« Ein letzter Rest eines naiven Glaubens an Krämers Unschuld in Katja weigerte sich noch immer, diese Geschichte für bare Münze zu nehmen. »Hatte er nie Angst davor, dass er mit einem der Kinder gesehen wird?«

»Es war ja nicht er, der die Kinder geholt hat.«

»Wie das? Hatte er noch einen Komplizen?«

»Nein, aber er hatte einen Bruder, der wegen seiner Theater-AG an der Schule jede Menge Perücken, Bartteile und Schminke anschaffte. Verstehen Sie?« Er seufzte. »Ich glaube, das Verkleiden hat ihm dabei geholfen, das zu tun, wovon er glaubte, dass es seine wichtigste Aufgabe und der einzige Weg war, Tachin zu retten. Ich glaube, dann hat er sich womöglich so fühlen können, als würde nicht er, sondern ein anderer diese Taten begehen.«

»Das ist doch absoluter Irrsinn! Und Sie haben ihn bis heute gedeckt? Haben Sie nie an die Familien dieser Kinder gedacht?«

»O doch. Oft sogar. Fast jeden Tag.« Er sah wieder zu den Fässern. »Ich habe sogar versucht, ihren Schmerz ein wenig zu lindern. Die Wahrheit wäre zu grausam gewesen. Es war besser, wenn sie die Hoffnung hegen konnten, ihr Kind irgendwann wieder in die Arme zu schließen. Falsche Hoffnung ist immer besser als gar keine.«

»Die Postkarten.« Katja wurden die Knie weich. »Sie haben den Eltern diese Postkarten geschrieben, damit sie dachten, ihre Kinder wären noch am Leben.« Sie stockte. »Aber die Schrift. Sie sah aus wie von Kindern.«

»Ich war Lehrer. Ich hatte Aufsätze der Kinder. ›Mein schönstes Ferienerlebnis‹, verstehen Sie? Ich musste die Wörter nur abpausen.«

»Aber warum immer der gleiche Text?«

»Warum?« Seine Augen schimmerten feucht. »Weil es mir schier das Herz gebrochen hat, mir einmal so einen Text zu überlegen. Ein zweites Mal hätte ich nicht verkraftet.«

»Und wenn es jemandem aufgefallen wäre?«

»Ihnen ist es doch aufgefallen«, sagte er beinahe trotzig. »Und trotzdem haben Sie deshalb noch lange nicht gewusst, dass die Karten von mir waren.«

Katja stellte fest, wie in ihr die Bilder zerstoben, die sie sich von den Vermissten in Hamburg oder Berlin gemacht hatte. Von einem harten Leben auf der Straße, von einer möglichen Aussöhnung mit den Eltern. Alles vorbei. Alles nur bloße Fantasie.

»So war das immer zwischen uns«, fuhr Krämer nun unaufgefordert fort. »Jörg hat etwas verbockt, und ich durfte hinter ihm aufräumen. Und wenn ich mich beschwerte, meinte er nur grinsend: ›Wer ist denn nun der Ältere von uns beiden, auch wenn es nur ein paar Minuten sind?‹ Das Furchtbarste war, dass ich ihn verbrennen musste. Es ging nicht anders. Ich habe ihn zerteilt und nach und nach eingeäschert. Draußen im Garten, wenn ich so tat, als würde ich nur ein paar alte Holzabfälle von den Bäumen und den Sträuchern loswerden. Ich wollte ganz sichergehen, dass es keine Leiche zu finden gibt. Ich wünschte nur, ich hätte immer so gründlich vorgehen können. Dann wäre uns beiden dieses unangenehme Gespräch erspart geblieben …«

Katjas Hirn setzte einige Teile des Puzzles neu zusammen. Die Blumen, der Schlamm, das, was sie gerade von ihm gehört hatte. Sie musste sich an dem Regal festhalten, hinter dem sie eben hervorgetreten war. Es geriet bedenklich ins Wanken, und ein Karton rutschte vom obersten Bord. Er verfehlte Krämer um eine Armeslänge und landete scheppernd auf dem Boden. »Der erste Tote aus dem Haus im Wald …«

Seine Kiefermuskeln spannten sich zuckend an. »Das war nie geplant. Ich bedauere das auch wirklich sehr. Das müssen Sie mir glauben. Aber er hatte die Fässer gesehen. Und er kannte mich. Ich hatte keine andere Wahl. Er hat nichts gemerkt, das versichere ich Ihnen. Ich habe ihn ganz sauber mit der Schaufel erwischt.« Er gab ein grollendes Stöhnen von sich. »Wer hätte gedacht, dass in diesen müden alten Knochen noch so viel Kraft steckt? Ach, wem mache ich denn etwas vor. Ein Glückstreffer, mehr nicht.«

»Warum haben Sie die Fässer überhaupt ausgegraben?«

»Mir lief die Zeit davon.« Er rieb sich über das Gesicht, als wäre ausgerechnet dies nun ein Grund, sich aufrichtig zu schämen. Mit einem Mal merkte man ihm auch sein Alter wieder an: Er hielt den Rücken gebeugt, sein Atem ging schwer und seine Finger zitterten. »Wenn diese verfluchte Anlage ein Erfolg ist – und ich sehe im Moment nicht, was das noch aufhalten könnte –, werden sie früher oder später den Wald abholzen und überall dort im Boden herumstochern. Ich konnte schlecht zulassen, dass man die Kinder findet. Und ich konnte auch nicht warten. Ich bin nicht mehr der Jüngste. Es war auch so schon eine Plackerei, die Fässer auszugraben und hierherzutransportieren, ohne dass jemand etwas bemerkt.«

»Ja, und Sie hatten bestimmt große Mühe damit, den armen Grieß ins Haus zu schleifen, damit ihn die Krähen fressen können.« Katja hatte sich während seines Monologs wieder einigermaßen gefangen. »Sie erwarten von meiner Seite jetzt aber hoffentlich kein Mitleid, oder?«

»Nein, doch Sie sollen wissen, wie alles gewesen ist. Auch mit dem zweiten Mann.«

»Sie … Sie haben auch diesen Privatdetektiv umgebracht?«

»Der tut mir nicht leid«, zischte Krämer. »Der nicht. Der hat es nicht anders verdient. Einer Frau nachzustellen und sie zu terrorisieren. So etwas darf man erst gar nicht einreißen lassen. Da muss man sofort ein Exempel statuieren. Wie früher, wenn Sie verstehen. Ich bin zwar kein glühender Verfechter der Todesstrafe, aber –«

»Aber Sie haben ihn eben trotzdem abgeknallt wie einen tollwütigen Hund.« Nun überwog wieder der Zorn in Katja. Dass er ihr nur einen perversen Gefallen hatte tun wollen, milderte ihr Urteil über ihn nicht ab. Ganz im Gegenteil. »Sie haben ihn eiskalt umgelegt. Mit welcher Pistole eigentlich?«

»Mit der hier.« Er zeigte ihr die Hand, die er die ganze Zeit über im Schoß gehalten hatte, und die schlanke, schwarze Pistole darin. »Sie war ein Geschenk.«

»Wie schön.« Katja realisierte, dass ihr Zorn noch immer keine andere Emotion neben sich duldete – nicht einmal Angst angesichts der Mündung, in die sie blickte. Stattdessen bebte sie mehr und mehr vor Wut. »Und was jetzt?«

»Genau.« Er nickte. »Was jetzt, Frau Jakobs?«

»Ein letztes Opfer?«

»Nein. Zwei.« Er zuckte die Schultern. »Sie gehen mir nur ein Stück voraus.«

Katja vertraute auf ihre Instinkte. Mit einem Ruck riss sie das Regal um. Sein Inhalt ergoss sich wie eine Lawine aus Plunder auf Krämer, ehe das Möbelstück selbst ihn unter sich begrub. Sie hörte ein trockenes Krachen und spürte ein sachtes Zupfen an ihrer Kapuzenjacke. Sie warf sich herum, stolperte, schlug der Länge nach hin. Erst dachte sie, sie hätte mit dem Umwerfen des Regals eine Art Kettenreaktion ausgelöst: Überall kippten Kartonstapel und Regale um, und von allen Seiten knirschte, krachte und splitterte es. Dann spürte sie die Regungen der Erde an ihrem Bauch und ihren Brüsten.

»Sie sind zornig! Sie sind zornig!«, kreischte Krämer irr, ehe er nach einem weiteren heftigen Krachen mit einem Mal verstummte.

Eigentlich wollte Katja sich nicht umschauen. Eigentlich wollte sie nur noch hier raus. Eigentlich wollte sie nicht sehen, woher das Geräusch wie von zaghaften Trommelschlägen rührte, das sie nun doch in nackte Panik zu versetzen drohte. Dann warf sie einen Blick über die Schulter. Krämers rechte Hand – die, in der er seine Waffe führte – war unter der Seitenkante eines Regals eingeklemmt, seine Stirn blutüberströmt. Neben seinem Kopf rollte ein alter Eisenkessel hin und her.

Katja keuchte entsetzt. Die blauen Plastikfässer wackelten und schlugen dumpf gegeneinander, als wären die Kinder in ihnen wieder zu unheiligem Leben erwacht. Als versuchten sie, aus den Gefängnissen hervorzubrechen, in die sie vor fast einem halben Jahrhundert gesperrt worden waren.

Krämer regte sich noch einmal stöhnend und wollte die Hand unter dem Regal vorzerren: Alles, was er damit erreichte, war, dass die Laterne umgestoßen wurde. Der gesamte Keller versank in tintiger Schwärze.

Das war das Startsignal für Katja. Sie wuchtete sich auf die Beine und taumelte in die Richtung, in der sie die Treppe vermutete. Sie wollte nicht daran denken, was geschah, wenn sie auf einem falschen Kurs war. Dann würden die Unterirdischen oder die toten Kinder sie für immer bei sich behalten. Sie konzentrierte sich darauf, nicht zu stürzen, während sie nahezu völlig blind über umgestürzte Regale, Kartons und sonstigen Krempel kletterte.

Staub und Putz rieselten von der Decke. Sie hustete, ihre Augen begannen zu tränen. Weiter, nur weiter. Es war, als würde sie sich an Bord eines Schiffes vorankämpfen müssen, das in schwere See geraten war.

Sie glaubte, vor sich einen Bereich auszumachen, in dem es eine winzige Nuance heller war, nicht mehr ganz diese formlose Hölle aus Schwärze, wo unzählige Arme nach ihr zu greifen schienen, um sie zu packen und tiefer ins Dunkel hinabzuzerren. Im selben Augenblick versuchte sie, sich auf das zu konzentrieren, was sie draußen erwartete. Frische Luft. Ein klarer Sternenhimmel. Enzos Smart, mit dem sie morgen zur Geburtstagsfeier ihrer Mutter fahren würde.

»Hier! Hier drüben!« Eine Frauenstimme, irgendwo vor und über ihr. Die Treppe! Sie konnte nicht mehr weit sein.

Katja verdoppelte ihre Anstrengungen, blieb mit dem Fuß an etwas hängen und fiel hin. Der Aufprall trieb ihr die Luft aus den Lungen. Das war's! Sie hatte ihre Chance vertan. Sie spürte, wie der Schock ihre Muskeln erschlaffen ließ.

Hände packten sie links und rechts unter den Achseln und halfen ihr auf. »Raus hier! Raus hier!« Gestützt von einer Frau, die mindestens zwei Köpfe kleiner war als sie, wankte und torkelte Katja der Treppe entgegen. Von oben streckte ihr eine massige Gestalt den Arm entgegen. Sie klammerte sich an ihn, um sich daran in die Höhe zu ziehen. Erschöpft sank sie gegen die breite, weiche Brust des Mannes, der sie so mühelos aufhob, als wäre sie nur eine Lumpenpuppe. Er trug sie hinaus in eine Sommernacht, wie sie noch nie eine hellere gesehen hatte.

65

Möhrs lehnte gegen seinen Dienstwagen und konnte es immer noch nicht ganz glauben, dass sie Katja Jakobs lebend aus diesem Keller geholt hatten. Halt, nein. Wem machte er da etwas vor? Das war eine Feder, mit der sich streng genommen nur Aysel schmücken durfte. Sie war es gewesen, die bei ihrer Ankunft gerufen hatte: »Wir müssen da rein!« Sie war ohne jede Rücksicht auf das Erdbeben ins Haus hineingerannt. Sie hatte die offen stehende Kellertür entdeckt und sich dort hinuntergewagt. Er war erst dazugekommen, als die heldenhafte Arbeit im Grunde bereits verrichtet gewesen war.

So stolz er auf Aysel war, so bestürzt war er über das, was die Kollegen von der Spurensicherung dort unten gefunden hatten, nachdem der Keller für begehbar erklärt worden war. Derzeit waren Aysel und ihr Kollege gerade dabei, die Kinderleichen in den Fässern näher in Augenschein zu nehmen. Er schüttelte den Kopf. Wie standen die Wahrscheinlichkeiten, binnen einer Woche so viele Leichen zu finden? In früheren Zeiten wären die Leute mit Sicherheit zu der Überzeugung gelangt, dass es sich bei Katja Jakobs um eine Hexe handeln musste.

Noch so eine knallharte Frau. Sie war schon vor ein paar Stunden zurück nach Hamburg gefahren, nachdem ihre Hände aufgehört hatten zu zittern und sie sich den Staub und den Dreck aus den Kleidern geklopft hatte. Dabei hatte sie zwei Löcher in ihrer Kapuzenjacke entdeckt, wo eine Stofffalte von einem Schuss perforiert worden war. Sie hatte den Finger durch die Löcher gesteckt, damit gewackelt und gesagt: »Toll! Die ist hinüber!« Als ob sie jeden Tag um ein Haar angeschossen wurde.

Jedenfalls hatte er sich nicht getraut, ihr die Heimfahrt zu verbieten. Und das, obwohl es in dieser Nacht auf der Landstraße durch den Tachiner Wald bereits einen tödlichen Unfall gegeben hatte. Ein Mann, der ohne irgendwelche Ausweispapiere unterwegs war, war mit seinem Porsche Cayenne gegen einen Baum gefahren und offensichtlich sofort tot gewesen. Für die Kollegen kamen eine ganze Reihe von Erklärungen infrage: überhöhte Geschwindigkeit, Alkohol, Übermüdung, der Versuch, eine Kollision mit einem Wildtier zu vermeiden ... Na ja, Katja Jakobs würde schon auf sich aufpassen.

Eine Weile beobachtete er weiter schweigend das Treiben. Die Nachbarn standen an den Fenstern und in den Türen ihrer Häuser und taten es ihm gleich. Was würden sie sich über Krämer alles erzählen? Ob er auch zu einer düsteren Legende werden würde wie die Unterirdischen und dieser Freimaurer, der Haus Halbersgrund gebaut hatte? Würde man sich irgendwann auch über dieses Haus schaudernd zuraunen, dass man in seinem Keller sieben tote Kinder gefunden hatte, die von einem wahnsinnigen Mörder in Fässer gestopft worden waren?

»Was machst du denn für ein Gesicht?« Smolski lehnte sich neben ihm an den Wagen, die Hände in den Jackentaschen. »Der Fall ist gelöst.«

»Fühlt sich für mich noch nicht so an. Kommt wahrscheinlich noch mit der Zeit. Aber sag mal: Wo hast du dich vorhin eigentlich noch herumgetrieben?«

»Bei Reimers.« Smolski deutete mit der Handkante eine sägende Bewegung über seinen Pulsadern an. »Der Irre wollte sich umbringen. Hat allerdings nicht ganz geklappt.«

»Oh, du hast ihm im letzten Moment das Messer aus der Hand geschlagen!« Möhrs nickte anerkennend. »Gute Arbeit.«

»Schön wär's.« Smolski drehte sich ins Licht der Scheinwerfer eines Streifenwagens, der schräg zu ihrem Audi parkte, und zeigte Möhrs sein T-Shirt. Es sah aus, als hätte Smolski sich mit einem blutigen Steak eingerieben. »Für so eine coole Nummer hat es leider nicht gereicht.«

»Dann ist Reimers tot?«

»Nö.« Smolksi grinste dieses schelmische Grinsen, das Möhrs vor wenigen Tagen noch absolut unausstehlich vorgekommen war. »Ich hatte nur schon die Sanis angerufen, bevor ich ihm die Tür eingetreten habe.«

»Kluger Junge. Du hast echt ein Herz aus Gold.«

»Habt ihr einen Moment Zeit?« Borowski kam auf sie zugelaufen, einen Briefumschlag in der behandschuhten Hand. »Ich glaube, das solltet ihr euch anschauen.«

»Warum? Kommt es dir komisch vor?«, stichelte Möhrs.

»Das ist von ihm«, sagte der Schnauzbartträger. »Lag im ersten Stock im Arbeitszimmer auf dem Schreibtisch. Das sollten wir anscheinend unbedingt finden.«

Smolski und Möhrs setzten sich in den Wagen, zogen Handschuhe an und Borowski reichte ihnen den Umschlag. Möhrs schaltete die Innenbeleuchtung ein. Der Umschlag trug als Aufschrift das heutige Datum und den Halbsatz *Im Falle meines Todes an Katja Jakobs zu übergeben.* »Das hättest du wohl gern«, knurrte Möhrs. »Das werden wir erst noch sehen.«

»Aber schöne Zahlen konnte er malen«, merkte Smolski an, der halb zu ihm herübergelehnt auf dem Beifahrersitz saß. »Mit so Schnörkeln und schrägen Strichen.«

»Ja, wunderschön«, seufzte Möhrs. »Wenn er jetzt nur kein Mörder gewesen wäre, wüsste ich die feine Handschrift ja fast zu schätzen.«

Sie lasen den Brief, den der Mörder auf feinstem Büttenpapier niedergeschrieben hatte.

Liebe Frau Jakobs,

die Vorstellung, das Sie diese Zeilen lesen müssen, stimmt mich traurig. Ich hätte es Ihnen gerne erspart, aber ich spürte von Anfang an, das Sie eine ganz besondere Person von außerordentlichem Charakter sind. Bei Ihnen weiß ich unsere Geschichte in guten Händen. Sie werden sie mit der nötigen Sorgfalt behandeln und dass weglassen, was die Eltern, die noch immer auf die Rückkehr ihrer Kinder warten, zu sehr schmerzt. Ich flehe Sie an, mir zu glauben, das sämtliche Handlungen, die Ihnen und den Leuten aus dem Dorf grausam und blutrünstig erscheinen mögen, in Wahrheit aus dem Wunsch heraus geschahen, etwas Gutes zu tun. Wer bringt das größere Opfer? Das Lamm, dass sein Leben gibt, damit wir zu essen haben, oder wir, die wir in dem Wissen leben müssen, das das Lamm für uns starb? Die Retter oder diejenigen, die sich retten lassen? Die Kinder, die von ihrer Mutter zu den Unterirdischen gegeben werden, oder die Mutter, die ihre Kinder zu den Unterirdischen gibt?

J. Krämer

»Findest du, sie sollte den Brief lesen?«, fragte Smolski.

Möhrs faltete das Papier wieder zusammen und steckte es zurück in den Umschlag. »Das hat keine Eile. Lass sie erst mal in Ruhe den Geburtstag ihrer Mutter feiern.«

Smolski sah ihn lange an und schaute dann auf die Eingangstür des Hauses, in dessen Keller immer noch die Fässer standen. »Weißt du was?«

»Was?«

»Ich fände es gar nicht so schlimm, wenn ich bei meiner ganzen Schreibtischarbeit vergesse, irgendwo zu erwähnen, dass wir diesen Schrieb hier gefunden haben.« Er nahm Möhrs den Umschlag aus der Hand und steckte ihn sich in die Jacke. »Wenn's nach mir geht, soll die Welt diesen Bastard ruhig vergessen.«

66

Als sie gegen halb sechs Uhr morgens in ihrer Wohnung eintraf, fühlte Aysel Özen sich immer noch so wach, als hätte sie keinen Tropfen Blut, sondern nur noch reines Adrenalin im Körper. Sie hatte den Eindruck, als wäre jeder ihrer Sinne aufs Äußerste geschärft. Sie hörte den Fernseher im Nachbarapartment und konnte anhand eines Jingles zuordnen, das RTL auf ihm lief. Sie spürte die dünne Schicht aus getrocknetem Schweiß auf Lukas' Unterarmen durch den Stoff seines Hemdes. Sie roch im Bad stehend die Küchenabfälle unter der Spüle in der Küche.

Dennoch half ihr all das nicht dabei, eine immens wichtige Entscheidung zu treffen: War nun wirklich gerade der passende Moment heraufgezogen, um ihr Leben für immer zu verändern? Was, wenn sie Lukas kränkte? Was, wenn sie ihn überforderte? Oder was, wenn sie ihre Situation völlig falsch einschätzte?

Sie schminkte sich ab, flüsterte ihrem Spiegelbild Mut zu und ging ins Schlafzimmer. Lukas lag bereits auf dem Bett, alle viere von sich gestreckt, mit halb geschlossenen Lidern zur Decke schauend. Er trug nur noch seine Boxershorts und hatte große Ähnlichkeit mit einem frisch erlegten Bären. »Wolltest du nicht noch unter die Dusche?«, murmelte er.

»Ja, wollte ich.« Das hatte sie auf der Fahrt hierher tatsächlich angekündigt. Sie hatte schon nach ihrem ersten Ausflug in diesen Horrorkeller genug Staub im Haar gehabt, dass es da mit gründlichem Ausbürsten bestimmt nicht getan war. »Aber das kann noch warten.« Sie legte sich neben ihn und schmiegte sich in seine Armbeuge. Sie liebte es, wie gut er dort roch. »Das war furchtbar, oder?«

»Absolut.« Er drückte sie an sich. »Warum machen wir diesen Job überhaupt? Ich könnte genauso gut an einer Polizeischule unterrichten und du irgendwo in einem Krankenhaus arbeiten. Wäre das nicht super?«

Aysel schwieg einen Moment. War es nun für ihre Absichten gut oder schlecht, dass er es sich schon vorstellen konnte, sein Leben so richtig zu ändern? »Und wer fängt dann diese Mörder?«

»Smolski oder sonst wer.« Er küsste ihr staubiges Haar. »Irgendwer, dem diese ganze Scheiße nicht so nahegeht.« Er seufzte. »Hast du eigentlich inzwischen mal mit deinem Vater gesprochen, wie er unser Essen jetzt fand?«

»Nein.« Sie strich mit der Handfläche über den dichten blonden Flaum auf seiner Brust. »Muss ich auch nicht mehr, weißt du?«

»Wieso?« Er runzelte die Stirn, und sie sah echte Besorgnis in seinem Blick. »Willst du mich abschießen?«

»Oh, du Spinner.« Ihre Entscheidung war gefallen. Sie rollte sich von ihm weg, zog die untere Schublade an ihrem Nachttisch auf, nahm die kleine rote Schmuckschatulle daraus hervor und ging in den Schneidersitz. Sie wandte sich ihm wieder zu, klappte die Schatulle auf, stellte sie ihm auf den Bauch und fragte: »Lukas Möhrs, willst du mein Mann werden?«

Es war die erste Familienfeier nach langer Zeit, bei der Katja tatsächlich einmal gute Laune hatte. Sie ertrug sogar die sonderbaren Launen der Cousins und Cousinen ihrer Mutter. Da Susanne Jakobs in Sachen Feiern nach dem Motto »Nur bei meiner Beerdigung darf gern gespart werden« lebte, hatte sie ein komplettes türkisches Lokal im Souterrain eines Altbaublocks in unmittelbarer Nähe der Universität gemietet. Der gesamte Laden war randvoll mit Leuten. Die meisten hatte Katja höchstens sporadisch einmal gesehen. So musste sie zunächst Salve um Salve an Fragen überstehen: »Und was machst du jetzt?«, »Wusstest du, dass du deiner Mutter wie aus dem

Gesicht geschnitten bist?« und »Gibt's denn schon einen Mann und Kinder?«.

Das fiel ihr leichter als bei früheren Gelegenheiten. Vielleicht lag es daran, dass ihr diese Veranstaltung eine Chance bot, die Ereignisse der vergangenen Woche zumindest für ein paar Stunden zu vergessen. Wer dabei allerdings auch eine entscheidende Rolle spielte, war Thilo. Nachdem sie Enzo den Smart zurückgebracht hatte, hatte sie ihn vom Bahnhof abgeholt. Die Intensität ihres ersten Kusses auf dem Bahnsteig hatte sie selbst überrascht. Anscheinend war an dieser albernen Theorie, dass eine gewisse Nähe zum Tod gut für die Liebe war, doch etwas dran. Was ihre Laune weiter aufgebessert hatte, war, wie gut Thilos Geschenk bei ihrer Mutter angekommen war. Katja hatte einmal in einem Nebensatz erwähnt, dass ihre Mutter aus ihr völlig unerfindlichen Gründen einen schlimmen Ägyptenfimmel hatte und sogar manchmal davon redete, sich auf einem Friedhof in den USA in einer Pyramide beisetzen zu lassen. Insofern war die tellergroße Steinplatte mit Hieroglyphen, die original aus dem Tal der Könige stammte, von Susanne Jakobs mit einem Jauchzer in Empfang genommen worden – Katja hatte fest vor, sich diese ungewöhnliche positive emotionale Reaktion ihrer Mutter rot im Kalender zu vermerken. »Bist du unter die Antiquitätenschmuggler gegangen?«, hatte sie Thilo gefragt.

»Nein. Das ist von einem Bekannten, dessen Doktorvater das noch bei sich zu Hause herumliegen hatte und so gar nichts damit anfangen konnte. Er ist mehr so der Typ, der sich abstrakte Kunst ins Wohnzimmer hängt. Also habe ich zugeschlagen und deiner Mutter das gute Stück gesichert.«

Es war wirklich ein tolles Geschenk – das Tollste daran war, dass er es so hatte aussehen lassen, als wäre es von ihnen beiden zusammen. Ihm war nämlich durchaus aufgefallen, dass sie mit völlig leeren Händen zu dieser Feier erschienen war. Als sie sich bei ihm hatte bedanken wollen, hatte er nur gesagt: »Ich finde, eine Mordserie aufzuklären, ist ein verdammt guter Grund, mal kein Geschenk besorgt zu haben.«

Das war der Augenblick, in dem sich ihre Absicht festigte, Thilo nicht mehr so schnell aus ihrem Leben verschwinden zu lassen.

Das galt auch für zwei andere Personen, die sie auf eigene Faust zu dieser Veranstaltung eingeladen hatte. Immerhin war es eine Familienfeier. Und die Geschwister Jung gehörten zu ihrer Familie, obwohl sie das vor ein paar Tagen noch nicht einmal hatte ahnen können.

Das skurrile Pärchen hatte Heinrich, den Boxtail von Jörn Krämer dabei, den sie bis auf Weiteres adoptiert hatten. Trotz des Verlusts seines Herrchens zeigte sich das Tier einigermaßen guter Dinge. Es wuselte unter den Tischen herum, um wie ein Staubsauger herabgefallene Speisereste rasch zu entsorgen. Dagmar und ihre Mutter beschnupperten sich noch vorsichtig, was Katja der allgemeinen Stutenbissigkeit von Susanne Jakobs anlastete. Dietmar hingegen wurde sofort allen Anwesenden vorgestellt. Entweder Katjas Mutter fand ihn tatsächlich auf Anhieb sympathisch oder sie hatte irgendwo gelesen, dass ein schwuler bester Freund inzwischen ein so unverzichtbares Accessoire wie eine praktische Clutch geworden war.

Als Katja im Gewühl erstmals auf Dietmar traf, hatte der sich den Teller am Büfett randvoll gemacht. »Na, schmeckt's?«, fragte sie lächelnd.

»Erstklassig«, antwortete er und spießte eine Olive auf seine Gabel. »Weißt du, wer mir heute Morgen auf die Mailbox gesprochen hat?«, fragte sie dann.

»Nein.«

»Euer Bürgermeister. Er will mir das Grundstück abkaufen. Dabei hat mir Dagmar vorhin erzählt, dass das Frackingprojekt fürs Erste auf Eis liegt. Zumindest so lange, bis geklärt ist, ob die Beben in jüngster Zeit irgendwie damit in Zusammenhang stehen. Aber Schäfer will das Land trotzdem haben. Für so viel Geld, dass ich erst mal eine Weile schön die Füße hochlegen könnte.«

»Ja, dann solltest du das unbedingt tun. Und …« Er stellte sich auf die Zehenspitzen und winkte dann jemandem mit seiner Gabel zu. »Oh, da sucht jemand nach mir. Wir reden später, ja?«

Und weg war er. Katja blickte sich um, ob Thilo irgendwo zu sehen war, als ihr Smartphone brummte.

»Jakobs.« Sie machte sich bereit, sich in eine etwas ruhigere Ecke zurückzuziehen. Dafür bestand dann doch kein Anlass, weil die Stimme des Anrufers klar und deutlich zu verstehen war. Fast so, als wüsste er, dass sie sich innerhalb einer kleinen Menschenmenge aufhielt, und als wäre er es gewohnt, sich in solchen Situationen Gehör zu verschaffen. »Einen schönen guten Tag, Frau Jakobs. Hier spricht Kennet Hanssen.«

»Herr Hanssen …« Sie runzelte die Stirn. Wo war ihr dieser Name schon einmal untergekommen?

»Ich bin früher öfter in den Medien aufgetaucht. Ich bin der Erfinder der Konnekt-Blöcke, wenn ich das einmal so in aller Bescheidenheit sagen darf«, stellte Hanssen sich näher vor. »Ich würde Sie unbedingt gern einmal treffen, Frau Jakobs.«

»Ach.« Katja fühlte sich durchaus geschmeichelt. Immerhin bekam sie nicht jeden Tag Anrufe von charmanten Großindustriellen, die ihre Bekanntschaft machen wollten. »Prinzipiell spricht da von meiner Seite aus nichts dagegen. Verraten Sie mir auch den Grund für Ihr Interesse an mir?«

»Aber selbstverständlich. Ich habe in jüngster Zeit mehrere Ihrer Artikel gelesen, und ich muss sagen, ich bin sehr von Ihrer Arbeit begeistert. Da trifft Gründlichkeit in der Recherche auf poetische Präzision im Ausdruck.«

»Oh, vielen Dank.«

»Ich hätte da eine Geschichte für Sie. Eine Geschichte, die Sie sehr berühmt machen könnte.«

»Was für eine Geschichte soll das sein?«

»Meine«, sagte Hanssen knapp.

»Hm.« Katja überlegte. »Wissen Sie, Herr Hanssen, ich –« Sie stockte. Ihre Mutter kam quer durch den Raum auf sie zu, ihr Handy vor die Brust gepresst, die Wangen weiß wie ein Leintuch. »Herr Hanssen, ich rufe Sie zurück.«

Katja ging ihrer Mutter entgegen. Sie sah, dass in deren Augen Tränen schimmerten. Ihr wurde die Kehle eng.

»Evelyn ist dran.« Ihre Mutter umklammerte das Handy nun mit beiden Händen. »Es ist Bernd. Er …«

»Was?« Katjas Herz flatterte wie ein in ihrer Brust gefangener Vogel. »Was?«

Die bebenden Lippen ihrer Mutter waren so bleich, als würden sie keinen einzigen Tropfen Blut mehr in sich bergen. »Jemand hat ihm in den Kopf geschossen.«

Lieneke Dijkzeul im dtv

»Lieneke Dijkzeul ist derzeit die beste niederländische Thrillerautorin überhaupt.«
www.spannings.blogspot.nl

Schweigende Sünde
Kriminalroman
Übersetzt von Christiane Burkhardt
ISBN 978-3-423-**21356**-1 Auch als eBook!

Bei einem Klassentreffen wird der Lehrer Eric Janson auf der Schultoilette erschlagen. Ist einer seiner ehemaligen Schüler der Täter? Nicht wenige hatten sehr unter Janson zu leiden. Kommissar Paul Vegter deckt ein Geflecht schmutziger Geheimnisse aus der Vergangenheit auf.

Vor dem Regen kommt der Tod
Thriller
Übersetzt von Christiane Burkhardt
ISBN 978-3-423-**21411**-7 Auch als eBook!

Eine junge Polizistin wird an ihrer Wohnungstür brutal niedergestochen, das nächste Opfer ist eine Studentin. Beide Frauen sind rothaarig. Die Galeristin Vivienne hat ihren Mann im Verdacht. Und auch sie selbst hat rote Haare ... Kommissar Paul Vegter ahnt, dass nicht mehr viel Zeit bleibt.

In der Stille der Tod
Kriminalroman
Übersetzt von Christiane Burkhardt
ISBN 978-3-423-**21541**-1 Auch als eBook!

Eine Frau entsorgt die Leiche eines Mannes. Sie geht besonnen vor und eiskalt. Wer ist sie? Zur gleichen Zeit meldet Asli Verkallen ihren Mann Richard bei der Polizei als vermisst. Sie ahnt Schreckliches ... Kommissar Paul Vegter ermittelt im Fall eines grausamen Verbrechens.

Bitte besuchen Sie uns im Internet: www.dtv.de

dtv

»Falls der Schlaf keine absolut lebenswichtige Funktion hat, ist er der größte Fehler, der dem Evolutionsprozess je unterlaufen ist.«
Allan Rechtschaffen, Schlafforscher

Charlotte Parsons
Du sollst nicht schlafen
Thriller
Deutsch von Christiane Burkhardt

ISBN 978-3-423-21504-6
Auch als eBook!

Die Journalistin Cynthia Wills soll über einen Mordfall berichten: Eine junge blonde Frau wird tot aus der Themse gezogen. Cynthia bekommt heraus, dass es schon früher ähnliche Morde gegeben hat – war es immer derselbe Täter? So schreibt sie eine Reihe von Artikeln über den »Barbie-Killer«, wie er bald genannt wird. Zur selben Zeit ist überall von einer neuartigen Droge die Rede, die in einer geheimen Versuchsreihe getestet wird: Sie ermöglicht es den Probanden, völlig ohne Schlaf auszukommen. Auf einmal möchte jeder diese Pille haben. Dass es bei der Testreihe höchst alarmierende Unregelmäßigkeiten gegeben hat, interessiert niemanden mehr – bis Cynthia herausfindet, dass es eine Verbindung zum »Barbie-Killer«-Fall gibt.